ドッグファイト

谷口裕貴

徳間書店

目次

序　犬洞のパーティ

洞窟《どうくつ》のなかを満たしているのは犬たちの寝息だった。

反応ランプの青みがかった光に、数十匹の犬たちが安心しきった様子で寝入っているのが浮かびあがっている。すこしぐらい物音がしても、犬たちはピクリと耳を動かすだけで警戒はしない。

それは洞窟のなかに、彼らの主人、ユスがいるからだった。

ユスはこのクランを信頼と安心という絆《きずな》で強くまとめあげている。この一六歳の若い主人がそばにいれば、クランは耳元で爆弾が爆発しようとも、雄牛が角《つの》をふりたてて暴走してこようとも、びくともしない。ユスがとりみださないかぎり、犬たちは夏の海のように平静でいられる。ユスが怯《おび》えると犬たちは尾を巻いてキュンキュンと鳴く。ユスが怒り狂うと犬たちは野性の非情を体現する恐るべき獣に変身する。

眠くてもリラックスしているユスを反映して、犬たちは穏やかに、なかにはだらしなく仰向《あおむ》けになって、休んでいる。ただ、仔犬《こいぬ》たちは別だ。

この春に生まれた仔犬たちは、岩に腰かけたユスの膝に登ろうと飽くなき挑戦を続けていた。乳離れしたといってもほとんどの時間を寝て過ごしているので生活にリズムというものがなく、時間にかかわらず襲うようにじゃれかかってくる。空腹で目覚め、疲れるまで遊んでスイッチが切れたように眠る。そのくりかえし。

仔犬たちが容赦なく爪をたて牙を剝《む》くので、ユスのズボンは繊維が乱れ涎《よだれ》に濡《ぬ》れてボロボロになっていた。唾液を含んで歯ごたえがでたところを、クチャクチャと咬《か》みほぐすのがよほど楽しいらしい。靴は硬くなめした牛革の丈夫なものなので、仔犬たちの猛攻に耐え抜いているが、それでも嚙《か》み跡だらけになっている。ときにはその弱々しいくせに細く鋭い牙に脛《すね》を齧《かじ》られることもある。ユスが痛いと叫びをあげると、仔犬たちは申し訳なさそうに主人を眺め、温かく柔らかい舌で痛みを癒《いや》してくれる。

今年の仔犬は四匹だった。

犬たちは一度の妊娠で一匹しか生まれないように遺伝子改造されているが、それでもやたらに身ごもらないよう注意は怠れない。今年の繁殖はゼロに抑えるか最大で一匹と決めていたのに、四匹も生まれてしまったことは完全にミスだった。

ホルモン抑制剤と発情したメスの隔離という方法では、本能の裏をかくことは不可能なのかもしれない。しかしだからといって手術で断種してしまうことは簡単に決心できない。

その迷いがこの四匹だった。

ユスは泣く泣く里子の契約をふたつ結んだ。犬飼いの犬は人気がある。たいしたしつけもいらず、甘やかしたからといってわがままは言わない。飼い主が望まないことはまずしないから引き綱などはいらず、成長して分別がつけばひとりで散歩に行って、もめごとを起こさずに帰ってくる。善悪の判断がつくのではないかと噂されるほどだ。残念ながら、犬飼いが純血をありがたがることは絶対にないので、混じりけのない純血種が欲しければペットショップに行くしかない。それにこだわらなければ犬飼いの犬は最高なのだ。

ユスは里子契約の仔犬をおしのけて、クランに残る砂色と白の二匹を抱きあげた。残された仔犬たちはどうして自分たちが冷遇されるのか理解できずに、主人を非難の目で見つめている。

辛《つら》い瞬間だった。里子にだす犬は、人への信頼を与え、社会化させながら、しかもクランに深く組みこまれないようにしなければならない。そうでないと、群れ意識のせいで脱走して戻ってくることになりかねない。

犬飼いは調教師ではない。精神を深く結ぶことで犬たちを統率する。そこにあるのは愛情に他ならない。

ユスの持論によれば、調教が必要な犬など存在しない。必要なのは、愛情と理解で、それさえあれば犬は信頼を返してくれる。名前もつけられない里子契約の犬には、それを十分に与えることができず、ときに理不尽な扱いをしなければならない。

愚痴ってもしかたがない。

ユスは深いため息をつくと、ポケットのベビーフードをひとつまみ分け隔てなく仔犬たちに与えた。クランの個体数はすでにユスの管理能力の限界に達しているから、これからは里子にだすのがあたりまえになってくるだろう。慣れなければどうしようもない。

抱きあげた仔犬はベビーフードをたちまちのうちに平らげると、ユスの指をしゃぶりはじめた。チクチクと心地よい痛みを感じ、同時に仔犬のボンヤリとした意識も感じることができる。穏やかな興奮のなかで、ユスの指は母犬の乳首と漠然とした獲物のイメージと重なり、ちっぽけな意識は夢中になっている。その無邪気でひたむきな意識に割りこめるのは、飢えと眠気だけしかない。

「そろそろ名前をつけないとな」

甘咬みが激しくなってきたので、ユスは白い仔犬を抱えなおして目の高さに持ってきた。仔犬は視線をすこしでも逸《そ》らしたら見失ってしまうかのように、濡れ光った黒い瞳で主人を懸命に凝視している。

ユスは黒い瞳からの連想を口にしてみた。

「ウェットアイ……ブラックパール……ニュームーン……ミスティアイ……うん、ミスティアイ」

思いつきで命名されても、彼女は目を細めただけで文句は言わなかった。

「だろ？　きれいな名前だ」

ユスも最初は名前に凝ったものだった。ネットワークに接続して、神話を検索して神々の名前を拾いだしたり、ラテン語を発音しようとして舌を噛みそうになったり、色の表現のバリエーションを渉猟したりした。しかしやはり、自分が扱える言語と理解の及ぶ言葉で決めるのがいちばんだと思いなおしていた。名前を考えるのは楽しいので、そのうちに気がかわるかもしれないが。

ユスはミスティアイをそっと地面に降ろすと、砂色の雄犬を拾いあげた。ベビーフードをもっとくれと涎を垂らしている。この食いしん坊にはもう名前の腹案があった。歩き方に特徴があって、五歩歩くたびにチョンチョンと前肢を震わすように動かすのだ。どこでこんな妙な癖を拾ってきたのかは知らないが、まるで足もとに架空のボールがあるかのような仕種《しぐさ》だった。

「おまえはドリブル」

気に入らないらしい。曖昧な不快感が伝わってくる。

「それじゃあ、ほかのを考えておくよ」

里子へとゆく二匹も名前をつけてもらうのを待つようにおとなしくうずくまっていた。顎を掻《か》いてやって気を紛らわせてやる。すると二匹は目をしょぼしょぼさせていまにも眠りそうな気配を見せた。

ところが二匹は、突然に目を見開いてたちあがった。犬洞の出口に警戒の眼差《まなざ》しを向けている。まるでぬいぐるみのような姿をしていても、その姿は勇ましい。成犬たちも仔犬のように仰々しくはないが、姿勢を変えずにわずかに緊張を高めている。

エアロスクーターが近づいてきているのだった。ユスの感覚はまだなにもとらえていないけれども、犬の感覚を通してそのエンジン音を耳にしていた。

成犬たちはすぐに緊張を解いた。エンジン音は聞き覚えのあるものだと判断したのだ。経験を欠く仔犬たちだけがまだ警戒している。匂いが届く距離にまでエアロスクーターが近づくと、嬉《うれ》しい匂いに仔犬たちは態度を一変させて喜び勇んで出迎えに駆けだしていった。

この犬洞は林に囲まれた丘のふもとに口を開いた浅い自然洞だ。火山性のガスが吹きでてできた空間なので、最初はごつごつしていて住めたものではなかった。ユスはちいさなころから硬い火成岩を削りつづけ、植林して風を遮るようにし、水がたまらないように土地に高低をつけ、ようやく気持ちよく住めるようにした。

だからユスは近辺の地形を完璧に把握していた。エアロスクーターがどこを曲がり、ドライバーがどこの枝に頭をぶつけそうになるか、どこで仔犬のお迎えに出会うか、正確に頭に描くことができた。

エアロスクーターは泉を巻くように曲がって、丘の断崖にそって減速する。門柱に模したふたつの立岩のあいだを抜け、今の時期は芝桜の咲く前庭で、仔犬たちの歓迎にまとわりつかれて、停まった。

その乗り手が姿を見せないうちに、ユスは声をかけた。

「こんばんは、キューズ」

油に汚れたつなぎを着た娘が入ってきた。口をつまらなさそうに尖《とが》らせている。つなぎは細身の体によく似合っていて、無骨な革手袋も違和感はなかった。長い髪を背中でひとつに纏《まと》めて無造作に垂らしている。おしゃれにはまったく無縁だったが、職業への誇りが溢《あふ》れていてそれなりに魅力的だ。

キューズは腰に手をやって不満をあらわにした。

「いちどでいいからあんたを不意打ちしたいものね」

「クランといっしょにいないときなら簡単だよ」

「クランといっしょにいないときなんて、ないじゃない」

キューズは遊んでくれと跳びかかってくる仔犬たちにだらしなく頬を緩めて、すぐに機嫌を直した。嬌声をあげながら屈みこんで腕をのばすと、二匹の仔犬は互いにおしのけるようにしてその腕のなかにとびこんでいった。ミスティアイとドリブルには控えるように言い聞かせたから、里子に出す二匹だ。

「あたしを覚えていてくれたのね。それじゃあ、ごほうび」

キューズは紙に包んだものを仔犬に与えた。仔犬の興奮の度合いを見ると、それは肉の脂身らしい。消化が悪いので仔犬にはむかないが、ユスは黙っていた。キューズはこの二匹がクランを離れやすくするために協力してくれているのだ。

「クルスが来るもんだと思っていたよ」

ミスティアイとドリブルが不公平を訴えるので、ユスは二匹にベビーフードをやった。

「クルスに来いって呼ばれたの。なによ、まだ来てないの？」

「眠気をこらえて待ってる」

「他人の時間にはほんとに無頓着。坊ちゃん育ちの性《さが》ね」

ユスは座ろうとするキューズを身振りでとどめた。

「ついでだ。ぼくのエアロスクーターを見てくれよ」

「また？　ただで？」

キューズは顔をしかめたが、それでも仔犬を地面に降ろした。

「貸しがずいぶんとたまってるわよ。そろそろドカンと返して貰《もら》わないとね」

「アフターケアだろ」

犬洞の壁にもたれさせているユスのエアロスクーターは、単なる足として使われる町のものよりも複雑で、無骨なデザインの割にはデリケートにできていた。野山を自在に動くために強力なエンジンを搭載し、並以上の浮遊力をもたせているのだ。キューズの自信作ではあったが、カスタム機の宿命で、扱いにくく故障が多い。

キューズは備えつけてあるツールボックスを受けとると、どこがどう悪いのか尋《たず》ねた。

「反発が強いんだ。高低差が大きいところでひっくりかえりそうになる」

「あら。サスをいじり過ぎたかな」

「やっぱりおまえのせいか。首を折るところだった」

「大袈裟《おおげさ》ね」

大袈裟な事態だった。重量二〇〇キロのエアロスクーターにのしかかられて、肩をしたたかに打ちつけ、重みに足を潰《つぶ》されそうになったのだ。

「ハイ、ヨルダシュ」キューズは白い老犬に挨拶《あいさつ》して、スクーターのまえに屈みこんだ。

ヨルダシュは二〇歳になる、クランの最古老だ。血気盛んな若犬だったころに、資質を見出《みいだ》されてユスの父親のクランからやってきた。肉親のもとを早くに離れて犬との生活をはじめる犬飼いにとって、礎の犬は父親がわりでもある。ヨルダシュは老いても矍鑠《かくしゃく》として、君臨していた頂点から退いてもなお誇り高い。

キューズが挨拶をしたのは敬意を払ったわけではなく、見分けがつく犬はヨルダシュだけだったという理由なのだが、老犬はうるさそうにしながらも満更でもなさそうな様子を見せた。現在のボス、スターバックはおもしろくなさそうにそっぽをむいた。

エアロスクーターは器用なキューズの手にかかってたちまちに裸にされた。ユスはもっと光をと命じられて、反応ランプをもって近づき、複雑な機械の内臓をゆっくりと眺め渡した。

キューズの表情が変わっている。

機械を見るときはいつもそうだ。なにもかもを忘れたような呆《ほう》けた表情に見えるが、視線だけはあちこちをさまよっている。広い額と細い弓形の眉の下で、目は隠れた意味を探すオカルティストのごとく強いものを発していた。

このスクーターはキューズが中古の部品を使って一から組みたてたものだから、感慨深いものがあるのだろう。キューズ独自のアイデアがふんだんに盛りこまれているらしく、工房の親方がスクーターのセッティングを見て、どうして動くのかわからないと呟《つぶや》いたという噂がある。ユスとしてはそれが噂であることを祈るだけだ。

やがてキューズはツールを振るって前脚部からコイルを取りだした。それをランプにかざす。

「うーん、やっぱりねえ。すり減ってるなあ。乱暴にあつかい過ぎなのよ。反応をよくするために、導体カバーはないんだからさ、もっと丁寧に扱ってよ」

「無茶いうなよ。ぼくは犬飼いだ。親父《おやじ》のはサスペンションに問題があったことなんかないぞ」

キューズはユスの無知を笑った。

「あんたの親父さんのは真空無重力で合成された特別製の合金。これはただの銅。耐久性は紙と鋼ぐらい違うのよ。ちょっと緩めに調節はするけど、交換しなきゃだめよ」

ドリブルがキューズのつなぎに染みた機械油を舐《な》めていた。ユスはあわててドリブルを追い払う。

「高いんだろ？　その特別製」

「中古では出回らないし、あたしの判断でツケにできる値段でもない。地球じゃああたりまえの素材だけど、ここはピジョンだからね。とにかく銅でも交換しないよりはましよ。消耗部品だと考えて、お金がたまるまでは定期的に交換するということで」

「夏には牧場にでる。それでなんとかするよ」

「他の払いをさきにして。いろいろ不義理があるんでしょ。まったくあんたの親父さんはなにをしてるんだか」

「放浪。ぼくたち犬飼いは家族の絆がそんなに強くない。家族はクランなんだ」

「男の勝手な言い分のように聞こえるけどね」

キューズの言葉にユスは重みを感じて黙りこんだ。もし〝男の身勝手〟について意見する資格というものがあるならば、ユスの知るかぎりキューズがその第一人者だ。

それはキューズの父イェトに起因している。イェトはレンジャーだ。人里離れた野山をめぐり、熟練したナチュラリストの目でこのピジョンのテラフォーミングの成果を確認する、重要な職業である。しかし孤独な道行きを生業《なりわい》とするレンジャーには奇人が多く、社会不適合者と見なされることもある。

一六年ほど前のある日、イェトはふらりとシュラクスの町にあらわれた。レンジャーに独特の無頼の雰囲気、生き残る力強さのようなものに心を奪われた娘たちは多く、そのなかにキューズの母アテネアもいた。しばらくしてイェトは消えるようにして町を去り、アテネアはキューズを産み落とした。

娘が生まれてからは、イェトはシュラクスを年に一度ほど訪れるようになり、キューズをかわいがってはまた奥深い平原へと帰っていった。しかしアテネアには目もくれなかった。子供が生まれるのには女が必要だということを知らないかのように、イェトはキューズだけに話しかけ、キューズだけに笑いかけ、キューズだけに土産をもってきた。その母親には言葉をかけることはおろか、視線をあわせることもしなかった。けれどアテネアは一途な女性で――頑固すぎるという意見もあるが――イェトが振り向いてくれるときがくると信じて、結婚話を蹴りつづけた。孤独を癒してくれるのは、父の野性味の面影を残す、キューズだった。アテネアは娘が溺《おぼ》れそうなほどに偏愛を傾けた。

ときには精神的に不安定になることもある母親との濃密な親子関係に、キューズはよく耐えている。愛情のごり押しに流されることもなく、また反感も抱《いだ》かずに、愛情をもって接している。そんなキューズに、家族とか、男の責任だとかについてユスはなにも言えなかった。なんにでも意見があるクルスだけが、彼女と性差について議論することができる。

キューズは手早くサスペンションの調整を終わらせると、シャーシをもとに戻した。

「おしまい、と。重量にもよるけど、あたしなら三〇センチ以上の段差は避けるわね」

ユスは顔をしかめる。

「三〇センチ？　三〇センチねえ」

キューズは不満げなユスを無視すると、犬たちの毛布でありあわせのクッションを作って座った。そしてエアロスクーターを診ていたわずかな時間のあいだに仔犬たちが身をよせあって眠ってしまったのを見つけて顔を曇らせる。

「あそぼうと思ってたのに」キューズは不満げに唸《うな》った。

「クルスが来たらまた起きるよ」

「それでもよ。すぐに大きくなるじゃない。こんど会うときは、もう暴れん坊の若犬よ。それじゃあかわいくないのよ」

「いや、こんど会うときはもうおとなだろうな」

キューズは驚いてユスを見つめた。

「行くの？」

「うん。仔犬たちの引き渡しが終わったら、すぐにでもルッタリン河、平原を抜けて海まで移動訓練に入る。戻ってきたらそのままカヤンさんの牧場で牛の面倒を見るよ。ここへ帰ってくるのは冬だ」

キューズは顔を伏せて、唇に苦笑いめいたものを浮かべて軽く息を吐いた。その表情にユスはなぜかどぎまぎした。

「いよいよ犬飼いとしてのデビューね」

「ぼくは生まれたころから犬飼いだよ。クランが育たなかっただけでね」

「そういう意味じゃなくて……そう、それでクルスは……」

「いや、言ってないよ。集合はべつの理由だろ」

「とにかく、出かける前には声をかけてよね。オーバーホールするから」

「ただで？」

「ツケよ。あんたはあたしへの借金で首も回らないことを忘れないでね」

「現物支給でどうかな？　夏のあいだ、新鮮な牛乳を」ユスはクランを指し示した。「このなかのだれかに届けさせる」

キューズは手を叩《たた》いて笑った。

「新鮮なバターでしょ。届くころには振動で脂肪分が凝固してる」

ユスは一緒になって笑ったが、すぐに真顔になった。

「それ、ちょっとしたアイデアじゃないか？　もし牧場からの新鮮なバターが、朝食前に届けば？」

キューズは顎に手をあてて考えこんだ。

「いいアイデアだと思う。もちろん、量の問題もあるし、ほんとうにバターになるか、いろいろな問題はあるけど、できたてのバターはいつものとは別物なくらいにおいしいから」

「おおきな商売にならないことはわかってる。でも、来年の夏まではすこしの収入でもほしい。親父からしばらく送金はできないと言われたところなんだ」

「いいよ。実験であたしのアパートにだれかをよこして。結果を連絡してあげる。でもこの子たち、ちゃんとやってきて帰れるのかな？」

「ぼくの犬だ、それは問題ない。ただ、客がついたとしても各戸に宅配というわけにはいかないな。犬たちはそんなにいろんな場所は記憶できない」

キューズは不意に暗い顔をしてうつむいた。やがて言いにくそうに口を開く。

「ねえ……もしうまくいきそうなら……母に仕切らせてくれない？　手数料は割安にするし。紡績工場の仕事、どうもうまくいかないみたいで行ったり行かなかったりだったから、クビになったのよ。それからは家にこもりっぱなしなの」

「いいよ」ユスは気軽に返事をした。

キューズは疑わしそうに犬飼いを見つめる。

「軽々しく返事しないでよね。あたしの母なのよ？　対人関係の下手さが災いして、せっかくのビジネスが駄目になるかもしれないのよ？」

「大袈裟だなあ。うまくいくかどうかわからないんだよ？　それにわかってないのはそっちだよ。うまくいくにしたって、夏と秋の間だけのことだ。カヤンさんの牧場で働くのは放牧が終わるまでなんだから。軌道に乗っていたなら続けたいけど、ぼくにはまだクランをふたつにわける力はない」

「だとしても収入は欲しいんでしょ？　すこしでも多く」

「まあね。でもまあ、思いつきのアイデアにそんなにこだわるほどでもないよ。ぼくにはこいつらがいるから、食費が浮くし。兎《うさぎ》、猪《いのしし》、鹿、雉《きじ》、雷鳥。それにファーストとして食虫文化もあるしね」

「うげェ。例のハエの粉！」

「栄養価は高いよ。ほらこれも」

ユスはポケットからベビーフードをとりだしてキューズの鼻先につきつけた。キューズは悲鳴をあげながらとびずさる。

「冗談でもやめてよね！」

キューズが目に涙を溜《た》めて叫ぶので、ユスは膝を叩いて笑い転げた。眠っていた犬たちまでがユスの感情に反応し、首をもたげてクックッと喉を鳴らす。

キューズは怒りに顔を朱に染めた。

「バカにして！」

そのときミスティアイとドリブルの二頭が深い眠りからいきなり目覚めて、キューズの足もとに駆けよった。そして宥《なだ》めるように前肢でつなぎを引っかきはじめる。

怒鳴ろうと口を開いていたキューズは、不思議そうに顔を見あげてくる仔犬たちに視線を落とすと表情を和《やわ》らげて苦笑いした。

「悪かったよ。ふざけすぎた」ユスはすかさず謝罪を口にする。

キューズはしばらくユスを睨《にら》んでいたが、もとの位置にドスンと体を投げだすようにして座った。

「こんなこともできるのね」

ユスは肩をすくめる。

「望まないことはさせられないよ。こいつらはきみが機嫌よくいてくれたら嬉しいんだ」

「どうだか」

ミスティアイとドリブルはキューズの胡座《あぐら》をかいた膝のなかが存外に寝心地がいいことを発見したようだ。二匹はそこで丸まってすぐに寝息をたてはじめた。

ユスはキューズと雑談をかわしながら、たまらない眠気を感じはじめていた。そしてやっと近づいてくるエアロスクーターの気配をつかんだ。スターバックが立ちあがって、犬洞の出口を見据える。そしてエンジン音は耳慣れなくても、臭いがお馴染《なじ》みのものだとわかると、退屈そうに伸びをしてから寝入った。仔犬たちは眠りの深いところにいて反応していない。

「クルスのバカ?」キューズは膝で眠る仔犬を刺激しないように小声で尋ねた。

「そうみたいだ。またエアロスクーターを新調したらしい」

「ああ、シルバー・スペリオルね。親方が下ろしてるのを見たところ。平地ではとんでもないスピードがでるのよ、あれ。キューズ・カスタムとは対極ね」

「キューズ・カスタムってぼくのスクーター? そんな名前がついてたの?」

「代金を払うまではあたしのものなのよ」

明らかにノーマルのものとは違う悲鳴のようなエンジン音が犬洞の前で止まると、背の高いガッシリした男が姿をあらわした。両手にガチャガチャと音をたてる大きな包みを持っている。

「遅い!」キューズが大きな声をだしたので膝の上の仔犬はみじろぎした。

クルスは悪びれない笑みを浮かべた。普通の顔をしていると、彫りが深いせいか怒っているのかと勘違いされることも多いが、笑うと目尻に皺《しわ》ができてがらりと印象が変わる。愛想笑いでも、ほんとうに楽しくて笑っているようにみえるのだ。

「悪い。治安警察の連中が張ってたんで、大きく迂回《うかい》したんだ。連中はなんだ、おれたちに夜間外出禁止令でもだしてるつもりか？　いちいち止められて誰何《すいか》されてたんじゃたまらないぞ」

「暇なのよ」キューズは言った。

「成績を稼いでるんだ。あるていど成績をあげないと、地球に帰れないからね」

ユスの説明にクルスは大きくうなずいた。

「それは知ってる。おれがわからないのは、地球とこのピジョンをくらべたら、地球に帰りたいなんて思わないはずだということだ。地球なんて汚染されてて、長生きが罪になるほど混みあってて。いいところなんてひとつもない」

「もしあんたが地球に行ったら、このピジョンに帰りたいと思う？」キューズが尋ねた。

「あたりまえだ」クルスは憤然として即答した。

「じゃあそういうことでしょ。治安警察のやつらも」

ユスもキューズの意見に賛成した。

「それに、ピジョンにないものは多いよ。おもにテクノロジーが。地球で生まれたなら、ピジョンがとんでもない田舎に見えるのも当然だろ」

クルスは釈然としないようで、それでもピジョンのほうが素晴らしいと言いながら、包みを抱えなおして明るいところに歩いてきた。

「なによその恰好《かっこう》？」改めてクルスを見てキューズは声をあげた。

クルスが着ているのはタキシードだった。顔だちの造作が深く、背も高く、体格も程よくいいので、よくにあっている上におとなびて見える。ファンド家にはラテン系の血が入っているので、全員がフォーマルな装いが似あうのだ。巨漢の当主ルクスルクでさえ、タキシードを着れば肥満が貫禄になる。

「パーティだったんだ」恥ずかしいのか、クルスの口調はいい訳じみている。

「パーティ？」ユスは大きな声をだした。

クルスは提げた包みを床に降ろした。

「やっぱり知らないか。今日のおれはシュラクスではちょっとした有名人なんだけどな」

ユスはキューズを見た。キューズはさっきまでシュラクスの町にいたはずだ。

キューズは首を横に振る。

「知らない。きっとセカンドだけの内々のことなんでしょ」

クルスは屈託なく笑った。

「そりゃまあ、そうだ。パーティにはセカンド以外には呼ばれてないからな。じつに親父らしいと思うだろ？　ところでおれの仔犬はどこだい？」

ユスは里子にだす二匹のうち、背中に黒い毛のはえた耳の大きな雄犬を指さした。

クルスは眠っている仔犬を優しく抱きあげると胸に抱いた。仔犬はわずかに目を開き戸惑ったのかもがいたが、すぐに脇の下にもぐりこむようにして夢の世界へ戻った。

「おまえはライディーンだ。いつもらえる？」

「もう離乳したからね、いつでも。でももうすこしこっちに置いておいたほうがいいかな。まだクランから引き離されると、ものすごく寂しがるはずだ」

「あんまりしつけないでくれよ。おれは奴隷のような犬は欲しくない」

「それはそっちの飼い方ひとつだよ」

「なるほど。犬飼いの犬だからといって、飼い主に責任がないわけじゃないというわけか。了解だ、おれたちはともだちになる。なあ、ライディーン？」クルスに顎を撫《な》でられて仔犬は気持ちよさそうに喉を鳴らした。

「もったいぶらないで教えなさいよ。なんのパーティだったの？　それにあれはなに？」

キューズが疑問を呈したふたつの包みの中身を、ユスは犬の鼻を通じてなんだかもうわかっていた。食べ物だ。それもごちそうだ。

クルスは悪戯《いたずら》っぽく笑った。

「ネットワークにつないでみろよ」

ユスとキューズは顔をみあわせ、いまは使えないことを告白した。ユスのは電池切れのまま放置していて、キューズは自分の家に忘れてきていた。

クルスは呆《あき》れたように首を振って、タキシードの内ポケットから自分のアクセスパネルをだして、その極小電子機器のタブレットを岩壁にたてかけた。

「おまえらなあ、文明人なら文明人らしく社会に参加しろよ。クルス、ルッタリンニュースチャンネルを表示」

コンピュータはクルスの声を認識すると、求めに応じてローカルニュースチャンネルを開いた。

ディスプレイにクルスの真面目くさった顔が大写しになって、ユスとキューズは驚きの声を上げた。記事には、倫理チェック、最年少でクリア、と見出しがついている。

「嘘でしょ？　手のこんだいたずら？」キューズは驚きで目を丸くしながらも、疑わしそうに尋ねた。

クルスは胸をはる。

「そう言うと思ってわざわざパネルをだしたんだぜ。ほんとうだ、間違いないさ」

「へぇえ」ユスは素直に驚いた。「それじゃあ、本気で政治家になるんだ」

倫理チェックはいうなれば人間の資質を問うものだ。おいそれとパスできるものではなく、なにをテストされるかも極秘だから、準備のしようもない。まさしく自分というもので正直に勝負することしかできない難関だ。そしてこれにパスしなければ、官僚や政治家、検事や弁護士など社会の構造を維持する職業につくことはできない。

「昔からそう言ってるだろ？　親父みたいなフィクサーにはならないってさ。やるなら正々堂々と。秋から、ルーオンデルタのポリティクススクールへ行く」

「学力テストをパスできればでしょ？　でも、おめでとう！」キューズはクルスの肩を叩いた。

「学力をつけるためにポリティクススクールに行くんだ。それほど大きな障害じゃないよ。良かったな、クルス」ユスもクルスの肩を叩いた。

クルスはほんとうに嬉しそうに、ユスとキューズそれぞれにうなずきかけた。そして包みに手をのばして結び目を解いた。

あらわれてきたものにキューズは歓声をあげた。高級なピクニックセットがふたつあり、そのなかにはまだ湯気のたつ料理がいっぱい詰まっていた。

濃いソースのかかったローストビーフ、香草を詰め、熱いバターをかけながら焼いた鴨《かも》、見事な黄金色のパエリア、舌びらめのムニエルのタルタルソース添え、海鮮のゼリー寄せ、生牡蠣《なまがき》、キャビアとガーリックトースト、種々のごちそうが三人では食べられないほど大型のピクニックセットのなかからあらわれてきた。赤、白、ロゼのワインとブランデーまで揃《そろ》っている。

キューズはワインのラベルを読んで目を丸くした。

「すごい。地球のグリーンサハラ産よ、これ」

ユスも歓声をあげる。

「ぼくたちにもパーティのお余りってわけか！」

「おい！」それを聞いてクルスはいきなり怒声をあげた。「お余りとはなんだ。これはおれたちのために作ってもらった料理だ。皿に盛られてたやつをくすねてきたんじゃない。おれがともだちに残飯を食わせると思うのか？」

クルスが憤然とたちあがったので、ユスは慌てて声をかけた。

「ムキになるなよ。ちょっと言葉を間違えただけだ」

クルスは足を踏みならしながら洞窟を出てゆき、すぐにべつの大きな袋を手に戻ってきた。人の悪い笑みを浮かべている。

「じつは残飯もある。これは犬たちにだ！」

食べ物の臭いにすでに完全に目を覚ましていた犬たちは、一斉にたちあがって嬉しそうに一声吠えた。クルスが犬たちの輪の中心に袋の中身をぶちまけると、ユスがせめて上品にしろと言うにもかかわらず、おしあいへしあいしながら食いついた。

クルスは洞窟の中央に進みでると、演説でもするかのように姿勢を整えた。

「さあ、これからがほんもののパーティだ」キューーズに身振りでワインを注ぐように伝える。「親父たちのパーティは退屈だった。だれもおれのことを祝っちゃいない。将来の政治家に自分を印象づけることだけが目的だった。ピジョンの独立主義者が勢ぞろいしてたが、やつらはなにから独立する気なのかさっぱりわからない。統合府総督省が自分たちの権益を侵すことが腹に据えかねているだけだ。親父は親父で息子の自慢話しかしゃべらない。返ってくるのはおべっかばかりだ。しかしここにはほんとうのパーティをしてくれるともだちがいる。犬たちでさえ、おれを祝福してくれる。親父の家で嫌な目つきで損得を勘定してる豚たちと比べて、なんとすばらしい生き物か」

高価そうなワイングラスが三つ、グリーンサハラのワインで満たされた。ユスとキューズは立ちあがって、微《かす》かに色づいた白ワインを手にして、クルスと向かい合った。

クルスの演説は続く。

「ここにいるのはおれの大事なともだちだ。嬉しいときには笑ってくれる、間違ったときには叱ってくれる、悲しいときには泣いてくれるともだちだ。互いにいいところも悪いところもある。それを含めてのともだちだ。ファースト、セカンド、サードとそれぞれ境遇は違う。それを含めてのともだちだ。これからのピジョンのために、統合府の支配から脱するために、そしてわれわれの自由のために。乾杯！」

三人は目線のところでグラスを触れあわせた。

キューズとクルスは一気にワインを干した。しかしユスは口をつける程度におさめる。

「おい、興ざめなことはするなよな」ユスを見て、クルスは注意した。

「いや、わかってるよ。でも酒はまずい。クランはいまがいちばん敏感な段階なんだ。いちいちぼくの情動に反応する。それこそ鏡みたいなものなんだ」

「だったらなによ」キューズは早くも頬を朱に染めていた。「クランがあたしたちに襲いかかってくるわけ？」

「そんなわけはないけど、コントロールできなくなるかもしれない」

クルスもキューズの非難に乗じた。

「だからなんだ。ユス、正直に言うぞ。おまえちかごろ面白くない奴になってる。クランのことがだいいちなのはわかってるが、仏像みたいに曖昧な顔つきをずっとしてる。むかしのおまえはもっと熱かった」

たしかにユスは自分を抑えていた。感情を抑えることは犬飼いの運命だと知っていても、嫌な感じの疲労は溜《た》まる。感情をコントロールできなくてクランが狂犬の群れとなる話を父親にいやというほど聞かされて、なかばトラウマになっている。しかしいまなら大丈夫だ。人里からは離れているし、まわりにいるのは気のおけないともだちだ。クランの維持に繊細になりすぎても、犬たちが窮屈に思う。これも犬飼いの不文律のひとつだ。

ユスはグラスを干した。

「よし。それこそ分別《ふんべつ》というものだ。楽しむときには楽しめ、だ。責任と義務はもちろんあるとして、判断を預けちゃいけない。お堅いだけならロボットでもできる」クルスは満足げに大きくうなずいた。

三人は車座になって座った。クルスの吸いこまれそうな漆黒のタキシードはたちまちのうちに犬の毛まみれになるが、気にする様子もない。

「さあ、食べるわよ」キューズがそういいながら早くもミートローフを手掴《てづか》みにした。

「下品なことするなよ」と言いつつも、ユスもミートローフを手でつかんだ。クルスも困ったようすをしながらも、肉片を指でつまんだ。

三人ともとくに空腹というわけではなかったが、ファンド家のごちそうはただ腹を満たすためだけの食物とは明らかに一線を画していて、満腹を感じてもまだ食べられる特別な部類に属していた。最高の食材、最高の料理人をファンド家の当主は金に糸目をつけずに集めたのだろう。ユスはそんな気合の入ったパーティを抜けだして大丈夫なのか、とクルスに尋ねた。

クルスは諦めたように顔をしかめた。

「まあ、あしたは大目玉を食らうだろうな。しかし義務は果たしたよ。食事ではそつなく会話をこなしたと思うし、そのあとのダンスも二、三曲は踊った。そこで倫理チェックの疲れということで抜けだしてきたんだ。あきらかに親父は怒り心頭に発してたけど。でも大変だったのはそれからさ。料理を親父に見つからないように別に作ってもらって、それをピクニックセットに詰めて、ビンがガチャガチャ鳴るのにびくつきながらエアロスクーターを車庫から出して」

「ごくろうさん。さすがにこれはおいしいよ」ユスは改めて礼を言った。

「あたりまえだ。値段を聞いたら残飯といえども犬たちにやるなんて犯罪に思うくらいだからな」

「倫理的ィ」キューズが茶化す。

「そうさ。これぞ倫理だ。豚どもに食わせていい料理じゃない。人道に反するよりも、おれは犯罪を選ぶ」

「至言に。そしてこんなクルスをパスさせた奇跡に」

キューズがグラスをもちあげたので、ユスとクルスは改めて乾杯をした。

仔犬たちは大騒ぎだった。キューズもクルスもねだられるままに食べ物の切れ端を与えるので、こんなに旨いものが世の中にあると知らなかった彼らは、シャツに爪をたてて口もとにまで登ってきそうな勢いだった。明日はなかなかハエの粉末は食べないだろうな、とユスは心配になったが、エビやイカの類《たぐい》とタマネギは与えないようにと注意するだけで大目に見ることにした。食べなければ食べないでいい。いつかは空腹に耐えきれなくなるのだから。

ガーリックトーストにバターが塗られていたので、ユスとキューズはあのアイデアを蒸しかえした。それにクルスも興味を示す。

「場所が必要だな。そうだ、コロニー通りに遊んでる店舗がある。いまは物置に使ってるはずだ。そこを使えよ。そこならキューズの家からも近いだろ」

　ユスとキューズは顔を見合わせた。

「いや、クルス、そんな大げさな話じゃないんだ」

「店なんて借りられないわよ。たとえただだとしても」

「ただなわけないだろ。賃料は儲《もう》けの四〇パーセントでいい。四：三：三だな」

「なんであんたがいちばん多いのよ？」

「おれが資本家だからだ」クルスは悪びれずにサラリと言う。

　キューズはムッとして眉間《みけん》に皺を寄せた。

「なによ。あたらしいエアロスクーターを買ってもらったただのお坊ちゃんのくせに」

　痛いところを突かれて、クルスは食べ物を喉に詰まらせた。ユスはどんな言い訳をひねりだしてくるかと、クルスの考えがまとまるのを待った。

「聞き捨てならないな！」クルスは身をのりだした。「おれのシルバー・スペリオルはひとつの象徴なんだ。これからやってくる、これから勝ち取る、ピジョンのための自由の象徴なんだ。〝ミス・リバティ〟は、新時代の先駆けであり、その御旗《みはた》であり、風になるんだ」

「言ってることがよくわからないよ。わかる？」キューズはユスに同意を求めて、わからないという返事が返ってきたことに力づけられてうなずいた。

　クルスは傷ついた表情を浮かべた。

「ユス、おまえまでおれを高価なプレゼントにのぼせあがったお坊ちゃんだというのか？」

「そうじゃない。ただ意味がわからないだけだよ」

「言いたいのは、〝ミス・リバティ〟はおれだけのものじゃないということだよ。彼女は戦いのための足で、翼だ。同志のためのマシンだということだ」

クルスは過保護ぎみなプレゼントを、みんなで共有するものにして正当化したいらしい。断るには惜しく、さりとて素直に貰うことは独立した個人としてのプライドに傷がつく。それで苦肉の策として、おれがひとりで貰ったわけじゃないという理由を捻《ひね》りだしてきたのだ。

クルスにしてはお粗末ないいわけだ。だからキューズにつけこまれる。

「あらそう」

キューズは含み笑いをしながら立ちあがった。ポケットからこれみよがしにフレックスツールをとりだしてくる。そしてブラブラと出口にむけて歩きだすと、クルスが顔色を変えた。

「なにをする気だ！」

「べつにィ。ちょっとね」

キューズは走り始めた。クルスも弾《はじ》かれたようにその後を追う。ユスは反応ランプを持って、なにごとかと驚いている犬たちを宥《なだ》めながら外にでた。

キューズはすでに銀色の機体の前に屈みこんでいた。クルスはそばで悲鳴に近い声で喚《わめ》きちらしている。

ユスはその背後からランプを照らした。

「気が利くじゃない」キューズは楽しそうに言った。

「ユス！　覚えてろよ！」

肩を摑んできたクルスには悲壮感すら漂っていたが、もうどうしようもない。たしかにこのプレゼントは過保護の極みだ。

「あきらめろ」

ユスの言葉が死刑宣告だったかのように、クルスは絶望で膝をついた。

キューズはすでに胴体部のパネルを外していた。露《あらわ》になっているのは精密なコントロール部分だ。キューズはちょいちょいと慣れた手つきで設定を変更してゆく。

「どうしておまえにアクセスコードがわかるんだよ」

クルスが尋ねると、キューズはいたずらっぽく眉をあげた。

「バカねえ。これを下ろしてコンディションを調節したのは親方。システムの設定をしたのは、あたし。さあ、これで声紋チェックは解除したわよ。起動ワードは……」

「自由のために」ユスが言った。

「自由のために、と。さあ、これで起動ワードさえ言えばだれでもつかえるようになったと。良かったね、クルス。自由のための翼、〝ミス・リバティ〟の誕生よ」

キューズは口笛を吹きながら犬洞へと戻っていった。クルスは意外とあっさりとした様子で立ちあがる。

「分解されると思ったよ」

「いくらなんでもそこまでは……」

「いやいや、そりゃあふだんのキューズならしないさ。でもあいつ、今は酔ってるぞ。なにをするかわかったもんじゃない」

犬洞ではキューズがワインをがぶ飲みしていた。なにかを予感したのか、犬たちは遠巻きに距離を置いている。

パーティが再開されると、自然と会話はバターのことに返っていった。

「とにかく、場所なんて必要ないのよ」

リードをとれる話題に戻ると、クルスはいつもの自信満々な表情に戻った。

「おいおい。要るに決まってるだろう。ほんとうに犬に持たせて走らせるだけでバターになると思うのか？　そんなわけないだろ、ユス？」

「そりゃまあ完璧に分離はしないだろうな」

「そうだ。バターはできる。でもそれは微々たる量でしかない。まだまだ牛乳のなかには脂肪分が残ってる。まさかのこりは捨てる気じゃないだろう？　じゃあ、場所は必要だ。

攪拌機《かくはんき》を置くための場所が。おれん家にはその攪拌機もある。それもつけての四〇パーセントだ。かなりサービスしてるだろう？　儲けがゼロならおれの取り分もゼロ、場所はただ貸し。ともだちだからだぜ。だからおれにも一枚嚙ませろよ」

「でもそんなことをしてたら、ただの小遣い稼ぎが商売になってしまうよ。商売なら、攪拌機を備えた車を準備して大がかりにやったほうがいい」

　ユスの抗弁にクルスは笑った。

「バカだなあ。そんな設備投資が回収できるほどの商売でもないだろ。それにこのビジネスがうまくいくかもしれないとおれが考えるのは、犬がバターを運ぶからだ。なんてったって、かわいいだろ。そこがセールスポイントなんだ。子供が喜ぶ。ワンワンのバターってな。それから値段も低く抑えられる。輸送コストはただみたいなもんだから。味は二の次さ」

「なにか嫌なかんじ」キューズは冷ややかな目でクルスを見た。

「おまえは職人だからな。そういう風に感じるだろう。ユスはとくになにも感じないだろ？　それはおまえがひとりで生きていくことしか考えていないからだ。だから、こういうことはおれに任せろ」

「なによ偉そうに」

「最後まで聞いてくれ。キューズ、これがうまくいけば、おまえのおふくろは生活費ぐらいは稼ぐことができる。考えるときはそれがどんな下らないアイデアでも本気で考えるんだ。それが成功の秘訣《ひけつ》だ。それから、ユス、これはおまえのためにもなる。すくなくとも安定収入があれば、それはあしがかりになる。おまえはクランとあちこち放浪しなくてもよくなるんだぞ」

そう言われてもユスはたいして心を動かさなかった。

「ぼくはあちこち放浪したいんだけどな」

クルスはしばらく絶句する。セカンドにファーストの気持ちがわかる例《ためし》はない、そんな常套句《じょうとうく》の見本のような表情だった。

「犬飼いってやつは……まあ、いい。じゃあ、幼い犬飼いのことを考えろ。犬飼いは幼いころに家族を離れてクランとともに暮らす。収入は不安定な親からの送金だけだ。だから、大抵は貧乏だ。おまえをこどものころから見てるからその貧乏ぐあいはよく知ってる。しかしこのアイデアがうまくいくなら、悩みがずいぶん減るとは思わないか？　ほら、弟のことを思いだせよ」

キューズは驚いてユスを見た。

「あんたに弟なんかいたの？」

ユスは苦笑いする。

「いないよ。ヨルダシュの弟が礎となっているクランがあるんだ。その主人ジュジュは、ぼくたちの伝統によれば弟ということになるんだ」

「犬兄弟？　なんかものすごく変な響きよ？」

ユスとキューズは結局なんとなくクルスに丸めこまれて、最後にはそうしようと約束までしていた。

それからはパーティは和やかにすすんだ。主な話題は子供時代の思い出で、彼らそれぞれが新しい道に踏みだそうとしていることを重く感じていたから、口調は哀惜をおびたものになった。もうこれからは頻繁に会うこともない。三人揃うことすら難しくなる。だれもその寂しさを口にはしなかったけれど、少年時代に幕をひくことを一瞬でもさきのばしにしようと、彼らはノスタルジーに浸っていた。

これもだれも口にしなかったが、三人が三人とも、じつは酒を本格的に飲むことが初めてだった。食事のときに水で割ったワインを口にする程度の三人が、限度を知らずにワインとブランデーをがぶのみしたのだから、パーティは半ばを過ぎてからは悲惨なものになった。

なかでもユスとクルスが身をもって知らされたのは、キューズの酒癖の悪さで、怒鳴る暴れる泣いて吐く、と醜態のオンパレードをくりかえしたあげくツケの担保としてドリブルを頂くとユスを脅し、クルスを強欲な商人の子と罵《ののし》った。そして最後にはバタリと倒れて眠りこんでしまった。ユスとクルスも火照《ほて》った顔を岩におしあてて冷ましながら、意識のスイッチを切ったかのようにすぐに眠りに落ちた。ユスの酔いを感じとって終始落ちつかないようすでいた犬たちは、ようやく静かになったと深いため息をついた。

翌朝、三人は頭痛と後悔を抱えて目覚めたが、満足でもあった。

1　空から来た災厄

「ねえ、ピジョンってどんなところ？」

アグンは微笑《ほほえ》んだ。娘がいつもの好奇心をとりもどすほど、元気が戻ってきたのが嬉《うれ》しかったのだ。

「お、質問だね。鷲座《わしざ》アルタイルの輝きに隠された恒星ピジョン。そこを巡る豊かな世界、ピジョン。

ピジョンはね、平らな惑星なんだ。ずっとずっと平らな地平が続いている。平原は巨大な牧場でね、牛や馬や羊や鹿やトナカイも飼われてる。奇跡と言われるほどに豊かな植民世界だよ。地球に次ぐぐらい、いいや、地球は汚れて混みあっているから、地球をしのぐほどだ。その生物多様性指数二六。しかも右肩あがりで。地球の指数は七一でも下げ止まらない。え？　難しい？　ともかく、おいしいヨーグルトや、チーズや、肉がおなかいっぱい食べられるよ」

「お肉きらい」

「それはディディが合成タンパクしか食べたことがないからだよ。ほんものの肉はとてもおいしいよ」

「マンゴーより?」

「うーん、比べるものが間違ってるけど……マンゴーぐらいにはおいしいよ」

「じゃあ、食べる」

「よし。食べて食べて大きくなるんだ。ピジョンはそれができるところだよ。産児制限がない惑星はピジョンだけだからね。でもね、ピジョンの歴史は事故から始まったんだから不思議だね」

「事故?」

「うん。ピジョンのひとたちはエコーに移民に行くはずだった。でもエコーはシャドウに侵されてた。異星人の幽霊だね。それでエコーの地表はなにもかも変質していた。木は石になって山ほどの高さになったり、人間は背中から鶏冠《とさか》がニョキニョキ生えてきたり、一夜にして白骨の森ができたり……」

「怖い。やめて」

「わかった。とにかく混沌《こんとん》にエコーは死に絶えていた。ピジョンのひとたちは困り果てて、あちこちに探査機を送った。そこでかろうじてテラフォームできそうなピジョンを見つけたんだよ。彼らは移民で開拓民じゃないから、テラフォームの手段も限られている。とても苦労して……」

ディディの目が眠気でトロンとしてきた。アグンはその隙に口のなかに誘導剤を押しこむ。

脊髄に移植されている代謝遅延タンパク合成機が、ディディを苦痛に満ちた眠りに引きこんだ。


狩りは終盤にはいろうとしていた。

野生馬の群れから老いた雄をひきはなし、迫りくる牙の群れに我を失って暴走するところを、四つの小隊が死地に向けて誘導していた。

スターバックはクランのボスとして、とどめを刺すべく丘を大きくまわりこんでいる。獲物のすぐ後を追って息をつく暇を与えないのが忠実なアデレイド。この女傑は雄顔負けの体軀《たいく》と闘争心をもちあわせていて、いまもしスターバックが欠けるようなことがあれば、ユスは彼女に群れを任すことだろう。西に広がる林のなかに逃げられないように、退路を断ちながら包囲網を形成しているのはベスピエだ。もう若くもないし、体力に勝ることも気力に富むこともないが、その利口さでクランには不可欠の存在だ。コルトは大きく迂回《うかい》していて、馬の進路よりは東にずれた岩場をめざしていた。スターバックがもし最初の一撃を外したなら、そこが馬の最期の地になるだろう。ボスの座を虎視眈々《こしたんたん》と狙う野心家にふさわしい位置だ。

その四頭の小隊長が部下を従え、狩りの構図を描いていた。

終わりが見えたので、ユスは限界までに駆りたてていたエアロスクーターのスロットルを緩めた。惰性で小高い丘の頂点まで登って止まり、平原を見下ろす。

ピジョンがそこにあった。広大な平原が四方のすべてに広がっていて、地平線に至って途切れている。世界の断面がゆるやかなカーブを描いているのは、惑星の弧そのものだ。空の色は淡い青、蒼穹というほど仰々しくはなく、やさしくひかえめに大地を覆っている。

〇・九七G、地軸の傾き二七・三度、陸海比五：五、年老いて平坦な惑星で、内陸部は乾燥が激しく、気温は低い。そんな地理的データがユスの頭をよぎるが、なんと無味乾燥なのだろうとどこかに追いやった。ピジョンのことを知りたければここに立てばいいのだ。

数さえ定かではない家畜がこの平原で生きている。クマも、トラも、パンダまでもが生きている。地球の温帯の動物相は、それが乾燥寒冷地に適応できる限り再現されている。ゾウ、キリン、ライオンとアフリカサバンナの生き物がいたら楽しいだろうとは思うが、彼らにはこのピジョンは寒すぎた。

生物の多様性では母なる地球の足もとにも及ばなくても、美しさではひけをとらないとユスは自負していた。まっ平らで見るものがなく単調だという意見の持ち主には、なにか感覚器官のひとつでも足りないのではないかと言いたい。それがピジョンうまれの人々のあいだでも特殊な意見だとは承知している。しかしユスは犬飼い、テラフォーミングが崩壊したあとのピジョンで、大地とともに呻吟《しんぎん》したファーストの末裔《まつえい》だ。受け継いだ血が単調な平原に豊穣な美を見出《みいだ》させる。

秋枯れの平原で犬たちの影が揺れていた。まばらに生えた腰丈の草でその姿が見え隠れしている。その力強い躍動を見ていると、ユスは心がうきうきと湧きたってくるのを感じた。一〇万頭の牛を誘導するのも楽しいが、やはり狩りがいちばんおもしろい。

ユスは視線をあげて、狩りの終点と見極めた楢《なら》の立木を見つめた。馬の逃走経路、犬たちの小隊の位置、速度と地勢を見比べてみた。実際の位置はイメージよりすこしずれている。このままいけば、スターバックは紙一重で獲物を取り逃がすかもしれない。

ベスピエはベスピエに獲物との距離をもうすこし詰めて圧力をかけるように指示した。ベスピエは迅速に対応して、配下を大きく広げながらペースを早めて獲物を慌てさせた。

「よし賢いぞ」

イメージ通りの動きに、ユスは称賛を口にした。ベスピエの賢さは、興奮に我を忘れることなく、いつも冷静で指示に素早くしかも的確に反応する能力にある。

馬が肢《あし》をもつれさせて倒れた。アデレイドが追いすがるが、老馬はすばやくたちあがって逃走を再開する。思ったよりも頑健なことに、ユスはうれしい驚きを感じた。意外なことがひとつぐらいないと、狩りはおもしろくない。

ユスは最期にもういちど位置関係をたしかめて間違いがないことを確信すると、スクーターを降りた。すると牽引《けんいん》しているベビーキャリアの蓋《ふた》がポンと音を立てて開く。中からボタンひとつで簡単に蓋を開けることができるようになっているのだ。

キャリアのなかからミスティアイが疲れた視線をぶつけてきた。振動と息苦しさにたまらなくなって、スクーターの停止とともに蓋を開いたようだ。

「ごめんよ。こどもたちを見せてくれよ」

ミスティアイが体を揺らすと、腹の下から眼が開いて間もない仔犬が二匹顔をだした。キョトンとした顔で母親とユスを交互に見比べている。もうすこし大きくなれば、緩衝バーがあるとはいえ振動に怯《おび》えるようになるはずだが、いまはまだ母親の腹の下に隠れてなにが起こったのかよくわかっていないようだ。

「おまえたちの親父《おやじ》はよくやってるぞ」

ユスが指で頭を掻《か》いてやると、仔犬は迎え撃つといった雰囲気で小さな口を精一杯に開いてみせた。

サクラとサナエはミスティアイを母、ベスピエを父とした一腹の子だった。本来ならベスピエは子を残せるほどの位置にはいないが、ちかごろ目覚めたように利口になってきたので、ちょうどベスピエに興味を示していたミスティアイとの交配を許したのだ。異例のことには異例の子が生まれるのか、ひとつであるはずのところにふたつの命が宿った。

スターバックはもちろん不機嫌になり、次期ボスの座を狙うコルトも仔犬たちに牙を剝《む》き、アデレイドまでが邪険にした。しかし双子には幸運の星でもついているのか、いままでは仔犬に興味すら示さなかったヨルダシュの加護を得られた。二二歳という驚異的な長寿を誇るヨルダシュは、過去の栄光だけでなく、老齢という威厳も身にまとい、クランのなかで特別な位置を保持している。その古老がいつも視界の隅に双子を置いて睨《にら》みを利かせているから、気に食わなくてもだれも手がだせない。

ヨルダシュはおなじベビーキャリアのなかで母親の邪魔にならないように小さく丸まっていた。ユスを不機嫌に睨んでいる。こちらは子供を気づかってのことではなく、ベビーキャリアに詰めこまれることが嫌いなのだ。もう走れないので仕方がないのだが、ユスとしてもヨルダシュを幼児扱いしなければならないことは悲しかった。

「もういいよ」

ユスが言うと、ヨルダシュは鼻を鳴らして体を起こし、地面に飛び降りた。着地した瞬間、胸を地面に打ちつけるのを視線をそらして見ないふりをした。

ヨルダシュは鼻面をのばして風の匂いをおいしそうに嗅ぐと、平原を睥睨《へいげい》した。白い老犬は将軍の風格を漂わせ、子供たちの狩りを詮索がましく見つめる。

ユスの視力でももう犬たちの姿は見極めにくくなっていた。黒い点が踊るように動いていて、終局の立木へと向かっている。

ユスはスクーターに跨《また》がると、ヨルダシュがついてこれるゆったりとした速度で走りはじめた。獲物を仕留めてから待たせると、犬たちは正当な報酬を奪われた気がするらしく苛立《いらだ》つ。

スターバックが獲物を視界に捉えたのを感じる。同時にコルトの強い不満も感じられた。ベスピエに入れ知恵したことでユスを非難している。お門違《かどちが》いだ、と叱ってやるとしぶしぶながら怒りの矛をおさめた。

そのとき歓喜の念がユスの意識に割りこんできた。オオン！　と獰猛《どうもう》な声がして、獲物の老馬が驚いて進路を変える。

ドリブルだ。老犬の方を見ると、呆《あき》れたように口を開いている。そして察しのいいところを見せて、自分からジャンプしてキャリアに乗りこんだ。普段は鈍重でもいざというときにはまだまだ達者だ。スロットルを絞って加速する。

どうもおとなしいと思っていた。ドリブルは組織的な狩りを行うにはまだ若すぎるので、ほかの若犬たちとまとめて遊撃隊を任せている。遊撃隊といっても、成犬たちの邪魔にならないようにしていることだけが仕事なのだが、近頃はそれに物足りなくなってきていたのだ。

断末魔の叫びが、狩りが唐突に終わったことを告げた。ドリブルはしてやったりと狂喜しているし、スターバックは激怒して現場へ急行している。

エアロスクーターが溝を飛びこして、ユスはドリブルがなにをしたかを理解した。溝は涸《か》れた小川だった。ドリブルの遊撃隊はこの涸れ川を伝って、犬たちの視界にも、ユスの視界にも入らずに獲物に駆けよったようだ。その間ユスに勘づかれないように感情を押し殺していたのだから、その点だけは誉《ほ》めてやってもいいかもしれない。それまでにスターバックに咬み殺されなければ。

獲物を横取りされたボス犬はほんとうに怒り狂っていた。ユスが倒れて痙攣《けいれん》をしている馬のところへ着いたとき、スターバックはドリブルを追いかけまわしていた。遊撃隊の仲間たちはどこかへ逃げ散っていて、スターバックの小隊が獲物のそばで困惑気味にボスを見つめていた。

「スターバック！」

ユスが呼びかけても、スターバックの怒りはおさまらなかった。それどころか声の調子が宥めるように優しかったので、正義は我にありと確信して勢いづいた。ドリブルで肢が早いことをいいことに楽しんでいる節《ふし》もある。

続々と犬たちが集まってくるなか、ユスはなんどもスターバックの名を叫んだが、事態はおさまらなかった。やがてドリブルが追われることに飽きたのか、遠くへ一目散に逃げてしまった。

「あとで叱っておくから」

ユスは毛を逆立てながら戻ってくるスターバックに言った。それでも喉を低く鳴らしているので、はやく気をそらせてやろうと、ユスはピストルを握った。

ドリブルのとどめの刺し方が甘く、馬はまだ息があった。喉から大量に出血しながらも、生きようと胸を大きく動かして呼吸している。ユスはピストルを馬のこめかみに向けて引き金を引いた。

銃声とともに骨の砕ける嫌な音がして、馬は体を激しく震わせると一瞬で絶命した。ユスはナイフに持ち替えて腹を裂くと、袖をまくって腹腔に手を入れて肝臓を探った。摑《つか》みだした赤黒い肉の塊を半分に切りわけ、スターバックに投げてやった。濃厚な血の匂いにスターバックは怒りを忘れてむしゃぶりつく。のこりの半分はさらにわけて、ヨルダシュと乳をださなければならないミスティアイに与える。

手慣れた手つきで馬を解体し、残しておく肉を切りわけながら、犬に与える部位を切りはなしてあちこちに投げた。犬たちは小隊ごとに仲良くわかれて行儀よく食事を始めた。スターバックには気を静めるために、腹の脂の多いところも投げてやった。

手を休めたときにはまだかなりの肉が残っていたが、それはそのままにしておく。野犬たちとその他の動物のためだ。野犬たちはペットだったものが多いので、狩りはうまくない。それにいまは姿を見ることのないピジョンジシに捧《ささ》げるためでもある。犬飼いのなかでは、いまでも最後のピジョンジシ、シルバーホーンは腹を空かせたまま平原をさまよっているということになっている。生き残るために自分たちが滅ぼした種への罪滅ぼしだ。

ヒートキューブで馬肉を炙《あぶ》っていると、遊撃隊の面々が三々五々帰ってきた。草むらに身を隠しながらこちらの様子を窺《うかが》い、そろそろと姿をあらわしては一列に並んで腰を落とした。それを見てスターバックは鼻面に皺《しわ》をよせて唸《うな》る。ユスが制止すると、自制して跳びだすのをやめたので褒めてやる。

ユスはしおらしく頭を垂れている遊撃隊に言った。

「もちろんおまえらはメシぬきだ」

言葉の意味は理解したはずだが、ドリブルを始めとする若犬たちは動じなかった。そんなことは覚悟のうえというわけらしい。あとで空腹に悩むことも忘れて、いまははじめての狩りに興奮していて、ハッハッと息を吐く口もとが笑っているように見える。

ユスはどうなることかとスターバックとドリブルを交互に眺めて気を揉《も》んでいたが、しばらくするとドリブルは観念して、スターバックのまえに進みでると仰向《あおむ》けになって腹を見せた。伏せの態勢で休んでいたスターバックはうるさそうに顔をそむけたが、根負けして面倒くさそうにドリブルの口を舐《な》めた。

和解は成った。ドリブルはパッととびおきると、次にはユスのもとにやってきた。馬肉の塊を横目で見ながら、ユスの手を舐める。

「メシ抜きはメシ抜きだな」

ユスは冷ややかに言った。スターバックはユスが罰を与えることを期待して許したのだから、その信頼は裏切れない。

ドリブルは黒い瞳に懇願の色を浮かべていたが、とりつく島がないことがわかるとトボトボと仲間のもとへ戻っていった。その背中が寂しそうで、思わず声をかけそうになったが、スターバックの自制を思いだして我慢する。

ヨルダシュが近寄ってきて、鼻でユスの肩をつついた。視線はドリブルを追っていて、きっとまたやるぞと警告してくれている。

「同感だね」

忠告の礼に焼きあげた馬肉をスライスしてやると、ヨルダシュはそれをくわえて、ミスティアイのもとに持っていった。母犬にやるのかと思えば、老犬は肉をこどもたちに食べさせようとする。

ユスは驚いて立ちあがりかけて、ヨルダシュの確信に触れて思いとどまった。ミスティアイもやめさせようとはしていない。老犬に、仔犬にいつまでも乳房をくわえさせておくな、と注意されているようだ。

サクラとサナエは肉片をしばらく戸惑い気味に眺めていたが、やがてサクラがガブリと咬《か》みついた。一拍遅れて、サナエも負けじと咬みつく。二匹は幼い顔に獰猛な表情を浮かべて肉の綱引きを始めた。一方が肉を咬み切ってしまうと、もう一方はゴロゴロと転がる。そしてまた綱引きがはじまる。肉はたちまちにどろだらけに、そして小さくなってゆく。

肉を焼きおえて滅菌シートに包み、エアロスクーターのカーゴに収めた。犬たちも含めて二、三日の食料になるだろう。ベビーキャリアと肉の重みでまた加速が落ちることになる。

ベスピエが水の匂いを嗅ぎつけていたので、キャンプを移動することにした。燃料の水も飲むための水も、そしてそろそろ体を洗うための水も必要だ。シュラクスへつくまえに匂いだけでもなんとかしないと、友人に顰蹙《ひんしゅく》を買う。

泉はあの楢の立木のそばに湧いていて、その根を洗っていた。ドリブルが隠密行動に利用した涸れ川の水源だ。楢の根が抱えていた岩が落ちて流れを塞《ふさ》いでしまって、涸れたようだ。

飲料水と燃料を確保すると、ユスは歯を噛《か》みしめながら泉水にとびこんだ。犬たちの半数がいっしょについてくる。水が嫌いな犬は、汚らしいものを見るかのように距離を置いてユスたちを見つめていた。スターバック、ベスピエなどが嫌いな一派で、アデレイド、コルトが好きな一派に入る。ドリブルは水だろうが火だろうが、おもしろそうならどこでもとびこむ。

水のなかで犬と遊んでいると、陽《ひ》が傾いて草原は茜色《あかねいろ》に染まった。寒さを感じて水からあがったユスは体が芯から冷えきっているのに気づいた。火をおこそうかと考えて、薪をあつめるのが面倒でやめた。明け方の冷えこむ頃はシュラフだけでは辛《つら》い季節になってきたが、犬たちの体温があればしのげなくはない。

シュラフに入り、思いだしてアクセスパネルをとりだしてくる。しかし電源を入れても、パネルはうんともすんとも言わなかった。また充電を忘れたのだ。おそらくキューズかクルスのメッセージが入っていることだろう。返事が遅れてまた文句を言われる。それがわかっていても、充電ケーブルを探しだし、スクーターのエンジンを点火する、それだけの気力が集まらなかった。

ユスは日没とともに眠った。

イッセの夢を見た。彼女は記憶にあるとおり、黒いしなやかな髪をしていて、これも記憶にあるとおり盛んに煙草《たばこ》をふかしていた。

イッセはベルゼデック台地の遊牧民の娘で、よくある短期契約の仕事中にしりあった。台地の遊牧民は四年ごとに部族全員が集まって祭りをする習慣があって、そのあいだ犬飼いたちが羊たちの面倒をみるのだ。彼女はユスには理解できないなにか複雑な掟《おきて》のせいで今回の祭りには参加せず群れのもとに留《とど》まっていた。

犬飼いと遊牧民のロマンスは数多い。ともに星空を天蓋として眠るからか、地平線を見通すために視線が似通うのか、出会えばひかれあう法則のようなものがあるのかもしれない。ユスの母親もやはり遊牧民だった。父もやはり短期契約で母としりあい、情を交わし、ユスが生まれた。そしてユスは乳飲み子のころに父に手渡され、それから一度も母には会ってはいない。それが犬飼いで、遊牧民だ。犬飼いは結婚などしないし、遊牧民は部族のもの以外とは結婚しない。もしイッセがみごもれば、その子はユスと同じく母を知らずに育つだろう。

ユスは一ヵ月に及ぶ祭りの季節がおわっても、台地に留まった。結婚の掟が厳しいのでそのガス抜きか、部族は性に対してはおおらかで、愛人の地位というものが確固としてあった。それには部外者でなければならず、食い扶持も自分で稼がねばならないが。

ユスは秋に生まれた仔犬を牧用犬として訓練するという名目のもとに、秋を越え、冬じゅうイッセと天幕をともにし、さかんに愛を交わした。春になると、激しすぎた恋愛感情は急速に冷め、ユスはシエラキューズへと肉牛の群れを誘導しに平原へと戻り、イッセは緑の萌《も》えはじめた台地へと羊とともに去った。

夢のなかのイッセは羊飼いの杖をかざして、羊の群れを冬の放牧地へと誘っていた。いつもとおなじように、黒い瞳にはなにものをもよせつけない冷ややかなものを宿している。ユスはその視線に晒《さら》されるたびに、ぼくは彼女のなにを理解したつもりなのだろうと自問していたものだった。

イッセは別れの贈りものに自分で作ったフェルトのフィールドジャケットとミスティアイの双子の子供に名前をくれた。ユスはとうに自分で名前を考える努力を放棄していた。行く先々で、出会った人々に名前をつけてもらう。耳慣れない音と不思議な意味は、自分で考えるよりずっと美しかった。サクラはイッセの地球のルーツの地で春をピンクに染める花、サナエは夏にむけての雄々しい緑。どちらも美しい。

また会いたいな、ユスは夢のなかのイッセに言った。ところがイッセは手にした杖でユスの胸を突くのだった。未練を責めているのか、もうあんたに興味がないという印なのか、ギュウギュウと突いてくる。

ギュウギュウ、ギュウギュウと。

ユスはそこで目覚めた。シュラフのなかでなにかがもがいている。サクラとサナエだ。

「おまえらのせいか……」

ユスは悪夢の原因をつきとめて気が楽になった。また会いたいというのは嘘ではなかったが、関係を修復したいとは思っていない。つぎにあうときは旧友として、酒でも酌み交わしたいだけだ。

フェルトのジャケットを撫《な》でた。ごわごわした手触りはイッセとくるまった毛布を連想させた。追憶の味は甘い。

サクラとサナエはシュラフのなかで動く手をなにかと誤解したらしい。いきなりとびついてきて牙をたてた。

「痛いなあ。おいミスティアイ」

ユスは母親を呼んだが、ミスティアイは安眠を妨害するこどもたちが離れてくれたので、明らかにほっとしていた。どうやら仔犬はこちらで面倒をみなければならないらしい。

脇腹を爪で掻くサナエを感じながら再び眠りに落ちようとしていると、夜空に流れ星を見たような気がした。途切れがちな意識のなかで、流れ星にしては大きすぎること、炎の色をしていたことなどに疑問を感じたが、夢と判別がつかなかった。


枕もとのアクセスパネルが四時にアラームを響かせた。

のろのろとした動作で、キューズはムクリとベッドから体を起こした。初冬の空気は身に染みいるようで、あたたかい寝床への誘惑は断ちがたい。

それを意思のちからでねじふせる。

上空を通過する轟音《ごうおん》を耳にしたような気がしていた。夢だろう。

パジャマを落とすように脱ぐと、いつものつなぎに着替える。髪は適当に櫛《くし》を通して、うなじのところでひとつにまとめる。

身支度はそれでおわり。速いことが自慢だ。

キッチンではトーストとコーヒーができあがっていた。起床を感知したアクセスパネルが、トースターとコーヒーメーカーを作動させたのだ。

三C集合住宅といえども、基本的なハウスキーピングシステムぐらいはある。無味乾燥なベージュの樹脂壁、大柄な男なら横にならないと通れない通路、凝った料理などできない簡易キッチン、牢獄のトイレのように蓋のない便器。〝人工魚礁〟と称されるほどに不評ではあっても、基本的なものは揃《そろ》っている。

朝食を立ったまま詰めこむと、母親の分も用意して、冷たい水で顔を洗った。屋上に設置されている温水ヒーターは故障している。基本的なものは揃っているとはいっても、なかなか修理してもらえない。これが三C集合住宅の現実だ。

キューズは母親の部屋の前に立った。ノックとともにドアを開ける。

「母さん？」

アテネアはドアに背中をむけて横になっていた。

「まだ具合悪い？」

モグモグとあいまいな返事が返ってくる。

「そう、じゃあ今日もあたしが行くね。朝ごはん、テーブルに用意しておいたから」

モグモグ。どうやらありがとうと言っているらしい。

静かにドアを閉めて、キューズは肩をすくめた。

仮病だということはわかっている。お馴染《なじ》みのパターンだ。いくら問いただしても言おうとはしないが、なにか客とのトラブルがあったのだろう。

むかしなら互いに怒鳴りあっていたはずだ。

嫌だから行かないという母に、キューズは最初は理路整然と、しかし次第に激しくなる口調で、我慢を訴える。年に一度くらいは繰り返される情景——それをいまでは苦笑いとともに思いだすことができる。

それは工房で働くことになって経済的に安定したからだ。

ただそれしきのことだった。血みどろ、と表現してもいい罵《ののし》りあいも、原因はカネのことだった。精神病ではないと医療局のお墨付きがあるのだから、認めてやれる状況ができれば認めてやればいいのだ。

ただ早起きは辛い。

無人に近い早朝の街路での仕事は性にあっていると自分でいうくらいだから、いつかは戻ってくれるはずだ。それを信じてがんばるしかない。休むなんて論外だ。いちど逃がした客は二度とは戻ってこないのだから。

キューズは書きかけの作業予定日程を記録させてあるアクセスパネルを手にアパートを出た。

外はまだ夜だ。耳に痛いほど静かでもある。駐輪場でエアロスクーターのモーターを始動させると、自分で驚くほどにうるさかった。

逃げるように急いで、住宅街を抜けコロニー通りへと走った。

眠りに沈んだ街はよそよそしい。高層の集合住宅は冷え冷えとした視線を投げているように思える。これが街の西の高級住宅地ならば、夜は優しく包みこむように感じるのだから不思議だ。

一分もかからずに作業場へとついた。コロニー通りとメイヤー通りが交差するエコークロスの近くだ。

バザールと青果市場のあるメイヤー通りからは、もうすでに光と喧騒《けんそう》が漏れてきていて活気を窺《うかが》わせていた。彼らはバターランバターの大のお得意だ。ひと仕事終えたあとの朝食で、旺盛な食欲でたっぷりとバターを消費してくれる。

作業場は邸宅の間にはさまれて肩身を狭そうにしていた。クルスは店舗と呼んでいたが、実質は小屋に近い。うわさでは両隣の邸宅の持ち主——牧畜王シェンバーグ——が大きな屋敷を建てるというので、何代かまえのファンドが嫌がらせのためだけにその真ん中の土地を買ったのだという。シェンバーグは動じずに、その両隣に屋敷を建て、地下を通路でつないだ。当主と若夫婦が離れて住むことができて、結果としては良かったそうだ。

そのいわくつきの小屋に、ファンドがむかし食品加工もしていたころの古びた攪拌機《かくはんき》を入れて、バターランの本拠地とした。

二年前、ユスのクランが始めたころは電気代を捻出するにも青息吐息《あおいきといき》だったのが、ジュジュのクランが走るいまでは固定客も付き、商売として成立している。苦労してクルスのこづかいを稼いでいるようなものなのが気に入らないが。

キューズは作業場のなかに入った。

床すらない殺風景なところだ。剝きだしの地面の中央を大きな攪拌機が占め、壁際の古びた作業台には、陶製のバターケースがキューズが昨夕洗ったままに並んでいる。

壁釘に掛けてあった作業服を着こみ、バターケースを扱いやすいように並べ始めた。初めてではないにしても、慣れないことなので、急がないとひとつひとつにやたら時間がかかる。キューズは熟練すれば確実だが、それまでに時間がかかるタイプで、クルスのような器用なタイプなら無用の苦労がある。

昨日は結局は工房に遅刻してしまった。始めたころとは規模そのものが違うということを軽く見ていた。それを反省して、今朝はクルスに手伝ってもらうことになっている。儲《もう》けの四割を持っていっているのだから、すこしぐらいは手伝って当然なのに、勉強勉強となかなか首を縦に振らない。難関ポリティクススクールの入学試験に二度も失敗していて、ちかごろはいつも機嫌が悪いのだ。

それでもやってこないということはあるまい。キューズは確信していた。あれでも内面はまじめで義理堅いのだ。おそらく時間どおりには来ないいけれど。

ケースを並べ終えて、水気の残っていた攪拌機をていねいに乾拭きし、バターをすくうヘラを消毒した。バターを積みこむキャリアを拭き掃除し、配達リストをくりかえし眺めて効率のいいルートを探した。

そうしてキューズは手持ち無沙汰に佇《たたず》んだ。

犬たちがやってこない。

キューズはアクセスパネルに視線を落として、到着するはずの時間を一五分も過ぎていることを確かめた。ネットワークを経由して、毎正時に標準時間センターと連絡をとりあって誤差を修正しているから、パネルの時計が狂っているとは考えにくい。また、犬たちもこの二年間、一度たりとも遅れたこともない。

いつもどおりなのは、クルスが遅刻していることだけだ。

それから一五分ほどして、クルスが寝起きの腫《は》れぼったい顔をしてようやくやってきた。着膨れている。パジャマの上にセーターと革のジャケットを着こんだのだろう。

「お、間にあったな」

のんきな事を言う。なにかあったのではとやきもきしていたキューズは、声を荒らげた。

「なに言ってんの。遅刻よ、遅刻」

クルスは首をかしげながら作業場を見渡した。犬たちの姿はない。

「まさかもう終わったとか？」

「まさか。犬たちがこないのよ」言いながら、キューズはため息をついた。

その心配はクルスには伝わらない。連日の受験勉強で憔悴《しょうすい》しているクルスは、遅刻ぐらいと力なく笑うと、作業台に腰かけて大きなあくびをした。

「ねえ、治安警察にでも捕まってるんじゃないかな？」

繋《つな》がれていない犬を街中にいれることは法に触れている。ピジョンの人間ならクランの犬を恐れることなどないが、地球からやってきた総督省の役人は街路を闊歩《かっぽ》する犬に異様なものを感じるらしく、くだらない法律が成立している。

だからミルクのボトルを腰につけた犬が我先に市街に乱入してくるバターランビジネスは、そもそも違法なのだ。黙認されているのは、まずビジネスの規模がめくじらをたてるほどでもないこと、次にピジョン政府管轄の司法警察がクランに手をだしたがらないこと、統合府総督省管轄の治安警察が腐敗と無能の集団だからである。さいごにファンド家の影響力も無視できない。

治安警察が上からせっつかれて手っ取り早く手柄がほしいとか、司法警察が総督省のしめつけに耐えられなくなったとか、ファンド家がパワーゲームの中で失敗したとか、そんな理由でジュジュのクランはひどいことになりかねない。バターランビジネスは綱渡りをしている。

「ハハハ」クルスは再び笑った。「だったら、おれの耳になにか入ってるさ」

「でも……」キューズはいやな胸騒ぎまで感じていた。

クルスは渋い顔をして肩をすくめてみせた。

「じゃあ、調べてやるよ。パネルを貸してみろ」

キューズはパネルを手渡した。面倒くさそうに、クルスの指がパネルの上を走る。

「なんだ？」

クルスが大きな声をだした。パネルを覗《のぞ》いてみると、そこには灰色の空白だけが拡《ひろ》がっていた。接続不能ということらしい。

「なに？　メンテナンス？」

クルスは表情をみるみる険しくし、指でパネルを乱打するかのように叩《たた》いていた。寝ぼけてだらけた浪人生は、一瞬でどこかに吹き飛んでいる。

「なによ、どうしたの？」

指をとめると、クルスは眉間にしわを寄せて、何も表示しないパネルを凝視した。

「メンテナンスじゃないの？」

クルスは弾《はじ》かれたようにたちあがった。

「おれは家に帰る」

キューズはあまりにも真剣な様子にたじろぐ。

「バ……バカなこと言うんじゃないわよ。これから犬が……」

「おれん家のオンラインのパワーステーションが必要だ。確かめたいことがある。おまえも帰れ、今日はバター屋は休みだ。いや、おまえもいっしょに来い」

「いったいなんなのよ」

「ネットワークが攻撃されてる」

キューズはしばらく言葉を失って、そして笑いだした。

「なによ、くだらない」

すぐに破顔して、冗談がつまらなかったことを恥じて頭を掻くはずだ。キューズはそう思っていたが、クルスは真顔のままだった。

「冗談かどうかたしかめに帰るんだ。家まで乗せていってくれ」

「歩いてきたの？」

「こんな時間にあのやかましいスクーターをだしたら、親父の説教だ」

「でもなあ……」

「なんだ！　ああ、もういい、キィを貸せ」クルスはイライラしてかぶりを振った。

「配達はどうするのよ！　工房へはどうやっていくのよ！　犬たちは？」

「往復で五分もかからないだろ！　時間がないなら急げよ！」

クルスがあまりにもうるさいのでキューズはわずらわしさを避けるためだけに送っていくことを了承した。犬たちが来たときのために、石の水場に飲み水を入れてやる。そのあいだもクルスは急げ急げとせっついてきた。

「なによ、もう！　勉強のしすぎでおかしくなったんじゃないの？」

作業場から出ながらキューズは背後に言い捨てた。猛然と抗議が返ってくるはずのところなのに、クルスはなにか考えこんでいるだけだ。不気味でもあり、不安でもあった。ネットワークが攻撃されている？　だれに？

エアロスクーターに跨《また》がると、クルスがもどかしげに背後に乗りこんでくる。

「くっつかないでよね」

それだけ言うとキューズは急発進した。クルスの焦燥がうつってきていた。それに嫌な予感は消えたわけではない。

クルスの家、ファンド屋敷はファンド鉄鋼商会のオフィスでもあるから、シュラクスの中心であるプラザに面している。そこにはこのコロニー通りを西進して、サウス通りと交差するモニュメントクロスを右折すればいい。

夜は明けかけていた。闇が開いて、あたりすべてが深海を思わせる深い青に染まっている。

ちょうど斑紋岩のオベリスク――植民記念碑――がおぼろに見えたときだった。

サウス通りを南へ、なにかが甲高《かんだか》い音をたてながら高速で通過していった。

「いまのなに⁉」声をあげて、キューズは思わずブレーキをかけた。

「なんだ？　なんの音だ？」

　クルスは見えなかったらしい。

「なにか……大きな虫みたいなものが……」

「虫？」

「虫じゃあないけど、形が……」

「もういい。とにかく急げ」

「うん！」

　キューズはようやくクルスが慌てているわけがわかったような気がした。尋常じゃないことが、いまたしかに起こっている。

　体を前に倒して、キューズは急加速でモニュメントクロスを右折した。そして見たものに掛け値なしの恐怖の悲鳴をあげた。

　街灯に照らされて、死体がひとつ転がっていた。

　ひと目で絶命していることがわかる。頭がないからだ。通り過ぎざまに司法警官の制服を着ていることが見てとれた。

　反転しようと速度を落としたキューズは、クルスに肩を強くつかまれた。

「停まるな。急げ」

　たしかにいまさら駆けよったって、どうしようもないことはわかっている。しかしそれでは冷たいのではないか、とキューズは反論しようとした。あれは司法警官、ピジョンで生まれたピジョンのための警官だ。毎日のように顔をあわせる人物かもしれない。

しかし気持ちとはうらはらに、キューズはスクーターを加速させた。怖かったのだ。死体と対面すれば、いま起こっていることに決定的に巻きこまれる気がした。

もうすこしでプラザに着くというところで、装甲ヴィークルが道路をふさいでいた。わざわざ二台並んで両方の車線をふさいでいるところをみると、意図的に通行を妨害しようとしている。

エアロスクーターのモーター音を聞きつけて、装甲ヴィークルの陰から見慣れないアースカラーの制服の男が姿を現した。居丈高に停まれと命じて、手にしたものをこちらに向けてくる。

またもやクルスが肩に触れる。

「停まるな。脇道へ入れ」

クルスに命令されることは業腹《ごうはら》でも、これ以上従いやすい指示はなかった。頭のなかで、逃げろ、という声が激しく響いている。

キューズはすばやくハンドルを操り、制服の男を攪乱《かくらん》するようにその背後で大きくカーブを切った。民家の樹脂壁に激突しそうになりながら、狭い路地へと滑りこむ。

ジッと石畳が焼けた音をたてた。

「信じられない！」キューズは叫んだ。

発砲されている。誰何《すいか》に応じなかっただけで問答無用で射殺とは、治安警察でもしない無茶だ。ということは、あれは何者だろう？

「あれは地球統合府統治軍だ」クルスが意を察したかのように、疑問に答えてくれた。

「統治軍！」

「ああ。ヘルメットにウロボロスの徽章《きしょう》が見えた。間違いがない」

言われてみればキューズも、円を描く徽章を見たような気がした。だからといってにわかに信じられることではない。膨大な距離を越えて、わざわざ地球の軍隊がピジョンにやってくる理由がまったく思いつかない。しかし人類宇宙に、他星系に侵攻できるほど整った軍隊は統治軍以外ないのも事実だ。

「次の角を左に曲がってくれ。おれん家の正門に出る」

ファンド屋敷はブロックを貫く豪邸で、商会がプラザに面し、正門は静かな住宅街に開いている。商売相手と個人的なつきあいの客とをわけるしくみだ。キューズなどは商会のほうからしか出入りさせてもらえない。

言われたとおりに角を曲がったとき、爆音がした。いきなりなことでキューズはハンドルを放しそうになる。

「工場区のほうだな」クルスが冷静に言う。「工業用のガスに引火したんだろう」

しかしキューズは落ちついてはいられない。工場区には職場の工房があるのだ。

「お……親方が……みんなが！」

「おちつけ。いまは他人の心配をしている場合じゃない」

キューズの脳裏に母の顔が浮かぶ。不安のあまりなにかおかしなことを始めるのではないか？　そう考えると気が気でない。

「あたし、家に戻らなきゃ。母さんが！」

「わかってる。でももうひとりじゃ危険だ。おれん家でシルバー・スペリオルを拾って、いっしょに行こう。もう確かめることなんてない。ピジョンは侵略された」

キューズは鼻の奥が熱くなるのを感じた。泣きそうだった。

「どうして？」

「わからん。まっさきに情報網を破壊するのが統治軍の常套《じょうとう》手段だ。直接訊《き》くしか確かめる方法はない」

ついさっき、司法警官の死体を見つけたときは、かかわりあいにならなければ難は避けられると思っていた。この瞬間に、キューズはおのれの甘さをひしひしと感じた。もはやだれも逃げることはできない。

「停まれ！」

クルスがいきなり腕をひっぱったのでバランスを失ってひっくり返りそうになった。

「危ないじゃない！」

「悲鳴が聞こえた。まっすぐおれん家はまずい。右だ、右に入れ」

「悲鳴？」

「親父の声だったような気がする」

なんと言ったらいいかわからなかったので、キューズは無言でさらに狭い路地へと入った。

工場区の爆発で、まどろんでいた町が一斉に目覚めはじめていた。

パジャマ姿で狼狽《ろうばい》を顔に浮かべた住民たちが、なにごとかと街路に出てきている。彼らは口々になにかを叫び、指をかざし、意味もなく路地の奥を覗きこんだりしていた。

そんな彼らに、クルスは家の中に入っているように声を嗄《か》らさんばかりに叫んでいた。

しかし住人たちはまだ危機の深刻さを理解できていない。クルスを事故に興奮した若者とでも思っているのか、苦々しげに眉をひそめるだけだ。統治軍と口にしても、何人かがハッと顔をあげるだけで、大差はない。

「なんだって言うことを聞かないんだ！　おっと、そこの家だ」

キューズはクルスが示した家の前で停まった。小さいが切妻の高い、しゃれた家だ。

クルスは大股で玄関に歩みよると、遠慮のない調子でドアをノックした。

「ここなに？」

「いわゆる妾宅ってやつだ。親父が女を囲ってるんだよ」

「クルス！」キューズは目を剝いた。

「何も驚くことはないさ。親父はそんな人間だ」

激しいノックにおびえたようにそっとドアが開いた。

顔をだしたのは地味な顔つきの女性だった。自分とさほど歳《とし》が違っては見えないので、キューズはファンド家当主、ルクスルク・ファンドの好色に内心悪態をついた。

「坊ちゃん！」

女性は口に手をあてて驚いた。目が充血している。泣いていたようだ。

「坊ちゃんはやめてくださいよ。ちょっと二階にあがらせてください。家の様子を確かめたい」

クルスは強引に女性の脇を通り抜けて、階段を登っていった。女性は、いけません、見てはいけませんと追いすがる。

キューズも階段に足をかけてその動きをとめる。見てはいけませんとはどういうことだろう？　まさか裸のルクスルクが寝ているということじゃないんだろうか？

階上からクルスの獣じみたうなりが届いてきて、一瞬懸念は当たったと思った。しかしすこし様子がおかしい。父親の浮気でクルスが怒り狂うだろうか？　殴りつけているらしく、ドンドンと壁が響いている。女性は号泣して激しくしゃくりあげている。

キューズはそっと階段を登った。

そこは寝室になっていた。家具はすべてアメリカ植民地時代ふうで、規格品とは違う贅沢《ぜいたく》さを匂わせている。女性はキングサイズのベッドにくずおれて、肩を震わせて嗚咽《おえつ》をもらしていた。

クルスは窓際に立ち、恐ろしい形相で外を凝視していた。カーテンを握りしめた左手は骨と筋が浮きでていて、渾身《こんしん》の力をこめていることがわかる。

「クルス？」

カーテンがレールから引きちぎられた。

訝《いぶか》しく思いながらキューズは窓から外を覗いた。そして鋭く息を呑《の》む。

通りを隔ててファンド屋敷の前庭が見えた。その青い芝生が、いまは軍靴に踏み荒らされている。アースカラーの軍服の集団、統治軍だ。

そしてきれいに並べて横たえられた、死体が四つあった。でっぷりと太った巨体は見間違いようもない。当主ルクスルク・ファンドだ。その脇によりそっているのは、マダム・レリーナ、さらにクルスのふたりの兄。

「シュラクスの独立派の先鋒だからだ。だから殺された。見せしめのために」クルスは低く抑えた調子で言った。

「クルス……」

「あれを見ろ」

クルスが指さした先には、兵士の制服とは一線を画したスカイブルーの制服を着た三人がいた。ひとりは細面《ほそおもて》の若い男、長身の色の浅黒い男、金髪の女はどう見てもこどもにしか見えない。

「あれは統治軍の新指揮系統だ。大規模な改革があったといううわさはほんとうだったんだ。オスフィールドが失脚して、野心家のタイランが……タイランの前歴はなんだったかな？」

キューズは危ういものを感じて、まじまじとクルスの顔をみつめた。さきほどまで浮かんでいた憤怒は霧のように消え失せて、いまはどちらかといえば虚《うつ》ろなものがある。

「大丈夫？」

クルスはゆっくりと目を閉じた。

「大丈夫だ。なあ、よく見ておいてくれ。あの三人の顔をよく見て覚えておいてくれ」

「うん、見てる。でもどうして？」

「あれが敵だからだ」

クルスは体を翻し、足早に階段を下っていった。

街はパニックに陥り始めていた。

死体が単独で、あるいは折り重なってあちこちに見える。見慣れた街角に、レーザーで焼け爛《ただ》れた死体があたりまえのようにゴロンと転がっている様子はとても現実とは思えなかった。

湧いて出てきたような統治軍兵士があちこちで道路を封鎖していた。退路を断たれた人々が街路にあふれ、行き場を無くして右往左往している。

爆音や銃声が早朝の空気を裂くたびに、人々はどよめき悲鳴をあげた。赤い空も不安を煽《あお》る。茜色は朝焼けではなく、火災が照り映えているのだ。

キューズはバリケードにあるいは人の流れにたびたび行く手をさえぎられて、シュラクスを迷走していた。

その耳にひとびとが口々に叫ぶ恐怖が、単語としてとびこんでくる。

どうやらシュラクスには、死神か鬼神じみたロボットが徘徊《はいかい》しているらしい。

キューズはすぐにモニュメントクロスで目撃した、あの虫に似たおおきな影を思いだした。クルスに確かめてみると、知らないという答えが返ってきた。新兵器ということかもしれない。

焦燥が募《つの》る。母のことが心配でどうしようもなかった。焦りで性急に動いて、背中のクルスに戒められることが何度か続いた。

バザールの裏の入り組んだところで南に抜ける道を探していたときだった。

「死体には二種類あるな」クルスがポツリと言う。

「なに?」母親のことが心配で、焦りを募らせていたキューズの声には険があった。

「死体には二種類ある。ひとつはふつうの射殺体、もうひとつは弾けとんだ死体だ。よほど高出力のレーザーで撃たれたらしい」

「それが?」

「ロボットの話をしてるんだよ。そんなに強力な武装をしているのなら、装甲も厚いに違いない。それに加えて高機動だろう。それをどうやって叩くか……」

「そんなこと考えてる暇があったら南への道を探しなさいよ!」

「怒鳴ることないだろ」クルスは不貞腐《ふてくさ》れたように呟《つぶや》いた。

ふいにコロニー通りへでた。

後にしてきた混乱が嘘かのように静まり返っている。正面の青果市場には野菜や果物が山積されたまま、閑散と人影がない。

背筋に異様なものが走るのに、キューズはブレーキをかけた。クルスも同様らしく、大きく息を呑む音が聞こえてきた。

バカ、さっさと逃げろ! どこかから鋭い警告があった。隠れて様子をうかがっている住人だ。

なにから? キューズは北の方角を見た。

五〇メートルほどさきに、濃いブラウンのカマキリがいた。雫《しずく》形の頭部をなにかを探すかのように動かしながら、ゆっくり南下してきている。左手はおもむろに掲げられ、仕込まれたレーザーを放っていた。

「なにを撃ってるんだ？」

クルスの疑問はもっともだった。レーザーが焼いているのは民家の壁だ。それなのにロボットはいかにも自信ありげに、撃っては移動し頭を巡らし撃つという行動をくりかえしている。

死ぬぞ！　警告がくりかえされた。

それを聞きつけたのだろうか、ロボットは驚いたかのように動きを止めた。嘲弄《ちょうろう》を感じさせるほどに人間くさいしぐさで首を傾《かし》げる。

視線があった。

その瞬間に、キューズは頭に重いもので殴られたような衝撃を感じた。胸のあたりが締めつけられて、刺すように痛む。

捕まえられた。直感的にそう思った。

逃げなければならないのに、スロットルを握る腕に力が入らなかった。全身が痺《しび》れて竦《すく》んでいる。クルスもギリギリと歯を噛みしめるばかりで、声すらあげられないようだ。

ロボットの左腕が動いた。

死を覚悟したとき、シャカシャカシャカシャカと聞き覚えのある音が響いてきた。爪と石畳が擦《こす》れる音。

「オオンッ！」

路地から背中の黒い毛が特徴的な犬が跳びだしてきた。ユスのクランからもらわれてきた、クルスの愛犬だ。

「ライディーン！」クルスが叫ぶ。

フッと体が軽くなったので、キューズはスロットルを一気に開いた。

エアロスクーターは奔馬のように竿立《さおだ》ちになった。いままでいた空間ををレーザーが通過してゆく。灼《や》けた空気の匂いが鼻をつくほどの至近距離だ。

そのまま勢いを殺さずに、キューズは青果市場へ躍りこんだ。野菜のコンテナを縫うようにして、姿を隠しながら奥へと走る。

追撃のレーザーがコンテナの山をつぎつぎと射抜《いぬ》いて、野菜をはね散らかしてゆく。パワーは大きくても、狙いはむちゃくちゃだった。

「下手だなあ」クルスが呆れる。

「ライディーンはついてきてる？」

「大丈夫……追ってくるぞ！」

引き裂くようなエンジンの機動音がキューズの耳にも届いていた。職業柄、とんでもないほどに高出力だとわかる。

奥には、トラックのための地下道への入り口があった。市街を混雑させないためと、騒音を避けるために、そのまま市外へと通じている。

キューズはその地下道にエアロスクーターを乗りいれた。予想どおりだった。地下道は荷物待ちのトラックが通路の大部分をふさいで立ち往生していた。運転手がつぎつぎと逃げて、どうしようもなくなったのだ。その隙間はエアロスクーターは通れても、あのロボットでは無理だ。

埃《ほこり》っぽいトンネルを、エアロスクーターは難なく通り抜けていく。背後では怒りの唸りに似た音をたててロボットが立ち往生している。

轟音がしてキューズが首をすくめた。ロボットが逃がした腹いせに、トンネルのなかへとレーザーを乱射してきたのだ。つぎつぎとトラックがスクラップになっていくなかを、キューズは楽々と隙間を滑りぬけ、外郭環状道路へとでた。

外郭環状道路はシュラクスをとりまく輪郭線だった。すぐ外には刈りいれの終わった畑地がひろがり、そのむこうには冬枯れの平原が開けている。

道路には動くものがなにもなかった。統治軍は動くものすべてが憎いかのように、あらゆる車両を狙撃、破壊していたのだ。融解しわずかに炎をあげる車体が、点々と横たわっている。

さいわい、今は統治軍の姿は見えなかった。

「統治軍の規模そのものは小さいみたいだな」クルスは分析する。「地点を押さえようとはしていない。電撃的に侵略、重要地点を破壊して麻痺《まひ》させるつもりらしい。ともあれ、こんなところをのんびり走ってたら狙い撃ちだ」

「そうね」

キューズはハンドルをきって市街に戻ろうとした。

そこでライディーンがなにかを訴えるかのように吠えかけてくるので、キューズはクルスと顔を見あわせて停車した。

「なんだよ、ライディーン？」

ライディーンは尋ねかけてきた主人にクルリと尻をむけ、シュラクスにむけて短く連続する遠吠えを発した。

すぐさまそれに応える声が返ってくる。

「なんだ？」

「……ユス……かな？」

顔を輝かせたキューズに、クルスは大げさに顔をしかめてみせた。

「あいつはまだルッタリン河も渡っていないよ。でもクランというのは確かだな。ジュジュか！」

ライディーンが誘うように尾を振っていた。

「ついてこいって言ってるぞ！」

「セカンドの犬飼いの誕生ね」

キューズは皮肉ったが、異存があるわけではなかった。ゆっくりとスクーターを発進させると、ライディーンは前に立って走り始めた。

つぎつぎと犬が合流してくる。すべてが腰にホルスターを巻いて、ミルクを詰めたボトルを吊るしていた。バターランの途中なのだ。間違いなくジュジュのクランだ。

犬たちは市街に入り、狭い路地、獣道《けものみち》のような隙間にふたりを案内した。

ここで生まれ育ったふたりも知らないような道だ。しかも統治軍を避けているのだろう、頻繁に曲がるので、すぐに現在位置までわからなくなった。

「大丈夫なのか？」クルスは不安を覚えたようだ。

キューズは問いかけるように、ぴったりと並走するライディーンを見た。その尾は自信満々にピンと立っている。

「信じるしかないみたい」

集束するクランの終着点は公園だった。バスケットコートが一面、それに遊具がいくつかだけの小さな公園だ。背の高い集合住宅に囲まれて、薄暗い谷間のようになっている。

ぶらんこの横に、犬飼い仕様のカーゴでごてごてしたエアロスクーターが停めてあり、傍らのベンチに少年が顔を伏せて座っていた。

「ジュジュ？」

キューズが声をかけても少年は顔をあげなかった。灰色の大柄な犬――ボス犬フラヴィウス――が鼻でつついてようやく立ちあがった。

そしてそのままキューズに抱きついてくる。

「カヤンさんが死んだ」ジュジュはキューズのみぞおちにむかって言った。

「なんですって？」

「あいつら泥棒だ。食べ物を奪う泥棒だ。乳牛、肉牛すべてを接収すると言って、カヤンさんを殺した」

キューズはやさしく少年の頭を撫でた。犬飼いとして自分の食い扶持を稼いでいても、ジュジュはまだ一二歳の少年に過ぎない。

「守れなかった。クランを途中で呼び戻したんだけど、間にあわなかった。逃げるだけで精一杯だった」

「バカ。シュラクスに逃げてくるなんて愚の骨頂だぞ」

そう言ったクルスは、フラヴィウスに軽く咬まれて悲鳴をあげた。

「助けにきてやったんじゃないか、クルスのバカ」

「助ける？　おまえがおれを？　逆だろ？」

ジュジュはキューズから体を離すと、キッとクルスを睨みあげた。顔を泣き腫らしている。

「まだあのロボットに会っていないとは、幸運だな、ファンドの末っ子！」

「なんだとこのガキめ！」

クルスは末っ子と呼ばれることが嫌いだ。少年に摑みかかろうとして、あいだに入ってきて牙を剝くクランに怯んだ。ライディーンが果敢に主人を守ろうとしているが、その様子はいかにも自信なげだ。

キューズはうんざりしながらふたりを宥《なだ》めた。ジュジュとクルスは顔をあわせれば喧嘩《けんか》している。それでいて仲が悪いというわけでもない。男の友情は複雑怪奇だ。

「ジュジュ説明して。ロボットとはもう出会ったの。危機一髪のところでライディーンが……」

「それじゃあわかるだろ？　あいつらにクランは見えない」

「そうは思えないけど……」

「たしかにライディーンが来てからは素人の射撃だった」クルスが言い添える。

「鈍いな。もちろん機械の目はあるよ。でもあのロボットはふだん、別の目で見てるんだ。ここの目で」ジュジュは自分の胸をつついた。

「サイキック……」キューズは慄然《りつぜん》とした。あの網で搦《から》めとられたような閉塞《へいそく》感は、考えてみればそれしか正体はない。

　アッとクルスが声をあげる。

「思いだした！　タイランの前歴だよ。あいつは〝ジオ〟の修復計画に携わっていたんだ！」

「ジオ？」

「詳しい話は後だ。ジュジュ、クランがあのロボットに対抗できるというのは本当なんだな？」クルスは興奮して早口になっている。

「対抗できるなんて一言も……」

　困惑に眉をひそめるジュジュの肩を、クルスはバンバンと叩いた。

「そりゃそうだ！　対抗するのはおれたちだ。よし！　ジュジュ、おまえのスクーターはおれが運転する。おまえはうしろに乗れ」

「なに勝手なこと言ってんだよ！」

　ジュジュの抗議は虚《むな》しかった。痩せぎすの少年はまるで物であるかのように担がれて、自分のスクーターのシートに据えられた。

　クルスは嬉々としてその前に収まる。ハンドルをにぎり、そして思いだしたかのように振り返った。

「おまえ、おれのライディーンまで自分のクランに組み入れたんじゃないだろうな？」

「そんなことできないよ。ユスの犬だから〝主人を探してこい〟ぐらいのことは伝えられるけど、訓練ができてない。あいつのクランはおまえの家族だよ」

「そうか。ならいい。キューズ！　おまえのおふくろを助けにいくぞ！　さあ、初めての作戦だ。オペレーション・ブレイクショットと名づける！」

「こいつなに言ってんだよ！」

ジュジュの悲鳴に、キューズは肩を竦めることしかできなかった。

クルスはさっさと発進してしまい、犬たちは残されてポカンとジュジュの背中を見送っていた。次の瞬間には慌てふためきながら追ってゆく。

キューズはもういちど肩を竦めて、エアロスクーターを発進させた。

しばらくいくと、犬たちがばらばらに路地に消えていった。クルスとジュジュは前と後ろで真剣な表情でなにか話している。

キューズにはクルスのやろうとしていることがわかった。犬たちを斥候《せっこう》として、統治軍の行動を探ろうというのだ。情報は司令塔、ジュジュに集まって処理される。そうして統治軍がうようよ徘徊するなかで、危険のない奇跡の道程が浮かびあがるというわけだ。

クルスの狙いは大当たりだった。散開して目を光らせる犬たちのおかげで、キューズたちはロボットや兵士はもちろん、群衆にさえ遮られずにアパートへの距離を縮めた。

空気にいがらっぽいものが混じり始めて、キューズは咳《せ》きこんだ。火災がおこっている。ロボットによる高出力レーザーの乱射が、あちこちで火の手をあげたのだ。ピジョンでは地球などとは比較にならないほどに、いろいろなものが燃えやすい自然のものでできている。統治軍にとってもそれは誤算かもしれない。

ああ。そこでキューズははたと気がついた。

ロボットは乱射していたのではない。狙撃していたのだ。精神を見極め、あいだになにがあろうともおかまいなしの狙撃をしていたのだ。それが火災を呼ぶとは思わずに。

いったい何人死んだのだろう？　そう考えると、冷え冷えとしたもので体が硬くなった。母は生きているだろうか？　一刻も早く母のもとに辿《たど》りつかなければとスロットルを握る手に力が入る。

コロニー通りを越え、もうすこしでアパートというところでクルスが停まった。

キューズがその横で停まると、ジュジュは表情を曇らせながら言った。

「まずい。キューズのアパートのまえに兵士がいるよ。しかも住人は出されて整列させられてる」

胸が締めつけられる。キューズは勢いこんで尋ねた。

「は……母は？」

「無事。でも暴れてる。危ないよ」

キューズは唇を噛んだ。きっとただベッドに戻りたくて、喚《わめ》きちらしているのだろう。

クルスが安心しろというふうに、背中を叩いてくれる。

「どうして整列なんかさせてるんだ？」

「わからないよ」

「壁越しに狙撃してたんじゃ、火事が拡《ひろ》がるばかりだからよ」キューズが答える。

クルスは顎を撫でた。

「そういうことか。統治軍はいち早くシュラクスを押さえるために、ロボットを使ってあらかじめ敵性の高い住民を排除してるんだ。整列させているのは臨検というわけだ」

ジュジュは意味がわからないと不満を訴えた。

「あとで説明してやるよ。それより、近くにロボットはいるか？」

「いまは……いないね。でもあいつは速いから……」

「二分。二分の保障をしろ」

「できるわけがないだろ。でもやろう。やるんだろ？」

クルスとジュジュはニヤニヤと笑い交わした。

「なによ、気味が悪いじゃない」

「突撃をかける。統治軍に喧嘩を売る。そして二分でおまえのおふくろを救出し、できればアパートの住人もひきつれて逃げる」

本気？　と尋ねる暇もなかった。クルスはもうエンジンを高らかに響かせて跳びだしていた。

「クルス!」

キューズは叫びながらそのあとを追った。正気じゃない。素手で兵隊に立ち向かうなんて、デモでもあるまいし通用するわけはない。

しかしクルスには牙があった。

アパートのまえに先《ま》ず跳びだしたのは、ジュジュの操る犬たちだった。ガウガウと凶暴なうなりを発する獣の群れの突然の乱入に、四人いた兵士は慌てふためいた。ひとりなどは手にしたグリップレーザーを落とす始末だ。

さらには咬みつかれるとパニックになった。手にしている強力な武装も忘れて、振り払うことだけに必死になった。われに返ってレーザーを向けても、もうそこには犬はいない。クランの犬は一度喰《く》らいついたら死んでも放さない野生の獣ではない。犬飼いを頂点にした高度な狩猟システムだ。

そこにクルスがエアロスクーターを兵士にぶつけた。荒っぽい扱いをするな、とジュジュが不平を言うが、それほど不快そうには聞こえない。

整列していた住人の中からひとりの巨漢が躍りでてきて、太い腕で兵士の首を締めあげた。キューズの記憶ではバザールで花屋を経営している男だ。

キューズも覚悟を決めた。左腕と右腿に犬をぶらさげてきりきり舞している兵士に、スクーターの重量と加速をぶつける。その兵士は母の腕をつかんで引きずっていた。

骨の砕ける嫌な音がした。兵士は押し潰《つぶ》されたような声をだして、くの字形に倒れた。おそらく生きてはいない。

クルスの〝喧嘩〟は十数秒で終わった。あまりにも突然すぎたのだろう、ほとんどの住民は呆《ほう》けた顔つきでただ眺めている。

「母さん！」

キューズは路面に座りこみ、髪を振り乱して両手を振り回している母を呼んだ。

「母さん、しっかりして！」

アテネアはゆっくりと顔をあげ、大きく見開いた目で娘を認めた。

「キューズ……？」

「後ろに乗って。逃げよう」

キューズは嫌がられることをおそれていたが、母はすなおにシートに登ってきた。ベッドに戻りたいと駄々もこねない。発作をおこしていても、どうしても必要なことぐらいわかるのだ。

クルスが住人たちに話していた。

「聞いてくれ！　シュラクスは統治軍に制圧された。くやしいけれどいまはどうしようもない。しかしいつかはとりかえす。一緒にきてくれ、ここは逃げて力をたくわえよう！」

熱っぽい口調は、冷めて白けた空気の上を上滑りするだけだった。賛同して一歩前に進みでたのは、あの花屋の巨漢だけだ。デズモンド。キューズは名前を思いだした。

若造がなにを言ってる。そんな呟きが漏れてきた。

「みんな！　乗りものがあればそれを出してくれ！　ないものは誰かのうしろに席を確保しろ。さあ、時間がない。ロボットがいるんだ、恐ろしいロボットが……」

「どこに逃げるというんだ！」

その指摘に、クルスは口ごもってあたりを見渡した。そらみろと住民の間に嘲笑がひろがる。

「場所はあるんだ。おれはファンド、クルス・ファンドだ！」

クルスはファンド家の信用というものを強調したかったのだろうが、それは逆効果だった。このアパートはシュラクス再整理区画に含まれていたことがあって、とりこわしの危機に見舞われたことがある。再整理はファンドのプロジェクトだったのだ。古い住民はそれを覚えている。

住人の態度はたちまちに硬化し、金持ちのたわごとかと侮蔑されて、クルスは肩を落とした。

そこに短軀の初老の男が進みでてきた。

先生と呼ばれて慕われている、このアパートの有名人だ。ファンドの再整理プロジェクトを挫《くじ》いたのは、この先生の力によるところが大きい。

「わたしは聞くべきだと思う」先生は冷静で柔らかな声で言った。「彼がどこに逃げるか、それを告げないのは心づもりがないわけではない。こんなところでは危険で口にできないからだ。それに逃げるべきだという主張も正論だ。統治軍は危険すぎる相手だ。戦うという主張は再考の余地があるとして……わたしは彼についていこうと思う」

それで流れが変わった。とはいってもたかだか十数人だったが、志願者が現れた。

デズモンドがクルスにキィを握らせた。

「配達用のトラックだ。使ってくれ」

「助かります。さあ、あなたもいっしょに！」

「いや、わしは行かない。花に水をやらなきゃならん」

クルスは寂しそうな顔をしたが、すぐに気をとり直した。そして空に向かって叫ぶ。

「いまからわれわれはパルチザンと呼称する！」

犬たちも賛成するように空に吠えた。

先生は、きみねえ、と苦笑いを浮かべている。

キューズは先生の意見に賛成だった。

2　パルチザン

ディディは泣きながら目覚めた。

ピルスリープはおとなでも耐えがたい苦痛だ。しかし四年にも及ぶ航海で、毎日食事できるほどの金はない。移民船の食料は、クアラルンプルの二〇〇倍の値段がする。コールドスリープは高価すぎて、選択肢のなかには入らない。

しかもディディは育ちざかりのこどもだから、ピルスリープのサイクルは短くしなければならない。長く眠ると、発育に悪影響が残るのだ。せめて目覚めるときはどちらかが見守ってやろうと、アグンは妻と相談して、自分たちの眠りのサイクルを調節していた。

アグンはディディを抱きしめた。小さな体が震えている。

「ずっと怖い夢を見てたの」

「大丈夫、それは夢だから」

「シャドウの夢。タピオカにね、ひとつひとつ目があるの。それにね、地面がグニャグニャになって、それはね内臓なの……ねえ、ピジョンにシャドウがいたらどうしよう?」

「ハハハ。安心していいよ、ディディ。シャドウはもっと遠い、外縁星と呼ばれてる宙域の現象だよ。それにね、〝サンクチュアリ〟がある」

「サン……」

「……クチュアリ。そこではね、オーシャンというすごいコンピュータで人類の遺伝子の進化シミュレーションをしてる。未来の人間はね、精神感応力を持つんだ。彼らはアフタースケールと言ってね、サイキック能力でシャドウを退治してくれてる。だからもうシャドウの心配はしなくていいんだよ。わかった?」

「わからない」

「ちょっと難しい言葉が多すぎたかな。要するに、シャドウは絶対にディディに悪さをできないってこと」


その小屋は湿原のほとりに建っていた。

小屋といってもていねいな作りのログハウスで、湿気を避けるように床は高く、車庫も犬舎もそなえた本格的なものだ。

ファンドの秘密の狩猟小屋だ。いまはパルチザンのアジトになっている。

小屋の屋根を覆うように枝をのばしたアカマツの下には、テント村が出現している。当初の一二人だけでも小屋は手狭で、とりあえず着の身着のままシュラクスを脱出した人々が集められている現在、収容能力は限界に達していた。

車庫も、そのなかにおさめられている大きなパンジーの描かれた小型トラックも、いまは住居となっている。犬舎は幼児のためのベッドルームに改修されていて、ジュジュの犬たちは野宿を強いられている。

ただ、食べ物だけには苦労しなかった。

この季節、湿原は北から冬を過ごしにくる鴨《かも》で騒然としているからだ。犬たちが獲《と》ってきてくれる獲物で、少なくとも当分は飢えの心配はなかった。

夕暮れの時刻。湿原はまるで自ら輝いているかのように、黄金の光を放っていた。

クルスはエアロスクーターを駆って、南から狩猟小屋に到着した。

ひと気がないのに、眉をひそめる。危険な匂いはしない。離れたところで、こどもたちが鴨の羽根で作ったシャトルで遊んでいる。ライディーンもジュジュが万一のためにと残していった二頭のクランの犬もその仲間だ。

ジュジュがいないのはわかる。犬飼いを探して仲間に引き入れるために、西のほうへと遠征している。しかしキューーズやおとなたちの姿が見えない理由がわからない。

ライディーンが主人の帰宅に感づいて、駆けよってきた。よほどうれしいのか前肢をクルスの体にかけて、あちこちをせわしなく舐《な》めまわす。

クルスがその頭と胸を撫《な》でてやっていると、こどもたちも近寄ってきた。

「クルス、クルス、おみやげは？」白い息を吐き出しながら、無邪気な顔で見あげてくる。

六歳、五歳、三歳のこの三兄弟は平原で身をよせあって隠れているところを、クランが見つけてきたのだった。六歳の長男だけが、両親がロボットに撃ち殺されるところを目撃していて、その秘密を弟たちに知られないようにと、懸命に胸に隠しこんでいる。

クルスが忘れたふりを装っていると、こどもたちの表情はみるみる曇ってきた。たいていは鴨だけ、しかもビタミン類を摂《と》るために生で食べるこの状況はなにより辛《つら》いだろう。

ライディーンだけがその存在を鼻で感じとっていた。こどもたちに伝えるように、クルスのポケットを爪で掻《か》いている。

「キューズは？」

「みんなを連れてどこかに行ったよ」こどもの口調には失望がにじんでいる。

「ジュジュは？」

「まだ帰ってこない」

「ふうん。先生は？」

「小屋のなかで難しい顔をしてる」

「そうか。よし、シャツをめくれ」

「どうして？」

「いいから、シャツをこういうふうにめくって袋をつくれ」

長男がしぶしぶとシャツの裾をめくって受けられるようにしたところに、クルスはポケットの中身をぶちまけた。

「栗だ！」末っ子が舌足らずの発音で歓声をあげる。

「まだ食べられないぞ。アテネアおばさんに炒《い》ってもらえ。手伝えば早く食べられるかもな」

こどもたちは転がるようにして小屋への階段を登っていった。途中、長男が振りかえってペコリと頭をさげた。あの子は早くおとなになるにちがいない。クルスはそんな気がした。それがいいことかどうかはわからないが。

気づくとライディーンとクランの犬がお座りをして待っていた。彼らもおみやげが欲しいらしい。栗を食べたりするのだろうか？　ないという身振りをすると、三頭の犬は鼻を鳴らして向こうへ行ってしまった。

「しかたないだろ……」クルスは失望もあらわなその後姿に呟《つぶや》いて、首を振り振り階段を登った。

小屋のなかはすがすがしい木の香りに満ちていた。板張りの床はニスを重ね塗りされて光沢をはなっている。ひかりはふんだんに窓から取り入れられ、発電機もそなえて不便さはない。夜に明々と照明することは危険でできないけれど、ルクスルク・ファンドは中途半端なものは作らない。

　階段の下の、樫の丸太から削りだされたテーブルのところに先生が座っていた。アクセスパネルが微光を放っている。

「帰ってきたか」先生は疲れた表情でクルスを迎えた。

「大丈夫なんでしょうね？」クルスは向かいに座りながら、アクセスパネルを指さした。ネットワークへの接続は位置を特定されることになる。テクノロジーで統治軍に勝ろうとしても、無駄なことだ。

「大丈夫だ。送信部分は殺した。わたしはコム・エンジニアなんだぞ」

「信用してますがね。キューズをどこへやりました？」

　先生はパネルを叩《たた》いて、そこに情報を呼びだした。

「残っていた流通のデータを解析したんだ。東に一〇〇キロの集積場に物資が取り残されている可能性がある。食料じゃなく、エアロスクーターだがね」

　クルスは目を剝《む》いた。

「まさかそれで行かせたというんじゃないでしょうね？　犬もつけず、ここを空《から》にして！」

「行かせたよ。食料ではないからな」

クルスは抗議の叫びをあげようとして、それを飲みこんだ。食料ではないから行かせたというのはどういうことだ？

「なにかわかったんですね？」

「ああ、今朝方ジュジュのクランの一頭が走ってきてね。これを落としていった」

先生は一枚のデータスティックを示すと、それをパネルに挿入した。

「イディマスからだ。あそこのネットマスターは統治軍の攻撃から二秒、システムを守っただけでなく反撃までした」

「素晴らしい」

「そう言ってもらえると嬉《うれ》しいね。わたしのテクニカルスクール時代の教え子だからな」

「それはそれは。で、なにを盗みました？」

「たいしたものじゃない。たかだか四〇キロバイトほどの情報だ……それを解析すると……まず、きみの話の裏づけだ。あのスカイブルーの制服は、統治軍の新指揮系統だ。名称をサイプランター。アフタースケールに換算すると、キロスケールの能力者らしい」

サイプランター。クルスはその言葉を、何度も何度も口の中でくりかえした。言葉は熱いほどに強く記憶に刻まれる。

「そしてあのロボットは、ディザスター。サイプランターの思念によって制御される、制圧用の機体だ。スペックの断片があるから、これはあとでキューズにでも吟味してもらおう。それから……指揮官のサイン、ジェイムズ・カーメン。聞かない名だな。その他もろもろはあとで自分で確認してくれ。意味のあるデータはあとひとつ。一日の食糧消費をグラフにしたものだ」

「食糧……ああ、それで派遣軍の規模がわかるわけですね」

「そういうことだ。もったいぶるのはよそう。兵員の規模は、四〇〇〇万。三個艦隊に相当する」

クルスは頬を引きつらせた。三個艦隊とは統治軍の全戦力の三五パーセントだ。

「もちろんピジョンを制圧するのに、そんな数は必要ない。シュラクスへやってきたのはたかだか二〇〇人、おそらくピジョンに降下したのは、三万人を超えることはあるまい。連中はどこかへ行く途中なんだ。この上空にうようよしている艦艇は、ピジョンを補給基地としてどこかに攻めこもうとしている。異論はないだろう？」

「ありませんね。それで目的は食料というわけですか。ちくしょう、食い逃げする気か！」

「食い逃げとは言いえて妙だな。問題は逃げようとはせずに、居直ろうとしているところだが。いや……真の問題はべつのところか」

「サイプランターですね。統合府はついに使える駒としてサイキックを手に入れた」

「そうだな。〝サンクチュアリ〟が攻略されたのか……しかしそれならば人工的な手段でサイプラントを造りだす必要はない。アフタースケールを使えばいいということだ」

「いえ、アフタースケールの遺伝子を手に入れることなど、統合府にはそれほど難しくはないはずです。憑《つ》きもの星には常駐しているわけですから。〝サンクチュアリ〟がいくら用心しようとも、髪の毛一本まで完全に管理することは不可能です。しかしそのキロスケールごときでは、たいして役にたたないというところが、統合府にとって問題だったわけで。ですからやはり……」

「〝ジオ〟かね。わたしはこの世界で生計をたててきたものとして、ジオの分裂スパイラルを修理できるとは思えんのだよ」

「かつて結核は不治の病だったそうですよ」

先生は力なく笑った。

「時代遅れの年寄り扱いかね。まあいい、データが少なすぎます、というやつだ。ということで、わたしは食料が関係していない限り、物資を調達に出かけてもそれほど危険はないと判断した。統治軍にとってエアロスクーターなど自転車のようなものだから」

「しかしわれわれには足が必要だ、というわけですね。けれど賛同はできませんね、ジュジュの帰りを待つべきでした」

「それほど時間があるわけではないよ、ファンドくん。きみがわたしの立場だったら、ためらいもなく出かけたはずだよ」

「問題はそこですよ。先生にはおれのブレーキ役を果たしてもらわないと。おれが先生に慎重さに欠けると言うんじゃ逆ですよ」

「やれやれ。きみは良くも悪くもファンドなんだねえ。で、そちらの首尾はどうなんだい？　ずいぶんと遠出したみたいじゃないか」

「目鼻はつきました。詳しくは探さなかったんです」

先生は眉をひそめた。

「おいおい！　きみはことの重大さがわかっているのかね？」

「わかっているから探さなかったんですよ。あとはクランに見つけてもらいます。アジトの正確な位置を知るのは犬だけ……最高の保安措置でしょう」

「犬に見つけられればの話だ。しかし犬飼いとクランはまさに驚異だね。わたしは猫派だが、いっそのこと鞍替《くらが》えしようかと思うよ。ジュジュがつけてきたメッセージによれば、各地で犬飼いが中心となって反抗勢力ができつつあるらしいよ。サイプランターとディザスターにはクランが見えないという傍証は続々と集まりつつある」

「おれは経験で理解できますよ。ディザスターに睨《にら》まれてカエルのように竦《すく》んでいたとき、解放してくれたのはライディーンだった。そのときなにかこう、こころが通じた気がするんです。人間とはまったく違うので、なかなか理解はできませんが、ともに暮らした歴史がなにかを見せたんです」

先生はまじまじとクルスを見た。

「なんとまあ、ファンドの口から共感の話題がでるとはね。前言は撤回するよ。きみはまったくファンドらしくない」

照れてクルスは頭を掻《か》いた。そしてかたわらに人が立っていたことにようやく気づく。見られたくないのか俯《うつむ》いたアテネアだった。手に湯気のたつコーヒーカップをふたつ手にしている。豆は狩猟小屋にたっぷりと備蓄されていたものだ。

「これ……ごくろうさま……」

「ああ、これはありがたい。ありがとう、おばさん」

クルスはていねいに礼を言ったが、アテネアはテーブルにカップを投げだすようにして置くと、無言で立ち去った。

クルスは大きくため息をつく。パルチザンの衣食住を司《つかさど》る婦人連は全部で三人いるが、そのなかでさえアテネアは良好な関係を築けていない。

「……キューズもたいへんだよなあ」

「アテネアのことは心配いらないよ」

先生の口調が軽いので、クルスは憮然《ぶぜん》とした。

「いやいや、ほんとうだよ。問題はキューズにあるんだ。彼女がひとまえでアテネアを呼ぶとき、母という言い方をするのに気づいているかね？　ママと呼ぶのがふさわしいころから、彼女は母親を〝母〟と呼んできた。つまりはキューズは小さなころから母親をおとでも自立するなの視線で見て、甘やかしつづけてきたんだ。もちろんアテネアにも問題はあるよ、でも直すのはキューズが先だ。機会を見て、忠告してみるよ。そうすればアテネアも自立するだろう、無条件で頼ってくるあの三兄弟がいい影響になるかもしれない」

クルスは驚きで口を開いたまま、先生の言葉の意味を考えてみた。なるほどそのとおりかもしれない。いままでキューズの観点からでしか、この母娘を見ていなかった。だから、大変だなあ、がんばってるなあ、という印象が強い。

「先生――ほんとうにエンジニアですか？」

「おだてたってなにもでないよ。長く生きているだけで。もしきみが感謝の気持ちをあらわしたいというのなら、栗がいい。わたしにも栗をくれ。鴨は大嫌いなんだ」

先生が真剣な調子で言うのにクルスは笑って、自分のためにとっておいた栗の三粒をさしだした。

先生は恥ずかしそうに、それでも栗をひったくるようにしてキッチンへと向かった。そこではこどもの歓声がうるさいほどに響いている。

クルスはしばらくコーヒーをすすっていた。

樹海への旅は寒く、孤独なものだった。熱いコーヒーとこどもの声は、凝り固まってしまったものをほぐしてくれる。しかも足のつかないアジト――ファンドの富の礎を築いた秘密の金鉱――の場所にも目鼻がついた。クランの犬なら、クルスの匂いをたどってついには発見さえしてしまうだろう。

エンジン音が近づいてきた。

クルスは猟銃を手に、窓から様子を確かめた。豪奢《ごうしゃ》な夕暮れの消えさった薄暗がりのなかをエアロスクーターが接近してくる。キッチンが静かになった。

見覚えのある機体だ。

それでもクルスは銃で狙いをつけたまま、搭乗者がそばまでくるのを待ち受けた。

搭乗者がクルスのスクーターの横に機体を駐車し、階段に足をかけたところで顔が判別できた。名前をコンラート、まだ少年といってもいい年齢だが、レンジャーの基礎訓練をうけた優秀な仲間だ。

クルスは銃を下ろし、キッチンからこちらを窺《うかが》っている先生にOKサインをだした。老人は肩を撫で下ろしてひっこむ。

コンラートは寒さで手をすりあわせながら小屋へ入ってきた。

「ごくろうさん、キューズの先駆けか」

クルスが労《ねぎら》うとコンラートは顔を輝かせた。この少年の視線には憧れがたっぷりとこめられていて、英雄でも見ているかのような眩《まぶ》しいものをむけてくる。

「ああ、やっぱりクルスさんでしたか。はい、キューズさんに先駆けて安全を確認にきました」

「首尾は？」

「大成功ですよ。エアロスクーターを四〇台、盗んじゃいました。ほんの三時間のところでトラックで待ってます。オートパイロットがありますから、すぐにでも運びこめますよ」

「いや、四〇台が大挙して動いていたんじゃ目立って仕方がない。面倒だろうが人手で隠れながら搬送してくれ」

「わかりました。疲れてるけど、もうひとがんばりします。でも戻るまえに、コーヒーを一杯だけ飲んじゃあだめですか？」

「いいとも」クルスは笑って、キッチンに向かってコーヒーを頼んだ。

コンラートは嬉しそうにテーブルについた。そしてポツリと言う。

「そういえばカヤン牧場の東あたりで捕り物をしているなあ。危険のないようにかなり南よりに動かないと。ガンギルドも災難だ」

「ガンギルドだって？」クルスは大きな声をだした。

ガンギルドはピジョンの伝統に根ざす、誇り高い技能集団だ。ピジョン総督の命によって、銃火器の携帯は禁じられているとはいっても、野生の色濃い惑星で身を守るために必要なこともある。平原をひとりで行くのなら必需品だといってもいい。さらには自然豊かだからこそ、狩猟も人気のあるスポーツだ。その需要を満たすために、ガンギルドは銃器を製作している。クルスがいま握っている鴨撃ち銃もその製品だ。密造品ということになるので、値段は張る。

「どうしてわかる?」

息せき切って尋ねるクルスの迫力に、コンラートは気圧《けお》されてキョロキョロとあたりを見まわした。

「どうしてって……轍《わだち》ですよ。重い工具を運んでるから、隠そうとしてますが限界があるんです。都会っ子の統治軍にはぜったいにわかりませんがね」

コンラートはレンジャー訓練を受けている。自然界のしるしを読みとることに関しては、絶対の信頼がおける。クルスは話を続けるように促した。

「明らかに見える轍もあるんです。それは罠《わな》だろうな。統治軍はそれを追っているから、捕まえられないんです。でも時間の問題だろうな、あのロボットがでてきちゃあ隠れても意味がない」

「どこに隠れてる? いや、おまえならどこに隠れる?」クルスはテーブルに手をついて、身を乗りだした。

コンラートはしばらく考えて呟くように言う。

「うーん……カヤン牧場の東南に林があるでしょ? そこかな。統治軍の追っ手をそこで撒《ま》やりすごして、南に脱兎のごとく逃げる。地溝を越えれば追っ手を撒けるかもしれないし」

「上等だ！」

クルスはそう叫び、銃器を収めているキャビネットを開くと、銃弾をポケットにつめこみはじめた。

その意を察したコンラートは慌てて立ちあがって、クルスの腕を押さえた。

「なにする気ですか！　いけませんよ、ひとりで！　どうしてもというのならお供します」

「バカなこと言うな。キューズはどうする？　平原に放っておくつもりか？　それにひとりじゃない、ライディーンがいる」

ほんとうはクランの犬も連れて行きたいところだが、この狩猟小屋の安全を損なうことはできない。

「いけません！」

コンラートは摑《つか》んだ腕を緩めようとはしない。虫や生き物の好きそうな茫洋《ぼうよう》とした表情が、いまは真剣さでひきしまっている。クルスはすこしかわいそうに思いながらも、怒鳴りつけながら振りほどいた。憧れの人を怒らせてしまったのかと、コンラートがおろおろする隙に、猟銃を手に小屋をとびだす。

エアロスクーターのエンジンを点火していると、背後から叱責が降ってくる。

「ファンド！　なんのつもりだ！　戻りなさい、クルス！」

「ライディーン、来い！」

先生の怒声を打ち消すようにして愛犬を呼ぶと、クルスは発進した。先生と議論している暇はない。それに慎重になれと言ったばかりなので、気恥ずかしくもある。

ライディーンは寝そべっていたアカマツの根元から、弾丸のように駆けよってきた。クランの二頭はついていきたそうにしていながらも、ジュジュから小屋を離れるなと厳命をうけているので動かない。

クルスは犬についてこれる速度を保ちながらも急いだ。この四日というもの狩猟小屋のまわりをぶらぶらするだけで運動不足だったライディーンは溌剌《はつらつ》と付き従ってくる。

カヤン牧場の東南の林といえば、ユスの犬洞からそう遠くないところだ。クルスは速度計と記憶とを見くらべてみて、到着まで四〇分とふむ。問題は飼い犬として育ったせいでスタミナのないライディーンだが、いざとなれば脇に抱えてもいい。

湿原は近道でも速度をだせないので南に迂回《うかい》し、平原にでた。そのころにはとっぷりと日が暮れて、月明かりだけが頼りになっていた。

二〇分も走ると、案の定ライディーンが遅れ始めた。停まって、抱えようとすると嫌がって逃げる。強い調子でなんども命じて、ようやくライディーンは持ち運ばれることを受け入れた。

五分ほど無駄にしてしまう。犬飼いならば浪費せずにすんだ時間だ。

そうして改めて走りはじめると、ライディーンは目を大きく見開いて、足下を流れ去ってゆく地面を驚いたように見つめていた。怖いので身を竦ませている。おとなしいのはありがたかったが、二〇キロはある体を抱えつづけることは難しかった。停まっては抱えなおしをくりかえして、さらに時間を無駄にしてしまう。

結局、林に到着するのに、一時間もかかってしまった。

貯水を目的として作られたブナを中心とした雑木林は葉を落としてしまって、月光のしたで寒々と見えた。

「頼りにしてるぞ」

地面に下ろしてやると、ライディーンは逃げるようにして林に走りこんだ。暗すぎて轍などのしるしは見つけることができない。その黒い鼻だけが頼りだ。

ライディーンは解放された喜びを体であらわして、しばらく興奮してそのあたりを跳ねまわる。

「遊びに来たんじゃないぞ」

クルスは言うが、ライディーンは聞く耳をもたないといった様子だった。それどころか抱えて運ばれるという恐怖を与えた主人を不信の目で見つめるしまつだ。

根気強くなんどもなんども言い聞かせるが、警察犬のまねはしてくれそうにない。

期待をしすぎたか。クルスは肩を落とした。ライディーンはペットだ。クランの犬だから素質はあるけど……ジュジュがそんなことを言ってなかったか。

しかし引き返すわけにはいかない。一晩中かかっても探し出してみせる。

クルスはエアロスクーターを降りて、林に踏み入った。林といってもそれは植林されたところに林だったというだけで、開拓以来一〇〇年、野放図に繁殖してきた林は森といってもいい面積がある。

人手の入っていない雑木林は歩きにくかった。落ち葉が厚く降り積もり、スポンジの上を歩いているかのようだ。落ちた枝は折り重なっていて、さらに足場を悪くしている。

ライディーンは体を弓形に跳ねてついてくる。雑木林が珍しいのかあちこちに首をつっこんだり、幹に鼻を寄せたりと忙しい。

ガサガサガサ、と林に落ち葉を踏みわける音ばかりがこだまする。新雪の上を歩くよりしまつに悪い。クルスはすぐに息があがってきた。

立ちどまってあたりを見渡す。さらに背後を振り返って、変哲もない初冬の雑木林の光景が広がっていることにいささか愕然《がくぜん》とする。目印を探さずに無鉄砲にとびこんだので、エアロスクーターのところに戻れるかわからない。

頼みの綱のライディーンは、散歩のつもりかはしゃいでいる。怒鳴りつけてやろうと口を開くと、そこでなにかに気づいたかのように歩みをとめた。訝《いぶか》しげなようすで、空中に鼻面を突きだしてさかんに匂いを嗅いでいる。

「そうだ！　慣れない匂いがあるだろ！　それを追ってくれ」

ライディーンは確信を得たのかまっすぐに走り始めた。

幹に頭をぶつけ、枝に引っかかれながらもクルスはそのあとを追った。犬は牙を持っている。人は爪でも歯でも戦えない。先生は反抗には消極的だけれど、武器は必要だ。

ライディーンが立ちどまった。

クルスが追いついてみると、そこは立木以外はなにもない空間だ。愛犬は興奮して落ち葉をかき回している。

「なんだよ……」クルスはがっかりして呟いた。

そこじゃない、別のところを探してくれと頼んでも、ライディーンは聞き入れなかった。その下になにが埋まっているのかは知らないが、掘ることに夢中になっている。

途方に暮れてあたりを見渡してみても、初冬の淋しい林しか見えない。ユスやコンラートなら書物を読むがごとく情報を読みとることができるのだろうが、クルスには白紙だ。

焦りが募る。

それほど離れていないところで追跡隊が動いているはずだ。ディザスターを呼んでいるかもしれない。

パルチザンが牙を備えるこの希有《けう》のチャンスを逃すことはできない。なんとしても。

「聞いてくれ！　おれはクルス・ファンド！　話がある！」クルスは危険を無視して叫んだ。

声は凜《りん》とした暗がりのなかに消えてゆく。耳を澄ますと小動物のたてる音が聞こえるが、それだけだ。

いきなりライディーンが長く尾をひく悲鳴を放った。落ち葉のなかから腕が伸びていて、がっしりと犬ののどを摑んでいる。

クルスは銃を構えようとした。ところが持ちあげるまもなく横から伸びてきた腕に奪い去られた。そして背後から両腕を搦《から》めとられて、こめかみに冷たいものが突きつけられた。

「でけえ声を出すんじゃねえ。なんのつもりだ？」

わずかに抵抗する暇もなかった。赤ん坊のように他愛もなく、しかもがっしりと拘束されている。

「……話があるだけだ。銃をさげてくれ」突然のことで心臓は波打っていたが、声は震えなかった。

犬飼いか？　別の声がする。

「こんな間抜けな犬飼いがいてたまるかってんだ。何の用だ？　五秒で納得のできるはなしをしろ」

ライディーンは落ち葉の中から体を起こした男に抑えこまれていた。散々暴れるので男は爪と牙に傷つけられていたが、犬に害を与えようとはしない。

まちがいない。ガンギルドだ。クルスは確信した。

「おれはクルス・ファンドだ」

背後の男は銃口で頭を小突く。

「それはさっきも聞いたぜ」

おいこれ、おれたちの製品だぜ。銃を奪った男が言った。

「放してやれ。そいつはお得意様のご令息だ」

声とともに、四〇がらみの険しい顔つきの男があらわれた。クルスの目には闇から溶けでてきたようにしか見えない。

「久しぶりですな、坊ちゃん。あんたが親父《おやじ》の鴨撃ちについてきたのは小さなころだけだったから、覚えてねえでしょうが」

ガンギルドの首領は手をさしだしてくる。

自由になったクルスはその手を握りかえした。職人の手だ。硬く肉厚で力強い。

「覚えてませんね。ですがあんたがガンギルドだということはわかる」

「とりあえず出会えて吉といいやしょう。ですがわしらはいますこし困ったことになってるんでね、ここでサヨナラとしましょうや」男はにべもなく背中をむける。

数歩も行かないうちに、首領は闇に消えた。クルスは慌てて叫ぶ。

「商談がある！」

首領がぼんやりとした姿をあらわす。幻燈のように淡く見えるが、その背中だけは好奇心で強張《こわば》っているのがわかる。

ガンギルドは金を稼ぐことを至上の目的としている。あからさまな拝金主義と評判はわるくても、違法の存在として、自分たちの安全を保障するのは金だけしかないのだから当然だとクルスは考えていた。

「あんたたちの窮状は知っている。そこで安全な隠れ家を提供しよう。代価は銃だ」

首領は忍び笑いを漏らす。

「安全な隠れ家なんてあるんですかい？　冗談言っちゃいけねえや。あんたはなにも知っちゃいない」

「犬飼いが安全を保障する」

「意味がわかりませんや。犬飼いは魔法でも使って、あのロボットを眠らせるんですかい？　あいつにゃあ、仲間の半分が殺されてるんだ。なんとかあっしらが生きてるのも、あいつが忙しくてどこかに行ったおかげで、実力じゃあねえ。だから力にはなれませんな」

「ロボットにはクランは捉えられないんだ。そのおかげでおれたちは生き残った」

「そんなくだらねえ御託《ごたく》を並べてる犬飼いはどこのどいつです？」首領の声には苛《いら》だちが

混じりはじめていた。

「ジュジュだ」

「聞かねえ名ですな。信用するわけには……」

「ユス・ネイロ・シリウスも近いうちに合流する」

「ほう、シリウスねえ。いちばんのビッグネームですが若い方ですか。近いうち……それじゃああっしらも近いうちに再会しましょう」

「待て……」

そのときすぐそばで銃声がした。耳が痛いほどだ。ガチャン、となにかが落ちて壊れる音が続く。発砲したのは猟銃を奪った男だ。視覚補助のゴーグルをつけている。

首領が悪態をついた。そのひとつもクルスに理解できなかったのは、仲間内のスラングだからだろう。

「坊ちゃんは疫病神ですな。あれはドローンですよ。そう高く飛ぶわけでもねえし、早くもねえから撃ち落とすのは簡単なんだが、リアルタイムでコントロールと繫《つな》がっているから厄介でね」

食いしばった歯の間から漏らされることばに、クルスは殴られたような思いがした。

「おれがつけられたのか！」

「ほかに考えようはありませんや。さっきの大声かも知れやせんし」

焦りすぎていた。統治軍にそれらの装備があることは知っていたはずなのに、たかを括《くく》っていた。

サーチライトが雑木林を貫いた。鋭く指示を叫ぶ声も聞こえてくる。

「坊ちゃんじゃなきゃブチ殺してやるところだ。二度と顔を見せねえでくださいよ」

「待て！」

クルスは首領の肩をつかんだ。おそらく銃把だろう硬いもので後頭部を殴られたが気にしてはいられない。

「発見されたのはおれだけだ！」

「で？」首領は無慈悲に尋ね返す。

「おれが出て行く。あんたらは逃げろ。囮《おとり》になる。ここから東に六キロ、林から突き出る丘がある。ふもとの犬洞で、ほとぼりを冷ませ。そして南、湿原の西の端に小屋がある。そこがアジトだ」

首領はしばらく答えない。ようやく返ってきた答えも、やはり無慈悲だった。

「なるほど承知しやした。約束はしませんぜ。あんたがさっさと囮になって、わしたちが安全なら、そこではじめて考えてみましょう。ただ犬洞を無用に借用するというのは、いただけませんな。仁義に反する」

「そんなこと言ってる場合か」クルスはそっけなく言い放った。そしてライディーンを抱えた男に向いた。「そいつは預かっておいてくれ。小屋に預けてくれればいい。それぐらいはしてくれるだろ」

「約束はできませんな」

「野垂れ死ね！」

悪態を残して、クルスはサーチライトのほうへ歩き始めた。ライディーンがギャウギャウと悲痛な声で吠える。背中に突き刺さるような声は、キャンという小さい悲鳴を最後に途切れた。あまり強く殴ったのでなければいいがと、背後を盗み見ると、数歩も行っていないのに、ガンギルドもライディーンも消えていた。

「ここにいるぞ！」

クルスは人の気配に向かって叫んだ。両手をあげてじっと待つ。

すぐにサーチライトに射られた。そのまばゆい光のなかを人影が動いてきて、クルスは銃を構えた男たちに囲まれた。

アースカラーとウロボロス。統治軍だ。スカイブルーの制服のサイプランターはいないようだ。

兵士に突きとばされて、クルスは地面に這《は》いつくばった。レーザーライフルの銃口で乱暴に身体検査をされる。

「なんだ、ガンギルドじゃないぞ」兵士は失望もあらわに呟いた。

「いやいやいや、とんでもない」

顔をあげると、光のなかを治安警官が進み出てきていた。よく顔をみる男だ。父に買収されていたはずだが、いまでも通じるだろうか？　視線をあわせてみると、治安警官は酷薄な笑いを浮かべていた。

「こいつはクルス・ファンドですよ。ほら、お仲間を四人殺したと報告があった。犬を使ってね」

その声は嬉しそうだ。ルクスルクは買収した警官を甘やかしたりはしない。とことん利用する。恨まれている。クルスはそう確信した。

「犬だと！」兵士たちは怒号をあげる。

クルスは銃口で背中を強く突かれて息をつまらせた。統治軍に反抗する犬飼いの情報は、恐怖とともに深く浸透しているらしい。

「犬飼いというやつか？」

隊長の質問に治安警官は答える。

「いえ、ただのセカンドですよ。いまとなってはファンドの最後のひとり。そのくせ犬飼いの雄、シリウス一族のぼうずとも仲がいい」

「ファンド……シリウス……興味深いな。犬の声がしたようだが」

「わたしは聞いてませんが。こいつの飼い犬なら追う価値はありませんよ。クランの犬じゃない」

ずいぶん詳しいじゃないか。クルスは心の中で呟いた。その賢《さか》しらなことばがいまはありがたい。おれを捕らえたことを手柄だともっと言い募れ。

「ガンギルドを追っていて、思わぬ拾いもの……と考えていいのだな？」

「そうです。下町での犬を使っての事件は、こいつが主導したものです。犬飼いも加わっています。こいつは治安擾《じょうらん》乱者のキィパーソンなんですよ」

「ファンドの生き残りか。トロフィとしては悪くない。よし、いちど引きあげよう」

「わたしのこともぜひ報告書に」

「もちろんだ。こいつを連行しろ！　コマンダー殿が興味をお持ちになるだろう！」

治安警官は隊長が背を向けた隙をついて蹴りをくりだしてきた。

脇腹の鋭い痛みに、クルスは歯を食いしばって耐える。


ルッタリン河ではひどいめにあった。

橋がなかったのだ。場所を間違えたかとしばらく土手を歩いていると、壊れた橋脚をみつけることができた。スターバックは火薬の匂いがすると警戒する。

しかしガタのきた橋を爆破処理するのは珍しいことではない。それがいつまでも修理されないのもよくあることだ。とくに開拓の初期に建設されたものなら、当初の計画と現実に差がでて、存在の意味をなくすこともままある。だれも使わない橋を作りなおすことはない。

そして総督省やセカンドで占められた産業界は、犬飼いの便のことなど意識もしたことがない。

ユスは唇をつきだして、カーゴからプラスチックのボートをとりだしてきて膨らました。ボートは犬飼いの標準装備だが、ユスは大嫌いだった。一度使ったら、きちんと乾かして畳まなければならない。その手間が大嫌いなのだ。加えてゆらゆらと安定感のない川面の感触も不快だ。クランとともに筏《いかだ》で河下りを楽しむ犬飼いがいることが信じられない。ボートを使わずに済むようにわざわざ遠まわりしてきたのだから、腹が立ってもいた。

それがクランに影響した。

水が嫌いな犬たちはボートを膨らませているところからソワソワしはじめ、いざ渡河になると強く命令しなければならなかった。

しばらく時間をおいて気分を鎮めるべきだったのに、無駄にした時間にイライラしていてそのまま水の上にでてしまった。

そしてとことん水が嫌いなブラジルが自制をなくして暴れ、エアリアルを水のなかに落としてしまった。

泳いで助けるしかなかった。しかも慌てたので、ボートも流してしまうところだった。それがこの一週間のハイライトだ。

猛省をこころに刻みつつ、それからは穏やかな単調な旅が続いていた。いままでは穏やかな安らぎを感じている。

ユスが茫漠とした平原に興奮したのは、最初の一年だけだった。いまでは穏やかな安らぎを感じている。緩やかな丘陵、地平を縁取る林、そしてそのあいだを埋める圧倒的な広さの平原。単調な光景は、いまではユスに自由の興奮よりも、故郷の安心感を与えていた。

シュラクスで友人が待っていなければ、たいていの犬飼いがするようにこのまま平原で冬を過ごすだろう。

それでもシュラクスが近づいてくるにつれて、ユスはなんだか惜しいような気持ちになって速度を落としがちになった。友人には会いたい。しかし町の人ごみに耐えなければならないというプレッシャーがあった。もとよりの人嫌いの傾向が、クランを率いて平原にでたことで助長されている。

もう一時間ほどでシュラクスにつくというところまで来ていた。今夜は犬洞で夜を過ごし、翌朝はやく友人たちのもとを訪れようとユスは考えていたが、見慣れた光景にぶつかってブレーキをかけた。犬たちも思いだしたのだろう、鼻をひくつかせてあちこちの匂いを嗅ぎはじめた。

なんの変哲もない草原の光景だ。犬洞のある林に覆われた丘陵地が地平線を縁取っているほかは、とくに目印のようなものもない。ただ草原を貫いて、ほそい踏みしめられた獣道がすぐそこを通っている。

「まだ続いてるんだ……」ユスは呟いた。

アデレイドが近寄ってきて、視線で懐かしさを訴えてくる。鼻は通過した犬の匂いを嗅ぎつけていた。

バターランロード。

アデレイドは最初のバターランを走ったのだった。未明の暗がりのなかを道を探しながら走り、孤独の不安に負けることなく、みごとキューズのアパートへとたどりついたのだ。それから毎日の仲間を先導しながらの往復六〇キロの道のりが彼女の頑健な体を作ったのだろう。功労者としてその懐かしさもひとしおらしく、アデレイドはふだんの落ちついたようすをかなぐりすてて、あちこちで匂いを詮索していた。

薄明のなかを白い息を吐きながら疾走してくる犬を見たくて、ユスは予定を変更してここで野営することにした。

犬たちに食事と水を与えると、たちまちのうちに陽《ひ》は落ちた。冬の先兵のような冷気が迫ってきたが、ユスはやはり面倒くさくてテントは建てなかった。晴れているなら少々寒くても、星を見ながら眠るほうがいい。

ユスはすぐに眠りに落ち、目覚めたときにはもう朝方だった。

東の空が藍色に染まっているほかはまだ暗い。サクラとサナエがまたもやシュラフにもぐりこんできている。毎日のことなので、もう慣れてしまって気にならなくなっていた。それどころか寝返りで潰《つぶ》してしまわないように無意識の気遣いもできる。

「朝だよ」

声をかけると、二匹の仔犬はしぶしぶと温かいシュラフからでていき、母の背中に体を投げだすようにしてふたたび寝入った。

空気は湿気のひんやりとした匂いを漂わせ、夜明けの静寂に満ちていた。ユスはゆっくりと体をおこしてシュラフを出ると、ヒートキューブにヤカンを置いて紅茶を沸かしながら、バターランロードを走る犬を待った。スターバックが出発か？　と訊《き》いてくるのに、まだ寝てていいよと告げる。

空がぼんやりと明け染め、ユスは飲み干したカップを置いた。遅い。そろそろ通過しなければ朝食の食卓に間にあわないのに、気配すらない。

それから完全に夜が払拭《ふっしょく》されるまで待ったが、ジュジュの犬は現れなかった。違う道を通ったとしてもそれほど離れるはずもなく、犬たちが気づかないわけがない。

「変だなあ」ユスは立ちあがると呟いた。犬の時間感覚は極めて正確で、寝坊することなどまず考えられない。

アデレイドも戸惑っていた。たしかにここを走った犬の群れの匂いがあると訴えている。

「なにかあったのかな？」

ユスはカヤン牧場へ行ってみようかと考えてやめた。たいした距離ではないが、往復するとなると時間を喰《く》う。それよりは一年も放っておいた犬洞の様子を確かめたかった。バターランのことはキューズに聞けばわかることだ。

ユスはシュラフをカーゴにしまうと、仔犬たちをベビーキャリアに運んだ。ミスティアイはいそいそと、ヨルダシュは不機嫌に箱におさまる。そしてやはり嫌そうに、老犬はカバーの開閉ボタンを鼻で押した。ポンと音をたててキャリアはロックされる。

エアロスクーターに跨《また》がってエンジンを始動させると、出発の号令を下した。犬たちが体をほぐすようにゆっくりと走りだす後を、ユスは追う。

一年ぶりの懐かしい林はなにも変わっていなかった。落ち葉が厚く積もり、音を吸収しているから水を打ったように静かだ。そう思っていると、犬たちが落ち葉を踏み鳴らす音が近くで響いて驚かされた。

犬洞は一年前のままだった。岩壁を這《は》う蔦《つた》が夏のあいだに繁茂したらしく、洞窟のなかまで落ち葉が吹きこんでいる以外はなんら変わりがないように見えた。

しかしスクーターを岩壁にたてかけて、洞窟のなかに一歩踏みこんだユスは絶句した。犬たちも久しぶりの我が家に喜び勇んで走りこんで、戸惑いがちに踵《きびす》を返してゆく。

「なんだ？」ユスは思わず声をだした。

だれかが勝手にキャンプしたあとがあった。焚《た》き火の焦げ跡、干からびて黒ずんだ食べ残し、あわてて出発したのか帽子や手袋も取り残されている。

好奇心旺盛なドリブルが帽子に鼻をよせて、鉄と油の匂いがすると訴えていた。しかしキューズではない。ユスは革手袋を拾いあげると裏返した。そこにはハンマーと力強い腕のシンボルが描かれている。

ガンギルドだ。

「どういうことだ？」ユスは呆然《ぼうぜん》と自問した。

ガンギルドがよく出歩くことは確かだ。注文の品を届けたり、原材料の調達などのために犬飼いやレンジャーほどに平原を行き交う。しかし犬飼いの犬洞を勝手に使うという非礼をすることなどないはずだ。

ガンギルドと犬飼いは仲がいいのだ。危険な密造品の輸送の際に犬飼いの応援は優秀な早期警戒システムを手に入れることと同義だし、犬飼いも危険な奥地を経験した者ならば個人の武装について総督省とは正反対の見解をもっている。だから互いに尊重するあいだがらなのだ。

ユスもいちど輸送の警備をしたことがある。かなり礼金をはずんでくれたし、とっつきにくいが気持ちのいい連中だった。犬洞を荒らすような輩《やから》が仲間からでたのなら、彼ら自身でその決着をつけるほどに誇り高い連中でもあった。

本来ならガンギルドが犬洞を荒らすことなど考えられない。なにか自らの名を汚《けが》してもしかたがないような、たいへんなことがあったんだ。ユスは胸騒ぎを覚えた。腐敗して賄賂《わいろ》の横行する治安警察の手入れごときで、誇りを無にするような慌て方をするとは思えない。

クルス。

ユスは友人の自信にあふれた顔を思い浮かべた。クルスなら倫理チェックをパスしているから、ネットワークへのフリーアクセスをもっている。総督省治安警察は無理としても、司法警察ならば情報公開を義務としているからあるていどのことはわかるはずだ。このへんで武器職人の捕り物があったのか調べてもらえる。

そこでアクセスパネルを取りだそうとして、まだ充電していないことを思いだした。さらにネットワークにアクセスすると、位置を特定できることにも気づいた。関係があると勘繰られては面倒だ。シュラクスに行くしかない。

ユスはコルトが体を硬くして自分を見つめているのに気づいた。心中の不安に反応してしまったらしい。ルッタリン河の一件といい、いまだにクランとの関係は犬飼いの標準からしても緊密すぎる。眉間によせた皺《しわ》を慌てて消し、微笑《ほほえ》みを浮かべて昂《たかぶ》る感情を抑えると、コルトは表情をゆるめて嬉しそうに尾を振ってくれた。

「スターバック。ここで待っててくれ」

スターバックは犬洞をチラリと見て、拒否した。得体の知れない匂いのなかではいられないということだ。たしかになにか嫌な感じがして、犬たちだけで待たせておくことも不安だった。

「おとなしくしていられるか？　ペットの犬にちょっかいを出すんじゃないぞ。獲物にしか見えないものが通っても咬《か》みつくんじゃないぞ」

スターバックはユスの言葉を必要のないものとみなして、プイと背中を向けた。

「愚問だったな」ユスは自分の杞憂《きゆう》を笑った。

犬洞からシュラクスまでは距離にして一〇キロほどになる。丘陵地帯が終わるとともに、都市をとりまく田園が始まり、匂いが平原とは一変する。ユスははっきりと剝きだしの土の匂いを感じるが、キューズもクルスもその違いをわかってくれず、鼻も犬なみなのかと言って笑う。いまも顔に受ける風のなかに、冬にむけて眠りにつこうとする土の呟きのような匂いを感じていた。

田園は秋小麦の刈り入れが終わって、砂色だけの侘《わび》しい風景を呈していた。乾燥した土を吹き飛ばしながら畑を横断し、舗装道路に入ると、たちまちに犬たちは不満をあげはじめた。硬い路面に爪があたってカチャカチャという音が耳障りだし、膝に余分な衝撃が加わって不快だと。しかし畑の土は柔らかすぎるので、深いところに肢《あし》を突っこんで傷める可能性があるから走らせられない。だから待ってろと言っただろ、とユスが指摘すると犬たちは黙った。

しばらく行くと、鼻の粘膜に絡みつくような土の匂いに、なにかべつの匂いが混じってきた。先頭を行くスターバックはそれが焦げた匂いだと判別して、警戒心を高めている。やがて焦げ臭さの原因が見えてきた。十字路になったところで、地上車が一台、横倒しになっている。

「おいおい嘘だろ」ユスはスクーターを停めて急いで車に走りよった。怪我人がいるかもしれないと思ったのだ。

ところが車は内装が燃えつきているにもかかわらず冷たかった。つまり事故が起こってからかなりの時間がたっていることを示している。おまけに車内では焼け焦げた死体がふたつ放置されていた。

考えられないことだった。どのような形であろうとも、事故がおきれば車が緊急事態を送信する。何重ものフェイルセーフで保護された緊急機能はまず壊れることはない。そして事故の知らせを受けた医療局は、ただちに現場に必要なものを送り届ける。何時間も死体が放置されるということは考えられない。それにこれほど町に近いところなら、だれかが通報する。

妙だ。ユスは考えこんだ。妙なことが重なりすぎている。犬の走らないバターランロード。犬洞の異常。そして炎上した地上車。これは一本の糸につながるはずだ。なにか重大なことが起こっている。橋がなかったのはほんとうに老朽化したからだろうか？　考えこみながら地上車のまわりを歩いていたユスは、ボンネットに丸く融解した穴を見つけて戦慄《せんりつ》した。事故じゃない。撃たれているのだ。しかも治安警察しか装備していないレーザーで。

とにかく逃げよう。犬洞へ、いや平原へ。

ユスが身を翻したときに、スターバックが怯えの響きを滲《にじ》ませた声で吠えた。てっきりこちらの感情に反応したのかと思いきや、他の犬たちも和して吠え声が合唱になった。ふりむいたユスはシュラクスの方向からなにかがものすごいスピードで近づいてくるのを見た。急いでエアロスクーターのハンドルを手に取るけれども、間にあわないと判断してやってくるものを待ち受けた。

それは甲虫かブローチのような形をしていた。よほど効率のいいエンジンを搭載しているのか、驚くほど高速でしかも高い安定性で迫ってくる。

治安警察が新しく導入した車輛《しゃりょう》だろうか？　とユスは推測し、すぐに誤りに気づいた。甲虫は中心線からなにかを起こした。それが胴体であることを見てとるのにそれほど時間はかからなかった。二本の腕が分離し、左手がユスにむけてピタリと据えられるところをみると、レーザーになっているらしい。兵器だ。

それからは奇妙に後ろ暗い感じが漂っていた。ただの機械にしては、暗い情動のような、重苦しいものを発散している。近づくに連れてその不快感は高まり、ユスは胃が収縮して胃液がこみあげてくるのを感じた。

甲虫は犬の咆哮《ほうこう》に迎えられながらユスの側《そば》で急停止すると、足を四本生えさせた。最終的には寸詰まりのケンタウロスか鎌のないカマキリのように見える。

スターバックが攻撃したがるのを、ユスは強く禁止した。

「ロボットとはね。治安警察にしては大げさだな」ユスはピジョンには許されていないだろうテクノロジーの塊を眺めまわした。

ロボットは人間の声で言った。

「動くな。犬たちもおとなしくさせておけよ。おまえはよっぽどのことがないと射殺はしないが、犬は遠慮なしに撃つからな」

リモートコントロールされているのだ。ユスがどこかでオペレートしている人間の顔を思い浮かべた。

「そんなに反応速度がいいのかな？　犬たちは三二匹いる。ちゃんと狙いを定められるか？　そもそも犬の速さを知ってる？」

「おまえらのレベルで考えるな」ロボットは尊大に言った。

ユスは内心舌打ちをした。やっぱり地球の産物だ。

「あ、やっぱりだ」ロボットの向こう側の男はなにか調べ物をしていたらしい。「おまえユス・ネイロだな？　ユス・ネイロ・シリウス」

　ユスは肩をすくめる。

「とぼけやがって。いままでどこに雲隠れしてた？」ロボットの声は勝ち誇っている。

「隠れてない。平原にいただけだ。隠れる必要がどこにあるんだ？」

「質問するのはこっちだ。しばらく動かずに待て」

　逃げるか？　ユスは迷った。しかしロボットのレーザーを見て動かないことにした。グリップレーザーなど豆鉄砲に思えるほどのおおきなシステムだ。逃げられないことはないが犠牲がでるかもしれない。

　すぐに装甲ヴィークルがあらわれて、三〇手前程のかなり背の高い男が姿を見せた。見たことのないスカイブルーの制服を着ているが、軍服だということはわかる。男は剣呑《けんのん》な殺意を向ける犬たちに一瞬たじろいで、すぐに体裁をとりつくろった。

「ユス・ネイロ、おまえを拘束する」長身の男はグリップレーザーを突きつけて言った。

「拘束？　なぜだ？」ユスは困惑して声を荒らげた。

「理由なんて必要ない。おれが拘束すると言ったから、拘束するんだ」

「そんな無茶苦茶な話があるか。法律では明確に逮捕理由を言わなきゃならない……」

　男はいきなりグリップレーザーの銃尻でユスの顎を殴った。

　ユスは後じさり、犬たちは突然の暴力に腹をたてて牙を剝いた。強く禁止命令をださなければとびかかっていただろう。

「ピジョンの法律は失効している。いまはおれたちが法律だ」

そのときドリブルが命令を無視して男に躍りかかった。ロボットが迅速に反応して、レーザーを発射する。

ドリブルは空中で体を捻《ひね》ってレーザーを避けた。自分が邪魔になって男の狙いが甘くなったのだが、それ以上に幸運だったのだ。ドリブルはその幸運も知らずに、男のレーザーを握ったほうの袖に食らいついていた。

男はドリブルを離そうと暴れて、レーザーを落としてしまった。ドリブルはそこで袖を放し、レーザーをくわえて男と距離をとった。

「犬ころめ！　おい、返させろ！」男の怒鳴り声とともに、ロボットはユスにレーザーを突きつけた。

ユスはさきほど感じた嫌な感じが、ロボットが動くたびに増すことに気づいた。それは後ろ暗い、嫌悪をもよおすもので、触ることはおろか見ることも汚らわしいなにかだった。本質は理解できるのに、うまく言葉にすることができない。

「ドリブル、返せ」

ユスはそう言って考え直した。そんな必要はない。いま犬たちに命じるのはそんなことじゃない。

「逃げろ、ドリブル！　スターバック！」

「勝手なことというな！」男は拳でユスを殴った。

ユスは倒れながらも叫ぶ。

「スターバック！　逃げるんだ！」

スターバックは命じられたことが理解できずに立ちすくんだ。他の犬たちも顔を見あわせて、意味を尋ねあっている。

「逃げろ！」

命令に従わなければという義務と、主人を見捨てられないという忠誠がスターバックのなかでせめぎあっていた。両方を天秤《てんびん》にかけて計ることができないので、ボス犬は混乱して苛立たしげに前肢で地面を叩いた。

クランのなかでベスピエだけが判断力を保っていた。ベスピエはボスに体当たりして、自分が先導して林へと走りはじめた。

地面に転がったスターバックは部下の突然の反乱に一瞬啞然《あぜん》としたが、すぐになすべきことを思いだした。オン！　と承諾の返事を叫ぶと、すばらしい躍動を見せてベスピエの後を追った。クランもボスに従ってゆく。

男はロボットを操って犬たちの背中に向けてレーザーを放った。しかしユスの指示で、クランは一糸乱れぬ厳密な艦隊行動のように左右に跳躍して攻撃を回避した。

「あぁあ、逃げちゃったよ」男は消えた犬を見送りながら、それほど残念でもなさそうに言った。「まあ、いいか。おまえが目的なんだから」

男にニッと笑いかけられて、ユスは返す表情がみつからなくて戸惑った。それほど嫌な笑みではなかったのだ。

「あんた誰だ？」複雑な表情のまま、ユスは尋ねた。

「おれか？　おれは地球統合府統治軍のハンドラーだよ」

統治軍。ユスの脳裏に寝ぼけ眼《まなこ》で見た流星の映像が蘇《よみがえ》った。あのときおかしいと思ったとおりに、あれは流れ星ではなかったのだ。大気圏突入時の炎、それが夜空を横切ったものの正体だった。

ピジョンは地球に侵略された。ユスは目の前が暗くなるのを感じた。

3　コマンダー

「犬飼いってなに？」

「お母さんに聴いたんだね？　そうだね『シリウスとカノープス』なんて言っても古くてディディにはわからないだろうな。ええとね、犬飼いはピジョンの歴史が生んだ、すごいひとたちなんだ。まえにも言ったと思うけど、ピジョンは十分なテラフォームを受けられなかった。地球化がわずかでも彼らは地表を耕して食べ物を作らなければならなかった。でもね、結局駄目だった。土が強い風で吹き飛ばされたんだ。そしてバタバタと死んでいった。植民地にとどめをさしたのはね、ピジョンジシというクマほどもある野生化した豚だった。みんな自分が食べるので精一杯だから、家畜は早くに潰《つぶ》されて食べられたんだけど、逃げたか、かわいそうに思って逃がした人がいたんだろうね。それがすごい怪物になって帰ってきた。人間を襲う怪物としてね。

でも生き残ったひとたちがいた。それが犬飼い。ペットも食べられる状況で、飼い犬を大事にしてた人が犬飼いの先祖なんだ。犬たちはピジョンジシと対決した。狩りたてた。犬飼いは世代を重ねるうちに、犬と深く精神を結ぶようになった。ピジョンジシがどうしてそんなに大きくなったのかは、わからない。おそらく土着の地衣類が原因だと言われてるけど、いまではもう地球環境がピジョンを覆い尽くしているからどこをさがしてもみつからない。ピジョンジシも犬飼いと犬に食べつくされて絶滅した」

「お父さんの話、いつも最後には難しくなる！」

「ごめんよ。簡単に言うと、犬飼いは犬とお話できるんだよ」

「ステキ！　あたし犬飼いになりたい！」

「それは無理だよ。犬飼いはピジョンの第一世代、ファーストでないとなれないよ。それに獣医になるって言ってたのに。獣医はピジョンではとても大事な仕事なんだよ」

「ううん。あたしもう決めちゃった」

ずばぬけて背の高い男だった。

ユスは自分の背とくらべて、プラス二〇センチと踏んだ。ということは二メートル近いことになる。その背丈にあわせるために引き伸ばしたかのように、体つきは細く、手足が長い。スペイン系の顔立ちと肌の色ではあるが、遠い過去にアフリカの血が入っているのかもしれない。

「あれはどうする？」ユスはエアロスクーターを顎で示した。

男は装甲ヴィークルから紐《ひも》をもってきて、ユスを後ろ手にさせて手首を結んでいた。どうやら拘束リングを忘れたらしく、ブツブツと口のなかで反省の文句を呟《つぶや》いている。

「え？　なに？」

男が手首をきつく縛りあげるのでユスは呻《うめ》き声をあげた。

「あれだよ。ぼくのエアロスクーターだ」

縛り終えた男は、知ったことかというふうに肩をすくめた。

放っておいてくれるというわけだ。ユスは胸をなでおろした。ベビーキャリアのなかには、ミスティアイと二匹の仔犬、それにヨルダシュが隠れている。男に見つかればクランに逃げられた腹いせをするかもしれない。それにミスティアイは不安で緊張の糸が切れそうになっていた。いま男にちょっかいをだされれば、反射的に攻撃するだろう。

男がいきなり顔を近づけてきて、ユスの瞳の奥をじっと覗《のぞ》きこんだ。幾度めかの不快感がまたもこみあげてくる。

「ほんとうに犬飼いというのは困ったもんだな」男は視線を外すと、ユスをヴィークルのほうへ突きとばした。

ユスはたたらを踏む。

「どういう意味だ？」

男は答えなかった。細い体にしては意外に強い力で、ユスをヴィークルの助手席へ押しこんだ。そして自分は運転席へとついた。

ユスは車内を見渡して、これが治安警察の車輌《しゃりょう》ではないことに気づいた。窓などはなく、外の様子はすべて前面のパネルに配されたモニターで見るようになっている。そのパネルの中央からコードが延びて、その先にはマスカレードの仮面のようなヘッドセットがあった。それを装着すれば、車体の消えたクリアな視界が得られるのだろう。もうひとつある、形の違うコードのないヘッドセットはなにに使うのか不明だ。後部座席はさまざまな情報端末の山。これは戦闘指揮車なのだ。

ユスは車内に男の仲間がいず、しかも男がハンドルを握ったのに驚いて言った。

「あんたが運転するのか？　不用心じゃないか？」

「そう思うなら、がんじがらめに縛るぞ。それにおれにはこいつがいる」男は薄笑いを浮かべて、モニターに映っているロボットを指さした。

「装甲ごしに撃つ気か？　正気じゃない」

ガチャン、という音とともにドアがスライドして開いた。そこからロボットが雫《しずく》形の頭で覗きこんでくる。

「こういうことだ。寒いのはちょっとがまんだ」

「わかったよ。邪魔はしない」縛られていて手をあげることができないので、ユスは肩をあげた。

「そう願いたいね」

男は指揮車のエンジンを始動させアクセルを踏んだ。そこまですることはないということなのだろう、ヘッドセットには指も触れない。

走りだすと風景が音もなく流れはじめた。ロボットは素早く脚を収めて、ユスにレーザーの狙いを定めたままピタリと随行してくる。胴体をもたげたまま滑走している姿は、水面に浮かぶ白鳥を思わせた。

ユスは窓から流れこんでくる風を深々と息を吸いこんだ。閉じきった車内にいたのは数秒のこととはいえ、息苦しさを感じていた。平原に慣れすぎると、反動で閉所恐怖症がついてくるらしい。

「地球のものは乗り心地がちがうな」気分が楽になるとユスは言った。

「軽口叩《たた》きやがって」

男は楽しそうに笑い声をあげた。ご機嫌らしい。

ユスはヨルダシュに適当な時間をおいて、キャリアを出てクランに合流するようにと指示した。返ってきた返事は不満げだったがともかく承諾だった。

　指揮車は田園を走り抜けた。その光景がおかしいことにユスはいまさら気づいていた。人影がない。農作業の季節ではないといっても、飼料用に麦わらをあつめたり、冬野菜の畝《うね》をつくるロボットを監督したりと、多い少ないはあれ田園に人影が絶えたことなどはない。それに加えて、交通がない。大陸縦貫道路は町を挟んで反対側にあるとはいえ、往来のないこともやはりありえない。それにまったく気づかなかったユスは自分の間抜けさを呪いたい気分だった。

　さらに外郭環状道路に近づくと惨禍のあとは明白だった。トラックや地上車が狙撃されてごろごろと転がっている。

「なぜ侵略なんかした？」

　男は苦い表情で額を掻《か》いた。

「侵略侵略とおまえらは言うがね……この惑星は統合府総督省に管理された立派な地球領土だぞ。だから侵略ではなく、進駐なんだ」

「それを信じろと？」

「まあ、納得はできないだろうが」男は首をかしげると、煙草《たばこ》をくわえて火をつけた。

「ロボットはどうやって操作している？」

　ハンドラーという階級が統治軍とやらでどんな位置を占めているのかはわからない。意味からすれば、やはりロボットのオペレーターということだろう。ロボットの動きもそれを証明している。

「オペレートプラントでも移殖してるのか？」

男は無表情を装って、黙りこんでいた。苛立《いらだ》ちをあらわしているのか、煙草の先端が灼熱《しゃくねつ》して早いペースで灰になっていく。

ユスはモニターの上に、男の軍籍カードをみつけた。ロレンゾ・エルモロ、二六歳、大尉待遇、ジブラルタル生まれと記されている。

ロレンゾはユスの視線に気づいてカードをサッと摑《つか》んだ。尋ねるような視線をむけてくるので、ユスがうなずくと、眉をしかめた。

「よし、ロレンゾ。どうして自動操縦にしない？　手ずから運転するんじゃ、囚人の護送はつらいだろう？」

ロレンゾは煙草を開け放ったドアから投げ捨てた。すかさず新しい一本に点火する。

「規則だよ。サイバーアタックに備えてオートパイロットは起動してはいけない」

「なるほど。ではどうして侵略した？」

ロレンゾは言葉を飲みこみかけたが結局は喋《しゃべ》った。

「侵略じゃないって！」

「じゃあどうして臨戦態勢の規則に従うんだ？」

「おまえらが抵抗するからだろ、バカ！」

「抵抗？　オートパイロットをどうこうするほどの抵抗が？」

「そんなわけはない。おれたちゃ無敵だよ。だから規則なんだって。ピジョンは第二種警戒態勢がしかれてるから」

「じゃあ、どれぐらいの規模の抵抗が起きてるんだ？」

「地域的、散発的にだよ。パトロールに発砲するぐらいだな。ピジョンの情報網はすべておれたちが押さえてる。だから計画的な一斉反抗は難しいさ」

「それなのに根絶できない？」

「それは犬飼いが……うるさいよ」

ユスは首筋に煙草を押しつけられて悲鳴をあげた。反射的に頭突きで反撃しようとすると、襟をロボットに摑まれて指揮車から転げ落ちそうになった。高速で追随しながら、把握力のある右手で襟を軽く摑むとは、その性能の良さがわかる。

戦闘指揮車はシュラクスの市街に入った。並木の美しいプラザ大通りは、炎の洗礼をうけていた。菩提樹《ぼだいじゅ》は炭色のオブジェのように立ち並び、建物は煤《すす》で真っ黒になっている。道路には瓦礫《がれき》が落ちているので、スピードはグッと遅くなる。

「おまえおしゃべりが好きだよな」

ロレンゾが唐突に言った。

「なら質問じゃなくて、自分のことをしゃべれよ。いや、こっちから質問していいか？　ドラマでさ、『シリウスとカノープス』ってあっただろ？　シリウスっていうガキとカノープスという犬が活躍するやつ。エレクトラ役の女の子が可愛《かわい》かったよなあ。見たことあるだろ？」

　ユスは横目でロレンゾを見つめた。首の火傷《やけど》がジンジンと痛い。

「ある」

「どうもよく覚えてないんだけど、あれっておまえのことなのか？　おまえもシリウスだよな？」

「ぼくの先祖がモデルになったということは聞いたことがある。でも舞台は火星だし、クランは一頭だけだし、犬飼いの生活をあらわしたものじゃない」

　ロレンゾは歓声をあげた。

「すごいじゃないか！　じゃあおまえは金持ちなんだな！　たっぷりとロイヤリティをもらったんだろ？」

「ご先祖はそんなことを思いつきもしなかったことはたしかだ」

「うそだろ？」

「うそじゃない。金なんか平原でどうやって使うんだ？」

「チェ。いい恰好《かっこう》しやがって。でもおまえに会えて嬉《うれ》しいよ。大好きだったからな。近所の友達も、みんな犬を見ればカノープスって呼んでた」

本心らしい。その背後にある不快なものはなくなりはしなかったが、無邪気に喜んでいるのは事実だ。

「チクショウ、いっしょに写真をとりたいなあ……でも怒られるだろうなあ……」

うなだれるロレンゾは微笑ましくもある。警戒をかきたてる不気味さとアンバランスで、ユスは困惑を覚えた。

「でもまさかシリウスが実在していたとはな。まったく知らなかったぜ。コマンダー殿も驚いていたくらいだ」

「コマンダー？」

「おまえがこれから会う人物だよ」

「そいつはどうしてぼくが逮捕されたのか説明してくれるのか？」

「口のききかたには気をつけろよ。おれみたいに気さくじゃないからな」

冗談だったのだろう。ロレンゾは膝を叩いて笑った。

「犬飼いだから逮捕されたんだな？」

「それはコマンダー殿にていねいな口調で訊《き》け。それにもう時間切れだ」

指揮車が停まったのは、よく知っている家の前だった。贅沢《ぜいたく》にほんものの赤レンガを使った広壮な、ルネサンスのイタリア商家風の屋敷——ファンド屋敷だった。クルスの家だ。

　ユスは全身の皮膚が粟立つのを感じた。

「どうしてここに？　この家の者はどうなった？」

「シュラクス統治分署は、理解ある常識人に提供されたんだ。そら、降りろ！」

「提供……？　クルスはどうなった？」

「なんだよ。面倒くさいなあ」

　不意のことで避ける暇もなく、ユスはロレンゾに蹴りだされていた。地面に転がりながらも質問する。

「クルスはどうした？　おい、答えてくれ！」

　ロレンゾが装甲ヴィークルをまわりこんできて、襟首をつかんでユスをむりやりに立たせた。それでも暴れるので、うんざりした唸《うな》りを発すると地面に突き転がした。

「おいおまえ！」ロレンゾは屋敷の門に警備に立っているふたりを指さした。「こいつを運べ！」

　警備のふたりはためらいながらも、ユスの腕を抱えて立たせた。

　ユスは自分を抱え上げた者の顔をみて眉をひそめた。ふたりとも、司法警察の制服を着ていたのだ。おまけにひとりは、シュラクスの駐在で顔見知りだった。

「どうして……？」

　初老の警官は苦渋を滲《にじ》ませながらも、冷たく言った。

って歩きはじめた。

「あいつらには逆らえん」

「喋るな。来い!」ロレンゾは鋭い語調で言って、ユスを抱えた警官を従えて屋敷に向かって歩きはじめた。


ロレンゾが樫材の重い扉に手をかけようとすると、先に扉が開いた。

少女が顔を出している。柔らかそうな金髪で肌が透けるように白い、北欧系の少女だった。年齢は一二、三歳だろうに、身につけているのはロレンゾとおなじ制服で、青い瞳にはなにものをも反射するような冷たいものが浮かんでいる。

ユスは腕をつかんでいる司法警官の筋肉が緊張で硬くなるのを感じた。

ロレンゾは少女を見るとだらしなく表情を緩めた。

「ウルリケ、どうしたんだい? 作戦中だろ?」

「あんなのわざわざ出向くまでもない。造船所なんて一分で解体できる」

ウルリケと呼ばれた少女は取り入るような笑みを浮かべたロレンゾには一瞥《いちべつ》もくれずに、まっすぐにユスを見た。

「こいつがそうね」

「そう。手配中の犬飼いだよ。よくわかったね?」

少女の声を聞いただけでも嬉しいらしく、ロレンゾはやにさがっていた。

しかしウルリケには関心がないようだった。視線すら動かさず、ユスを睨《にら》んでいる。

「あんたが手柄だ、手柄だって放送しながら近づいてくるからよ」

ユスは少女に見つめられると、あの不快感がまたもや高まるのを感じた。

「読めない。こいつは犬よ」少女は嫌悪に目を細めると、吐き捨てるように言った。

犬と言われても腹はたたなかったが、侮辱されたらしいのでユスは言い返した。

「こどもが軍服とは、いったい何のコスプレだいお嬢ちゃん」

バカよせ、と言って初老の警官はユスの体をひっぱった。震えていた。

ウルリケの硬質の美貌が怒りで歪《ゆが》んだ。こどもが持てるはずもない深い憎しみがそこには見受けられる。

不快感が爆発的に増殖し、吐き気に変わってユスの胃を刺激した。唾《つば》をのみこんで逆流してくる胃液を押し戻し、吐き気をやり過ごした。

ウルリケは衝撃を受け、たじろいだようだった。

「犬には感じる知能もないということね！」

「ワンワンは頭のいい生き物だよ」ユスは侮蔑《ぶべつ》の仕上げに、聞き分けのない孫に優しく諭す老人をイメージして少女に笑いかけた。

「あたしはこどもじゃない！　コマンダーもそう言ってる！」ウルリケは甲高い声で叫ぶと、扉の向こうに消えた。

「ウルリケ！」ロレンゾはウルリケを追おうとして思いなおし、ユスに向き直った。

形相《ぎょうそう》が一変していた。いままでは危険を匂わせてはいても、どこか無邪気で気取らない表情を浮かべていたのに、いまではそこには憤怒がある。

ユスはまともに顎を蹴りあげられた。体を押さえられているので避けることもできず、頭がクラクラして気が遠くなる。

「ウルリケにあんな口をきくんじゃない！」

ロレンゾはユスの髪の毛を摑むと、わかったという返事が返ってくるまで振りまわした。

ガクリと頭を垂れたユスの視界に、アーチ型の窓の下にカバーに包まれたものが立てかけてあるのが入ってきた。ロレンゾはなにか激しく喚《わめ》きたてているが、耳に入ってこない。

あれはシルバー・スペリオル、クルスが父親に文句を言われるにもかかわらず、二軒となりの車庫まで行くのを面倒くさがっていつも屋敷のまえに駐車していたエアロスクーター。

「クルスは……？」ユスは老警官にそっと尋ねた。

老警官は怯《おび》えて視線をさまよわせながら言った。

「ファンド家の末っ子か？　あいつは……」

「勝手に喋るな！」

ロレンゾはユスの頭頂をしたたかに殴り、襟を摑んで引っぱりながら憤然とした足どりで樫の扉をくぐった。

だだっ広く人影のないホールはユスの記憶のままだった。イディマスの色鮮やかな絨《じゅう》毯《たん》が床を彩り、ほんものの蠟燭《ろうそく》のための燭台と、印象派のレプリカ絵画が壁を飾っている。時代錯誤な復古調の階段は正面から二階へと腕を広げ、二階をとりまく回廊につながっていた。

ロレンゾは玄関からすぐの、ユスの記憶ではクルスが親父の書斎と呼んでいた扉をノックした。内容は聞きとれなかったが、入室の許可がでたのだろう、ロレンゾは冷めやらない怒りを視線にこめて、ユスを睨みながら部屋へと入っていった。

司法警官と取り残されたユスはあらためてホールを見渡したが、いるべき兵士の姿は見えなかった。

「ここの警備はどうなってるんです？」

尋ねられた老警官は、同僚と顔を見合わせ答えたものかどうか迷ったが、意を決して小声で言った。

「正門と商会の門にわれわれ司法警察がふたりずつ。二階に数人統治軍の兵士がいるが、これは仮眠中だろう」

「それだけ？　ここはシュラクスの指揮所でしょう？」

「必要ないんだよ。門前と屋根に一機ずつ、ディザスターが配置されているからな」

「ディザスター……あのロボットですね。そんなに脅威なんですか？」

老警官の口調が激しくなる。

「わからないのか？　あれは心を読むロボットなんだ！　敵意を抱《いだ》いていたら、あいつの姿を見ないうちに狙撃されるんだ！」

　不快感の正体は精神波だったのだ。

「やっぱりそういうことか。ロレンゾとウルリケ、あれはテレパスですね？　アフタースケール？」

「わからん。〝サンクチュアリ〟が攻略されたなどと考えたくもないが、現実として精神感応力をもった外道《げどう》が目の前にいる。そういうことはおまえのほうがわかるんだろう、犬飼い？」

「どうしてぼくが？　ぼくはただの犬飼いですよ」

「しかしあの小さな悪魔に睨まれても平気な顔をしてたじゃないか！」

「興奮しないで。シュラクスには統治軍は何人いますか？」

「二〇〇人てとこだろう。それに治安警察が一〇〇人ばかり」

「それだけ？　それだけでシュラクスを占領した？」

「ディザスターが、だ。犬飼い、わたしを責めないでくれ、わたしは……」

「責めてません。手短に必要なことだけを。彼らはどこに？」

「掃討作戦に出向いている。グジラートの造船所だ。ウルリケのディザスターが出ている」

「クルスは？　キューズはどうしてます？　抵抗があると聞きましたが、どういうことです？」

「その答えはひとつだ。ファンドの末っ子はパルチザンを結党した。アテネアの娘もそれに参加したはずだ。しかし末っ子は……」

そのときもうひとりの警官が口から鋭く空気を漏らして警告したので、老警官は口をつぐんだ。ドアが開いて、ロレンゾが顔をだす。

「ユス・ネイロ、入れ。それとおまえ、喋りすぎだ」

触れられたわけでもないのに、老警官は喉から空気を絞りだすような悲鳴をあげて膝をついた。

「これで終わったわけじゃないからな。後で覚えておけよ」

「よせ！　彼はぼくの質問に答えただけだ！」

ユスはロレンゾにとびかかろうとしたが、もうひとりの警官に押さえられた。

「よし、元気でいいぞ」ロレンゾはユスのジャケットをつかんで、部屋にひきずりこんだ。背中を押されて前のめりになったユスは顔をあげた。目の前にはひとりの男がいる。

男は閉じられた分厚いドレープのカーテンを背にして、執務机に組んだ手をのせてユスに微笑みかけていた。

広い額に短く刈った淡い色の金髪、細い切れ長の目に尖《とが》った顎を持つ白皙《はくせき》の男は、ロレンゾとおなじ軍服を着ている。年齢は若く、ユスとさほど変わらないように見えた。統治軍というところはずいぶんと平均年齢の低いところらしい。

「ここの家のひとたちはどうした？」

ユスの質問に、男はもったいぶった仕種《しぐさ》で首を傾《かし》げた。

「殺したな！」

ユスは前に出ようとして、ロレンゾに強く肩を押さえられた。

「事故だよ。当主のルクスルクは暴言を吐いたので、激昂した兵士に殺された。夫人もこどもたちも同様だ。おかげでこの奇跡の復古館を接収することができた。住み心地はなかなか快適だよ」

体が震えてきた。怒りと喪失感が重なって、感情が処理できない。

「クルスは！」

「生きてる。残念ながら、いまのところは」

男は含みをもたせた笑いを浮かべた。意味はわからなかったが、とりあえずはクルスが無事でユスは胸をなでおろした。

「ここでの会話はわたしが主導権を持ってる」男は静かに、だが有無を言わさぬ口調で言った。「勝手にしゃべってもらっては困るな、ユス・ネイロ・シリウス。本人に間違いないね」

ユスが答えないので、ロレンゾがかわりに答えた。

「はい。間違いありません」

この金髪の男も不快感を放っていた。どうやら精神波らしい嫌らしいものは、ロレンゾ、ウルリケをあわせたよりも強く放っている。しかも匂いたちそうなほどに濃密だ。

男は満足そうにうなずいた。仕種に優雅さをまとわせようとしているようだが、付け焼刃だ。

「では、会話をしよう、ユス・ネイロ。わたしは地球統合府派遣統治軍ピジョン方面大隊のコマンダー、ヨハネス・ランドラウドだ。きみとは長くつきあうつもりでいる。宜《よろ》しく頼むよ」

「拘束を解いてもらおう」ユスはヨハネスに背中をむけた。ロレンゾが強く縛っているので、もう指先の感覚はない。

「なんだこれは？」ヨハネスの声は苛立ちで高くなった。「縛っているのはなんだ？　紐か？　ロレンゾ、どういうことだ？　どうしてリングで拘束していない？」

ロレンゾは苦々しい表情で直立不動の姿勢をとった。

「折しも前日に治安擾乱《じょうらん》者を逮捕したこともあり……」

「黙れ。忘れたんだな？　標準装備である拘束リングを補充するのを忘れたわけだ。これでおまえの手柄もずいぶんと値引きされるな、え？」

示した。

「そのとおりです。言い訳のことばもありません」ロレンゾは頭を垂れて、反省の態度を示した。

素直な態度がヨハネスの癇《かん》に障ったらしい。

「上手な言い訳くらい考えておけ、バカが！　さっさと解いてやれ」

ロレンゾが結び目を解こうとモタモタするのを見かねて、ヨハネスは引き出しからカッターを出してきて貸してやった。ロレンゾは恐縮しながら、紐を切断した。

ユスは感覚が戻ってくるチクチクとした痛みに顔をしかめた。

「どうしてぼくは逮捕されたんだ？」

ヨハネスは指先で机を叩いた。

「驚いた。ほんとうになにも知らないんだな。ネットワークに張った罠《わな》がことごとくかわされるはずだ。きみのおかげでずいぶんと時間を無駄にしてしまったよ」

「説明してくれ」ユスは無断でそばにあった椅子を引き寄せて腰かけると、ヨハネスの目をまっすぐに見つめた。

ヨハネスはその不遜な態度を咎《とが》めようか迷っているようすだったが、面倒くさくなったようだった。

「そのほうが話が早いみたいだな。説明のあとに、貴様に協力を求める。それを考えながら聞きたまえ」

ヨハネスは話しはじめた。

外縁星と呼ばれる星々で反乱の火の手があがった。自らの利益だけを主張し、全人類に対する責任を放棄したこの暴挙に、地球統合府はあらゆる平和的解決を試みたが果たせず、ついに誅伐《ちゅうばつ》の艦隊を送ることを決定した。

眉唾な話だ。ユスは思った。ヨハネスは義憤をこめ滑らかに喋っているが、そこに真実味は感じられない。だいたい、波形駆動で十数年もかかる外縁星と、どうやって平和的解決の交渉をスムーズに行えるというのだろう？

ヨハネスはユスの表情を読んだのか、片方の眉をあげながら話を続けた。

波形駆動の最大の問題点は質量である。質量が大きければ大きいほどに、加速廊の形成は困難になり、物質に対する加速度も小さくなる。恒星間宇宙船は小さく、軽いほうが望ましい。それでも兵器と人員は運ばねばならず、削るのも困難である。その問題の解決は、適当な中継港があればよい。そうすれば航海中の食料も減らすことができるし、ひとつの航路にくりかえして加速廊を形成するから、航跡が重なりあい、効率が良くなる。地球と中継港、中継港と外縁星とピストン輸送することができれば能率も大幅にあがる。

その中継港にピジョンが選ばれたのだ。位置的にも適しており、その食料生産は地球のそれと比肩しうるほどに豊かである。統合府は総督省とピジョン議会にその旨を打診し、快諾を得た。

ところが、である。多数のピジョン住民が、協力を断るばかりか反抗的であり、平和裡《へいわり》に駐屯する統治軍を侵略者呼ばわりする事態がおこっている。なかでも特に犬飼いを中心とする治安擾乱者には手を焼いている。

「それで？」ヨハネスが口を閉じたのでユスは尋ねた。「それだけ？」

「それだけ、だな。きみには犬飼いたちを平定するために協力してほしい」

「冗談なのか？　嘘ばっかりじゃないか！　どうして地球統合府をなのる軍に、アフタースケールを思わせるテレパスがいるのか、その話もまったくない。ディザスターとかいう薄気味わるいロボットのことも！」

「それはきみが知る必要のないことだ」

ユスは疲れたように首を振った。ヨハネスが言っていることは、自分が信じてほしいことだけで、真実のかけらもない。

「もう知ってる！　あんたらにとって犬飼いは誤算だった。テレパスとディザスターがあれば、ピジョンを軍事統制下に置くことなど、最小の兵力と労力でできるはずだった。ところが犬飼いと犬は精神が異質で理解しがたい。あの女の子に言われたよ、おまえは人だって。その犬飼いを始末するために、おまえはぼくを利用したい。それはわかった。そのうえで訊く。統合府は〝サンクチュアリ〟を攻略したのか？　人類の進化シミュレーションの情報を奪ったのか？」

ヨハネスは無表情でしばらくユスを見つめていた。ほおづえをついて、指先でリズムを刻みながら、探るように見つめている。

「もうウルリケと接触したとはね。そうでなければ、ロレンゾに鞭《むち》をくれてやるところだ。女の子はおしゃべりだからな。いいだろう、教えてやるよ。たしかにわれわれは犬飼いと犬の情動が読めずに困っている。人間でないものの感知など、犬飼いを目にするまでは一笑に付したことだろう。もうひとつの質問だが、〝サンクチュアリ〟の所在はいまもって不明だ。アフタースケールも憑《つ》きもの星のシャドウの始末にしか供せられないし、出てくるテレパスは比較的近い未来の人間だ。しかしわれわれはもはや〝サンクチュアリ〟に昔ほど関心をもっていないよ。探してもいない」

「じゃあ、テレパスがいるのはどういうわけだ？」

「われわれにはジオがある」ヨハネスはあっさりと言い放った。

「ジオ？」

「そうだ。現存するＡＩは〝サンクチュアリ〟のオーシャンだけではない。その姉妹機とされるジオを統合府は所有している。そりゃそうだろう、ＡＩは奇跡の産物だ。トリノ・トライアングルの最高の叡智《えいち》――天才ゆえに狂気に陥った三つ子の知識を、分析して人類の未来のために役立てるのは、統合府の使命だ。新大憲章にもそう謳《うた》われている。そしてジオの分裂した人格をつなぎあわせた。そしてあくまで自然に、ランダムな進化を走らせている〝サンクチュアリ〟とは逆に、未来に恣意《しい》を与えた。これにより、大幅な選択肢カットが可能になった。ジオ・アフタースケールの誕生だよ」

「テレパスを生産するためだけに！」

「それだけではないがね。しかしとても〝サンクチュアリ〟には追いつけない。ギガイヤーの後半を走る〝サンクチュアリ〟にたいして、ジオはまだまだキロイヤーの後半に手をつけたばかりだ。テレパスは入手できたが」

ユスはまだアフタースケールを見たことはない。憑きもの星の住民でも、アフタースケールは目にすることはできない。異星人の幽霊と戦うテレパスはその遺伝情報が漏洩《ろうえい》しないように、きわめて厳重な保安措置のもとにあるからだ。なかなか姿を見せないからか、アフタースケールにはいろいろなうわさがある。進化した人類は、もはや現生人類とはまったく違う姿形をしていて、化け物といってもいいというのもそのひとつだ。人間に似せるために、バッサバッサと肉体を刻んで形成するといううわさもある。

ユスは急にヨハネスを不気味に感じはじめた。

「おまえ……アフタースケールなのか？」

ヨハネスは喉をのけぞらせて、愉快そうに笑った。

「いやいやわたしは未来人じゃない。現生人類だ。しかしここに」そういってこめかみを示す。「サイプラントがある。これがなかなか能力を発現させない、ジオ・アフタースケールの不足を補うのだ。このピジョンにはジオ・アフタースケールはひとりしかおられない。ジェイムズ・カーメン統治軍方面司令官殿だ。あの方の手にかかれば、おまえら犬畜生の精神だって粉々に打ち砕くぞ」

ユスは簡単な脅しに怯《ひる》まなかった。どうしてそうしない？

「言うほどに簡単なことじゃないみたいだな」

「ほざけ。あの方はひとりしかいない。いくら強力といえども、ひとりでは如何《いかん》せん行動力に欠けることもある。わかっただろう？　統治軍はかつてなく強力になった。指揮系統はサイプランターで構成されるようになり、意思の伝達に齟齬《そご》も遅延もなくなった。抵抗は無駄だし、協力を拒否することは愚かだ。〝サンクチュアリ〟はこの事態を知っていても、不可侵不介入の方針を崩さず、シャドウ退治のためにしかアフタースケールを出さない。頼りがいのないやつらだ。

きみの仕事は強情な治安擾乱者にものの道理を説くことだ。いいな？」

ユスは目を細めて胸を張った。

「協力は断る。外縁星のひとたち、シャドウでただでさえひどいめにあっているひとたちが革命をおこしたことが事実としても、その気持ちはよくわかる。統合府はテクノロジーを独占し、その独自開発も邪魔する。そしてテラフォームの状況を無視して、環境を破壊してしまいかねないほどの移民をよこすばかり。われわれにはわれわれの未来がある。地球のためにその未来を歪めるのは、嫌だ」

ヨハネスはユスの意見を一蹴するかのように、腕で宙をなぎ払った。

「なにを言うか！　テクノロジーの開発には金がかかる。テラフォーミングにも金がかかる。植民星はすべて、あらかじめ地球に対して負債があるのだ。しかしそのために払える代価は土地しかない。移民をうけいれることで借金を返すしかないんだ」

「ピジョンの未来はピジョンのものだ。ぼくたちはこの星を、ぼくたちで満たす。地球の棄民政策にふりまわされるのはたくさんだ」

ヨハネスは興奮したことを恥じたのか、深呼吸をすると居ずまいを整えた。そして椅子に深く体重を預ける。

「それは——ピジョンに未来があるとしての話だ」

稚拙《ちせつ》な恫喝《どうかつ》だ。ユスは嘲笑した。

「ないとでも？　統治軍がぼくたちを殺すか？　大量破壊兵器で火星の二の舞を演じるか？　おまえらが欲しいのは安定した食料を供給する牧場であって、荒れ果てた異星ではない！」

ヨハネスも嘲笑を返した。傲岸《ごうがん》な顔つきに冷罵が似合っている。

「わかっていないな。ディザスターがあれば時間がかかろうとも、ひとりひとりを狙撃していくことが可能なんだ。逃げても隠れても意味がない。ディザスターは精神を感知する。

壁ごしに岩ごしに射殺する。いままで平原にいたのなら知らないだろうが、もうすでに何人殺したと思っている？」

ユスは拳《こぶし》を握り固めた。距離はわずかに二メートル。床をひと蹴りすれば、皮肉にゆがんだ唇から血を流させることができる。

ヨハネスは挑発するように声を高くした。

「潜在的非協力者の処刑は現在、一八九〇名になる。積極的非協力者と併せれば、三〇〇〇をこえる」

ユスは背筋に寒いものが走るのを感じた。あの老警官の怯え方が尋常でないのは、心理攻撃のせいだけではないのだ。ほんとうに殺されると怯えているのだ。

「素直に恭順すればいいのだ。お前たちには力がないのだから。極秘裡に建設していた数隻の哨戒艇はすでに粉砕した。地上兵力となると、存在すらしていない。この状況で独立云々《うんぬん》を口にするほうがおかしい」

汚《け》がらわしく冷たい指でまさぐられるような感触がして、ユスは不快感によろめいた。興奮して気持ちを乱すと、その感情の襞《ひだ》をサイプランターは摑むのだ。ゆっくりと呼吸をして、昂《たかぶ》った感情を冷ました。

「犬飼いとそのクランが抵抗できる」

「自分を買い被《かぶ》るな。あまりにも非力だ。一時的には盛り返すかもしれない。しかしな、いま加速廊は統治軍の艦船でいっぱいなんだぞ？　これから続々と援軍が到着する。外縁星へむかう艦船の八割がこのピジョンを経る計算だ。サイキック戦用の第一次攻撃艦隊だ、ジオ・アフタースケールが満載されている」

「満載は大げさだろう。しかもこのピジョンのために戦力を割けるほどでもない」

ヨハネスは苛立たしげに机を指で叩いた。そしてなにげない口調で言い添える。

「移民もくる」

「なんだと？」ユスは尋ね返した。

「移民もくる。一二次にわけて、総勢四億だ。これでインドネシア地域の人口圧は軽減されて、環境を再生することができるようになる。これは脅威だろう？」

「四億だと！　ピジョンの全人口とほぼ同数じゃないか！」

痛い所をついたと確信して、ヨハネスは楽しそうに笑った。

「統合府はピジョンにそれだけの余力があると試算した。さらにはそのうえで、統治軍に食料を供出する余力も。統合府はもう移民の受け入れに対して、現地政府と交渉は行わない。言い訳と言い逃れにはうんざりだ」

「不可能だ！　それだけの人口圧にピジョンの環境は耐えられない！」

「なら、必死に努力しなければな。とりあえずは五年ほど、新生児の出生を禁止すればいい。それで楽になるはずだ。ルーオンデルタのピジョン政府にはその旨、通達したら応援を求めてきたよ。統合府は植民に関するテクノロジーがたくさんある。しかしこのまま反抗が続くようだと、協力はしない。移民にはなにも与えないで放りだしてやる。四億の飢えた隣人はものすごいありさまになるぞ」

　高らかと哄笑するヨハネスをユスは嫌悪の目で見つめた。

「クズめ」

　クズと罵《ののし》られたぐらいではヨハネスの上機嫌は損なわれなかった。

「では協力を誓え！　いまなら行動の自由ぐらいは与えてやる。遅くなればなるほど待遇は悪くなるぞ」

「薬づけにでもするのか？」

「それでは肝心の感応力が発揮できない。われわれのアフタースケールの教化実験で証明済だ。拷問だよ、昔ながらの苦痛で意に従わせる」

「断る」

　ヨハネスはしたり顔で、いわくありげに微笑んだ。いよいよ切り札がくるらしい、とユスは身構えた。

「なぜ、おまえをわたしが探していたと思う？　シリウスがこちらに下れば反抗的な犬飼いたちの士気を挫《くじ》くことができるだろう。それもある。もうひとつは、おまえの人間関係がこの屋敷のものへの尋問のおかげで簡単に摑めたことだ。これを見て協力を断れるかな？」

ヨハネスはたちあがると部屋を横切り、東に面した窓のカーテンを開け放った。

窓のむこうはシュラクスの中心であるプラザになっていた。商店が円形に広場を囲み、オープンカフェが陣取り合戦のようにテーブルの数を競い合い、人通りが絶えることはない。それがいまは閑散としていて、眩《まぶ》しい陽光が色褪《いろあ》せて見える。そして広場の中央に見慣れない構造物が立っていた。

それは古典的な十字架だった。まわりにいかなる好感も抱けない、灰色の制服を着た治安警察が配されている。

ユスは目を凝らした。凝らさなくても吊るされているのは誰か見分けられたが、信じられなかったのだ。暴行のあとで顔が変形していても見誤ることはない。

ヨハネスは眩しさに手を翳《かざ》した。

「ここの太陽は刺すようだな。ちゃんと見えるか？　あれがだれかわかるか？」

「クルス……」

ユスの頭のなかでなにかが真っ赤に灼熱した。

4　グレートハンティング

ディディは犬飼いの話によほど感銘をうけたらしい。どうしても犬飼いになりたいと言ってきかなかった。

あまりにしつこいので、アグンは船の公共情報サービスで犬飼いについて調べてみた。情報は多くはない。犬飼いはめったに表にでてこない種族なのだ。アグンだって植民史の研究などしていなければ、なにも知らなかっただろう。しかし少ない手がかりでも、必要なことは知ることができた。

アグンは、弟子入りすると主張するディディと向かいあった。強情なところのある娘だから、芽は早いうちに摘み取ってしまうに限る。

「ディディ。犬飼いは家も持たず、洞穴かお外で寝るんだよ」

ディディは頑《かたく》なに唇を引き締める。

「しかも友達は少ない。彼らはファーストと言ってね、ピジョンの第一世代なんだ。ピジョンには三種類の人間がいる。まずファースト、次にピジョンがファーストの避難所になっていると知らなくて開拓のためにやってきたセカンド、そしてふつうに移民船でやってきたサード。このひとたちは互いにあまり交わらない。セカンドはすでにファーストがいるためにピジョンの大規模なテラフォームが行えず、バランスが崩れる形での自然災害に悩まされて、とても苦労した。独立志向も強いし、ファーストが嫌いだ。犬飼いとセカンドはむかし戦争をしたこともあるんだよ。サードは保守的な人々で、利権を抱えこんでいるセカンドが気に入らないし、原始人みたいな生活をしているファーストを毛嫌いしてる。ファーストは——犬飼いや、レンジャーなど——はひとりぼっちが大好きで、セカンドやサードには洟《はな》もひっかけない。わかる？　犬飼いはとても寂しい稼業なんだよ。セカンドやサードと友達になりたかったたって、受けいれてもらえないかもしれないんだよ？」

ディディは唇を突きだすだけだ。

「それにね、平原は寒いんだ。クアラルンプルとおなじだと思っちゃいけない。そう、オーストラリアのスキー場を思い出してごらん。あんな寒いところで眠るんだよ？」

ディディはすこし怯《ひる》んだようだ。

「それにね、犬飼いは虫を食べるんだ」

ディディの表情が凍りついた。

アグンはすこし後ろめたく思っていた。ディディに聞かせたことは、どれも現在の状況ではない。世代の溝も時間が埋めつつあるし、気温も次第に上昇してきている。虫は犬の餌に使うことはあるようだが、犬飼いそのものはほとんど口にしない。それはピジョンジジが少なくなった、窮乏の時代の風習だ。

しかしディディの、どうしたら犬飼いになれるの？　という質問攻めはピタリとやんだ。

嘘は心苦しかったが、結果オーライだとアグンは自分に言い聞かせた。

クランであるということはどういうことか？

『シリウスとカノープス』のシリウスはオーケストラに譬《たと》えた。ユスは否定しないまでも、すこし違う意見を持っている。オーケストラは和する旋律で、一拍遅れたり、音を外したりすると美しい響きはだいなしになる。

クランではだれもが音を外せる。呼吸をあわせるなんて高級な真似はだれもできない。それでもクランは機能する。ひとつの集団として、ひとつの生き物として、それぞれが手足であるかのように相関的に機能する。

足りなければだれかがうめあわせる。出すぎればだれかが引き戻してくれる。相補《あい》いあって旋律は奏《かな》でられ、響きは無限に反響してゆく。だれかが自分を殺す必要もなく、役割を演じなければならないこともない。自然のままで、ありのままで、クランは受け入れてくれる。用意された型に自分をおしこんで変形させないでも、等身大の自分で美しいものを形作ることができる。

そして、ユスがシリウスともっとも意見を異にするのは、オーケストラは演奏が終わればばらばらだが、クランの絆は解けることがないという点だ。

ユスはいまでも犬たちを感じていた。

スターバックは焦燥を覚えている。ユスの不在で不安がるクランをどうしても宥《なだ》められないからだ。アデレイドはうずくまりながら、落ち着きをなくしたクランを冷ややかに見つめている。コルトはあちこちを歩き回りながら、犬たちを元気づけようとしている。権力の隙間を狙う行為はそれほどうまくはいっていないようだ。ベスピエはひとり冷静に周囲に注意を怠らない。クランに合流したヨルダシュは、体を休めて力を蓄えているところだ。老いてなお意気軒昂《いきけんこう》に有事に備えているということだろう。ミスティアイはこどもたちのために、安全な隠れ家をもとめ、犬洞に戻るのはどうだろうと悩んでいる。ドリブルは滅多やたらに興奮していて、いまにもユスのもとに馳《は》せ参じようと準備体操のように伸びをくりかえして筋肉をほぐしていた。スターバックはドリブルをひきとめるのにも苦労している。

犬たちもユスを感じている。

ロレンゾに殴られた痛みを自分のことのように感じていた。ヨハネスの精神波の気味悪さに共に震えた。協力を求めるひとりよがりな理由に憤慨していた。

そしてユスが我を見失うほどに感じた怒りも、クランのすべてに伝わっていた。

「どうだ？　親友の命は惜しいだろう？」

ヨハネスはクルスを囲む治安警官ににこやかに手を振ってみせた。警官はたじろぎながらも敬礼を返してくる。

スターバックが喉をのけぞらせて咆哮《ほうこう》を発した。

ユスは横目でクルスの様子を確かめた。額が紫色に腫《は》れあがり、歯が何本か折れているのだろう、唇の端から血を流している。瞼《まぶた》と頬が充血して膨れているので眼がどこにあるかわからない。左腕がだらんと力なく弛《たる》んでいるのは骨が折れているのか。窓ごしでもひどいありさまは一目瞭然だ。

ヨルダシュが立ちあがった。白い胸の毛が誇らしげに風になびく。ユスがこどものころに、畏怖と敬意をこめて見上げた誇り高いボスの姿が蘇《よみがえ》った。

「さあ、どうだ？　きみが断るのなら、もうあの反逆者は見せしめに銃殺するぐらいしか利用価値がない」ヨハネスは返事を迫った。

ロレンゾが諭すように言う。

「利口になって友達を助けてやれよ」

アデレイドがスターバックの咆哮に、自分の咆哮を重ねた。雄々しい女傑の姿は、戦いに赴《おもむ》くアマゾネスかワルキューレを連想させる。

「なんとか言えよ」ロレンゾがユスの肩を摑《つか》んで揺すった。

ようやく行動することができるので、コルトは狂喜していた。高まってくる興奮を、全身で表現してグルグルと走りまわっていた。その狂乱にドリブルも乗って、互いに互いを追いかけはじめる。

「考えさせてくれ」ユスは傲然《ごうぜん》と肩をそびやかした。

「だめだ。考えるようなことはなにもない。即答したまえ」

サクラとサナエまでが闘争心を剝《む》きだしにして、白く細い牙を空に突きたてていた。ミスティアイはそんな娘たちを困って見つめている。

スターバックが地を蹴って走りはじめた。アデレイドがすぐあとに続き、クランは疾走しはじめた。ついていこうとするサクラとサナエをミスティアイは実力でおしとどめなければならなかった。

「質問がある」

ヨハネスは悪態を呟《つぶや》くと、腕を組んだ。

「なんだ！」

「どうして戦争にテレパスがいる？」

ヨハネスは口ごもり、目を細めた。

「サイキック戦用の第一次攻撃艦隊とはどういうことだ？」

まさかシャドウと戦うためではあるまい。反乱の討伐に艦隊を派遣するのだから、討伐そのものにサイキックが必要だということだ。

「外縁星の現状はおまえの関知するところではない」ヨハネスの口調はそっけない。

「キロスケールか？　〝サンクチュアリ〟のアフタースケールが反乱に肩入れしている？

しかしそれほどの脅威になるわけがないな」

ヨハネスは押し黙ったままだった。刺すような視線をユスに向けている。

「教えてくれないのか？　じゃあ質問を変えよう。そもそも〝サンクチュアリ〟のあとを追ってどうして遺伝子シミュレーションなんか始めようと思ったんだ？　シャドウに対するだけなら、〝サンクチュアリ〟のアフタースケールだけで事は足りていたはずだ」

ヨハネスは腕を組みなおした。

「心が読める……いや、正確じゃない。情動が読めることに計り知れないメリットがあるとは思わないのか？」

二分。ユスは二分と到着時間を読んだ。

「ええと、何の話だったかな？」

「からかってるのか！」

ユスの右耳に鋭い痛みが走った。ロレンゾが手にしていたナイフで、耳を突いたのだ。しかしユスは落ちついた態度を崩さず、叫びもあげなければそちらのほうも見なかった。

「思いだした。そうだな、たしかにメリットがある。でもまだなにか隠してるだろう？」

「答える必要はない。耳朶《みみたぶ》がないと耳が遠くなるといううわさを聞いたが、ほんとうかどうか試したいのか？」

「鼻がなければ臭いものに平気になるのかな？　たとえばおまえの匂いのようなものに」

ヨハネスが指でロレンゾに合図して、ユスは右の耳たぶを失った。

クランは風のように疾走していた。平原の枯れ果てた草の間を縫い、全身の筋肉を走るためだけに使いながら、爪で地を咬《か》み、尾で風を撫《な》でている。瞳には殺意の光がギラついていた。

ヨハネスは疲れたようなため息をついた。

「悪ふざけはいい加減にしろ。どうやら殺しはすまいとたかを括《くく》っているようだが、犬飼いはおまえひとりじゃないんだぞ」

「犬飼いは……」ユスはいよいよ用件に入ったか、と身をのりだすヨハネスを無表情に見つめた。「犬飼いには暗い時代もあった。ごく初期のピジョンジシとのサバイバルのことじゃない。あの時代は犬と犬飼いが真に親密な時代だったから、懐かしむ者も多い」

「なんの話だ？」

「犬飼いの話だよ。興味あるんだろ？　そう、暗い時代。セカンドがやってきたときのことだ。開拓するはずの星に先住民がいるなど前代未聞。ピジョンを牧畜の星に改造するというセカンドの青写真はだいなしだ。ファーストもいままでの生活リズムを乱されたくはなかった。統合府に仲裁を頼もうにも、そもそもの原因は移民船の救難信号を無視した統合府にあるんだから、事態の公表すらせずに耳を塞《ふさ》ぐだけだ。これがセカンドの統合府嫌いの原因だ。地球ではいまだに事実を伏せているんじゃないか？

共存の試みは破綻する。ファーストとセカンドは真っ向からぶつかる。そのいがみあいはもちろん、セカンドの勝利に終わった。ピジョンの状況は犬飼いの理想が通じるほどに良くはなかったからだ。しかしそのいがみあいのおかげで、セカンドはファーストを侮ってはならないことを知った。そうでなければぼくたちはセカンド、サードと圧倒的な多数のなかに埋もれていただろう」

「そんなことには興味がない。わたしが知りたいのは、どうやって逃げ隠れする犬飼いと犬どもをみつけるかだ」

「聞けよ。その時代、セカンドがファーストを未開の土着民のように扱っていた時代……ぼくたちは戦った。生きかたと信条を守るために、なにより自分と犬たちを守るために。人間を相手に。それはグレートハンティングと呼ばれていた」

ヨハネスはハッと顔をあげる。

「エルモロ、こいつの犬たちは始末したのだろうな！」

「しておりません！」ロレンゾは短く、はっきりと答えた。

ヨハネスはロレンゾを甲高い声で罵ると、腰に手をやってグリップレーザーを探した。

そこにはないことに気づいて、執務机の引き出しをひっくり返しはじめる。

「エルモロ、なにしてる！　おまえも銃を抜け！」

ロレンゾは腰を探り、自分の武器はドリブルに奪われたままなのを思いだして蒼白になった。

「失くしました！」

ヨハネスはもう侮蔑の言葉を見つけることができなかった。無言のまま無能な部下を睨みつけると、怒りを精神波として放った。

ロレンゾは床に倒れた。長い体は棒切れのように硬直して横たわる。

ユスは痙攣《けいれん》するロレンゾを見下ろして、次にヨハネスに視線を移した。

「見せてやるよ。古《いにしえ》のグレートハンティングを！」

「ほざけ！」ヨハネスはようやくグリップレーザーを見つけて握った。

それとガラスの割れる轟音《ごうおん》がしたのとは同時だった。カーテンの隙間からガラスの破片とともに、黒い影がとびだしてきてヨハネスの背中にぶつかった。

「スターバック！」

スターバックは机の上に着地すると、クルリと身を翻してヨハネスの腕に牙をつきたてた。悲鳴と鮮血が散る。

スターバックはそのまま食らいついたまま、腕を咬み砕きたいと考えていた。しかしアデレイドが警告を放っていた。彼女はコルトの小隊とともにプラザに流れこんで治安警察に戦いを挑んでいるのだ。屋根の上にいたディザスターが起動し、高さをものともせずに飛び下りるのを彼女は見ていた。

パッとカーテンが炎をあげる。ディザスターがカーテンごしにスターバックを狙撃したのだが、そのときには標的は身を躍らせて床に着地していた。

ユスは執務机に手をかけて、体重をかけて力任せに押し出した。威厳をかもしだしていた重厚な机はほどよい重量感がある。

机と窓枠に腰を挟まれたヨハネスはくぐもった呻《うめ》きをあげた。さらにカーテンの炎に顔を舐《な》められて濁って耳障りな悲鳴もあげる。

「潮時だ！」ヨハネスにとどめを刺したがっているスターバックにユスは言った。ケリをつけてしまいたいのはやまやまでも、そんな余裕があるとは思えない。

ユスはスターバックを従えてホールに躍りでると扉を閉めた。その扉の二箇所が炭化して煙をあげる。ヨハネスは冷静な判断力を失っているらしい。家のなかであんな大出力のレーザーを撃ったらそこらじゅうで火の手があがることを忘れている。

急いでホールを横切ろうとしたユスは、スターバックの鋭い制止に足をとめた。その足もとの絨毯《じゅうたん》が、レーザーの照射を受けて燃えだした。

ユスは後退して階段の陰に身を隠した。老警官は二階に数人の統治軍兵士がいると言っていた。彼らが二階の回廊からユスを狙撃したらしい。傍らに寄ってきたスターバックが敵は三人と教えてくれる。

背にしているのは厨房《ちゅうぼう》に通じるドアだった。ユスはファンド屋敷の見取り図を記憶のなかから掘りおこして、厨房から使用人のためのスペースを通じ、プラザに面した鉄鋼商会の店舗に抜ける道をみつけた。駄目だ。そのアイデアをユスはすぐに却下する。いまいちばん必要なのは、エアロスクーター、あのシルバー・スペリオルだ。

スターバックが兵士のひとりが警戒しつつ階段を下りてくることを伝えてきた。ユスはクランの配置を頭に描いて、救援にきてくれそうな犬を探す。

スターバックの小隊とベスピエの小隊が門前で老警官たちと対峙《たいじ》していた。ユスは抵抗しないかぎり司法警官に手を出すなと命じているので、犬たちは暴力への欲求に耐えつつ、頭を低くしていつでもとびかかれる体勢をとっていた。

ユスはスターバックに同意を求めてから、彼の小隊に指示をだした。

一拍を置いて、樫の大扉の両脇のあかりとりの窓が破裂して、それぞれから三頭ずつの犬が飛びこんできた。驚いた兵士たちはろくに狙いもつけないままに発砲して、さらに絨毯に焼け焦げを作った。

ふたつの犬の群れは階段の左右へと突撃した。左に流れた群れにはしばし待機を言い渡し、ユスは自分のほうへむかってくる犬に向かって手を伸ばした。

先頭にいるのはワグナー、体重の軽い身のこなしの素早い黒い雄犬だ。ユスは組んだ手のなかにタイミングよく飛びのってきたワグナーを、慣性を利用して二階の回廊へと放り投げた。二頭めはユスの服にバリバリと爪をたてて登り、階段の手すりを越えて行った。三頭めも同じようにユスの体を登ろうとしたが、高さが足らずに手すりに嚙《か》みついたので尻を押して助けてやる。

そこで待機していた分隊にゴーサインをだすと、三頭の血に飢えた獣が階段を駆け登っていった。驚き慌てる人間三人に至近距離で犬が六頭、勝負は見えている。

ユスはスターバックを従えてホールを渡り、大扉をひきあけた。殺気走った犬たちにかこまれて、恐怖に凍りついたふたりの司法警官が振り向く。

とっさに若い方の警官がピストルに手を伸ばそうとしたので、ユスは警告した。

「動かないで。動かなければ危害は加えません。落ちついて、怯《おび》えないでいてください」

「そりゃ無理だ。クランの標的になってるときには」老警官が冗談めかして言った。

ユスは微笑《ほほえ》みを返して、エアロスクーターに歩み寄った。胴体を収納して甲虫の形になったディザスターが鎮座しているのが目に入ってドキリとするが、ロレンゾのロボットはいまは気にする必要はない。

モスグリーンのカバーを取り払うと、記憶よりはすこしくすんだシルバー・スペリオルの先鋭的なボディがあらわになった。

「それは動かないぞ。統治軍のコードキャンセラーが通じないんだ」老警官が忠告してくれる。

「統治軍の考えるようなセキュリティなんてかかってないんですよ」

悲鳴があがった。若いほうの警官がしりもちをついて、ホルスターに手をかけている。

老警官が急いでその腕を踏んでピストルを抜かせないようにした。

無理もない。狼狽《ろうばい》して抵抗らしい抵抗もできなかった兵士たちを餌食《えじき》にした、スターバックの部下たちが血まみれになって戻ってきたのだ。走り、咬み、裂き、ひきちぎると縦横の活躍をしたワグナーなどは肉色のものをくわえてくちゃくちゃと咀嚼《そしゃく》している。たしかに恐ろしげな有り様だった。

「逃げるならはやく逃げてくれ！」それまで沈着だった老警官は血を見ておちつきをなくして、たまりかねて叫んだ。

謝りながら、ユスはスクーターに跨《また》がった。

「自由のために！」

キュルルと微《かす》かなセルモーターの音がして、〝ミス・リバティ〟は息をふきかえした。ユスは素早く計器に視線を走らせて、燃料にもコンディションにも問題のないことを確かめる。

「危ない！」

その声にユスは反射的に頭をすくめた。ジッと音をたてて収斂《しゅうれん》光が石畳を焼く。次には銃声がした。老警官が銃を抜き、空に向けて発砲したのだ。その空から統治軍兵士の体が降ってきて、地面に激突して骨の砕ける音をたてた。

「早く逃げろ！」老警官が叫んだ。

「ありがとう！」ユスはスロットルを開いた。

老警官は親指をたててユスの幸運を祈った。ユスはそれに手を振って応え、シルバー・スペリオルの予想外の加速に振り落とされそうになって慌てて体勢を整えた。わざわざ振り向かないまでも犬たちが従ってくるのはわかっている。

ユスはファンド屋敷の大門から、街路に走りでた。しばらく緩めに走って機体の感覚を掴むと、本格的にスピードにのせる。ユスのスクーターとは比べ物にならないほどに加速が滑らかだ。犬たちはスターバックの指示のもと、ユスを中心にして緊密な編隊を組んだ。

ユスがクランに戻ってきて、犬たちは大喜びしていた。見当たらなくなったジグソーパズルのピースがソファの下からでてきた、程度のものではない。犬たちはユスの不在を、だ。たかだか一ピースのことではなく、パズル全体をひっくりかえされたように感じていたのだ。そして狩りの興奮がだんだんと嵩《こう》じてきて、秩序の糸がほどけ、オンオンと鳴き交わし始めた。尾を振りながらスクーターの前を順番に駆け抜け、責任感の強いスターバックまでがユスをふりかえりながら嬉しそうに走ってゆく。ワグナーなどは調子にのってユスの頭の上を跳び越えるアクロバットを見せた。

街の地理には詳しくない。壁に囲まれると、方向感覚すら怪しくなる。犬飼いの職業病かもしれない。だが、三〇〇メートルほど走ると、サウス通りに出ることができた。プラザに行くには、これを北上するだけでいいはずだ。

犬たちにまだ狩りの途中であることを思いださせて綱紀をひきしめた。プラザが遠くに見えるようになったころには、群れは幾何学模様に配置された編隊に戻っていた。

プラザへ入るまえに、ワグナー以下身軽な犬たちを群れから離れさせた。偵察のためだ。統治軍兵士が掃討作戦に出向いていると知っていても、用心にこしたことはない。それに、治安警官あいてのプラザの狩りは総力が必要な状況でもない。

ユスはスターバックとともに高速を保ったまま、プラザにのりこんだ。

賑《にぎ》やかだったプラザはいまはどこか陰惨な感じのする場所に様変わりしていた。犬たちの鼻は血と火の匂いをかぎわけ、石畳に残った黒い染みと焦げた跡は処刑の裏付けをしていた。ヨハネスが断行したという銃殺はここを舞台に、シュラクス全体に見せつけるようにして行われたのだ。

ユスはまず横目でディザスターの様子を確かめた。鉄鋼商会の店舗、窓の前に立つディザスターは絶望したように天を仰いだまま動きはない。ヨハネスはまだ、腰への打撃と火傷から回復はしていないのだ。

治安警官たちはクルスを吊るした十字架のまわりに、互いに背中を守りあって防御の陣を組んでいた。立っているのは六人、倒れているのが三人。無事な警官は、犬たちにめいめいにグリップレーザーで応戦していた。

アデレイドとコルトは明らかに簡単な狩りを楽しんでいた。十字架のまわりを円形に走りながら、効果的な抵抗ができない治安警察を愚弄《ぐろう》している。ドリブルが不規則な動きで惑わし、愚弄に嘲笑を重ねていた。

治安警官は犬の一頭一頭を狙い撃とうとしていた。しかし彼らが相手しているのは、一八頭の犬ではなく、三六の目と三六の耳、一八の鼻をもつひとつの生き物だということを理解していなかった。銃を持ちあげると、それを三六の目が見つめている。どこを狙っているか、どの犬を撃とうとしているか、引き金をひくわずかな筋肉の動きまで逐一監視されている。標的の犬はたちまちにうるさいほどの警告を受け、発射のタイミングを見計らって体をひねる。スターバックとベスピエの小隊が合流したことで、目の数はさらに倍になった。どう狙いすましても当たるものではない。

犬たちがレーザーをかわす動きは複雑なダンスのように見えた。走り、急に方向転換をし、躍りあがり、跳びずさる。刻まれる乱舞のリズムの間隙を縫って一頭が忍びより、肉を咬みきってゆく。

ユスがエンジン音とともにプラザに登場したことで、治安警官全員の注意がユスに向けられた。よせばいいのに銃をふりむけた者もいる。ヨルダシュがドリブルの遊撃隊を率いて突撃をかけ、さらにふたりを屠《ほふ》った。老雄の肢《あし》どりは往年を彷彿《ほうふつ》とさせて、頼もしい。治安警官たちは悲鳴に近い悪態をついて、犬に集中しなければ死ぬということをようやく理解した。

ユスはプラザのなかを大きく旋回して治安警察の注意をひいた。「始末をつけてこい」とスターバックに命じる。

スターバックには獲物をなぶる趣味はなかった。彼は配下を左右に展開させて陽動部隊とすると、自分はまっすぐに突き進んだ。新しい展開に狼狽する治安警察の足もとにあっという間にすべりこむ。

それはひとつの合図だったようだ。いままで適当な距離を置いて平手打ちにも似た打撃を与えるだけだった犬たちは総攻撃に移った。たった四人の生き残りに、三三頭の殺気だった犬が蓋《ふた》をとじるように一斉にとびかかる。

それは食事でもあったから、治安警官は顎に砕かれてバラバラの肉片になった。人肉の味はあまり食欲をそそるものではないのだろう、治安警官は地球生まれが多いので汚染されているとユスが注意すると、よほど食い意地の張っている犬でないかぎり口のなかのものを吐きだした。

ユスはシルバー・スペリオルを停車させると、十字架の台座に登った。近くで見るクルスは、たんこぶで頭までが変形していて油断すれば笑いそうなほどの酷いありさまだった。

「生きてるか？」ユスは問いかけた。

クルスはかすかに顔をもたげて唸《うな》る。

「遅いじゃないか。死にかけてるんだぞ……」

言いながら息を吐いたのは、どうやら笑ったらしい。

「悪かったよ」ユスは手足を拘束している金具を調べて舌打ちした。予想はしていたが、金具はリベットのようなものではめ殺しになっている。

ワグナーが治安警察の装甲ヴィークルの接近を警告していた。時間はない。

「ドリブル！」

呼ばれたドリブルはくわえたものを頭を振って投げてよこした。このいたずら好きのトリックスターは健気《けなげ》なところを見せて、いまのいままでロレンゾから奪ったグリップレーザーを持ち運んでいたのだ。治安警官の持っていたおなじものがいくらでも転がっているが、その好意を無駄にはできない。

　ユスはグリップレーザーを受けとると銃口を金具に向けた。

「あついぞ。我慢しろ」

「なんだって……」尋ねかえしたクルスの言葉は後半には悲鳴になった。ユスが引き金をひき、レーザーを浴びた金具は灼熱《しゃくねつ》して皮膚を焼いたのだ。

　金具が溶け落ちるまで拘束が解けなければどうしようとユスは気をもんでいたが、先にリベットが熱に耐えきれなくなって弾《はじ》けとんだ。

　クルスは痛む体に許される限り暴れる。

「なにしてる、このバカ、殺す気か、ほんとに死ぬぞこのバカ野郎！　熱い、熱いんだよ！　おいやめろってば！」

　クルスはどこにそんな元気が残っていたのかと訝《いぶか》るほど喚《わめ》き散らし、ユスは肉の焼ける匂いに顔をしかめてふたつめの金具にレーザーを照射した。

「我慢してくれ！　ぼくもつらいんだ！」

　ユスの祈るような気持ちはクルスには通じなかった。

「なに言ってやがる！　てめえは熱くないだろう！　助けるならそれなりの算段をしてこい！　いきあたりばったりしやがって！　覚えてろよ、ほんとうに覚えてろよ、この野郎！」

「ひどいこというなよ」

クルスの口調は元気だったがやはり体力は尽きているらしく、金具が外れるにつれて自由になっていく体を支えてやらねばならなかった。最後の左足の金具を外し、ユスはクルスを肩に担いでたちあがった。

「ひきあげだ！」ユスが引き際を指示すると、犬たちは一声鳴いてそれに応えた。

逃がすものかというふうに、ディザスターがいきなり動く気配を見せたので、ユスはあわててクルスをシルバー・スペリオルの後部座席に投げだした。自分はその前に座ると、灰色の焼け死んだ皮膚と生々しいピンクの肉を覗《のぞ》かせているクルスの腕をしっかりと腰にまわさせる。

「しっかりつかまってろよ」

「え……？　おい、いきあたりばったりにもほどがあるぞ！　手首が折れてるんだ！」

構わずにユスはスクーターを発射させた。クルスは激痛に震え、食いしばった歯の奥から悲鳴を漏らすが、落ちはしなかった。

スクーターはプラザ大通りの並木に沿って、シュラクスを駆け抜けた。いままでは騒ぎに気づいたシュラクスの住民が窓から顔をだし、クルスを救いだし、犬をひきつれたユスにひそかな歓呼を送ってくれている。

急激な加速が終わると、すこしは楽になったのかクルスは大きく喘《あえ》いだ。

「殺してやるぞ、ユス」

その声に本気の殺意を感じて、ユスは微笑んだ。憎むことができるのならそう簡単に死にはしまい。

「それにはまずクランを相手にしなけりゃ。それより、おい、どこに逃げる?」

クルスは絶句した。

「……なんとなくどうしてこんなに無計画の救出劇に見えるか、その訳がわかったよ。東だ。東の死火山を目印に走れ。アジトはおれが捕まって移動したはずだから、キューズが見つけてくれるのを待つしかない。まちがっても、まっすぐにいったりするなよ。南の樹海に入ってから……」

「わかった。さきに仔犬を拾う」

「あとに……できないんだろうな?」

「できない」

ユスとクルスはシュラクスを西へと出た。左に平原を隔ててぽつんと丘陵が見える。緩やかな斜面の続くブライズヘッドの丘陵は夏にはグラススキー、冬にはスキーとこどもたちの姿が絶えたことはないのだが、いまは無人だ。ミスティアイと仔犬たちはブライズヘッドの断崖部のふもと、ブライズ湿原に身を隠している。ユスが逮捕された農地からもっとも近い人間の入りにくい地形だ。

ヨルダシュが詳しい位置に案内するため、ユスを先導してくれていた。その走りはさすがに疲れが見え、左前肢を庇《かば》っているようだ。年齢を考えれば走ることができるということが驚異で、ユスはその奇跡をいつまでも眺めていたいのはやまやまでも、仔犬を拾ったらスクーターに無理にでも乗せようと決心した。

　追手がかかる様子はない。ディザスターを無敵と信じて、やはりほとんど人員を配置していなかったのだ。かなり後方にワグナーを配置して警戒させているが、まだシュラクスから立ちのぼる黒煙ぐらいしか報告してこなかった。ファンド屋敷が炎上しているのだ。司令部の火事も追手を組織することを困難にしているのだろう。

　ユスが断崖に近づくと、仔犬たちのほうから迎えにきてくれた。キャンキャンいいながら、安堵《あんど》をあらわにして駆け寄ってくる。

「へへへ……かわいいな。ライディーンの小さなころを思いだすよ」クルスは足もとにじゃれついてくる仔犬たちに低い笑いを漏らした。

「元気でいるか?」

　クルスは声を沈ませた。

「わからない。逮捕されたとき別れたきりだ……ライディーンといっしょならきっと大丈夫だと思ってたんだ」

「ぼくはディザスターにやられた。無用心に近づきすぎた」

「間抜けめ」

ユスはフェルトのジャケットのボタンをしっかりととめあわせると、仔犬を拾いあげて懐に入れた。ミスティアイはいそいそと編隊の自分の位置におさまる。ユスはさらにヨルダシュに背中へくるように言ったが、もちろん老犬は人間におんぶされるなど屈辱的な恰《かっ》好《こう》をすることを拒否した。もとよりクルスが背中に顔を押しつけて体重を預けるようにしているので、すこし無理があった。

「さっさとしてくれよ。どこか温かいところで眠りたい」クルスは急《せ》かした。

語尾が消えそうに弱々しかったので、ユスは慌ててスクーターを湿地へと乗りいれた。深さはそれほどないので、気をつければ問題なく南へと抜け、樹海までの近道になるはずだ。樹海に入ればひとまず逃げきったということになるだろう。

水を左右に撥《は》ね散らし、葦《あし》をかきわけてユスと犬たちは進んだ。驚いた鴨《かも》がけたたましい鳴き声とともに飛びたつので、これは悪いアイデアだと反省した。まるで位置を教えているようなものだ。それに撥ねた水を被《かぶ》る犬たちにも不評で、ユスはすこし速度を落として犬たちを先に走らせなければならなかった。水が好きな一派も、嫌いな一派も、頭が濡《ぬ》れるのは大嫌いなのだ。

もうすぐ湿地が終わるころ、ふと腰にまわされた腕が緩むのに、ユスは大声をあげた。

クルスは声に反応して腕に力をこめた。

「だめだ……喋《しゃべ》ってないと気を失いそうだ。おもしろい話をしろ、ユス」

「そう言われても」

「台地はどうだった？」

「どうもこうもないよ。仕事だ」

「そうか？　仕事で一年も……？」クルスはくぐもった声でできるかぎりの意味深な調子をもたせせる。「いいジャケットじゃないか、ええ？」

ユスは赤面するのを感じたが、幸いクルスに見咎《みとが》められる心配はない。

「そんなんじゃないよ。ただの報酬だ」

「報酬ねェ。なんの報酬だ？　愛の？」

「下品な冗談いうなよ」

「隠すことないだろ！」

そのときユスは一瞬失神した。目覚めたのは、胸が締めつけられて息苦しくなったからだった。しかしたちまちのうちにどうして気絶したままにおかなかったのだろうと激しく後悔した。

「おいおいおい！」

スクーターが大きく蛇行したので、クルスが声をあげた。

ハンドルを握る指先が痺れて力が入らなかった。絶望は深く、痛みは生への気力を奪い、なによりも熱い苦痛に耐えられそうになかった。クルスだけは助けなければ。その友情がユスにかろうじてハンドルを握らせた。

スクーターは間一髪のところでバランスをとりもどす。しかし速度はガクンと落ちていた。犬たちも変調していて、なんでもないのに転んだり、立ちどまったりしている。

「どうしたッ?」クルスは語気荒く尋ねた。

「……ワグナーが……撃たれて死んだ……」

ササササ、と平原をなにかが横切った。つぎの瞬間には乾いた土が小さな爆発をくりかえし、枯れ草に火をつけた。

クルスは痛みを無視してすばやくふりむいた。湿地のむこう、ブライズヘッドの頂点に黒い点を認めて叫んだ。

「ちくしょう、ディザスターだ!」

死の痛みがユスを支配していた。その黒い影は視界を覆い、意思を鈍磨させ、感覚を奪って自分に注目することを要求していた。抗《あらが》うこともできず、ユスはその黒い空洞に魂を奪われてなかば自失することになった。

「ユス、動け! クランを動かせ! 単純な動きをしてると狙い撃ちされるぞ!」

レーザーが降り注いできていた。クランの精神を感じることができないので、狙いそのものは悪いが、乱射してきている。

ギャーンと鋭い声をあげてさらにハーランが犠牲になった。

ユスはえぐるような新たな痛みに悲鳴をあげた。刹那の死のその一瞬一瞬が、ばらばらになりくりかえし再現される。レーザーのあたる弾けるような痛み、貫入し肉を焦がすいわく言いがたい感覚、内臓に達し体液を一瞬にして沸騰させる熱さ、膨張した腹が破裂する不気味さ、死を前にしたパニックと諦観。濃密に凍りついた死の瞬間が、断片になってなんどもなんども、しかも新鮮さを失わずに戻ってくる。

犬たちもユスと似たような状態だった。酔っぱらっているかのように肢どりを乱し、尾を垂らして悲しげに喉を鳴らしていた。耳を力なく伏せ、目を細めて喪失の悲しみに耐えている。

「ユス！　おまえがしっかりしなきゃ、どうするんだ！　左だ、左へ走れ！　急げ、犬が死ぬぞ！」

クルスの言葉はユスにはほとんど届かなかったが、犬が死ぬという言葉だけは闇夜の光明のように閉ざされた心の奥に届くことができた。

「左だ、左！」ユスが顔をあげたので、クルスはもういちど指示を叫んだ。

ユスは弱々しくハンドルを切り、苔《こけ》むした岩の陰へとスクーターを進めた。わずかに生気をとりもどした犬たちも遮蔽物に身を隠す。

ディザスターはその岩に狙いをさだめてレーザーを放ちはじめた。貫通はしないが、熱せられ急激に冷やされる岩が衝撃音を響かせて削られてゆく。

ユスはうなだれてハンドルに顔を伏せた。クルスが思うように動かない体でその背中を肩で突いた。

「おい、しっかりしてくれよ。おれたち生きてるんだぞ！」

生きている気などしなかった。これほど鮮やかに、これほど身近に死を感じたいまとなっては生きていくことなどできそうになかった。それよりも熱いレーザーに射貫《いぬ》かれて、さっさと楽になりたかった。

そしてそのユスの感情は犬たちにも如実に反映した。うなだれて頭を下げ、目尻をさげたままユスの顔を情けなさそうに見あげるだけだった。

「おい、スターバック！　岩からちょっと顔をだしてディザスターを見てくれ。動いたら吠えるんだ」

クルスは堂々としたボス犬のしおれた様子にショックを受けながら言った。しかしスターバックは動こうとせず、キューンとユスに問いかけるのみだ。

「おい！　じゃあだれでもいいから！　クソッ、おれの体は動かないんだよ！」

いくら言い募っても、犬たちは悲しげにしょぼくれたままだった。いままでユスが占めていた空間が突如として空白になって狼狽しているところに、死の冷たい苦痛に苛《さいな》まれる。それでもユスがいれば耐えられるはずだと、必死にその姿を探しているのだった。

「チクショウ、死なないぞ、おれは死なない！　ユス！」

クルスは傷に響くのを我慢して、ユスの背中を頭でドンドン叩いた。南には樹海が黒々と見えている。目測でたかだか二キロ、犬たちなら三分、シルバー・スペリオルなら一分半の距離が遠い。

「あの距離なら逃げられる！　おまえが操るクランの動き、あれがあれば難なく樹海に逃げられる！　ユス！」

ユスは反応しなかった。ほぼ気を失っていた。いままでにどのような形でもクランを欠いたことがなく、しかも危険なほどの親密な関係を結んでいたユスは、はじめて触れた死に深く傷つけられていた。シリウスの名の恩典である犬との無比の感応力は、いまは呪いとして機能している。

レーザーの打撃をうける岩はガンガンと衝撃を響かせていた。すべて崩してしまうには相当の時間がかかることはまちがいないとはいっても、破壊音は危機感を煽《あお》る。

「おまえたちもなんとか言え」クルスは肘でユスのジャケットを押した。

サクラとサナエの二匹は最初の死の先触れだけで早くも気を失っていた。だから押されて目覚めた二匹は、それほどダメージは被《こうむ》っていなかった。クランの置かれた深刻な状況に気づくと、二匹はやる気をだして襟元から半身をだすと小さな前肢でユスの顔を叩いた。

ユスは目の前に、無条件の信頼を強く訴えかけてくるつぶらな瞳を見た。視線は深く突き入り、本能のようなものを照らしだす。

サクラは前肢でユスの顎を叩いては、わびるように温かい舌で舐めた。サナエはユスの頬を鼻でつついて、柔らかい毛をなすりつけている。

二匹の仔犬がそのかわいらしいしぐさで訴えるのは、信頼と、そして責任だった。クランへの責任、生きることへの責任、あたしたちを死なさないでとあたりまえの主張への責任。

ユスは体を起こし、閉ざしていた心を開いて、犬たちとの接触をとりもどした。悲哀は共有すると軽くなるどころか、骨身にしみるほどに濃いものになったが、悲しみに沈むのは責任を果たしてからだと自分に言い聞かせた。

「一気に逃げる」ユスは暗い口調で言った。

「よし!」クルスは腰にまわした手に力をこめた。犬たちも眼に暗い光をたたえつつ、疾走に備えて体をほぐした。

ユスと犬たちはばらばらにとびだし、ひたすらに南の樹海を目指した。小隊ごとの行動も、秩序だった編隊もない。各自がてんでばらばらに、予測されないようにランダムに動いて樹海をめざす。それがユスの与えた指示だ。

それが大間違いだった。

ディザスターが狙いが甘くなるにもかかわらず、どうして距離を詰めようとはしないのか、ユスはそれを考えてみるべきだった。答えは、ディザスターがもう一台いたからだ。

ブライズヘッドで固定したディザスターがクランの動きをとめ、そのあいだにもう一台が近くに忍びよる。近距離ならば、光学センサーのブレもなく、レーザーの収束率も無視でき、精神に感応できようができまいが、確実に狙い撃ちできる。遮蔽物に選んだ岩が皮肉にも視界を遮ってディザスターの接近を容易にした。

ひとりが操れるディザスターは一台、そんな法はない。ユスは高速で迫るウルリケの冷たい悪意をひしひしと感じ、独断のツケを思い知らされた。

接近してきたディザスターはクランが跳びだしたのを見ると、脚をだして体を固定し猛烈に撃ちはじめた。距離は一〇〇メートルと離れていない。

コルトの小隊のエアリアルが首を射られて頭を真っ黒に炭化させた。体だけはそれでも数歩跳ねる。

ユスはその苦痛に挫けそうになりながら、歯を食いしばって耐えた。判断ミスを後悔する暇もない。いまでは逃亡はディザスターからのそれだけではなく、死の苦痛からの逃亡にもなっていた。恐怖から悲鳴をあげながら逃げるのはそれほど難しいことではない。

ヨルダシュの強い非難が心に突き刺さっていた。老犬はいまは全員が助かる方法ではなく、ひとりでも多く助かる方法をとるべきだと進言していた。ユスが死んではクランも死ぬ。その苦痛は犬たちを即死させてもおかしくないほどのものになる。ならば、編隊を組み、いちばん大きな標的であるユスを体を張ってまもりつつ、逃げるべきだと。

そんなことはできない。ユスはその案を却下した。どんなことになろうとも犬を自分の楯《たて》などにはできない。

それほど進まないうちに、さらにブラジルが死んだ。ユスは衝撃で頭がクラクラするのを感じても、必死にハンドルを操ってスクーターをランダムに運動させた。

しかし我慢できたのも次の犬が死ぬまでだった。次の犠牲者はベスピエだった。たくさんの思慕を寄せる利口な小隊長の死に、ユスはふたたび目の前が暗くなった。もう耐えきれそうになかった。

そのはずなのに急に意識がクリアになった。命令もしないのに、犬たちは突然に秩序だった動きをしめして小隊ごとにわかれると、ユスの後方へと下がっていった。

なにか恐ろしいことがおこっている。ユスはきょろきょろとあたりを見回して、それがなにか確かめようとした。目ではなにもわからない。しかし強烈な孤独感の正体に気づいたとき、ユスはいままでとは違う悲鳴をあげた。

ユスはクランと切り離されたのだった。犬たちにそれができることは知識として知っていた。いわば犬たちの不信任決議で、そんな不名誉は犬飼いの歴史の中で数えるほどしかない。

ところが犬たちはいまユスの意思とは関係のないところで勝手に行動していた。違う、勝手にじゃない。ユスは群れの動きを見極めてその中心にいるものを見つけた。ヨルダシュだ。

「ヨルダシュ！」ユスは憤怒をこめて老犬の名を呼んだ。

ヨルダシュは微笑んだようだが、いまのユスにはそれすらもわからない。しかしその意思はヨルダシュに率いられる犬たちの行動が雄弁に物語っていた。

犬たちはユスの背後に固まっていた。そしてディザスターの射線をふさぐために跳びあがって、体を楯に使っていた。

バチンと音がして、バロン・ミュンヒハウゼンは体をふたつに分断されて着地した。もう二度と動かない。仲間の死に怯まずに、犬たちは悲愴というよりもどこか楽しそうにユスの楯になっていた。ようやく正しいことができたという達成感まで漂わせている。

次々と犬たちが死んでいくのに、ユスはたまりかねて絶叫した。

「もうやめてくれ！」

コルトが空中で砕け散る。

「ヨルダシュ！　おねがいだ！」ユスは泣きじゃくりながら懇願した。

ヨルダシュはユスの脇を走りながら、じっと批判的な目つきで主人をみつめていた。泣こうが叫ぼうがその表情は変わらない。

「さっさと樹海へ走れということだよ、バカ野郎。それが犠牲を最小限にする」クルスがヨルダシュの気持ちを代弁した。

ユスは大きくうなずくと、涙のせいで樹海がどっちにあるのかよくわからなかったが、加速した。背後で犬たちが声もあげずに従容と死んでゆく。

ミサイルが樹海から空気をつんざいて飛来してきたのはそれからすぐのことだった。ミサイルはディザスターの素早い反応で空中で撃ち落とされたけれども、発砲するエアロスクーターが犬を従えてわらわらと樹海からあらわれるのに、ディザスターは引き時を感じて背を向けて去った。

ユスはその先頭にキューズがいるのを見てとると、エアロスクーターを捨てて走りはじめた。そして白い犬の死体を抱えて泣き崩れる。

興奮で頬を朱に染めたキューズがクルスの脇でスクーターを停めた。

「よかった、間にあったね！」

「いいや、遅かったよ。遅すぎた」クルスはそう呟いて、ユスを指さした。

ユスが抱いているのは、背中から腰を焼け爛《ただ》らせているヨルダシュの亡骸《なきがら》だった。

5　モザイク

　ディディの興味は宇宙船に移った。一分《いちぶ》の隙なく制服に身をかためた移民公社の女性航法士を見たからだ。

　アグンは自分でもよくわからないことを、四苦八苦して答えることになった。そしてとても便利な言葉を発見した。統合府の閉鎖性はふだんは腹立たしくてもこんなときには便利だ。

「加速廊ってなに？」

「理論的には無限に加速できる特殊な空間のことだよ。わたしたちの宇宙の法則以外の法則でできている世界だ。波形駆動エンジンがその世界を呼びこむ」

「どうやって？」

「機密」

「航跡が重なるって？」

「一度生成した加速廊はすぐには消えない。ランダムの確率で消滅していくんだ。

だからすでにある航跡を利用すれば、エネルギーの節約になる。波形駆動エンジンは浪費家だからね」

「どれくらいのエネルギー？」

「機密」

「誰が発明したの？」

「機密」

「エンジンはなにでできてるの？　鉄？」

「機密」

「おとうさん、ほんとはなにも知らないんでしょ？」

「それも、機密」


ジュジュがユスのエアロスクーターを見つけたと言ってきたとき、キューズは足の力が抜けてその場に座りこんでしまった。

クルスを救う手だてもなく、そのうえユスまで失った。そう思ったのだ。よく話を聞いてみて、血の匂いがしないから殺されたわけではなく連行されたのだとわかっても、助けるすべがないのだから、絶望が深くなるだけだった。

しかし先生は救出に向かうことを主張した。ユスのクランを失っては、なにもかも失う。ジュジュがひとりですべてを担っている現在の状況はかなり危うい。慎重そうに見えても、先生は決断をためらわない人だということをキューズは知った。

ガンギルドたちは救出に参加することは拒否したけれど、なけなしのミサイルを提供してくれた。林での自己犠牲行為の返礼だと言う。

母までが行動するときだと忠告してきた。なんとまあ、あなたが行かないなら私が行くとまで言いだす。

母に行かせるわけにはいかない。

キューズは立ちあがって、志願者を募ると、コンラートをはじめ一四人が名乗りでてくれた。ライディーンが懇願するように見あげてきたが、ジュジュが厳しく居残りを命じた。ペットとして飼われると、クランに復帰することは難しいらしい。

そうして間一髪の状況になんとか間にあった。

間にあったつもりだった。

クルスはズタボロの状況ではあっても命に別状はなく、ユスは犬を何頭か失ったとはいえ無事だった。

これでなにもかもうまくいく。キューズは胸を撫《な》で下ろした。クルスが自信満々で指示をだし、ユスがクランとともにパルチザンを守る。自分は機械のめんどうだけ見ていればいい。判断したり、決断することは苦手だ。クルスの逮捕から始まった、金鉱の捜索、気難しくて自分勝手なガンギルドたちとの合流、食料の調達、坑道を住めるようにするための細々《こまごま》とした指示、そんな日々が終わったと思った。あれはこれでよかったのかと眠る前に思い悩むことはもうないのだと。

たしかに決断することは少なくなった。クルスが杖を突きながら、すぐに精力的に動き始めたからだ。

しかし心配の種はなくならなかった。

拍手で坑道に迎えられてすぐ、ユスが昏睡《こんすい》してしまった。目を醒《さ》まさない。

黄金坑道。

パルチザンたちはファンドの隠し金鉱をそう名づけた。金は掘り尽くされてあるのは粘るような闇ばかりだが、安全と確信できるアジトには黄金の価値があった。この闇の中で、金色の未来を創るのだという意気ごみもある。

なんでもクルスはこの廃金鉱のことを、屋敷の暖炉の壁に塗りこまれていた懺悔《ざんげ》文で知ったという。そのファンドの太祖は、移民を理由に懲役を逃れた性犯罪者で、鉱山技師を殺害して金鉱の地図をせしめたのだという。そして金をもとに成功した後、罪を悔いて告白文をしたためた。

キューズはショッキングな話だと思ったが、クルスは気にするふうもなかった。先祖が強姦魔で人殺しなのは嫌じゃないのかと問うと、きっとおまえの先祖にもそんなのはひとりぐらいいるぜ、とうそぶく。

キューズはオイルランプを手に坑道を歩いていた。ねじれるように蛇行する坑道は、ファンド太祖のこころの具合をあらわすかのようで不気味だった。

ひそひそと反響する声を聞いて足を止める。心臓が激しく打ちはじめる。しかしよく聞いてみると、知っている声だった。クルスだ。

行く手からオイルランプのやわらかい光が漏れでてきていた。近づくにつれて、その光が自分の手にしたランプの光と繫《つな》がる。

そこは天井の高い広いスペースになっていた。ランプの光ではすべてを照らしだすことはできないので、あちこちに濃い影が留《とど》まっていて、ドキリとさせられることがある。

冷たい岩の床に、たくさんの犬が寝そべっていた。渦を描くような形で、規則正しく同じ向きに、中心を凝視している。渦の中心にはユスがいた。

クルスはその傍らで、杖に寄りかかってユスに話しかけていた。

「……なあ、いよいよ作戦が決まったぞ。四日後だ。例によって先生を説き伏せるのは苦労したよ。いちど無茶をして信用を失っているしな。ゴングが鳴っているというのに、あのじいさん、聞こえない振りをしてるんだよ。ディザスターがシュラクス周辺をパトロールしてるんだ――それを襲う。小手調べみたいなもんだな。ジャブの応酬だ。首尾よく沈められたら、この戦法でいく。一機ずつ、確実に。おまえもうまくいくよう祈っててくれよ。いや、できたら力を貸してくれ」

クルスは顔をあげて、キューズを認めるとうなずいてきた。

キューズもうなずきかえして、犬たちの面前に置かれた餌箱を確認し始めた。

やはりほとんど食べていない。動きさえしない。命をつなぐ分だけ口にして、ユスを見つめる。そんなことが一週間も続いている。

ユスはマットレスの上で胎児の恰好《かっこう》で丸まっていた。ふつうに寝かしつけても、いつの間にか膝を抱えている。

キューズはその首筋から点滴パッチを剝がすと、新しいものにとりかえた。

「ごくろうさん」

言いたいことは言ってしまったのだろう、クルスが労《ねぎら》いの言葉をかけてきた。

「毎晩きてるでしょ」

「こんな暗いところでひとりきりでいたんじゃ、淋しすぎる。犬はしゃべれないしな」

キューズはクルスを見あげた。顔の腫《は》れはだいぶんひいたが、まだ変色していて痛々しい。左手の骨折は添え木で固定されたままだし、骨折を除けばこれがいちばんひどいと診断された四肢のやけどには厚く包帯が巻かれている。この様子で出撃しようというのだから、呆《あき》れ果てる。

「やさしいところあるじゃない」

「責任の一端はおれにあるしな」クルスは照れたのかそっぽを向いた。

キューズはいちばん気がかりな二頭の前に立った。

サクラとサナエだ。この年端もいかない双子の仔犬も、おとなたちの真似をして食べようとはしない。しかし体力がまったく違うのだし育ち盛りでもあるので、衰弱がひどく、目に力がなく震えだすと止まらない。

「今晩はここに泊まるのか？」

キューズは苦笑いした。

「母が卒倒しちゃう」

「おまえのおふくろはそんなことで卒倒したりしないぞ」クルスは語気を強めた。

キューズは動きを止めた。先生の忠告は耳に新しい。そうかもしれないと思ったが、納得はできなかった。

「そうね。卒倒はしないでしょうね」

「おれは先生の言うことは正しいと思ってるぞ」

放っておいてよ！　叫びたくても、それだけの意気が集まらなかった。代わりに無言でクルスに背中をむけ、サナエの頭を撫《な》でた。生まれたままの柔らかい毛の感触が、だんだ

ん と衰えてザラついてきている。

「そいつらだけはいますぐなんとかしないとな」

「なんとかってどうするのよ」

拗《す》ねているように見えるだろうから、不機嫌にだけはならないでおこうと思ったのに、口調にありありとそれが表れてしまった。

「相談してみろよ。おまえのおふくろに」

クルスはそれだけ言うと、杖をコツコツいわせて行ってしまった。クルスは口論を吹っかけてきたのではないはりあいのない。キューズはがっかりした。クルスは口論を吹っかけてきたのではないのだろうか？


母に相談。

言われてみれば、母に相談なんかしたことはあったのだろうか？　記憶にないほどに遠い昔のことなのだ。

キューズは双子を抱えあげた。嫌がって暴れるが、すぐに疲れてぐったりした。指に伝わってくる心音は弱々しい。いまにも消えてしまうのではないかと心配で、キッチンに向かう途中で何度も揺すってみた。そのたびにサクラは迷惑そうに唇をめくって細い牙を剝《む》きだしにし、サナエはなぎ払うように尾を動かす。

キッチンからはまだ忙しく働く物音がしていた。明日の朝食の下ごしらえだろう。七十数人にも膨れあがったパルチザンの台所は息をつく暇もない。

アテネアはヒートキューブに載せた大きな鍋で鴨の骨からブイヨンをとっていた。微《かす》かに鼻歌が漏れている。

あきらかに母は変化していた。炊事洗濯と休む暇もなく働いていて、疲れるだろうに文句ひとつ言わない。

きみの母親は疎外されてきた。先生の言葉を思いだす。まず最初はファーストの子を産み、しかも結婚しなかったことで。つぎにきみの父によって。そしてきみがちいさなころからしっかりしていたので、きみにも。

アテネアが食材のあいだを行ったり来たりして忙しく働くさまを、キューズはしばらく眺めていた。

食料はすべて近隣の農園がわけてくれるものだ。そしてひとつの農園に母がジュジュとともに交渉に行ったと聞いたとき、キューズは驚愕《きょうがく》した。なんだか腹がたって、それを命じた先生のところに文句を言いに行った。

そうして忠告された。

こんなことを言うのは不謹慎かもしれないけれど——ここはアテネアが変わるには最適の場所だよ。人手が足りない。彼女は必要とされる。お荷物ではない自分を発見することができる。きみは母親の自立に協力しなければならない。誤解しないでもらいたいのは、わたしは誰が悪いと言っているわけではないんだ。シュラクスでのきみと母親との関係は、ほかに選択肢のない、唯一無二のものだったかもしれない。しかしここでは違う。アテネアは立派なパルチザンの成員だ。きみは母親をそのように扱わなければならない。

あの可哀想な三兄弟もアテネアを頼りにしていた。おとなしくてなんでも言うことを聞いてくれるということかもしれないが、誰よりもアテネアに懐いていた。末っ子などはときどきママと呼ぶほどだ。

「母さん」

キューズが声をかけると、アテネアはビクリと肩を震わせた。振りかえってそこに娘の姿を見つけると、恥ずかしそうに笑う。

「なによ、キューズじゃない。あらあら……」

アテネアは娘の腕のなかの双子をみつけると、近寄ってきた。指先でサクラの鼻の頭を掻《か》く。

「乾いてるのねえ。やっぱり食べないの？」

「もうどうしたらいいかわからなくて」

「心配ない、心配ない。ほかのことならともかく、食べないだけなら」

「母さん？」

キューズは訝《いぶか》しくて声を高くした。このありさまが目にはいらないのだろうか？

「たぶんクランに義理立てして、やせ我慢してるのよ。この年頃のこどもに断食なんてできるもんですか。こころではそうしようと決めていてもね、体が欲しがるの。勢いよく育っていく体が、栄養をほしがるの」

言いながらアテネアは木箱のなかを探っていた。戻ってくると、双子の目の前にベーコンの切れ端を突きだした。

双子はプイと顔を背ける。

次は脂が抜けてくたくたになった脂身。スープをとった後の牛骨の髄、ムニエルにした鱒《ます》の頭、大豆の絞りかす、骨にこびりついていた鹿肉とアテネアはつぎつぎとさしだしたが双子はどれにも興味を示さなかった。

アテネアは考えあぐねて、チーズを試してみた。

サナエが耳を震わせた。鼻がさかんにうごめいて匂いを探り、チーズを凝視する目には力が蘇《よみがえ》っている。そしてなんだか後ろめたいようすであたりを見まわした。

「食べて。食べていいのよ」キューズは祈るような気持ちで言った。

つぎの瞬間にはアテネアの掌《てのひら》からチーズが消えていた。サナエは何事もなかったかのように目を閉じていたが、口がモゴモゴと動いている。

「食べた！」

キューズは歓声をあげたが、アテネアは浮かない顔をしていた。

「あらまあ、この子たちは贅沢《ぜいたく》なのねえ」

「そんなこと言わないで！　ねえもっと！」

しかしサクラははるかに強情だった。チーズはもちろん、鶏の皮、サラミ、ソーセージ、マッシュポテト、いろいろ試してみても見向きもしなかった。

最後にアテネアは泣く泣くツナ缶を開けた。農園と連絡できるようになったとはいえ、農園そのものが統治軍の略奪に泣いているのだから、食糧事情はとても豊かとは言えないのだ。

サクラの目の色が変わった。掌のうえに載った油で光るベージュの肉片を、食い入るように見つめている。そしてついには体を乗りだして、ツナを舐《な》め取った。

キューズはアテネアと抱きあって喜んだ。

「ほんとに贅沢ねえ――でもまかしといて。なんとかやりくりして調達してみせる。だれにも文句は言わせるもんですか。こどもが欲しがっているんですもの」

「ありがとう、母さん」

コンラートの運転は、気遣ってくれているのだろう、優しかった。

蔦《つた》とシートでカモフラージュされた坑道への入り口を潜《くぐ》ると、急な段差がいくつも続いて急激に下ることになる。そこをさほど衝撃を与えずに上手に乗りきって、コンラートはブレーキをかけた。

エアロスクーターの駐輪場に使っているのは、掘り出した鉱石を運ぶためのトラクターが多数放置されていたところだった。岩の床には二〇〇年の油染みがこびりついている。

コンラートはそこへ、衝撃もなく滑らかに停車した。

「たいしたもんだ」

クルスが背中を叩《たた》くと、コンラートは嬉《うれ》しそうに微笑《ほほえ》んだ。しかしすぐにその笑顔が曇る。

おれはそれほど怖い顔をしているらしい。

手助けをしようとするコンラートを身振りで抑えて、クルスは痛みをこらえながらなんとかひとりでシートから降りた。足は骨折していないはずなのに、疼《うず》くように痛い。

主坑道の入り口のところにキューズが出迎えにきていた。その尋ねるような表情に、クルスは顔をしかめて見せる。

「ご覧のとおりだ。コテンパンにやられたよ」

「被害は？」キューズは眉をひそめる。

「三人と四頭」

キューズは息を呑《の》んだ。犬に被害がでたということは、犬飼いにダメージがあるということだ。ジュジュがユスのようになったなら、パルチザンはおわりだ。

「本人は大丈夫だといっている。見事な虚勢だよ。しかし見たところ、ユスほどひどくはない」

クルスの横にジュジュが滑りこんできた。とりつくろった無表情が痛々しい。しょんぼりした犬たちは、キューズに挨拶《あいさつ》することもなく、尾を垂らしたまま奥へと消えていった。

「ジュジュ、お疲れだった。ゆっくり休んでくれ」

ジュジュは無言でうなずいてスクーターを降りた。そしてだれにも視線を合わせることなく、犬たちの後を追う。

「頼む」

クルスはキューズを促した。ジュジュはクルスの前では絶対に涙を見せたりはしない。しばらくその場に留まって、クルスはつぎつぎと帰ってくる仲間を迎えた。できるかぎり笑顔で、沈んだ顔には力強くうなずいて見せ、怯《おび》えた顔には優しく肩を叩いた。うなだれた仲間たちはつぎつぎと奥に消えていった。彼らのために熱いスープが用意されているはずだ。

やがてあたりは閑散とした。加熱したエンジンの呟《つぶや》きだけが聞こえる。それでもクルスは待ち続けた。

やはり三人足らない。

ライディーンが主人を探して姿を見せ、尾を下げてすごすごと去って行った。無言で立つクルスの胸に漲《みなぎ》っているものを怖《おそ》れたのだ。

クルスは踵《きびす》を返して、ジュジュを捜しに向かった。

少年を見つけるのは造作なかった。激しい鳴き声を追っていると、見つけることができた。そこはポケットのようになった支洞で、そこでジュジュはキューズの胸に顔を伏せて号泣していた。

支洞に入ろうとして、思いとどまる。姿を見せたりしたら、意地っ張りの性格をだして、胸に貯めこんでしまうだろう。吐き出せるのなら、全部出しきってもらいたい。

「……やっと……ユスの気持ちがわかったよ……！」

ジュジュは嗚咽《おえつ》のあいまに話していた。

「痛いんだ、体じゃない、魂が切り裂かれるようなんだ！　それに熱い。冷たい。なにより怖い。怖いんだ……」

キューズはなにも言わず、そっと小さな少年の背中を撫でてやっている。

「……でも、ユスが感じたものはこの数倍のはずだ。シリウスとクランの結びつきは異常なんだ。ユスが感じたことをもし他人が経験したら、死ぬことさえ喜んでやれると思う」

キューズの表情が凍りついた。

あのバカ、余計なことを！

これでキューズはユスから離れられなくなる。「泊まりか？」という冗談が冗談でなくなる。それでも責任感が強いから、パルチザンのメカニックとしての仕事はまっとうしようとするだろう。そしてどんどん消耗していく。

クルスは怒鳴りつけてやろうと踏みだしかけた。しかしジュジュはあまりにも小さい。一二歳と聞いても、すぐには信じられないほどに小さい。その細い肩に載せているものを思うと、クルスは動けなかった。

それからジュジュは泣き続けた。しばらくして収まってくるのを確認して、クルスはその場を離れようとした。するとランプの光が近づいてくる。

「話したくはないかね？」

先生だった。

クルスは伏目がちにそのあとに従った。

先生が案内したのは、名称について見解の相違のある洞だった。掘削《くっさく》用の機器で埋め尽くされていたこの広いスペースを、クルスは作戦指揮所と呼び、先生は集会所と呼ぶ。

機器は坑道の奥に押しこんだが、空気はいまだに泥臭かった。

おそらくファンドの太祖が使っていたものだろう、クルスは灰色に変色した木製の椅子に腰かけた。テーブルのうえには湯気のたつオニオンスープが置かれている。

先生はゆっくりとクルスの向かいに腰かけた。

「完敗だそうだね」

クルスは無言でスープを口に運んだ。熱いものはまだ口に染みる。

「どう考えてるね？」

急に疲れが溢《あふ》れだしてきた。体が熱く、頭の芯がトロンと溶けだしそうだ。

「言うことはなにもないのかね？」

先生の口調は厳しくはない。どちらかといえば優しい。それがなんだか癇《かん》に障った。だから反対したたろうと、したり顔で言えばいいではないか。

「自分の愚かさが身に染みます、とでも言えばいいんですか？」

先生は怒りに顔を歪《ゆが》めた。初めて見る表情だ。

「バカなことを言うな！　きみは所詮《しょせん》そんな人間なのか！」

怒声は広い倉庫のなかを反響して響き渡る。

「わたしはきみが求める役割を演じることもある。そうでないと危なっかしくて見ていられないからだ！　しかしわたしが真っ先にきみのことばに賛同したということを、忘れたのか？　そしてわたしを信用してここに身を投じた仲間への責任まで感じていると考えたことはないのか？　冗談は休み休み言いたまえ！」

クルスは顔を伏せた。温厚なばかりと思っていた老人の怒りはショックでもあった。

「わたしにだって感情はある！　あのまま統治軍に降《くだ》るのはどうしても業腹だった。すべきではないとも思った。魚の小骨だって喉に刺さることができる。ならば小骨ぐらいのことはできるだろうと！　きみと違うのは、きみはいつかは勝てると思っているようだが、わたしには未来が見えないということだけだ！」

クルスは深く頭を垂れた。そして先生のことを口うるさい爺《じい》さんぐらいにしか思っていなかった自分が情けなかった。

「参ってます……正直なところ」クルスはポツリと言葉を漏らした。

「だろうね。しかしきみは責任を好んで引き受けた。その賞賛は惜しまないよ」

「仲間が三人も死にました。犬も。犠牲がでないと楽観していたわけじゃないんです……ですが、いざ直面してみると——そのことは考えていたはずなんです、でも、ほんとうに真剣に考えたのか、その自信がないんです……おれはジュジュにとんでもない責任を押しつけている……おれは……どうすれば……」

「勝ち目がないということはわかっていたはずだよ」

「どうしたらいいか教えてください……」

「できないね。わたしに言えるのはひとつだけだ。がんばれ。いや、ともにがんばろう」

乾ききったテーブルの表面に、クルスの涙が円を描いた。

「食べなさい。せっかくのスープが冷める」

ロレンゾは戦闘指揮車のシートに体を預けて、目を閉じていた。小刻みにゆれる頭が天井を擦《こす》りそうになっていた。眠っているわけではない。ウルリケのことを考えていた。燃えさかるファンド屋敷で目覚めるとそこにウルリケがいた。ヘッドセットをつけているのでハンドルしているのがわかる。逃亡したユス・ネイロを追うために、造船所からディザスターを緊急帰還させていたのだ。どうやら頭を蹴られたらしい。こめかみがずきずき痛む。後で鏡を見てみるとあざになっていた。ヨハネスはとっくにひとりで逃げてしまっている。

ウルリケが助けてくれた。あのまま昏倒したままでは、焼け死んでいたに違いない。礼を言うと、脱出の足を探していただけと冷ややかに告げられた。嫌いなヘッドセットまでつけて本気で追跡しているのだから、外部のことに意識をふりむけるのはほぼ不可能なのだ。が、たいして気にならなかった。ウルリケが助けてくれた。それでじゅうぶんだ。それが嬉しい。

まわりのことを気にせずに、ロレンゾがあからさまに少女の歓心を買おうとするので、なんと呼ばれているかは知っている。少女性愛者。ぶちのめされるのが怖くて面前で言われることはないが、陰では冷笑とともにそう噂されていることは知っている。

それでもウルリケのことが気になってしょうがなかった。運命すら感じるときがある。過去に出会ったことがあるかどうかは知らない。サイプランターはプラントの移植時点で過去の記憶が曖昧になる。サイプラントに最適なように、長い期間をかけて人格を再構成されるので、いらないものはどこかにやられてしまうのだ。いちばん古い記憶は訓練施設のことで、どこで生まれたかどうやって育ったかは忘却の彼方《かなた》だ。

「あ、つながりましたよ」

隣の運転席についている兵士が言った。指揮車の周辺カメラと接続しているヘッドセットを装着しているために、声はくぐもっている。

「お、映せ映せ」

ロレンゾはパネルのモニターに見入った。平凡な平原を映していたものが、突然ブラックアウトしたかのように暗黒へと切り替わる。

「なにも映ってないぞ」

「ああっと、すいません。こっちは惑星の陰か……ということは……」

兵士の指が空中で躍った。ヘッドセットが表示する、仮想のキーボードに指を走らせているのだ。

ふたたび画面が変わった。陽光にギラギラと輝く円筒形のものが、たくさん浮かんでいる。

「おお！」ロレンゾは画面を食い入るように見つめた。

「これは旗艦メメントモーリのカメラですね」

「バカ。旗艦が見たいんじゃないか」

「そんなこと仰《おっしゃ》られても……わたしに艦隊の配置なんかわかりませんよ。機密じゃないですか」

「いいから適当にカメラを切り替えろよ」

「ほんとはこれもヤバイんですけど……」

「つべこべ言うな」

しばらくして兵士は兵員輸送艦のカメラをつかまえた。モニターには蛾《が》を思わせるアンテナばかり突きでた不恰好《ぶかっこう》な艦が大写しになった。

「なんだこれは？」

「ご希望のメメントモーリですよ。あ、新しく高周波アンテナが増えてるなあ」

「恰好悪いじゃないか！」

「旗艦は情報艦ですよ。あたりまえじゃないですか……加速しますよ」

サイプランターは指揮系統を構成するために特別の教育を受けるので、あたりまえのことを知らないことがままある。ロレンゾは必要がないなら文字さえ見たくないという性格なので、知らないことはたくさんあった。

メメントモーリは艦尾から核パルスの長大な炎を吐いた。そしてまるで消えるかのように、カメラの視界を横切っていった。

「おお、スゲエ加速だなあ。心臓麻痺で死ぬやつがでるんじゃなかろうか。星系内で加速廊を形成するつもりなんだ。急いでるんだなあ……」

ロレンゾはすでに興味を失っていた。旗艦といえば堂々と美しく、それでいて恐ろしいものだと思いこんでいたので、幻滅は大きかった。知らないままのほうが良かったとまで考えた。

「がっかりするのはまだ早いですよ。ひょっとしたら見られるかも」

モニターの画面はめまぐるしく変わった。最後に行き着いたのは、なにかの艦の艦首かららしいものだった。

いくつもの核パルスの白熱の炎がトーチのように漆黒のなかに浮かんでいる。炎が眩《まぶ》しく大きいので艦の姿はよくわからない。

その炎が向かう先に、小さく黄金色の輝きがあった。

兵士は輝きを拡大する。

思わずロレンゾは見入っていた。輝きはオーロラのようにゆらゆらと転変している。光のベールが刻々とその色調を変え、黄金の輝きを不思議な花のように彩っていた。そこにはすべての色がある。自然界には存在しない色もあるという話だが、この宇宙に準拠したカメラにも肉眼にも、その色を捉えることはできない。

兵士も感嘆の声をあげていた。

「すごい。これほどの加速廊は史上初めてですよ。いったいどれくらい波形駆動エンジンを投入してるんだろ?」

ロレンゾが目にしているのは第一次攻撃艦隊の出発だった。ピジョンを占領してわずか三週間で補給を終え、艦隊を再編成し、いま外縁星へと旅立ったのだ。

「なにもかも持って行っちまうなあ」兵士は寂しそうに呟く。

第一次攻撃艦隊はまさに統治軍の総力だった。持てるすべてを──物理兵器もジオ・アフタースケールも──注ぎこんだ巨大なハンマーだ。一撃でなにもかもを打ち砕くための容赦ない力の結晶。そしてピジョンの宙域はほぼ空《から》になる。わずか一隻の軌道母艦、星間航行能力のない四隻の掃海艇、地上と連絡を保つためのシャトル数機、それだけしか残らない。本来なら、ピジョンの統治は少数のサイプランターに任せて、方面司令官ジェイムズ・カーメンも攻撃艦隊に参加することになっていた。しかし犬飼いのせいでピジョンを完全掌握とはいえない状況を鑑みて、四〇〇〇の兵員とともに残された。それがジゼル提督の最大の譲歩だった。惑星全土をカバーする衛星監視システムも要請したらしいが、却下された。それは戦地でこそ必要なもので、ピジョンに振り向ける余裕などない。

「でもね、おれ、ピジョンに残って幸運だと思うんですよ。軍歴に箔《はく》はつかないけど、メシがうまい。この三週間で太りましたよ」

ロレンゾは加速廊に魅入られていた。久しぶりになにかを美しいと感じたような気がしていた。欠けた記憶のなかでは初めてのような気がする。

ところが映像は突然に遮断されて消えた。

「おい！」ロレンゾは肘で兵士を強く突いた。

「おれじゃありませんよ、アッ、やばい」

モニターが真っ赤に染まっていた。毒々しい紫の警告アイコンが表示されて、レベルBの保安措置に反したことを責めている。

軍法会議だと頭を抱える兵士にロレンゾは言った。

「おれはレベルBの閲覧許可をもってるぞ」

「だったら保安部に説明してくださいよ！」

「どうしてそんなことをしなきゃならない？」

兵士はまじまじとロレンゾを見つめた。ヘッドセットごしでも強い非難が感じられる。

「冗談だよ」

ロレンゾはパネルに自分の認識コードを入力した。ときどき意地悪な気分になる理由は説明できない。人が困っていると、それがとてもなくおもしろく思えることもある。

警告アイコンが消えると、兵士は大きく息をついた。

「脅かさないでくださいよ」

ロレンゾは肩をすくめた。

「そろそろ仕事の時間だ。ハンドルする」

「了解です。しかしまったく厄介なやつらだ」

ロレンゾは五〇〇メートルほど離れた藪《やぶ》に隠したディザスターと接触した。

接触にはいつも衝撃がつきまとう。闇が覆い被《かぶ》さってきてすべてを暗黒に染めた後、ナイフで切り裂いたかのように断片が戻ってきて、完全な意識となる。そのあいだの閉塞《へいそく》感が不快で、ロレンゾはいまだに慣れることができない。二機を操るウルリケなどはどうなっているのか見当もつかない。

五感の補助のためには機械を使わねばならない。ロレンゾは兵士が被っているものよりはていねいな作りのヘッドセットを装着した。ただしこちらは戦闘指揮車のセンサー類と繋がっているわけではなく、ディザスターのそれと接続されている。

ロレンゾはハンドルするときには必ずヘッドセットを用いるが、才能豊かならばたいていはなしで済ますことができる。まわりにいる人間を〝眼〟として使うからだ。しかし犬飼いの出現がそれを許さなくなって、しかもヘッドセットが表示するのはディザスターの視点から見えるものだけなので、全体を確かめるためには近くまで行かざるを得なくなり、ウルリケなどは怒り狂っている。

それほど待つことなく、南から数台のエアロスクーターがあらわれた。ロレンゾはそれを藪ごしに見つめていた。キャリアを牽引《けんいん》していて、犬たちがそのまわりにまとわりついている。

食料をどこかから調達していることはわかっていた。だいたいのルートも摑《つか》めたので、ロレンゾに退屈な待ち伏せの任務が与えられたのだ。

「風向きは?」ロレンゾが息をひそめて尋ねた。そんな必要はなくてもついついそうなってしまう。

「北に二メートル。ばっちり風下です」

ロレンゾは犬飼いに照準を定めた。例の少年だ。ぼんやりとユス・ネイロはどうしたんだろうと考える。

じゅうぶんひきつけてから。それがあだとなった。

犬飼いの少年はビクリと背筋をのばして、なにやら叫んだ。犬飼いは狡猾《こうかつ》だ。いつだって本隊とはべつに、広く斥候を散開させている。その探知網に引っかかったらしい。

ロレンゾはレーザーを発射した。

犬飼いの少年は急旋回して回避した。すぐさま北の樹海の方向へ逃走する。

ディザスターは脚を格納して、高速機動体勢をとった。奇襲は失敗したといっても、今日の犬飼いは油断していた。距離が近い。

追跡に移る。安定しなくて狙いは大きくぶれるが、かまわずにレーザーを乱射する。

ツイている。犬の一匹に命中させることができた。しかも追いつけるかもしれない。

しかしロレンゾはレーザーを撃つのをやめた。

死んだ犬はキャーンと長い悲鳴を発していた。それがなぜか耳に残る。しかもどういうわけか、やけに愛着のあるビーグル犬の姿が脳裏に浮かぶ。

おれはむかし犬を飼っていたのだろうか？

激しい衝撃でロレンゾはわれに返った。エアロスクーターのひとりがこちらに銃身の長いライフルを向けている。

「対物ライフルだ。やつらあんなものまで！」

ロレンゾはディザスターを回避運動をさせながら後退させた。対物ライフルごときで致命傷を与えられることはないだろうが、ひょっとするとひょっとするかもしれない。

「追いますか？」兵士はハンドルに手をかける。

「いや。樹海に逃げこまれた。狭い場所でのライフルは危険だ」

ロレンゾは帰還命令をだした。

市庁舎に移された司令部に帰りついたロレンゾは、ウルリケが殺人を犯したことを知った。ベッドメイクの女が、ぬいぐるみをプレゼントしたらしい。そこでウルリケは、「あたしはこどもじゃない！」と狂乱して、精神波だけで女を殺害した。

様子を窺《うかが》いに行ったロレンゾは、暗がりのなかで肩を怒《いか》らせて荒い息をしているウルリケを見た。そして罵声とともに怒りの感情をぶつけられて、ほうほうの体《てい》で逃げた。

あんな子ではなかったはずなのに。訓練施設でみかけた六歳の少女を、いままでもありありと思い起こすことができた。よく笑っていた。しかしいまでは表情を変えることすらない。

そして自分自身も、任務とはいえ簡単に人を殺せる人間ではなかったような気がした。すべてはサイプラントを移植してからだ。


ベスピエ。コルト。ワグナー。ブラジル。エアリアル。マシアス。ウィンディゴ。バロン・ミュンヒハウゼン。ハーラン。タイバ。リセル。そしてヨルダシュ。

一二頭の犠牲、それがグレートハンティングの結末だった。二頭の小隊長、優れた能力をもつもの、美しいもの、愛嬌《あいきょう》のあったもの、ふてぶてしくも憎めないもの、食いしん坊、怠け者、いつも笑わせてくれたもの、かけがえのない犬をこえた犬であった古老。

その悼《いた》みのひとつひとつがいつまでも疼《うず》いた。忘れることなどできないほどに傷は深く刻みこまれ、その傷痕は塞《ふさ》がりようもなく、いつも直視しなければならない。

ユスは内部に抱えこんだものに蝕《むしば》まれた。

フラッシュバックのようにリセルの顔が面前をよぎる。ワグナーの肢音《あしおと》が背後を過ぎる。サクラとサナエの父であるベスピエの姿が重なる。クランを意識するたびにヨルダシュの影響力の深さを思い知る。コルトの白く鋭い牙が宙を咬《か》む。

耐えがたい。

ユスは逃げまわった。大きく影を投げかける死の幻から、あらんかぎりの悲鳴をあげ、走り転び這《は》い、とにかく逃げまわった。気が狂いそうだった。どこに逃げても幻はユスを鷲摑《わしづか》みにし、暗黒の顔面でニタリと笑うのだった。

そしてユスはストンと不思議に安らぎに満ちたところに落ちた。

ようやくみつけた温かく狭いところで安堵《あんど》のため息をついた。ここは居心地が良く、しかも静かだった。執拗《しつよう》に語りかける死の傷痕は、ここだけが死角になっているのかまとわりつくのをやめ、ユスを探す冷たくガサガサに乾いた指はここが水銀でできているかのように上滑りするのみだった。

そこを安住の地と定め、邪魔が入らないように城壁をめぐらせて自らを鎧《よろ》った。犬たちの影を自由に遊ばせ、そこでここちよいものだけを相手に暮らしていけるように。

その場所にはもうひとつ利点があった。忘却だ。心地よい靄《もや》めいたゆったりとした流れに身を任せていると、なにもかも洗い清められていくようであった。死の黒い傷痕が癒されてゆく気持ちよさにユスは喘《あえ》ぎをもらし、官能に似た痺《しび》れる快感に酔った。

難点はどうも楽しいことも忘れていくらしいことだった。忘却は平等なのか、喜ばしさや失いたくないものまで、厭《いと》わしさとおなじように消えていくのだ。それは困ると、あがいてもどうにもならないので、ユスはやがて諦めた。それほど惜しいとも思わなかった。これから無に帰していこうとしているのに、なにかに執着するのはバカバカしいことだった。

懐かしいのは子宮に似ているからか、ユスは考えた。おそらく母の胎内も、このように温かく、狭く、血流に体を洗われるように心地よいところだったのだろう。決定的に違うのは、ユスが母の子宮ですべてを貰《もら》ったのとは逆に、ここではなにもかもが失われていくということだ。すべてが流れ去ったあとになにが残るのか、意識か魂か、それともまったくの無か。ユスはその瞬間を楽しみに待ちうけることにした。

それでも犬たちを失うのは辛《つら》かった。

ヨルダシュの白い胸。手のつけられない暴れん坊だったコルトの仔犬時代。アデレイドに咬みつかれ困ってうなだれるベスピエ。萌《も》えはじめた春の平原で飛ぶように跳ねていたエアリアル。カエルが嫌いで見るたびに少女のような悲鳴をあげたリセル。スターバックのいないところではボス然とふるまうバロン・ミュンヒハウゼン。コーヒー色のブラジル。ピューマに憧れて木登りに飽くなき挑戦をつづけるワグナー。それらの犬の姿が、失ったことも気づかないうちに消えてゆく。

友人たちを忘れることも辛かった。

クルスとキューズのことも忘れてゆく。小さなころからファンド家の息子としてカリスマに似た魅力を放っていたクルス、小生意気で痩せっぽちだったキューズ、犬だけが友達で人見知りが激しかった自分。ファースト、セカンド、サードと社会身分の違う三人が、学校の自主性育成オリエンテーションでチームを組んでから育んだ友情。そのオリエンテーションで、考え抜かれた意地悪な状況を与えられ、三人で相談して最善の判断を下して最優秀チーム賞を得た、あのときの信頼感。キューズの初恋と、その苦笑に満ちた結末。クルスはもちろん、ユスやキューズまで苛《いじ》めていたファンドの長兄への知恵を絞った仕返し。樹海への冒険行が灰色熊の出現で恐怖の逃避行になってしまったこと。ルッタリン河が氾濫《はんらん》して犬洞が水没する危機にみまわれ、キューズとクルスが助けてくれて事なきを得たこと。

水に溶けるようになにもかも消えてゆく。失う痛みすら、覚えたとたんに曖昧になり、時間とともに存在しなくなる。

こどもに戻ったようだ。ユスは忘却の快感に身を委ね、歓声をあげたい気分でそう思った。なにもかも漂白されて、形を失い、影になり、染みに変わって消えてゆく。真新しい生、傷を受けていない記憶。まちかまえる膨大な未来はいまだ毒されず、希望の色に輝いている。

しかし完全な忘却の瞬間はなかなかおとずれなかった。犬たちと友人たちがフワフワと漂いつつ頑強に耐えている。ユスは鷹揚《おうよう》に構えてじっくり待つつもりだったが、しだいに苛《いら》だってきた。

そこで改めてまわりを念入りに見渡すと、か細い糸が外部から侵入しているのをみつけた。かすかに異質な匂いを漂わすそれは、流されるユスを命綱のようにつなぎとめているのだった。触れてみるとその感触はさえざえと冷たいものの、敵意は感じられず、見知っているものではないことだけがわかった。

癇癪《かんしゃく》をおこして、ユスはその糸を切ろうと暴れた。犬たちでも友人たちでもないその糸にひきとめられる謂《い》われはない。糸は途切れる様子を見せながらも、しぶとく逆らっている。ユスはますます暴れた。

ところが感情を波だたせたせいで、糸はますますユスに絡みつきはじめた。乱れた感情の襞《ひだ》に上手に入りこみ、寄生虫のうごきで精神にこじ入ってくる。どうにかしようにもどうしていいのかわからず、ユスは為す術《すべ》もなく蹂躙《じゅうりん》された。抗《あらが》うのに疲れたユスは耐えるしかないのかと諦めると、糸は傍若無人にふるまって触れられたくないものを探りはじめた。

とつぜんの痛みにユスは悲鳴をあげた。それは忘れたと思っていた痛み、死の痛みが蘇ってきた。ヨルダシュ、ベスピエ、コルト、ワグナーと失われた名と姿がふたたび面前に現れた。

苦痛に身をよじりながら、ユスはやっと自分の欺瞞《ぎまん》に気がついた。忘れたわけではなかったのだ。忘れたことにしようと、蓋をしただけなのだ。それはいつでもそこにあり、得てしまったものは失いようがない。知ることは不可逆なのだ。知ってしまったのなら、知らないふりはできても、無知には戻れない。

知覚が開けた。

クランがいた。スターバックが、アデレイドが、ミスティアイが、ドリブルが、一心不乱にユスを見つめていた。脇目もふらず、空腹で眩暈《めまい》を感じながらも一瞬たりとも視線をそらさず、サナギのようにかたまって退行してゆく主人をひきもどそうと、祈っていた。

キューズがいた。心を心配でわななかせて、それでも精一杯事務的な態度を崩さずに仕事に打ちこんでいる。しかし機械を見ても以前のようにときめかないのだった。

クルスもいる。ユスに腹をたてている。信頼を裏切ってこのままユスが逝《い》ってしまうのではないかと腹をたて、逆に友達を信じきれていない自分にも腹をたてている。

知覚はさらに拡《ひろ》がった。

父がいた。ところどころに雪の吹き溜まりのある、荒涼とした野を歩んでいる。ウェルナーランド、ピジョンのほんとうの奥地だ。雪の上に巨大な偶蹄目《ぐうていもく》の足跡をみつけて、ピジョンジシではないかと夢中になっている。地球統合府統治軍の侵略のことなど想像もしていない。

ヨハネスは鏡を覗《のぞ》きこんで、顔の醜悪な火傷《やけど》の跡をみつめている。地球ならばこんな火傷は一〇分で治るのにと、ピジョンにユスに、なにもかもに憎しみを募らせていた。

ウルリケはさながら黒い炎だった。憎悪、嫉妬《しっと》、嫌悪、負の感情が渦巻いて燃えたっていた。その激しさはすべてを拒絶している。

ふたりのサイプランターと比べて、ロレンゾは幸せそうだった。シュラクスの町をディザスターと一緒に歩いて、おそれおののく市民を見て悦に入《い》っている。花屋を探しているのだ。

ジェイムズ・カーメン、統治軍の司令官であるジオ・アフタースケールも知覚できた。その精神は強大で惑星を圧するほどの広がりを持っている。強迫観念じみた焦燥に駆りたてられているが、それはユスには翻訳不可能な感情であった。未知で惨めで陰鬱《いんうつ》なもの、そうとしか表現しようがない。

糸の先、それもおぼろにうかがい知ることができた。なにかとてつもなく広く、とてつもなく大きななにかだった。地平線の向こうにはいま見えている大地よりも大きな大地があることがわかるように、背後に力強い存在を控えている。

それはなにか残酷な気がした。奪いつくし、変化を強要するような非情さがあった。逆に、慈《いつく》しみの温かさも感じられた。惜しみなく与え、豊かさの保証を声高に叫んでいるようでもあった。異質なことには変わりはない。しかし得体の知れないものの恐怖はなく、どこか好ましい。

なにか、それはわからない。新しいなにかだ。遠く薄いが莫大だ。それは希望の味がし、約束の甘い香りを漂わせ、呼びかけの執拗な響きがし、死の冷たい皮膚感があった。

視線ははるか彼方に据えられる。

ユスは目をあけた。

肩に柔らかな重みがかかっていた。キューズの褐色の髪が見え、彼女が肩に頭を預けて眠っていることがわかった。

力なく寝そべっていた犬たちが一斉にたちあがった。スターバックの主導で、主人の復活を遠吠えで寿《ことほ》ぐ。腹の底からの歓喜の声は坑道にこだまして、複雑にいりくんだ恐ろしげな反響として返ってくる。

「な……！　なに!?」遠吠えにたたき起こされたキューズは怯《おび》えた声をだした。

「腹が減った」ユスは震える指で首筋の点滴パッチを剝がした。

「なんなの！」キューズは声の主をさがしてきょろきょろした。

ユスは唾《つば》を飲んで長らく使われていなかった喉に湿りけを与えた。

「キューズ、腹が減ったんだ。自分でなんとかしたいところだけど、ちゃんと体が動かない。頼めないかな？」

キューズは、主人の要望を察したドリブルと先を争うようにして食べ物を探しに走った。

6　プラザを覆う血

眠る前にディディはかならずお話をねだる。これから襲ってくる遅延タンパクの疼痛《とうつう》をそれで忘れようというのだろう。

アグンはサイレンス・オブ・アースの話をはじめた。

「サイレンス・オブ・コスモスはね、移民船だった。ディディがいま乗っているこの船と同じ形をしていた。そしてエコーに到着したとき……シャドウの話怖いんだったね。

人々は途方に暮れた。帰ることはできない。エコーはピジョンよりも遠いからね、加速廊を使っても八年かかるんだ。とてもそのあいだを賄う食糧はない。そこで彼らは探査機を放った。新しい世界を探すために。生きる可能性を探るためにね。それで鳩《はと》のなまえをつけた探査機が、ピジョンをみつけてきた。

エコーの軌道にはね、アースライトという名前の開拓船がシャドウの影響を被《こうむ》らずに残っていた。移民船と開拓船の違いはね、移民船は人を運ぶだけでくりかえし使われるけど、開拓船は使い捨てということだ。惑星に到着してもテラフォームベースとして、またテクノロジープラントとして開拓民をフォローするように作られている。とても高価な波形駆動エンジンだけは送り返すけどね。その古い開拓船には、まだテラフォームのための設備が若干残っていた。そこでひとびとはサイレンス・オブ・コスモスとアースライトを結合して新しい船を作った。サイレンス・オブ・アースだよ。ディディにはこの皮肉わかる？　わからないか。

これはね、とてもすごいことだよ。彼らは気密服から自作したんだから。生き残るという執念が導いた奇跡だね。サイレンス・オブ・アースはとても不恰好《ぶかっこう》な船になってしまったけど、もっとも美しいという人もいる。

彼らはピジョンへ旅立った。

すさまじい旅だったそうだよ。おとなの男で一日七〇〇キロカロリー。飢え死にするひともでた。母親や子供が死んだら、その肉を食べた」

誘導剤が効きはじめて、ディディは目をしょぼしょぼさせていた。人肉を食べたというところでショックを受けるだろうと思っていたのに、ほとんど耳に届いていないようだ。

「で、彼らはピジョンに到着して、少ない資材と時間で不十分なテラフォームをして……幸せに暮らしました」

アグンは話を端折《はしょ》り、嘘で締めくくった。ほんとうはサイレンス・オブ・アースの乗員は犬飼いを除いて全滅した。

お話のなかでぐらいは幸せになってもいいだろう。犬飼いの話をしたときに、彼らの運命をディディは知ったはずだが、さいわいふたつの話を結びつけることはしなかった。

アグンは眠ったディディに導尿カテーテルをとりつけると、自分も誘導剤を飲んだ。

ファンド屋敷跡はいまだに焦げ臭い匂いを放っていた。

常識はずれだ、ロレンゾは焼け跡を見るたびにそう思っていた。なぜこんなに燃えやすいもので住居を作ったのか、さっぱりわからない。木、防火処理されていないカーテン、獣毛の敷物、木綿の夜具にシーツ、家具まで木でできていたし、熱効率の悪さを知らないのか暖をとるための薪、大量の紙の本、燃えると嫌な匂いをたてるプラスチック。地球の歴史的建造物でもあるまいし、その代用物のほうがよっぽど安く、なにより燃えにくいというのに。

もちろんロレンゾも他の統治軍の兵士と同じように、最初はみっつほど世紀をさかのぼった生活用具に有頂天になりはした。まるで博物館で眠るような物珍しさと、天然の材料を使ったその贅沢《ぜいたく》さに王様の気分だと叫んだこともある。しかし二、三日もすると食傷し、一週間もすれば地球の生活が懐かしくなってきた。ベッドはすぐにベタベタしはじめ、聞けばなんとシーツを水洗いしなければならないという。なんたる水の無駄。地球のシーツならば通電させてひと拭きすればほとんどの汚れはとれる。洗うときは、リサイクルするときだ。椅子の背は押しても引いても角度を変えない。姿勢を変えたいときには体の方を動かさなければならない。溶けたチーズは皿にこびりついて始末に悪い。

火事はロレンゾに、ここが地球ではないのだということを決定的に印象づけた。ディザスターの大出力レーザーは人類世界で例外なく危険だが、地球なら燃えるものが少ないからあんな火事にはならない。ピジョンには災害防止のための基本的なテクノロジーさえないのだ。

さらに植民星の事情を物語っているのは、ヨハネスの顔だった。左の頬を痛々しく爛《ただ》れさせた火傷《やけど》は、いつまでたっても皮膚を移植してもらえない。緊急医療システムはうまく稼働しているようだが、その施療レベルは地球のそれに遠く及ばない。ピジョンでは糖尿病でさえ死にいたる病なのだ。どうやらヨハネスがもとどおりの顔に戻るためには軌道母艦に戻るしか方法はないらしく、ロレンゾは昏倒しながらも怪我ひとつ負わなかった自分を幸運だと思った。

ウルリケにお礼をしなければならない。なにが欲しいと尋ねると、あからさまに嫌な顔をされただけで答えてもらえなかったが、ロレンゾには自信があった。花が嫌いな女の子などいない。

ロレンゾはファンド屋敷を行き過ぎると、ディザスターを左に従えて街路を闊歩《かっぽ》した。石畳とは時代錯誤だが、その跳ねかえすような足触りは気に入っていた。

ディザスターを目にした市民たちが息をひそめて、その通過をただ願っている。彼らが放射する恐怖が重苦しくディザスターにまとわりついていた。おとなしくしていれば感知されないと思っているらしいが、恐怖ほど読みやすいものはない。いつもならロレンゾは鬱陶《うっとう》しいと叫びだすところだが、今日は機嫌が良かった。

ヨハネスがユスを逃がした怒りにまかせて破壊した植民記念碑を過ぎ、コロニー通りへ入ってしばらく行き、メイヤー通りを曲がるとバザールにでた。ふだんならシュラクスの台所として賑《にぎ》わうバザールも、いまは商人の呼び声もなく、歩道を占領していた商品もない。外縁星に向かう艦隊に食料を供出するために、食料は統治軍の管理のもとに配給制にされているからだ。

焼け落ちた青果市場が左に見える。思えばあのとき取り逃がしたエアロスクーターにはクルス・ファンドが乗っていた。

閑散とした店舗の前にロレンゾは立った。奥で鉢植えに水をやっていた巨漢の亭主がそれに気づいて、首を振りながら店先までやってきた。

「届いたか？」ロレンゾが尋ねた。

巨漢は軽く舌打ちをする。

「差し押さえ差し押さえで流通を無茶苦茶にしといて、届いたか？　はないぞ」

「すまん。じゃあ、まだなのか」ロレンゾは謝った。

この亭主は豪胆な性質らしく、サイプランターを相手にしているというのに怯《おび》えた様子がない。髭面《ひげづら》で腿のような腕をしていながら花屋というのもおかしいが、心を読むと噂されている兵士を前にして身構えることがないのはもっと珍しい。そこが気に入って、ロレンゾは本当ならディザスターをけしかけて命令するところを、丁重に依頼をしたのだった。

残念そうなロレンゾの表情を見て、花屋は悪態をついた。

「届いてるよ」

「ほんとうか？」ロレンゾはパッと顔を明るくした。

花屋は不機嫌なままに、店の奥から花束を持ってきた。半透明に透けた花びらの青みがかったバラだ。

「そらよ。これがベリーローズだ。この季節に、この状況でなんとか手に入ったのは奇跡と思え。追加注文は受けられない」

「これだけあれば十分だ」ロレンゾは花束を恭しい手つきでうけとり、香りをたしかめた。

この珍種を耳にしてから、ウルリケに贈りたくてウズウズしていたバラがようやく手に入った。

「じゃあ帰ってくれ」花屋はロレンゾに背を向けた。

「待てよ。いくらだ？」

「金はいらねえ。統治軍と取引してるなんて思われたくない。代金を払う気があるんなら、それは略奪したということにしてくれ。おれが苦労してベリーローズをとりよせたのは、あんたが本気で欲しがってるとわかったからで、金のためじゃない」

「そう言うと思った」ロレンゾは制服のポケットからカードをとりだした。「これならどうだ？　統治軍のコックの配給カードだ。こいつなら、限度はあるがかなりの食料がひきだせる」

花屋はしばらく考えてから、しぶしぶ振り返った。

「アシがつくことはないのか？　食い物泥棒で銃殺なんて嫌だぞ……いや、いらない」

「やせ我慢するな。潜在的反抗者として配給カードがもらえない奴らがいる。そいつらに食べさせてやりたくないのか？　それよりあんた痩せただろ？　食べ物をわけてやってんだろ？　とれよ。おれから貰《もら》ったといえば、アシがついたって問題じゃない」

花屋はカードとロレンゾを見比べていたが、しばらくするとカードを奪うようにしてとった。

「これで統治軍の兵站《へいたん》を攪乱《かくらん》できるというわけだ。チクショウ」

「ただし、パルチザンには流すなよ」

　ロレンゾが釘をさすと、花屋は目を冷たいもので光らせた。

「どういう意味だ？」

「言ったとおりの意味だ。おれはパルチザンに恨みはもっちゃいない。上司が敵だと言うから敵としてるだけだ。それでもさすがに敵なんだから、助けることはできない。それだけのことだ。おいおい、怖い顔すんなよ。秘密をうちあけると、サイプランターだからといって記憶が読めるわけじゃない。アフタースケールだってできないだろうな。読めるのは、表層の情動だけだ。だからおまえがパルチザンとつながっているかどうかは知らない。ただ、この状況でバラを手に入れるとなると、パルチザンの連絡網を使ったとしか考えられないんだ」

　花屋は肩をいからせて、ロレンゾとの距離をつめた。

「だったらどうする？」

「あ、ドキッとしたな？　よせよ、なにもしやしない。尋問しているときならともかく、いまのおれはオフなんだ。オフに仕事はしないし、オフのことを仕事に持ち込む気もない」

　花屋は鼻を鳴らした。

「すかしやがって。消えろ」

ロレンゾは言われたとおりに、早々に退散した。珍しく気持ちのいい男を疑心暗鬼にしたくはなかった。いままでディザスターの感知にひっかからなかったのは、花屋が自信たっぷりに行動していて迷いがないからだろう。ならばそのままにしておきたい。喋《しゃべ》りすぎるのは悪い癖だと、ロレンゾは生まれてから何度もした後悔をさらに重ねた。

新しい司令部は運河沿いにあった。もとシュラクスの市庁舎でファンド屋敷よりは雰囲気に欠けるけれども、実用的でもあった。少なくとも松明《たいまつ》のように燃えることはないだろう。

ロレンゾは公園を抜けて市庁舎に入った。駐車場にディザスターが三機並んでいる横に、自分のディザスターを駐機させる。入り口を警備している治安警官が、花束を珍しそうに見つめているのにロレンゾは謎めいた笑みで応えた。

ホールから上級職員専用のリフトを呼び寄せ、いまは統治軍の宿舎になっているフロアへと昇った。ウルリケはいまは自室待機中のはずだ。ほとんど出歩くことはないから、間違いなく部屋にいるだろう。

もともとは市の監査役のためのものだったフロアはロレンゾの嫌いな羊毛の絨毯《じゅうたん》をしきつめてあった。イディマスというところの有名なものらしいが、獣の毛を床に敷くなどロレンゾに言わせてみれば悪趣味極まりないうえに、埃《ほこり》がたまって不潔だった。ロレンゾが寝泊まりしている会計監査官室の改造はまずその絨毯を剝がすところから始まった。

ウルリケの部屋は廊下の奥まったところの、警察審査委員長のオフィスだったところだった。すぐとなりは監査長官のオフィス、ヨハネスの居室になっているが、いまは最上階の市長室にいて不在のはずだ。

ロレンゾは居ずまいをただすと、ウルリケのドアをノックした。

「帰れ」

ドアごしの有無を言わさぬ厳しい口調に、ロレンゾは苦笑いを浮かべた。どうも自分を閉じてしまうのが苦手で、サイプランター相手にはかくれんぼもできない。

「プレゼントがあるんだ」

「うるさい」

「遅れたから怒ってるんだね。悪かったよ。たしかにきみの誕生日は昨日だったけど、プレゼントの用意ができてなかったんだ」

こんどは矢継ぎ早の拒絶はかえってこない。部屋のなかで逡巡《しゅんじゅん》しているのが伝わってくるようで、ロレンゾは会心の笑みを浮かべ、花束を背中に隠した。

ドアが細く開いて、ウルリケが小さな顔をだした。

「誕生日……？」

「そう。きみの一二回目の誕生日だ。忘れてたの？」

ウルリケは頭痛を払うように頭を横に振った。

「覚えてた。もちろん」

覚えていなかったと言ったも同然だったが、ロレンゾはそれを指摘しないでニッコリ笑うだけにとどめた。それよりもただでさえ白夜にさらされたように白いウルリケの顔色が、今日はさらに色を失っていることが気になった。

ウルリケはドアを大きく開けて、同僚を部屋のなかに招じ入れた。

ウルリケの部屋は相変わらず混沌《こんとん》としていた。なにひとつあるべきところにない。運びこまれたベッドはシーツが剝がされてスプリングマットがむきだしになり、その上に汚れたものも洗濯してあるものも衣類がいっしょくたになっておかれている。ベッドがクローゼットというわけだ。そしてシーツはカーテンになっている。日光を部屋に入れるということがないので、シーツを透《す》かしての光がちょうどいいのだそうだ。コート類などをしまっておくらしい小さなクローゼットが、扉を壊され、カーテンを敷いてベッドになっている。ひきはがされた扉は、毛足の長い絨毯のうえに置かれて食卓に再利用されていた。床に綿が散乱しているのは解体されたぬいぐるみだ。オレンジ色のつぶらな瞳のテディベアが惨めにしわくちゃになって、動かせなかったキャビネットのそばに転がっていた。ささやかな好意の返礼に死を貰ったあわれな女の遺品。

「元気かい？」ロレンゾは花束を隠しながら訊ねた。

その言葉におせっかいな響きを感じとったのだろう、ウルリケは眉間に皺《しわ》をよせた。

「よけいなお世話よ」

「ごめん。保護者ぶるつもりはなかったんだ」これ以上機嫌が悪くならないうちにと、ロレンゾは花束をさしだした。「一日遅れで誕生日おめでとう」

ウルリケは目を大きく見開いて、半透明の可憐なバラを見つめた。いつもは冷たい憎悪をたたえている青い瞳が、急に空に似た色に澄んで深みを増した。

「歳《とし》の数には一本足りないけど」

どういうわけかウルリケは驚いたようで、口のなかでなにか呟《つぶや》いてから二歩三歩とあとじさった。その自分の反応にとまどい、次には表情を消して平板になった顔で、言いにくそうに言った。

「……きれい」

「だろ？　よくはしらないけどずいぶん珍しいバラらしいよ。地球にはないんだ」

「……花瓶……」

ウルリケは右へ左へ無駄な動きをくりかえしてからシャワールームへと姿を消すと、マグカップを手に戻ってきた。この部屋には花瓶のかわりになるものなど、それしかないのだ。

「覚えてる？」ロレンゾはバラを挿したカップを手に、部屋のあちこちをさまようウルリケに尋ねた。「おれたちがはじめて会ったのも、きみの誕生日だった」

「そう?」ウルリケはカップにバラをさすと、ベッドの上に置いてみた。しばらくして不安定すぎると諦める。

「そうだよ。忘れもしない。最終サイプラント適合試験、トリノでだ。おれは二〇歳、きみは六つだった」

クローゼットのなかでバラの安置場所をさがしていたウルリケはキッとロレンゾを睨《にら》んだ。

「あたし、こどもじゃない」

「わかってるよ。むかしの話をしてるんだ。きみはおれに、誕生日なのにどうしてだれもプレゼントをくれないのかと質問したんだ。きみは元気で怖いもの知らずの女の子で、好奇心いっぱい、いつも動きまわっていた」

ロレンゾはウルリケの横顔をそれとは悟られないように見つめた。まん丸だと思っていた目が、いつのまにか切れ長に、瞳に宿した冷気とあいまって鋭利なものになっている。つやつやしてポッテリとしていた唇は、いまではしなやかになり、よく冷笑に歪《ゆが》む。

ドクターは人格を再構成しても、以前の性格は引き継がれると断言していた。ほんとうかどうかは確かめようがない。以前の記憶などないからだ。

しかし根拠はないが、ウルリケはむかしとはあきらかに違う気がする。

なにより病気じゃなかったからだ。

サイプラントでウルリケは変わった。怒りっぽくなり、才能のあることを勝ち誇って誰彼なしに精神波をぶつけるようになった。いまではその病状がどんどん進み、行動に整合性を欠くようになるし、突然ヒステリックに叫び、人の痛みがわからないのか残酷だ。ドクターたちはサイプラントとの適合の過程にすぎないと言うが、このピジョンにきてからは酷くなる一方だし、ドクターたちははるかかなたにいて助言を請うこともできない。

それでもロレンゾはサイプラントが悪いとは言いきれなかった。これがなければウルリケもロレンゾも人生を惨めに過ごすことしかできなかっただろう。環境に負荷をかけるだけと判断されて、必死に働いて次の一年を生きる権利を買わなければならない人生だ。移民の籤《くじ》に当たらなければそれが一生続く。ウルリケは美しいから、もっと楽に生きることができたかもしれないが、それも容姿が衰えるまでの話だ。三〇を過ぎればいままで楽をした分、辛《つら》さが倍になって返ってくる種類の人生でしかない。

サイプラントに責任を嫁せられないのだから、ロレンゾとしてはウルリケが最初の発作をおこした夜、看護婦に言われたことばにすがるしかなかった。辛抱強く、優しく、悪いことも丸飲みする覚悟で、愛をもって接すること。それならできる、ロレンゾは元気づいたものだ。なぜなら、そうしたいからだ。

ロレンゾは、窓枠では幅が狭すぎてカップなど置けないことを実地に試しているウルリケの側《そば》に跪《ひざまず》くと、その手をとって唇をつけた。

「愛してる、あのころからずっと」

甲高い悲鳴があがって、ロレンゾは鼻をまともに蹴られて床に転がった。ウルリケは硬直した姿勢で、口を裂けんばかりに大きく開き、炎症になりそうなほどに喉を震わせながら絶叫をふりしぼっていた。苦痛の精神波がロレンゾにチクチク突き刺さる。

「ウルリケ！」ロレンゾは肩を摑《つか》もうとして瞬間で思いなおした。「ウルリケ！　二度と触れたりしないから！」

それでもウルリケは悲鳴をあげつづけ、手にしたマグカップから水が跳ねて絨毯を濡《ぬ》らしていた。ロレンゾは落とすのではないかとヒヤヒヤしたが、カップを奪いとることもできずにただ神経をはりつめ、うろたえていた。

悲鳴がおさまったのは、ウルリケが落ちついたということよりも喉が耐えられなくなったからだった。肩で息をして、猫のように虹彩の大きくなった瞳であたりをねめまわしている。

「悪かった、ウルリケ」

ロレンゾが改めて謝ると、ウルリケは睨みながらもうなずいた。

「二度としないでよね。今回はバラに免じて許してあげる」

「ありがとう」

ウルリケはカップをキャビネットの上にストンと置いた。もとより花を飾る場所はそこしかなかったのだ。

「で、なんていうバラなの？」

「ベリー。北のほうの台地にはえるそうだよ。ピジョンの固有種だって」緊張で喉の渇きを覚えたロレンゾはシャワールームへ入って洗面台の蛇口から直接水を飲む。

「ふうん。氷でできてるみたい」

「ああ、フロストローズともいうそうだよ。寒いところでしかはえないんだって」ロレンゾはついでに顔も洗う。

「バラってそうなの？　寒いところの花？」

「違うんじゃないかな。よく知らないけど」

部屋に戻ったロレンゾは表情を強張《こわば》らせた。ウルリケはベリーを優しげな視線で愛《め》でながら、その花をむしりとっていた。少女らしい夢見るような微笑《ほほえ》みを浮かべ、指先だけは憎々しそうに花弁をちぎり、汚いものであるかのように床に投げ捨てている。

ロレンゾは目を閉じた。瞼《まぶた》を開けばその悪夢が消えているようにと祈ったが、ふたたび嬉々として花を破壊するウルリケをみても絶望などしなかった。優しく、愛をもって慈《いっく》しまねばならない。

「気にいったかい？」

「うん。とっても。ちょっと見なおした」

「そりゃ嬉しいな」

ウルリケはもう限界なんだ。ロレンゾはそう判断した。サイプラントは便利な道具ではなく、呪いなのだ。どんなに適性が高くても、かならず精神に深い傷を負う。記憶さえあいまいになるから、自分がどこに帰属するかわからずにふさわしい居場所がわからなくなる。逆に適性が高ければ高いほど、サイプラントが内包している後ろ暗いものに振り回される。

「なあ、航海中も含めるとおれたち三年以上も任官してるだろ？　三年じゃあ年金はしれたもんだけど、ハンドラーは士官扱いだから一種医療サービスを受けられるし……」

「あたし、統治軍を離れるつもりはないの」

「そうは言っても……」

「だって統治軍にはコマンダーがいるから」

ロレンゾは面食らった。

「コマンダーだって？　それはコマンダー・ランドラウドのことかい？」

「あたりまえじゃない」ウルリケは軽蔑で表情を歪ませ、マグカップを手でなぎ払った。カップは壁にあたって砕け、花のない花束が水といっしょに床に散乱した。

そのとき、ヨハネス・ランドラウドの呼び出しがロレンゾの頭のなかで鳴り響いた。あいかわらず、傲岸《ごうがん》な圧力がこもっている。

それどころじゃない。ロレンゾは上司にはしばらく待って貰うことに決めた。

しかしロレンゾが口を開こうとするとウルリケは怒りはじめた。

「コマンダーが呼んでるのよ！　すぐ行かなきゃ！」

「いや、ウルリケ……」

とりつく島がなかった。ロレンゾが背を向けるまで、ウルリケは手をふりまわし、足を踏みならして駄々をこねるように暴れていた。

ロレンゾは後ろ髪ひかれる思いでウルリケの部屋を後にすると、廊下を走って市長室へと急いだ。用件をさっさとすましてもっと詳しい話を聞かなければと気ばかりが急《せ》く。

「コマンダーだって？」

エレベーターのなかでロレンゾは大きな声をだした。どういうことだ？　どうしてウルリケの私生活の話にコマンダーがでてくるんだ？　なにか妙だ。それともおれは嫉妬《しっと》してるのか？　ロレンゾの行くところにならどこにでもついていく、と言われなかったから嫉妬してるのか？

最上階についてエレベーターの扉が開くと、銃が突きつけられた。ユスの一件以来、警備は格段に厳しくなっていて、重要なフロアには治安警察官が配置されているのだ。

ロレンゾは凶暴な唸《うな》り声を発して銃をおしのけると、敬礼をしようとする警官ふたりを怒鳴りつけた。鼻白む警官たちの前を大股で進んで、両開きの扉の前で止まると、ノックしようと右手をあげる。

「入れ」ノックもしないうちに声が入室を許可した。

ロレンゾは深呼吸して気持ちを落ちつけた。もう遅いだろうが、ヨハネスは怒りや憎しみならかなり深いところまで読みとることができる。二度深く息をして、扉に軽く触れると、扉は弁のように勢いよく開いた。

市長室はファンド屋敷とは違って、現代ふうに豪華だった。地球からすれば半世紀おくれの流行だったが、当時はなにもないのが最先端だったのだ。つまり、情報機器や道具などはコンパクトにしまいこまれ、部屋は直線と空間でデコレーションされる。

ヨハネスは緋色の絨毯の上に座るような恰好で浮かんでいた。ほかにはなにもない。扉の対面の壁は全面が窓になっていて、シュラクスを見下ろす眺望が開けているから、空に浮かんでいるように見える。体を支えているのは透過率の高い材質でできた椅子で、扉から入ってきたものの目にはほぼ透明に見えるように設計されている。体の前にも大規模な情報コンソールがあるはずだが、ロレンゾの目には映らない。そんなことで脛《すね》をぶつけて悲鳴をあげることはないのかというと、もちろんあるのだ。それを我慢するのも当時の流行のひとつだった。ヨハネスは遅れた流行になんの興味も抱いていなかったが、自らに神秘性を加えられるからと、透明家具を採用していた。

　左手の壁には、この部屋の前の主《あるじ》の命運を決したものが飾ってあった。古銃のコレクションだ。ウジのサブマシンガン、ワルサーPPK、ルガーP08と二〇世紀を中心にした一財産もののコレクションだ。市長はおもてむきには庁舎の明け渡しを頑《かたく》なに拒否して処刑されたことになっているが、じつのところそれには強要することもなく同意していた。実は古銃を一目見て気に入ったヨハネスにコレクションの引き渡しまで要求されて断ったために、命令をうけたロレンゾが殺したのだった。

「お呼びでしょうか」ロレンゾは規定どおりにヨハネスまで五歩のところまで近づくと、敬礼をした。

「なにを怒っている?」ヨハネスは上目遣いで探るようにロレンゾを見た。

　どこまで読めるのか? ロレンゾは不安に襲われるが、歯を食いしばって平静を保った。気持ちを乱すことこそ、自分の心を開いて見せるようなものだ。

「怒っておりません」

　ヨハネスは値踏みするようにロレンゾを見つめていたが、やがて諦めた。

「まあいい。これを見ろ」

　ヨハネスが指を蠢《うごめ》かすと、虚空にキーボードが浮かび、次にデータ画面が浮かんできた。そのように見えるだけとはわかっていても、なにもないところから浮かんできたように見えて、ロレンゾはすこしだけ感銘を受けた。透明な家具はたしかに効果があるのかもしれない。

データのフォーマットは兵站部のものだ。ロレンゾは画面をのぞきこんで、グラフを見つめた。よくわからないがなにかの不足を示すグラフらしいことぐらいはわかる。

「どう思う？」

「どう、と言われましても……」ロレンゾは頭を掻《か》いた。

ヨハネスは苛立《いらだ》たしげに姿勢を変えた。

「見ればわかるとおり、あと二週間でシュラクスは飢える。食料が足りないということだ」

ロレンゾはドキリとした。花屋に渡した配給カードのことを思いだして、良心が咎《とが》めたのだ。冷静に考えればそのことを責められているのではないということはわかったが、気持ちは乱れてしまっていた。

ヨハネスはその隙を見逃さなかった。

「ほう。部分解除の配給カードを民間人に渡したか……」

「すぐにでもとりかえして参ります！」自分の心をまさぐるヨハネスの精神波に怖気《おじけ》をふるいながら、ロレンゾは声をはりあげた。

ヨハネスは苦笑いを浮かべ、気にするなと身振りで示した。

「必要ない。褒められたことではないが、不都合でもない。サイプランターは特権をもっているんだ。気まぐれ、えこひいき、理不尽、そのすべてが許される。それを統治軍兵士ならびに治安警察官にも知らしめるいい機会だ」

「そう……でありますか？」

「そうだ。それより、近々の食料危機についての話だ」

ロレンゾはふたたびデータ画面を見やった。そしてそのデータがおかしいことにようやく気づいた。

「これ……とんでもない量が移送されてますけど……これは艦隊に？」

「ちょっとはりきりすぎたかな」ヨハネスの浮かべた笑みはいたずらのばれた少年のように悪びれないものだった。

ロレンゾは言葉をなくした。訓練施設で教わったことを必死に思い出しながら、データを読み解く。艦隊へ供出する食料は求められるたびにすべてノルマをはるかに超えた量を送っている。丁寧なことに、そのことを褒めるジェイムズ・カーメン統治軍方面司令官の感謝状まで添付されていた。

「ユス・ネイロ・シリウスのいまいましい一件でだいぶん減点されたからな。失地を挽回するにはそれしか方法はなかった。おかげで第一次攻撃艦隊の出発が〇・四作戦時間早まったと褒めていただいたよ」

ヨハネスはシュラクスのこれからの食料需要のシミュレーションを呼びだした。三万六〇〇〇の人口の七〇パーセントを餓死させるか、摂取カロリーを成人男子で三〇〇キロカロリーにせねばならないという惨憺《さんたん》たる結果がはじきだされた。

「どうすればいいと思う?」

ヨハネスは笑ったが、それはもう純真なものではなかった。悪意に満ち、傲慢さを漂わせる冷酷な笑みだった。

「どうするもこうするも、助けをもとめるしかないでしょう? ルーオンデルタの統治軍本部に連絡するしか」

ロレンゾはまじめに答えたつもりだったが、ヨハネスは手を叩《たた》きながら哄笑した。

「いけないいな、ロレンゾ・エルモロ。そんな考え方はいけない。そんな解決策なら、こうして相談なんかするもんか。わたしは発想の転換が欲しいんだ」

そうは言われても無から食べ物を生みだせるわけもない。ロレンゾは腕を組んで考えこんだ。コマンダーが相談してくれるなど前代未聞のことだったから、その期待に沿うためにも必死に頭を捻《ひね》った。

「救援は呼べない。もう、新しいハンドラーをパルチザン対策に要請してしまった。二、三日中に届くだろう」ヨハネスは言い添える。

「新しいハンドラー……」

「ああ。カルテットだ。やつはわたしとは同期でね、持ちつ持たれつの仲だ。ハンドラーだといっても侮るなよ。四機のディザスターを自在に操る天才だ。やつがコマンダーではないのは、サイプランターを統《す》べる能力がないからじゃない。ハンドラーが天職だからだ」

ロレンゾもカルテットの噂は聞いたことがあった。なんでもディザスター同士の模擬戦で、ジオ・アフタースケールであるジェイムズ・カーメンと互角にやりあったとか。

「だから、ほかのコマンダーたちの手前、これ以上助けてと悲鳴をあげるわけにはいかないんだ。面子《メンツ》の問題だ。どうだ？　なにかアイデアは浮かんだか？」

ろくなものは考えつかなかったが、とりあえずなにか言わねばならない。

「近視眼的ではありますが……付近の牧場にかなりの規模の牛がおります。乳牛がほとんどですが、それを緊急措置として食料に転用すれば……あるいは管轄外ではありますが、ベルゼデック台地には数さえ把握できないほどの遊牧の羊がおります。それも利用できるかもしれません」

ヨハネスは激しく舌打ちをした。不機嫌な顔つきでロレンゾを見上げ、しばらく睨んだかと思うといきなり怒声をあげた。

「やはりな。それしきの発想しかできないか、できそこないめ！」

突然の怒りの波動に、ロレンゾはたじろぎ萎縮した。

「コマンダー、もうすこし時間を頂ければ……」

「いらん！　時間の無駄だ。わたしが聞きたかった答えはこうだ。〝コマンダー、食料が足りないのなら、人間のほうを減らしましょう〟」

たしかにそんな発想はできない。ロレンゾは思った。できたとしても思いついた自分を最低だと思うことだろう。面子のために罪のない人間を殺すようなことはできない。ロレンゾは異を唱えようとした。

「プラザに入るだけの人間を集めろ。三時間以内だ。カルテットが来る前にシュラクスを掃除しておきたい。舐《な》められるのは嫌だからな」

ヨハネスの口調は穏やかだったが、発音ごとにロレンゾの精神には服従を強要する重い打撃が加えられていた。ロレンゾは歯を食いしばってそれに耐え、なんとか口を開く。

「コマンダー……それは……」

「やれ」

ロレンゾはぎこちなくうなずいていた。これもサイプランターの呪いのひとつだった。能力的に優位に立つものの命令に逆らうことができない。精神力の差もあるし、サイプラントそのものに服従を刷りこまれている。

「……三時間で、プラザに入るだけの市民を集めます」

精神波の圧力に耐えきれなくなったロレンゾは命令を復唱した。

ヨハネスは顔色を変えて震えるロレンゾを口もとを隠しながら眺めていた。クックと音が漏れてくるのをみると、どうやら笑っているらしい。

ロレンゾは自分がからかわれていたことに気づくのに、それほど時間はかからなかった。もとよりこれは相談ではなかったのだ。ヨハネスがあらためて部下に対する影響力をたしかめるテストだったのだ。その結果が満足のいくものだったので、会心の笑みを浮かべているのだ。

「退出します」一刻もはやく逃げだしたくて、ロレンゾは踵《かかと》を大きく振って回れ右をした。

「それからな、ロレンゾ・エルモロ」ヨハネスは追い打ちのように声をかけた。

ロレンゾは立ち止まった。

「なんでしょうか」

「ウルリケ・ルッツにちょっかいをだすな」

ロレンゾは勇気をふりしぼって振り返った。ウルリケのことで逃げだすわけにはいかない。しかしコマンダーの目を見ることはできず、顔は伏せたままだった。

「彼女については進言があります。彼女はかなり危うい状態にあります。一刻も早く任務を解き、休養させるべきです」

「おまえが考える必要はない。それだけの脳味噌《のうみそ》がないんだからな。もういちど言うぞ、ウルリケ・ルッツに手をだすな」

ロレンゾは顔をあげた。ヨハネスの視線をまともにとらえて、食いしばった歯のあいだから言葉を漏らした。

「彼女にはおれの助力が必要です」

襲ってきた打撃はすさまじかった。精神を引き裂かれる苦痛に、ロレンゾはくぐもった悲鳴をあげ、折れるように膝をついた。

「二度も同じことを言わせるな」

ヨハネスの哄笑を背に受けて、ロレンゾは這《は》って市長室を逃げだした。


プラザには四〇〇〇の市民が詰めこまれていた。ディザスターに追いたてられ、街路を封鎖する治安警察に阻まれて、プラザに誘導された形だった。

市民たちは不安でざわめいていた。実力に訴えて逃げようとするものは、治安警官に押さえつけられ、殺されはしないまでもひどいめにあわされた。そのありさまを見れば無謀なことは控えようと考えさせるに十分だった。やがて装甲ヴィークルが高いバリケードを前面に備えつけて到着し、完全に退路は断たれた。

統治軍も治安警察もそれほど強い抵抗はないだろうと踏んでいた。あちこちを嗅ぎまわっては潜在的反抗者を狩るディザスターに、市民たちは神経を参らせて骨抜きになっていて、強い調子で命令さえすればそれがオウムでも従うほどに無気力になっていたからだ。

そして今も、教会と劇場の屋根に一機ずつ、ファンド屋敷の焼け跡の前に臨時に作られた演台の脇に一機、群衆のなかを巡回する一機、とディザスターに睨まれていては、不穏な考えさえ抱くことができなかった。

ロレンゾは視線を走らせて、最終的な配置を確かめた。

演台のすぐ脇にヨハネス、そのディザスターもそばに控えている。

ウルリケは人間ひとりひとりに憎しみのこもった視線を投げつけながら、ファンド屋敷の礎石に腰かけて足をぶらぶらさせている。屋根の上の二機のディザスターは彼女ががっちりと管轄していて、精神的不安定はハンドルには問題がないようだ。

自分はヨハネスの一歩前左に位置して不慮のことがあれば体を楯《たて》にする用意もできている。ハンドルしているディザスターは、群衆を割りながら微速で進み、よからぬ考えをおこさないように監視を怠っていない。これほど近ければヘッドセットは不要だ。

治安警察の配置もＯＫだ。司法警察は完全には信用できないので一歩たりとも踏みこませていない。

ヨハネスの問いかける視線に、ロレンゾはうなずいて見せた。ヨハネスもうなずき返すと、自分のディザスターのボディを軽く叩いた。開始の合図だ。ロレンゾは鋭い思念を放った。

精神の痛みに群衆が息をつめて黙りこむと、ヨハネスが勿体《もったい》ぶった仕種で演台に登った。

「諸君」ヨハネスはマイクを摑むと安心させるように柔和な声をだした。「どうして集められたのか疑問に思っているだろう。いまからそれを説明する」

市民たちは顔を伏せて黙りこむのみだった。野次ひとつ飛ばないほどに、ヨハネスは四〇〇〇人を恐怖で支配していたのだ。

ヨハネスは満足げにうなずいた。

「単刀直入に言おう。諸君らは人質だ」

ロレンゾの目には群衆が揺らめいたように見えたが、音として聞こえるものはなにもなかった。心の目には動揺を悟られまいと自制するあわれな姿が見える。

「統治軍は君たちを人質にしてパルチザンに投降を迫っていた。しかしなんら回答はない。諸君らはパルチザンに見捨てられたのだ」

そんな嘘までつくのか。ロレンゾは横目でヨハネスを見て、涼しげな顔つきに嫌悪を覚えた。どうせ殺すのなら利用しようというわけだ。だめでもともと、これでパルチザンへの信用がすこしでも落ちれば儲《もう》けもの。パルチザンとの連絡経路などないのだから、人質にとってでも意味はないのだが、そのことを市民は知らない。さらにはこの事件でパルチザンが激昂して無謀な手段にでてくれれば、それも儲けもの。

ヨハネスは慚愧《ざんき》に堪《た》えないといった表情を装い、パルチザンがいかに無意味な行動をしているか、無意味などころか有害であるということを説いた。統合府ならびに統治軍を厳しい圧政者と思うかもしれないが、それは誤解である。むしろ、公正であろうとするあまりにときに厳しく思える厳父だと見るべきだ。

ヨハネスは興が乗ってきたのか熱っぽい口調で、ところどころに新大憲章からの引用まで活用して、統合府の理想論をぶちまけた。しかもそれを聞く市民のなかには倦怠《けんたい》しかみえないというのに、ひとりよがりに声を張りあげている。

統合府賛美は朗々とプラザに響いていた。抽象的で華美で決然としたことばがくりかえされるたびに、訴えているところとは逆に空疎な空気が広がっていく。だれもまともに聞いていないのはたしかだ。統合府のおためごかしを聞かされすぎたせいで、すべての植民者は聞き流す才能を発達させた。ふだんなら演説が長びくとだれかが我慢しきれなくて野次を飛ばすのだが、いまは不安感が高まっていくだけだ。

ヨハネスはふいに口をつぐんだ。付きあいの長いロレンゾにはその理由がわかった。反応のない聴衆に失望したのではなく、飽きたのだ。これから死ぬ人々になにを聞かせても無駄だということにようやく思い至った可能性もある。

「攻撃開始」ヨハネスはそれだけ言うと、市民に背を向けた。

最初の攻撃目標だけが定められていた。プラザのあちこちに設置したタンクだ。そのなかには液体酸素が満たされていて、発砲と同時に半径二〇メートルを燃やし尽くす。なぜ水素にしないかわかるかとヨハネスは訊ね、ロレンゾが首を横に振ると、爆発より燃焼のほうがおもしろい、わからないのかとバカにした。

三機のディザスターの左腕がタンクを狙って収斂《しゅうれん》光を放った。瞬時に群衆のなかで巨大な火柱があがり、何百人という市民を焼いた。液体から瞬時に気化した酸素はランダムに走り、炎がその後を追いかけ、灼熱《しゃくねつ》の腕、あるいは貪欲に犠牲者を求める舌となった。

計算ではこの最初の一撃でほぼ八〇〇人が即死することになっている。次に死ぬのは約五〇〇人、純粋酸素の洗礼をうけた人々だ。彼らの目には、地面を揺るがすほどの爆発のあとに、まるで衣服や頭髪が自然発火したように見えたことだろう。彼らは火の熱さに死のダンスを踊りながら混乱の前触れとなった。

それでも大部分の市民たちはなにが起こったのかわからなかった。火柱は一瞬だったし、狭いところに押しこめられるだけ押しこめられていたので、互いに視界を遮ってもいたからだ。その数瞬で伝わった情報は、鼓膜を破るかというほどの爆発音、燃え逃げまどう人々の叫び、そして熱風だけだった。

ディザスターが短いサイクルでレーザーを乱射するに至って、市民たちは自分たちが標的にされていることに気づいた。その理解しがたい非道を現実のものと解釈するわずかな時間にも、数十人が効率的に射殺される。

ウルリケが大活躍をしていた。こどもっぽく足をブラブラさせながら、喜色を満面に浮かべ、この数秒のあいだに驚くほどの数の人間を葬っていた。彼女が操る二機のディザスターは、最小限の動きで最大の効果をあげるように正確無比な射撃を行い、劇場の屋根に陣取る方が男を撃ち、教会の屋根の方が女を撃つという細かい遊びまで見せている。

ロレンゾのディザスターは基本的に格闘戦をするように命令されていた。有利な位置をとるために人間を轢《ひ》きながら移動し、自棄《やけ》をおこしてとびかかってくるのを避け、それでもとりつかれたら血溜《ちだ》まりを跳ね散らかして急加速で振り落とす。肉はこびりつくし、血でべっとりと汚れるしで、狙撃だけしかしないウルリケとくらべては星取りでは敵《かな》うはずもない。

叫喚がプラザを轟《とどろ》かせていた。レーザーが飛び交うと、そこには血しぶきと人体が舞った。悲鳴のうえに怒号が重なり、安否を確かめる声は絶望の絶叫に代わる。人間がバタバタと死んでいた。

「スペクタクルだ」ヨハネスは両手を広げ、恍惚《こうこつ》としたため息をついた。

いまヨハネスがもっとも楽しみにしていた光景がプラザで上演されているのだった。すなわちこちらがなにもしないのに勝手に死んでいく人々、われさきに逃げようと他人を押しのけ、ひとごみをかきわけ、足もとになにがあってもお構いなしに踏みつけていく、混乱に混乱をかけたようなパニックの光景だ。まず背が低く力も弱いこどもが圧死した。つぎに甲高い声でこどものなまえを叫ぶ母親が、わが子を探して姿勢を低くするものだから簡単に突き転ばされて死んだ。体力に劣るものから順番に、老人、中年の婦人、初老の男と次々に踏み殺されていった。街路を塞《ふさ》ぐバリケードのところでパニックは極まり、屈強の男たちが肘と体当たりで応酬をくりかえした挙げ句折り重なって死んでいった。

その光景を見て、とうとうヨハネスは声にだして笑いはじめた。その声が高いので、何人かの市民がヨハネスに視線を据える。

ロレンゾは鋭利な殺気が走るのを感じた。数人の市民が相討ちを期して、ヨハネスに向かって走りはじめた。

瞬間的にロレンゾとウルリケの思念が絡みあい、ディザスターの左腕が限界に近い速度で動いた。走りはじめた市民たちは数歩もいかないうちに次々と撃ち殺される。

ヨハネスは早業に手を叩いて喜んで、ふたりのハンドラーに賛辞を送った。

滅多にない手放しの褒め言葉に、ロレンゾは心の片隅では拭えない嫌悪を感じながらも、のこりの部分で有頂天になった。そのおかげで感覚が鋭敏になったのか、か細い弱々しい恐怖を感じとることができた。

それは赤ん坊の恐怖らしかった。ただの肉となった死体の山の底で、母親の体に守られて辛《かろ》うじて生きている。頭のなかでヨハネスの有無を言わさぬ声が反響して、ロレンゾはためらう様子もみせずに赤ん坊を射殺した。

「ブラヴォー!」ヨハネスは嬌声《きょうせい》をあげ、ロレンゾはいままで感じていた嫌悪が霧散してゆくのを感じた。

殺戮《さつりく》は終盤へと入っていた。いまではプラザの中央に、多少なりとも冷静な判断力を残した人々が肩をよせあってじっとしていた。ディザスターに目をつけられないためには、感情を動かさず、植物のようにたちつくすことだと悟ったひとびとだ。累々とつみかさなる死体に囲まれても、高僧と比することのできる自制を働かせている。

ロレンゾは嬉々として、一〇パーセントに満たないであろう生き残りにレーザーをたたきこんだ。なんだか気分が高揚して、楽しくなってきていた。人間が血とも肉とも判別できない赤黒いものを四散させて、バタバタ倒れていくさまにはとてつもないジョークが秘められている気がして、ロレンゾは腹の底から愉快に笑った。

久々にディザスターを操る快感にロレンゾは酔った。むかしは——とは言っても訓練時代にまでさかのぼるが——ディザスターと関係を結び、不可解な反応と意味不明なフィードバックに頭をひねりつつ、ひとつひとつを努力の末になしとげていくのはほんとうに楽しかったのだ。

ひとつの視線がロレンゾを我に返らせた。その視線にぶつかった時、ロレンゾはいままでの偽りの楽しさが瓦解するのを感じ、ショックで攻撃の手を緩めた。

それはあの巨漢の花屋だった。レーザーが交錯するなかで、揺るがしようのない自信に守られて傷つくことなく立っている。やけに深く感じる瞳の奥から、悲しげともとれる微妙でそれにしては激しいものを覗《のぞ》かせて、ロレンゾを凝視している。

ロレンゾは巨漢の視線にからめとられて動けなかった。コントロールを失ったディザスターは滑稽な唸《うな》りをくりかえして震えている。花屋はなにも訴えてはいなかった。責めることも憎しみを表出することもなく、ただじっと見つめているだけだ。色も温度も持っていない視線は、ロレンゾのサイプランターとしての障壁を貫いて、ロレンゾがロレンゾであるだけのもっとも古い核を照射していた。

立っている人間が数えられるほどになってヨハネスは攻撃中止の命令を下した。途中で命令を放棄したロレンゾを忌《い》ま忌《い》ましそうに見つめ、それでもいま見たものに満腹したのか機嫌は良かった。

「おい」ヨハネスはいちばん近くに立っていた花屋に呼びかけた。

「なんだ」花屋はロレンゾから視線を外さなかった。

「おまえが責任をもって死体を始末しろ」いいながらヨハネスは血と肉に覆われたプラザを指し示した。

「断る」

ヨハネスは芝居がかった仕種で大きくため息をついた。

「断るなら、おまえを殺してだれかほかのやつにやらせるまでだ。手間をとらせるな」

花屋はようやくロレンゾから視線を外して、ヨハネスを見つめながらしばらく考えた。

「わかった。やろう」

ヨハネスは肩をすくめ、戦闘指揮車に向けて歩きはじめた。そして呟く。

「これを二、三回やらなきゃダメだな」

それを聞いてロレンゾは背筋を固くした。

7　耳の奥で鳴り響く

必ずあとで怖くなるのに、ディディはシャドウに興味津々だった。

アグンはねだられるままに話し始める。

「憑《つ》きもの星は六つあるんだ。最初の悲劇の土地、エコー。低重力と厚い大気で飛行家の天国、リリエンタール。棚田と海のはるか。湿気と暑気と苔《こけ》のノバ・アルハンブラ。砂漠の下に広大な淡水の湖を隠す、ヘディン。タイガの惑星、シベリアン・ブルー。

外縁星というだけあって、人類宇宙の辺境にある。とても遠い。遠すぎて有望でも植民にむかないと、移民公社が位置情報を払い下げたんだよ。当時は加速廊の形成率が低かったんだ。その性能があがると統合府は移民を送りつけてきて、ノバ・アルハンブラでは戦争まであったんだけど……戦争の話はつまらない？

じゃあ外縁星の話を続けよう。特殊なひとたちが情報を買い、移り住んだ。はるかは日本の環境保護団体が自分たちの基金と共同出資で手がけた植民星で、人口の九〇パーセントが日本人、惑星全土にわたって〝里山〟という日本の伝統的環境を再現しているし、リリエンタールはリリエンタール飛行クラブという同好会が――会員に、モース・テンダランというとてつもない金持ちがいたんだ――作った世界だよ。

そうだな、やっぱりリリリエンタールの話がおもしろいかな。

リリエンタールのひとたちはいつも飛んでる。ヘリウムをつめた袋をいっぱい集めて、空に農園を浮かべたりしてる。ハングライダーはふつうの交通手段だし、それで一度も地上に降りずに友達の家に遊びにいける。というか、そうでないと行けない場合が大半だ。

そのリリエンタールの空には伝説の怪物がいた。白鯨。空飛ぶ白い鯨だね。たくさんの空中農園がその怪物に叩《たた》き落とされた。たくさんの空の戦士が、グライダーで、プロペラ機で、飛行船で戦いを挑んだ。あ、リリエンタールにジェット機はないよ。騒々しくて下品なものとされてるんだ。

でも、だれも敵《かな》わなかった。神出鬼没、強力無比。

そのうちおかしなことが起こり始めた。農園の作物が一夜にして実ったり、全滅したり。居るはずのないサイチョウが飛んでたり、奇妙でおかしな森が腕を伸ばすように空を侵略したり。

シャドウだったんだよ。

〝サンクチュアリ〟からアフタースケールが派遣された。

はい、もうおしまい。寝る時間だよ」

「ずるい！　続きは？」

「この先は恋物語なんだよ。きみにはまだ早い」


ユスはあのとき感じた広大な知覚は目覚めとともに消えたものだと思っていた。白日夢のようなもので、自分の想像力が描きだした幻想だと。そしてたしかに世界は狭くなり、犬たちとのあいだにも死の爪痕が隔てる距離のようなものができたのだった。

ところが自分を消滅させようというユスの意図を挫《くじ》いたあのしつこい糸、かなたより伸びてきて、か細く希薄なくせになにより深く絡みついたあの糸だけはどうも切れないで、耳の奥で騒音に似たざわめきとして残ってしまっていた。

今も広大な空間をこえて、呼び声めいた耳鳴りでユスを悩ませていた。

新しい小隊長、フィッシャーキングは垂れた耳を盛んに動かして見失ったものを見つけようとしていた。ユスが耳鳴りのために集中力を失ったので、コンタクトが途切れ、まだ慣れない小隊長はなにをしていいのかわからなくなって立ち往生しているのだ。その配下の犬たちも諦めてやる気をなくし、藪《やぶ》や倒木の匂いを嗅いでいる。

ユスはあらたにクランを編成して小隊をみっつにわけた。

スターバックに八頭、アデレイドに八頭、そして新隊長のフィッシャーキングに六頭。ドリブルの遊撃隊は解体して散らし、ミスティアイも編入した。ミスティアイは、ヨルダシュにキャリアのなかで薫陶を受けたのか、それとも母親の自覚を得て変わったのか、よくユスの意思に反応するようになっていて頼もしい。フィッシャーキングの補佐として自分を抑えながらも、とかく乱れがちな新しい小隊をまとめている。スターバックにまかせたドリブルが、押さえつけられて勝気で陽気な性格を潰《つぶ》されなければ、彼女がクラン初の女性ボスになりそうだった。

スターバックがフィッシャーキングを追跡に参加させようとフォローに走ったが、ユスはクラン全体を呼び戻した。初めからやりなおしたほうが、新しく組み直すよりも効率がいい。

うっすらと雪を積もらせた樹海は、冬の弱々しい光を受けてきらきらと輝いていた。秋を失ったユスにとって初冬の光景は違和感を感じさせる。無意識のうちに犬たちに栗のイガに注意するように言い置いて、返ってくる否定に苦笑いを浮かべることも稀《まれ》ではない。

ユスは犬たちが戻ってくるまでのあいだ、すこし体を動かした。一ヵ月間の昏睡は体力と筋力をかなり減衰させていて、なんでもないことに息切れすることもある。それにくらべて犬たちの回復力には目を瞠《みは》るものがあった。彼らは二、三日の後にはすっかりもとどおりになり、痩せてしまった体を軽くなったと表現するほどだった。

最初に帰ってきたのは、近くで遊ばせていたサクラとサナエだった。耳を後ろにさげて、自分たちがだせるスピードに驚いているかのような表情を浮かべて弾丸のように走ってくる。

この二頭の成長もユスの困惑の種だった。掌《てのひら》に乗るほどの幼犬がいつのまにか熱くたぎるエネルギーを秘めたお転婆《てんば》に育っている。幼いころの訓練に最適の時期を無駄に過ごさせてしまって申し訳ない気持ちでいっぱいだったが、利口なベスピエのこどもたちはそんなハンデを感じさせないほどに機敏に動く。

サクラとサナエは速度を緩めずに体操をするユスの股をくぐりぬけてゆくと、坑道の入り口のところで急旋回して、体当たりのような勢いでユスにじゃれついてきた。

ユスは仕方なく遊びの相手をしてやった。こんなことをなんども繰り返しているのに、二頭はまったく疲れを見せない。坑道で過ごした一ヵ月のせいで、外が珍しくて仕方がないのだろう。訓練を開始してもう三日だというのに、その興奮はまだ醒《さ》めないようだ。

そうしているうちに犬たちが次々と戻ってきた。アデレイドは肩をそびやかすようにして不首尾を責めたてていた。ユスが謝ると、フンと鼻をならして小隊を水場へ誘導した。

スターバックは苦々しい様子でゆっくりと戻ってきた。責任を感じているようだ。最後にフィッシャーキングが藪の向こうからおずおずと姿をあらわした。意気消沈して頭を下げ、尾を申し訳なさそうに垂らしている。小隊長なんて器じゃないと自虐的に訴えてくるのを、ユスは明るく励ました。おまえは気が弱いところがあって、失敗が怖くて判断が遅れるだけだ、それを治せばいい小隊長になるとかき口説いた。フィッシャーキングは褒めないとダメなタイプなのだ。ユスのクランには珍しい垂れ耳なので、ただでさえ自信なげに見えるし、図体《ずうたい》が大きいわりには物怖《ものお》じするので扱いには注意を要する。

ようやくフィッシャーキングはわずかなりとも自信をとりもどし、水を飲みに水場へ向かった。アデレイドは隣に来た新隊長に腰をぶつけて非難を示した。フィッシャーキングは救いをもとめてユスを見るが、これぱっかりは助けられない。アデレイドの信用は実力で勝ちとらないと、今後は相手にしてもらえなくなる。

水が残り少ないので、ユスはポリタンクを手にして折りたたみの水場に水を補給した。スターバックが驚いてまだ続けるつもりなのかと見あげてくる。

「もう一本だけ。頼むよ、最後までの一応の形は作っておきたいんだ」ユスは声にだして言った。

クルスからできるだけ早いうちにパルチザンに参加してくれとせっつかれていた。二日まえのシュラクスの虐殺の報がこの黄金坑道にも到着し、パルチザンたちは深い絶望と激しい憤りを混ぜあわせた様々な反応を見せた。報復攻撃を激した調子で訴えるものもあるし、いままでの路線を維持することがもともと頭数の少ない統治軍に最大のダメージを与えるんだという冷静な意見、さらには投降を考えるものもいた。クルスは紛糾する意見を上手にまとめ、虐殺を挑発行為と位置づけて、明白な罠《わな》には乗らないという堅実路線を示しながらも、十分策を練った上で近々大規模な攻勢をかけるという折衷《せっちゅう》案を納得させた。目標はディザスターのみ、最低でも二機、可能なら全機破壊するのが作戦目標だ。

それにはディザスターからパルチザンを守るクランの力が必要だ、クルスはユスにそう言って頭を下げた。ただひとりでパルチザンの安全を担ってきたジュジュは限界を通りこして、おかしくなりつつある。シエラキューズに四台のディザスターを操る化け物じみたサイプランターがあらわれて、ふたつのクランを壊滅させたといううわさもある。おまえの力が必要だ。

ユスは虐殺の事実を聞いてもそれほど心を動かさなかった。クルスとキューズが無事なら、シュラクスはどうでもいいのかと自分を責めたが、四〇〇〇人弱の悲惨な死を聞いても感情は沸きたってはこない。死に傷つけられ、おいつめられ、殺されかけた経験のあとではいままでのように大きく感情が動くことすらなかった。

だからといってクルスの要請に応じないというわけでもない。統治軍の専横にピジョンを任せるのは想像することすら厭《いと》わしいし、なにより犬たちが復讐《ふくしゅう》を望んでいた。ベスピエ、コルト、ヨルダシュを奪ったものたちに牙の制裁をと求める声はなによりも強い。それはユスもおなじだ。そうでなかったら、そしてパルチザンにクルスやキューズがいなかったら、とっくに人間たちの世界におさらばして平原へ、父の後でも追ったことだろう。「さあさあ」ユスは手を叩いて犬たちの注意をひいた。「最後の一本だ。クルスはおまえたちに期待してるからごちそうを用意してくれるぞ」

犬たちの脳裏にあの犬洞のパーティの料理が閃《ひらめ》いたのに、ユスは思わず笑った。いくらなんでもあんな豪華な料理は用意できない。ゲンナリしていた犬たちがはりきりはじめたので、ユスはごちそうが肉の脂身程度であることは明かさないでおいた。

小隊長たちが部下を整列させるのを待って、ユスは精神を集中した。思い描いた獣の姿を、犬たちに浸透させるようにゆっくりと移してゆく。敏感なものは早いうちに鼻に皺《しわ》を寄せて唸《うな》りはじめ、そうでないものも目を凶暴な光でぎらつかせた。今回の獲物は、犬たちがもっとも闘争本能をかきたてられる獣、黄色い牙が空を突くようなピジョンジシだ。

クラン全体が架空の獲物に姿勢を低くしていつでも跳びだせる用意が整うのを待ち、半トンはありそうで三白眼が狂気の印象をあたえる自信作を解き放った。

犬たちは静かな殺意を迸《ほとばし》らせてピジョンジシを追って駆けだした。まるでほんものに襲いかかる真剣さだ。いままでは老練な犬には虚像であることがわかってしまって、また訓練かと飽きさせてしまったものだが、昏睡の経験の後、虚像を作る能力は確実に上昇している。

スタートは問題がない。アデレイドがピジョンジシの足跡をそのまま追い、スターバックは地形を見極めるために高いところを目指す。フィッシャーキングの任務は退路を断つこと、それと右に位置する小川を渡らせないことだ。

このピジョンジシは年季が入っている。狩りが始まった当初では包囲網は完成しないことを知っているはずだ。

ユスはピジョンジシをいきなり立ち止まらせ、反転させてアデレイドとその小隊に対置した。唇の端に怒りの泡を吹きださせ、追いすがる犬の群れに突撃する。

アデレイドは冷静に対応して、対決することなく小隊を散らした。このピジョンジシはまだ体力も判断力も有していて、牙を交えては犠牲がでると判断したのだ。

フィッシャーキングにいま求められるのはそのフォローだ。アデレイドが小隊を小川のほとりで再編成するあいだ、役割を交換してピジョンジシを追跡する。

ユスが指示するまでもなく、フィッシャーキングは小隊を旋回させてすぐさま逃走する獲物の背後についた。ピジョンジシは素早い反応に慌て、落ちつきをなくして猛進した。

虚像はユスの目前を走り抜けた。つぎの瞬間にはリズミカルな足音を響かせて、疾走するフィッシャーキングとその小隊が視界を横切っていった。

スターバックも状況の変化に対応していた。反転して、小隊に距離をとらせて包囲網を形成する。この狩りは短く終わると見切りをつけたのだ。ピジョンジシの逃走する方向には谷が開けていて、断崖が逃げ道を塞《ふさ》いでいる。アデレイドも逃げ散った小隊を再び掌握し、小川沿いに追跡を再開した。

そこでまた耳鳴りが始まった。

「チッ」ユスは舌打ちをした。虚像が揺らぎかけて、あわててそれをたて直す。

それから狩りは順調に進んだ。ずるをして、ピジョンジシを五〇メートルばかり瞬間移動させても、フィッシャーキングは役割の交換をなんとかこなしてみせた。

狩りの終幕をユスは目の前に持ってきた。ピジョンジシは雪の吹き溜《だ》まりを突き破るようにしてユスの目の前に姿をあらわし、充血した目であたりを睨《ね》めつけた。展開した小隊がそれぞれ三方から殺到していて、追いつめる咆哮《ほうこう》はあらゆる方向から聞こえる。逃げ道のないことを悟ったピジョンジシは最後の抵抗にでることに決め、大木を背に前肢で地面を掻《か》いた。

最初に獲物にたどりついたのはアデレイドだった。英雄願望もなく、いつも冷静な彼女は単独でたちむかうのを止《や》め、食らいつくと見せかけてピジョンジシの前を通りすぎた。配下の小隊も攪乱《かくらん》のために縦横に走り、ピジョンジシのまわりを交錯した。

的を定められないでイライラしたピジョンジシは一声吠えた。

そのときにほぼ同時に残りの二小隊が到着する。獲物はアデレイドたちの動きに幻惑されて隙だらけだ。先頭の二頭の小隊長は終結を期してとびあがった。ガチリと音をたてて、ピジョンジシの喉のあったところでスターバックとフィッシャーキングの顎が閉じられた。そこで虚像は消える。

「よくやった！」ユスは、獲物が占めていた空間をポカンと眺める犬たちに拍手を送った。慣れた犬は幻影であったことに気づいて、簡単に騙《だま》されたことを恥じるようにその場を離れたが、若い犬はしばらくのあいだ鼻をひくつかせて巨獣の姿を捜し求めていた。こうまで上手に虚像を作りあげたことに、ユスはすこし得意になった。

アデレイドがユスの増長を感じて目を細めた。

たしかにフィッシャーキングは満点とはいいがたく、ユスも耳鳴りのせいで集中を乱したが、理想的な形で狩りは終了した。アデレイドの美学はわからないではないけれど、スターバックも概《おお》ね合格点をだしているのだから、もうすこしいい顔をしてくれてもよさそうなものだ。ユスがそう言うと、甘えは許さないアデレイドは尾をなぎはらうようにしてそっぽを向いた。

どうしても以前のクランと比べてしまうのだろう。ユスはため息をついた。スターバックはクランが雑多な群れでしかなかったときから、ユスとともに一歩一歩育てた経験があるので悲観はしないが、アデレイドは完成したクランしかしらないのだから無理もない。

ユスは休息を求める犬たちに終わりを宣言すると、手早く水場を畳んでタンクを背負い、引き揚げ戸になっている坑道への入り口を開いた。

引き揚げ戸は枯れ枝と枯れ葉でカモフラージュされているが、地球のテクノロジーのスキャンに耐えるものではない。しかし統治軍はディザスターとサイプランターに頼りすぎていて、そのような機器は装備していないようだ。クルスもつけこむ隙があるなら、それはディザスターだと力説している。

入り口は非常用として坑道の天井をぶちぬかれただけなので階段もなにもなかった。高さもそれほどないので、ユスはとびおりた。豪胆な犬はおなじようにとびおりるが、そうでないものは抱き下ろしてやらなければならなかった。それでもすべてを担ぎあげなければならなかった行きよりは楽だ。

爪先立ちになって引き揚げ戸をきちんと閉めると、ユスは反応ランプを腿で叩いて光を灯《とも》らせた。犬たちは鼻があるので、暗闇をものともせずに先に進んでいる。

黄金坑道は坑道そのものは狭く低いが、その総延長は広大だった。ふたつやみっつの出入り口から侵入されたとしても悠々と逃げ去れるほどに長く、錯綜している。

ユスはわかれ、曲がり、ところにより円を描く坑道をためらうことなく進んだ。実のところ道はさっぱりわからない。帰り道を知っているのは犬たちで、ユスはスターバックの後を追っているだけなのだ。地図もない。パルチザンたちも坑道の構造は知らない。犬の先導があって初めて出入りができる仕組みになっていて、もしひとりで迷子になったら、雪山の救助犬セントバーナードよろしく迷宮犬の助けを待つしかない。

樹海から坑道に入ろうとしても同様だ。平らで目印のない樹海では、犬の先導がないと簡単に迷子になる。パルチザンのひとりを統治軍が捕らえたとして、薬剤やフラッシュセラピで情報をひきだそうとしても、もともと知らないのだからどうしようもないというわけだ。不便だが、よくできているとユスは思っていた。

しばらくゆくと背中だけが黒い犬が坑道の中央に立ちふさがっていた。

「ライディーン」

ユスは声をかけるが、ライディーンは反応を見せない。クランには困惑を示すだけだ。どうしてこれほど自分と近しい匂いをもつのか、それが理解できないでいる。

ライディーンは完璧にクランを離れた。幼犬時代の的確な里子処置の結果だ。それを誇りに思ってもいいはずなのに、なんだか悲しかった。触れることのできるおぼろな意識では、ユスのことを戸惑いをもたらす迷惑な人間と認識している。それもまた悲しい。

時間をかけて訓練すればクランに戻れるようになるかもしれないが、クルスが嫌がるだろう。それにいまのライディーンには、ペットの犬で組織された迷宮犬のボスとして重大な任務もある。

迷子のために待機しているライディーンとクランは微《かす》かな緊張を漂わせてすれ違った。

クランにも里子は違和感のもとなのだ。

「ごくろうさん」

通りすぎながらユスが言葉をかけると、ライディーンはお愛想という感じで尾を振った。

人のいる区画が近くなって、坑道に照明がともされるようになった。そのあかりは反応ランプが不足しているために、古風なオイルランプだ。ユスは黄色を帯びた柔らかい光で照らされる岩をみるたびに、地下牢を連想して息がつまった。閉所恐怖症など言える状況ではないけれど、訓練で外にでるときは心底からほっとする。

しばらく行くと、キューズが働いている工房にでた。整備を待つエアロスクーターが整然と並び、小型のクレーン、溶接機、グラインダ、旋盤といつでも使えるように整然と並べられている。それとは好対照なのが、奥まった支洞をひとつ占拠しているガンギルドたちだ。薄暗く、雑然としていて、飛び散る火花に浮かびあがる顔は偏執を匂わせている。長年の密造という陽《ひ》のあたらない稼業は、陰気さだけでなく特殊な社会組織まで形作っていて、彼らは概ね閉鎖的だった。

彼らがユスの犬洞を荒らした張本人だった。先日とても丁寧な詫《わ》びを入れてきて、ユスのほうが恐縮したほどだ。

ユスを認めてガンギルドが目礼をしてきた。そのガンギルドと顔を寄せて話しあっている少年がいる。ジュジュだ。犬飼いと仲がいいとは言っても、雑談にふけるような種類ではない。

声をかけようか迷っているうちに、ジュジュのほうがユスに気づいて近寄ってきた。

「ジュジュか？　こんなところでどうした？」

ユスは気軽に尋ねたが、少年の顔はオイルランプの光のせいなのか、陰影が濃くなにか深刻そうに見えた。もともと痩せて小さな少年だったのが、いまはもっと細く小さくなって小さな死神のようだ。

「……犬たちの夢を見ないんだ……」ジュジュは沈んだ声で言った。「あんなにも犬を死なせてしまったのに、なにも感じないんだ」

「そんなことはないだろう」ユスの目には少年は十分に憔悴《しょうすい》しているように見えた。「きっと衝撃が強すぎて麻痺《まひ》してるんだ。いまに痛く、苦しくなってくる」

ジュジュは頭を抱えた。指が青白く、闇のなかで生きてきた幼虫のように見える。

「感じないんだよ」

ユスはため息をついて、ジュジュの肩に手を添えた。

「おまえは次の作戦に参加しなくていい。ぼくが出る」

それを聞いてジュジュは形相を一変させて、ユスの腕を振り払った。

「そうはいかない！　あいつらを皆殺しにするまでやめるもんか！」

叫び声の残響を残して、ジュジュはユスがやってきた方向へと走り去った。犬も連れずに何処《どこ》にいくつもりだろう？　そう考えて犬飼いならばそんな心配はいらないことに気づいた。困ればクランを呼べばいいのだ。

ミスティアイがジュジュの消えた闇を心配そうに見つめていた。彼女の母性はいまは人間のこどもまで包括しているようだ。ユスはしばらくひとりにしてやることが犬飼いの思いやりだ、とミスティアイに言った。平原で人生を左右するパラドックスに直面したとしても解決できるのは自分だけだ。犬飼いは自分のことは自分で解決することを学ばねばならない。ともあれグレートハンティングの連続する状況は普通とは言えないから、先生にジュジュのことを相談しなければと記憶に留《とど》めておく。

工員たちが犬飼い同士の喧嘩《けんか》に見えなくもないものを唖然《あぜん》として見つめていた。ユスは心配するようなことじゃないと不安を打ち消して、そのなかにキューズの姿を探す。それとなくジュジュに気を留めるようにと頼むつもりだった。しかし忙しくて食事もスパナを握りながらと言っていたくせに、そこにはいなかった。

工房区をでると、浅い支洞が両脇に並ぶパルチザンたちの居住区になっていた。その先にある食堂から餌の匂いがするのだろう、犬たちの肢並《あしな》みは見るからに早くなった。

「ああ、ユス」

むこうから歩いてくるのはキューズだった。相変わらずのつなぎに油染みをつけて、小走りになった犬の流れのなかを歩いてくる。

「食事の時間なんだ。いっしょに行かないか？」ユスが誘うと、キューズはどぎまぎして視線を泳がせた。

「あ、ああ……いいけど……」キューズは気ぜわしく後ろを振り返りながら曖昧な返事をする。

「なんだよ。デートじゃないよ」

「そんなことはわかってるけど、いまちょっと……あっちは……」

スターバックが警告の叫びをあげながら戻ってきた。そのあとにはクランが従い、食欲のことは忘れて殺気だっている。

「なんだ？」

犬たちの鼻が珍しい匂いを嗅ぎつけていた。甘ったるい匂いは花屋のデズモンドのものだ。シュラクス連絡員の彼が黄金坑道にいること自体が異常だが、それもうひとつの匂いの異常さのまえにはなんの問題もない。

サイプランターの匂い。ロレンゾ・エルモロの匂いだ。

「どういうことだ！」ユスは大声をあげた。

キューズはしどろもどろになって、ユスを押しとどめようとした。ユスは遮る腕をすり抜けて、犬たちといっしょになって走った。

キューズの声が追いかけてくる。

「ユス！　犬はダメ！　自分を抑えられるの？」

それは事情によるさ。ユスは心のなかでそう呟《つぶや》いた。キューズはユスの怒りに反応して犬たちがロレンゾを食い殺すのではないかと心配しているが、いまではそれはないと断言できる。ただし犬たちがロレンゾを咬《か》みちぎりたくてしかたがないのなら、止めるつもりもない。

スターバックが案内したのは、黄金坑道の中心部、司令部のある区画だった。いくつも支洞が並ぶなかで、ボス犬は扉のまえで止まると盛んに吠えたてた。黄金坑道に扉があるのは、トイレとシャワールーム、それに作戦会議室だけだ。

ユスはノブに手をかけて、作戦会議室に鍵がかかっていることを知った。会議の声が外に漏れないだけのためにつけられたドアなので、障害にはならない。ユスは難なくドアを蹴破った。

そのまま部屋のなかになだれこもうとしたのだが、ユスはたちまちふたりのパルチザンに腕を摑《つか》まれた。しかし犬たちはその足もとをすりぬけて、作戦会議室を咆哮《ほうこう》で満たした。犬たちは部屋のなかを縦横に駆けまわって、牙と力を示威した。人間たちがあとじさりして部屋の隅へ後退すると、自分たちでロレンゾを厚く包囲してなにものにも手出しをさせないように獲物を確保した。

「放してやってください」クルスの声がして、ユスは自由になった。こうなれば事態を収められるのは犬飼いだけだとよくわかっている。

ユスは肩をそびやかして、部屋の中央に進み出た。そして牙を剝《む》く犬たちに囲まれたロレンゾを見て失望した。

パイプ椅子に座らされているロレンゾは十字架に磔《はりつけ》されていたクルスとおなじくらい酷いありさまになっていたのだ。顔面は紫いろのじゃがいものようになっていて、匂いによる識別がなければロレンゾとはわからないだろう。軍服も同様で、ビリビリに力でやぶられて包帯を体に巻いたような態《てい》になっている。そして露出した肌にも青痣《あおあざ》がところせましと浮きでていた。

「もう殴るところがないだろ？」

ユスは巨漢の花屋に振り返った。

「デズモンドさん……これはひどい」

「だろう？　二〇〇発ぐらい殴ってやったからな」デズモンドは筋肉でごつごつした腕を誇示して見せた。

スターバックが攻撃許可を求めてきたが、ユスはそれを却下せざるを得なかった。沸きたった感情は冷めつつあった。

「おさまったか？」クルスが近づいてきて、物怖じすることなく殺気だったスターバックの頭を撫でた。「まだ殺すなよ、ユス。おれたちも今虐殺の理由を聞いて、こいつを絞め殺してやりたい気持ちは同じなんだ。しかし、話を聞いてからだ。いま、ディザスターの援軍がくるという情報を聞いていたところだ。なんでもカルテットというとんでもないやつらしい。シエラキューズの犬飼いを皆殺しにした危ないやつだ」

「信用できるのか？」

ヨハネスがそれほどに手の込んだ罠《わな》をしかけてくるとは思えない。策略好きに見えるが、その本性は敵を力でねじふせることを好む。しかし万が一ということもあるだろう。

「それをこれから確かめるのさ。さあ、どうしてコマンダー殿を裏切ろうと思ったか、それを聞かせてもらおうか」

ロレンゾが肉の襞《ひだ》のあいだから空気の漏れるような音をだした。

「犬を……下げてくれ」

クルスに視線で尋ねられてユスは冷たく言い放った。

「ダメだ。せいぜい信じてもらえるように話すんだ。真実はどうかなんてどうでもいい。ぼくが嘘だと思ったら餌になる覚悟をしろ」

ロレンゾがふたたび擦過音《さっかおん》を発した。どうやら悪態らしい。聞きとりにくい言葉でのたどたどしい話が始まったとき、ユスは耳鳴りが一気に高まるのを感じた。

ロレンゾは花屋の視線にいつまでも苦しめられていた。どこに目を逸《そ》らそうとも、奥深い瞳は追いかけてきて突き刺すように見透かすのだった。

テレパスじゃないのか？　ロレンゾは自室のベッドの上で煩悶《はんもん》しながらありえない想像を巡らした。あの花屋は実はテレパスで、ヨハネスを出し抜けるほどの能力者で、サイプラントの防壁をくぐりぬけて、なにか精神攻撃をしたのではないか？

当直の時間になっていたが、階下の統治指揮所にまで降りていく気がしなかった。そこには統治軍兵士がたくさんいて、視線もたくさんあるからだ。いずれはしびれを切らした先任士官からヨハネスへ職務怠慢の報告がいくだろうが、そうなったらそうなったときに考えよう。病欠でも訴えればいい。それにたしかに病気だ。

喉の奥か、それとも胸のつかえか、重苦しいものを払拭《ふっしょく》できずにロレンゾは枕に顔を伏せて呻吟《しんぎん》しつづけた。ブランデーの瓶がやけに魅力的に見える。だが、サイプランターとしては飲酒は許されないものであった。アルコールや薬物はおしなべて精神力を減退させる。酩酊《めいてい》した状態でディザスターを操れば、他に被害がでる可能性のうえに、ディザスター内蔵のサイプラントにも悪影響を残す。サイプランターは特権階級だと言うヨハネスも、任務中の飲酒は絶対に許さないだろう。

構うものか。ロレンゾは身を起こすと、ブランデーを一気にながしこんだ。

サイプランターの適合条件のひとつに、酩酊物質への嗜好がすくないことが挙げられている。サイプランターは初期の精神分析によって酒や麻薬への依存度が低いとされたものばかりだ。だから、ロレンゾも酒はほとんど飲んだことがなかった。居室にブランデーがあるのは、この部屋の前の持ち主、会計監査官が無類の酒好きだったからだ。

案の定、ロレンゾはむせてほとんどをベッドの上に吐いてしまった。それでもあきらめてなるものかと、もう一度、こんどは慎重に少量を口に含む。味は悪くなかった。旨くはないが、ふくよかな香りと濃厚な深みがある。

三〇分もするとロレンゾは酔っぱらいになっていた。

人間がレーザーの照射によって四散してゆく光景がちらつく。凝視する花屋の視線がそれと重なり、第三者の目で薄ら笑いを浮かべながら殺戮《さつりく》を楽しむ自分の姿も映る。どうして笑っていられたのか、なにを楽しいと思ったのか、それがわからない。あのときの精神状態を思い起こすことができず、嫌悪感が募るばかりだ。

そして視線、視線、視線。なにをそんなに見つめるというのだ。

ロレンゾはそこではたと膝を打った。怖いのは視線じゃない。視線が見つめているものが怖いのだ。それは簡単にことばにできる。小学生の教科書に載っている部類の基本的なものだ。

良心の呵責《かしゃく》。ついに苦しみの核を見つけた。

ロレンゾは喝采をあげた。あまりに嬉《うれ》しいので、瓶を手にベッドの回りを踊ってその喜びを表現した。すると頭が首からもげたようにグルグルまわって、足をもつれさせドシンと床に倒れた。

それでもロレンゾは喝采をあげつづけた。後頭部を打っても痛くなかった。それがまた嬉しかった。

これをコマンダー殿に伝えなければ。ロレンゾはそう決心した。きっとコマンダー殿も喜ぶはずだ。サイプランターには良心の呵責という先天的な欠陥があるということを発見したのだから。

ロレンゾは千鳥足《ちどりあし》で廊下にまろびでると、突き当たりのコマンダーの居室にまでつきすすんだ。酔っていることを忘れてはいなかったが、発見の重大性に鑑みて叱責はないものと思いこんでいた。コマンダー殿も、それなら確認のためにちょっと飲もうかなと言いだすかもしれない、と気楽に考えていた。

監査長官と前の部屋の主の役職のプレートの掛かったドアをノックしようとして、ロレンゾは動きをとめた。ウルリケの声を聞いたような気がしたからだ。

一歩戻って、ウルリケの部屋のドアの前で耳を澄ましてみる。なにも聞こえなかった。一歩進んで、ヨハネスの居室の前でならたしかに聞こえる。

ロレンゾは急速に酔いが醒めて、背中に寒いものが走るのを感じた。コマンダーがいるから統治軍に残りたい。そう言ったウルリケの真剣で、狂気の浮かぶ横顔が思いだされる。

ロレンゾはウルリケの部屋の対面のドアを開けた。そこは秘書のオフィスで監査長官の部屋とはドア一枚で通じている。

秘書の部屋は物置になっていた。オフィスを居室に使うために不必要なものを放りこんだのだ。ロレンゾは乱雑に積まれたがらくたのあいだを音をたてないように慎重に進み、目当てのドアを見つけて指の幅ほどをそっと開いた。

そこからはまともにヨハネスが見えた。ベッドの上で真っ裸の背中をこちらに向けていて、腕立て伏せでもしているように体を動かしている。かすかに息が荒い。

ロレンゾはウルリケの姿をさがしたが見つからなかった。少女がどこにいるか、もうわかっているような気がしたが、それだけは絶対に認めたくなかった。だからロレンゾは必死に視線を泳がせて、見つけたくないところ以外に少女の姿はないかと探し求めた。

ヨハネスが大きく息を吐いて体を仰向《あおむ》けにして寝ころがった。股間の怒張したものがちらりと見えたが、見なかったことにした。

そこでロレンゾは目を閉じた。皺《しわ》になったシーツのなかからなにかが体を起こしたからだ。見たくない。ぜったいにそんなことはありえないと、ロレンゾは心のなかで唱えつづけた。

しかしもう見えたじゃないか。ロレンゾは体を震わせながら思った。見えていた。ヨハネスが腰を使っているあいだ、ひょこひょこと揺れていた小さな足の裏も見えていた。乱れて広がった溶けてしまいそうな金髪も見えていた。目を閉じる一瞬前に、ウルリケが体を起こしたのも見た。

ありえない、ありえない。では確かめてみればいい。ロレンゾは自分を鼓舞して瞼《まぶた》をおしあげ、居てくれるなと祈っていたものがそこにいるのを目の当《ま》たりにした。

裸のウルリケだった。細い首から、弱々しい肩、静脈の透けてみえる薄い胸、肉色の乳首、滑らかな脇腹の曲線、張りのない腰。

ヨハネスは情事のあとの弛緩した表情のまま、ウルリケを抱きしめると乱暴に唇を重ねた。ウルリケも怠惰な感じでその背中に腕をまわす。

「愛してると言ってくれ」ヨハネスは体を離すと、熱っぽい口調で言った。

「愛してる」イントネーションはおかしかったけれども、情がこもっていないとは言えない口調でウルリケも返した。

ヨハネスはもういちどウルリケを抱きしめ、その肩のところで低く笑った。そしてウルリケの顎をつかんで自分に注目させた。

「おれの火傷《やけど》の跡を見ろ。美しいと言え」

「美しい」

「じゃあ、舐《な》めてくれ」

ウルリケは言われるままに、ヨハネスの赤黒い火傷跡に顔を寄せると、ピンク色の舌を這《は》わせた。

見ていられない。ロレンゾは目を伏せた。そういうことならそういうことで文句を言う筋あいじゃない。ウルリケがこどもだから倫理にもとると詰め寄っても、なんだか虚《むな》しいだけだ。しかしヨハネスの次のひとことがロレンゾの注意をひいた。

「よしよし、可愛《かわい》い人形だ」

ロレンゾは顔をあげた。視界のなかでヨハネスは舌の愛撫を受けながら、片手で枕元を探っていた。そしてケースのような細長いものを探り当て、中身をベッドの上にぶちまけた。

そのひとつがそばまで転がってきて、ロレンゾはそれがなにか確かめることができた。レモン色の錠剤、ドクターたちがサイプラントの適合に使う馴化剤《じゅんか》だ。ヨハネスは馴化剤を一粒摘《つま》むと、それをウルリケの口のなかにこじ入れた。その効果でウルリケの動作が緩慢に、目つきがトロンとしてくるのを待って、額がくっつきそうなほどに顔を寄せて瞳の奥を覗《のぞ》きこんだ。

放たれている強烈な精神波をロレンゾも感じとることができた。ウルリケに偽りの愛をうえつけ、痛みしか感じない性交渉に快楽を重ね塗りし、自分を崇拝するように畏怖を潜ませる精神波だ。

ロレンゾは奥歯を強く噛《か》んで沸きあがってくる怒りに耐えた。ヨハネスがしていることは古典的な洗脳だ。サイプランターとして一度精神改造をうけているところにそんな暴力を加えれば、どんなことになるかわからない。

いや、わかる。ウルリケのようになるのだ。ヨハネス・ランドラウドの下に配属されてから、ウルリケは精神のバランスを失う一方だった。病気の原因はサイプラントにあるわけではなく、ヨハネスにあったのだ。

ヨハネスがディザスターを滅多に操らないのは、ウルリケをハンドルしているからだ。

「ヨハネス！」

無意識のうちにロレンゾは叫びながらとびだしていた。これも無意識のうちに右腕が動き、握りしめた拳《こぶし》がヨハネスの頬をとらえて骨のぶつかる音をたてた。

冷静沈着なヨハネスもさすがにこの闖入者《ちんにゅうしゃ》にはおどろき、殴りとばされながら悲鳴をあげた。しかし狼狽《ろうばい》もそこまでだった。ベッドから転げ落ちて、急いでたちあがってロレンゾの姿を認めると嘲笑で唇をゆがめた。

「おまえか。不意打ちとは成長したな……ちがうか。おまえ酔ってるな？」

「だったらなんだ！」

ロレンゾは床に脱ぎ捨てられた制服のなかに、グリップレーザーをみつけた。それにとびついて握ると、銃口をヨハネスに向ける。ところが引き金にかけた人差し指を動かすことができなかった。サイプラントの服従プログラムが行動を規制しているのだ。

ヨハネスは銃を握って震えるロレンゾに哄笑を放った。

「酔って支離滅裂になった情動は背景音にまぎれて見分けがつきにくいと言いたかったんだよ」

ズブリ。音が聞こえそうなほどに、ロレンゾの精神にするどい爪が深くえぐりこまれた。その苦痛の前に意識はかき消えて、ただひとつどうしても消すことのできない生存本能だけがすべてとなった。

ロレンゾは逃げだそうとして、その背中にさらに追い打ちを受けた。手足が硬直して、壁に頭をしたたかにうちつける。

ヨハネスは床でもがくロレンゾを見下ろしていった。

「覗きとはよくない趣味じゃないか。覗きで劣情を冷ましていたというわけか？　それならひとこと言ってくれたら、一緒にウルリケを楽しめたのに」


そこから先はロレンゾの記憶は不確かになっていた。生存本能とやらで、ヨハネスの三度めの攻撃をかわすと、逃げだしたらしい。そして気がつくと、花屋の店先に立っていた。そこでの記憶は、てめえ、よくも顔出しできるなという罵倒と、一語話すたびに見舞われる殴打だった。なにを話したかは定かではないが、黄金坑道にまで連れてきてもらえたところをみると、言うだけのことは言ったのだろう。記憶がとんでいるのは、ヨハネスのせいなのか、それとも花屋の馬鹿力のせいなのかもはっきりしない。

「痴話喧嘩じゃないか」話が終わると、クルスは呆《あき》れたように言った。「それに……ウルリケ・ルッツってあのサイプランターだろ？　おいおい、こどもじゃないか！」

パルチザンたちが失笑を漏らした。クルスもそれにつられて、訝《いぶか》しげに首を傾《かし》げた。

「感情に訴えることは認めるよ。しかし、なあ、サイプランターさんよ。いくらなんでもってやつだ。なあ……」

クルスは同意を求めるために振り向いて、ユスがいやに真面目な顔をしているのに言葉をつまらせた。

「……ユス？」

ユスの頭蓋のなかを耳鳴りが激しく共鳴していた。今回の知覚の爆発的な拡大はほんの一瞬で、範囲もそれほど広くはなかったが鮮明だった。

そのなかでユスはロレンゾの経験を皮膚で感じとれるほどに、身近に新鮮に自分のこととして味わった。殺戮の苦悩が胸に重々しくのしかかり、魂を貫くデズモンドの視線に怯《おび》えた。良心の呵責の発見を軛《くびき》からの解放のように喜び、ドアの隙間から容赦なく突きつけられた現実で絶望にとらわれ、ヨハネスの汚《けが》らわしい洗脳に白熱する怒りを覚えた。

同時に常にロレンゾにのしかかり、その行動を規制するサイプラントの執拗《しつよう》な干渉も感じられた。それはいかなる思考も悪意の方向にねじまげるコンバーターのように働いていて、世界を殺伐《さつばつ》と色褪《いろあ》せたものに見せていた。そしてそのなかで上司であるヨハネス、ならびにジオ・アフタースケールを頂点とする指揮系統が、絶対のものとしていかに巨大に刷りこまれているかも感じられた。さらに、服従プログラムに逆らって、弁解しようのない裏切りをしているロレンゾが、いま耐えている葛藤がどれほど辛《つら》いものであるかも自分のことのようにわかった。

ユスは一瞬のあいだだけロレンゾになったのだった。

「ユス！」

強い調子で呼ばれて、ようやくユスは我に返った。

「……え？　ああ、なに？」

クルスは眉をしかめた。

「なに、じゃないぞ。犬たちをけしかけていいぞ」

「ほんとうだ！　信じてくれ！」ロレンゾはたちあがろうとしたらしいが、足を踏ん張ることができなくて椅子から落ちて小さく悲鳴をあげた。

ユスは助け起こそうと踏みだしかけて、それでは優しすぎるだろうと足をとめた。しかし犬たちが慰めるように喉を鳴らして、ロレンゾの傷を舐めはじめた。

「どういうことだ？」クルスが犬たちのようすに目を剝《む》いた。

「信じてやってくれ」ユスは言った。犬たちはもうロレンゾを味方として認めている。

クルスは苦り切って額を指で掻いた。

「デズモンドさん、どう思う？」ユスは花屋に助けを求めた。

デズモンドは微塵《みじん》の逡巡《しゅんじゅん》もなしに言った。

「信じていいだろう、目を見りゃわかる。こいつはヨハネス・ランドラウドを殺したがってるんだ。ウルリケが解放されるにはそれしかないと考えてる」

そう言われてクルスはロレンゾの目を見ようとしたが、そこは腫《は》れた肉の切れめでしかなかった。困惑して、意見を求めて先生の方を見た。

「冗談じゃない！」先生が立ちあがって叫ぶ。「そのサイプランターはここで処刑せざるをえない。デズモンド、あなたもシュラクスに帰ってもらっては困る」

デズモンドが唇を尖《とが》らせて、先生に詰めよった。しかしその丸太のような腕のまえでも、小柄な老人はひるまずに退く様子は見せない。

デズモンドと睨みあいをする先生が急に悲鳴をあげて跳びあがった。

サクラとサナエはいつのまにか、先生の足もとに忍び寄っていたのだった。そしてデズモンドの巨体に気を取られている隙に、脛《すね》に咬《か》みついたのだ。

デズモンドは愉快そうに豪快な笑いを発する。

ユスはため息をつきながら首を横に振った。

「サクラ、サナエ、その人は立場上そう言わざるを得ないんだ。心が狭いわけじゃない。謝れ」

二匹の仔犬は不満げにユスを上目遣いで眺めていたが、その意思が強いことを知ると、教師の脛の小さな傷口を舐め、媚《こび》を売るように身をすりよせた。

先生は苦笑いを浮かべ、だからわたしは猫派なんだと呟いている。

考えこんでいたクルスは意を決して顔をあげた。

「先生、意見は承りました。ですが、犬たちが信用してるんです。彼らが信用しているのなら、われわれも同じです。いまは犬たちがいないとおれたちはなにもできないんですから」

「犬の判断を信用するかという問題はべつの議論が必要だぞ」

先生は怖い顔をしていた。クルスから詳しい話を聞いているユスは、先生がここが正念場だと張り切っているのがわかる。なし崩し的に無謀に走ることは絶対に許さない気だ。

「信用しないでどうするんです。ここまで犬に頼りきっていて」

「しかし、現実的にどうするというんだ？　そのサイプランターはシュラクスへは戻せない。かと言って、ここに留めておけば、警戒を呼んで情報そのものの価値を損なう。ヨハネスというのは天才的なサイプランターらしい。心を読むだろう」

「心なんて読めない」ロレンゾは椅子に戻っていた。いつのまにかキューズがその背後にいて、彼女が助け起こしたらしい。「心なんて読めない。読めるのは情動だ。怒り、憎しみ、反感、感情が激しく動くときのその揺らぎだ。記憶なんてものは個人的すぎて、まったく知らない外国語のようなものなんだ。だから、このままおれはスパイとして機能することができる」

クルスはうなずいた。

「それはおれの情報とも一致する。先生、あなたもシエラキューズからの報告を目にしたはずだ」

「あれは報告の態をなしていなかった。伝聞の伝聞だ。それにこのサイプランターに冷静なスパイの真似などできるのかどうかそれが怪しい。動揺すればおしまい、こんどはこちらの情報が漏洩《ろうえい》する」

「やってみせる！」

ロレンゾの力説にも先生は心を動かされなかった。

「とにかく一度冷静になりたまえ。知恵を集めて議論すれば最善の結果が見出《みいだ》せるはずだよ」

そこでクルスは尋ねた。

「先生、あなたはパルチザンの永続を望むんですか？」

先生はとんでもないとかぶりを振った。

「まさか。パルチザンは軍隊じゃない。ピジョンの解放、組織の解散が最終目標だ」

「では賭けはしなければなりません。第一にディザスターが四機も加われば、このユス・

ネイロ・シリウスのちからをもってしてももはや逆転は不可能になるでしょう。第二に、虐殺の真の理由を聞いてしまったあとでは、ヨハネスがもういちど同じことをする可能性は否定できません。ロレンゾの話では二度目も示唆している。それを許容できますか？」

先生は苦い顔をした。

「許容するしかないのなら、するしかあるまい」

たちまちパルチザンのあいだから非難の声があがる。彼らのたいていはシュラクスに肉親がいる。

「わたしだってヨハネスの非道にははらわたが煮えくり返っている！　シュラクスに残っている者たちも心配だ！　しかし、ピジョンの解放というのなら、全惑星規模での反抗が必要だ。シュラクスのような局地でひとつの勝利を収めたとしても、意味がないのだよ」

先生は唇を嚙《か》みしめていた。苦渋の色が濃い。

「先生、われわれは窮鼠《きゅうそ》なんです。ここで猫を嚙まないと二度とチャンスはない。追加の四機のディザスターはわれわれを追いつめます。機を逸せば、ジリ貧で逃げ回るだけです。おれたちに家族や友人を守れる機会はこれが最後だ。あとは死ぬところを眺めるしかなくなります。決して幻想を抱いているわけではないんです」

「むう……」

先生は唸って、まわりを見回した。強い視線が自分に投げかけられているのにため息をつく。やがて鷹揚《おうよう》に手を振った。

それをゴーサインだと判断して、クルスは満足げにうなずいた。

「そうです。われわれは甘い幻想は抱いていない。作戦は失敗するかもしれない。よしんば成功しても、統治軍あげての攻撃で潰《つぶ》されるかもしれない。それでどこかに統治軍の空白地帯が生まれることを目標にしましょう。そこから反抗の狼煙《のろし》があがる。戦力分布が崩れ、時局が動く。死ぬことを目標にするわけではありません。なにかあったとき、いつでも逃げだせる態勢、それは整えておく。それが万端となるまで作戦は発動しない。その用意は先生、任せていいですね？」

「つまらん役割だな」

「すいません。キューズ、そいつを手当てしてやってくれ。死なせるわけにはいかない」

キューズが手にした消毒薬を無造作に振りかけると、ロレンゾは釣り上げられた魚のように暴れた。

「まだ聞いておくことがある」

ユスは厳しい顔つきでロレンゾに近寄った。

「手短にな。あんまり引き止めたくない」

クルスの注意にうなずくと、ユスはロレンゾの椅子のひじ掛けに手をかけて身をのりだした。

「教えてくれ。戦争の真実を」

ロレンゾは躊躇《ためら》って、意味不明の唸りを発した。ヨハネスへの憎しみとは別次元にある問題らしい。

「外縁星の反乱というのは名目だな？　いや、ひょっとしたらまったくの嘘じゃないか？　外縁星でなにが起こっている？」

「なんのことだか……」

ユスは平手でロレンゾの頬を打った。キューズが呆《あき》れて、口のなかで男の野蛮さについてぼやいた。

「ぼくは感じるんだ。あれは外縁星からきているとしか思えない」

ロレンゾは覚束《おぼつか》ない動きでユスの胸ぐらを掴んだ。

「感じるだと？　ダメだ！　気を許すな！」

「それをなぜかと訊《き》いている」

ロレンゾはそれでも迷っていたが、やがて口を開いた。

「いいか、これはトップシークレットだぞ……シャドウは知っているな」

「異星人の幽霊とされている現象だ。われわれの先祖の乗り組んでいたサイレンス・オブ・コスモスはそのせいでエコーへの移住を阻まれた」

「幽霊とは実体がないからそう言われる。しかし現象はたしかにある。もしかしたら統合府はそれを異星人そのものかも知れないと疑っているんだ。それはどうでもいい。問題は、〝サンクチュアリ〟のアフタースケールがいくつもの憑きもの星で、シャドウを根絶できなかったということだ。そこの住民は当然、シャドウの影響下で死に、子を産み、世代を重ねてきた」

「それがどうした？」

「おれも最初はそう思ったよ。幽霊ごとき夜道にすこしスリルを感じるぐらいだろうとな。しかしそうじゃない。異星人は人類の精神に侵入してきているんだ。やがては異星人と人類の混血も生まれるだろうと、ジオは予言した」

「予言だって？　いつからジオは神様になったんだ？」

「ジオが走らせているのは、人類の現実的な未来を描くシミュレーションだ。ランダムな遺伝子の混淆《こんこう》という〝サンクチュアリ〟とはまったく違う。その副産物として正確な未来予測も得られる。そしてそのことを調査するため、憑きもの星のひとつにジオから生まれたアフタースケールが送られ、そして殺された」

現実的な未来——ヨハネスはそうは言っていなかった。〝未来に恣意《しい》を与えた〟とユスの記憶にはあった。すなわち統合府に都合のいい未来ということだ。ロレンゾはどうやら教えられたものをそのままに信じているらしい。

「事故じゃないのか？」

「あいつらは〝サンクチュアリ〟のアフタースケールに換算すれば、テラスケールの力を持っていたんだぞ！　因果律だってねじ曲げられる。あいつらを殺すには、ただひとつ、より強いサイキック能力しかない。ゼロスケールがもうすでに誕生していたんだよ」

「それが戦争の理由か？」

「そうだ。ピジョンが憑きもの星でなくて感謝したほうがいいぞ。外縁星は艦隊が到着しだい完膚なきまでに破壊される」

　ユスは疲れたように頭を振ってみせた。

「放っておいてやれよ」

「そうはいかない。彼らは人類の遺伝子のなかに登場した管理されないテレパスなんだぞ！　しかも異星人だ。放っておいたらこれからどんなことになるか！」

　怖《おそ》れをあらわにするロレンゾとは逆に、ユスは決然と胸を張った。

「そうは思えない。ぼくの感触では、彼らは慈愛に満ちているとは言えないが、悪意はまったくない。正直なところ、ロレンゾ・エルモロ、ぼくにはサイプランターのほうが好感がもてない。ジオ・アフタースケールに至っては、それこそが人類の歴史のなかに現れた災厄のように思える」

　ロレンゾはしばらく考えて、肩を落とした。

「そうかもしれないな。たしかにおれたちは悪魔かもしれない」

8 カルテット

ディディはしつこかった。

絶対にリリエンタールの話の続きを聞くのだと、強くこころに決めているようだ。

アグンはなにも意地悪をしているわけではない。フライヤー、ジョンクトとキロスケール、チネの物語は悲劇なのだ。ハッピーエンドの嘘をつくこともできるが、サイレンス・オブ・アースの移民たちの運命をねじまげて伝えたことは、いまも良心の呵責《かしゃく》になっている。

「わかったよ」アグンは娘の涙を覚悟した。「チネはキロスケールだった。ということは、サイキックで、絶対にそうであると悟られてはいけないということだ。〝サンクチュアリ〟は未来人の遺伝子を人類世界に広めることは絶対に認めないからね。だから恋もしてはいけない」

「どうして?」ディディは無邪気に瞳を輝かせて尋ねる。

「それは……またべつの話だよ。とにかくこのお話で質問はなし。でないと途中でやめちゃうよ。いいね？」

「わかった」ディディは小さな頭を力強く縦に振った。

「よし。フライヤー、ジョンクトは戦士だ。リリエンタールでは人々は部族に分かれて互いに覇を競う社会を作っている。ゲームだけど、戦士は命がけだ。けれどいまはシャドウが活発化してきているから、ゲームは中断してる。

ジョンクトは最高の戦士というわけではなかったけど、優秀だった。だからキロスケールたちに協力を求められた。白鯨をみつけて通報する任務だ。あとはキロスケールが引き受ける。

ジョンクトはそれが気に入らなかった。白鯨がシャドウとわかった以上、自分の力ではどうしようもないとわかっていても、戦士としての誇りが傷つけられたように感じていたんだね。でもひきうけるしかなかった。

迅速に対応するために、ジョンクトと意識を結んだのがチネだった。最初はお互いが疎ましくてしかたなかった。ジョンクトはチネのことを、高慢で冷たい女だと思ったし、チネはジョンクトのことを野蛮なマッチョだと決めつけた。でもね、空がふたりのこころを解かした。

リリエンタールの空にはすべての色がある。ジョンクトのプロペラ機の翼が雲を裂くと、虹となって消えていく。嵐は色彩の嵐でもある。雷は空をキャンバスに七色の亀裂を走らせる。雲上にでれば、そこには転変する色のステージがある。

ジョンクトとチネはいっしょにその空を飛んだんだよ。そして魔法のように恋に落ちた。

ジョンクトはチネに会うことをこころの底から願ったけれど、それはできなかった。彼らは互いに深く相手のことを理解しながら、その姿を知らないカップルだった。

で、白鯨を発見した。

大量の飛行船が用意された。白鯨をアフタースケールで包囲するために。そしてサイキックを特定させないために、無関係なひとびとも大量に集められたんだよ。大勢に紛らわせてわからなくしようという目論見《もくろみ》だね。あんまりたくさん飛行船を飛ばしたので、ヘリウムが足りなくて水素で代用したほどだった。そして……」

アグンは真剣な娘を見つめた。

「……白鯨は退治されたのさ。ジョンクトとチネは、隠れ住んでこどもは作らないという条件でいっしょに暮らすことを許された」

「ふうん……」ディディは釈然としないようすだった。

「……あなたがたも犬の群れの一部だと強く認識して行動してください」

ユスは言葉を切った。約七〇対の眼の注目に晒《さら》されて、緊張で喉がカラカラになっていた。人前は苦手だ。

「ということだ」どう終わっていいのかわからなくて、目を泳がせるユスにクルスは助け船をだした。「これは〝犬飼いとはなにか?〟と題した講演じゃない。いまユスが話してくれたことが諸君の命を守ることになる。肝に銘じてくれ。ユス、ありがとう」

ユスはうなずいて、木箱から降りた。オブザーバーのために用意された椅子に体を投げ出すようにして座り、深くため息をついた。

作戦会議室にはパルチザンがすし詰めになっていた。岩の床に座って、真剣なまなざしをクルスに向けている。

箱の上に立ったクルスは、ユスとは逆にひとの注目を浴びるのが心底好きといった様子で、集まってくる視線に微笑《ほほえ》みで応えた。上機嫌を隠そうともせず、どこから持ってきたのかタクトを振りながら話しはじめる。

タクトはライトボードに描かれたシュラクス近郊図を指し示していた。

「ブリーフィングを続けよう。知ってのとおり、ディザスターは塗装の下に鏡面装甲があるからレーザーは効かない。レーザーはセンサー部に対してのみ有効だが、とうぜん保護されてるから運がよほど良くなくちゃあたらない。犬の輪のなかで精神波から守られる前提があるから、センサーを狙うことは目を奪うことになり、狙う価値はある。ただ目標とするには難しすぎる。ごく至近距離での最大出力最大収斂《しゅうれん》光なら装甲を貫けると考えるものもいるかもしれないが、シエラキューズの仲間たちは命をかけてその距離を割りだした。二メートル。そんな距離に近づけるのは死体だけだ」

パルチザンたちは居心地が悪そうに身じろぎした。だれもが今回の作戦は命がけだということはわかっている。

笑いが起こるものと思っていたのか、クルスはすこし失望したようだった。

「……そこで、ディザスターにもっとも有効なのは運動エネルギーということになる。重いものに加速度をつけてぶつける、これだ。われらがガンギルドたちは、三機の重火器を用意してくれた。一二〇ミリ砲と二機の一〇〇ミリ砲だ。それぞれ装塡《そうてん》されているのは徹甲弾、前者は直撃すればディザスターを完全に破壊、後者もあたりどころが良ければ機能を奪うことができる。あたれば、だが」

ユスはライトボードの脇でオブザーバーとしてパルチザンと対面して椅子に座っていた。クルスのブリーフィングに注意しなければならないことはわかっていたが、隣に座ったジュジュのことが気になって、チラチラと横目で観察していた。

ジュジュは見るからに健康を害していた。痩せて頰はこけ、執念で光っている目の下には、濃い色の隈《くま》が浮いている。まわりのことは目に入っていないのか、床の一点を凝視したまま小刻みに上体を揺らしていた。だれがどう見たって崩壊の一歩手前だが、犬飼いはジュジュとユスしかいないのだから、どうしても外すことができないのだった。それにいちばんの薬は、思いを遂げさせてやること、つまりは復讐を果たさせてやることだということもある。

　しかしこの作戦ではさらに犬を失うことになるだろう。そのことがユスは震えがくるほどに怖い。耐えられるかどうかもわからない。それがジュジュとなれば、報復の念だけで危ういバランスをとっているのだから、どうなるかは考えることも恐ろしい。

　クルスが指を鳴らしてユスに注意を促した。

「残念ながら、これらの砲はでかい。砲速も遅い。一〇〇ミリのほうは自走砲に改造できているが、一二〇ミリのほうは牽引《けんいん》砲だ。どちらにしろそれほどの機動力はない。ディザスターに発見されればよくて相討ちだろう。だからこいつは待ち伏せにしか使えない。だからおれたちの主力兵器はこれら重火器でもない」そこでクルスはタクトを無骨なライフルに持ち替えた。「この対物ライフルだ。これにも徹甲弾を装塡、有効射程は三〇〇メートル。作るのを急がせる結果になったから精度はいまいちだが、ディザスターの関節部にぶちこめば引きちぎることができる。この対物ライフルは三人に一挺《ちょう》支給できる。拳銃、対人用自動小銃、グリップレーザーはあわせて全員分がある。ミサイルは残念ながら用意することができなかった。これでもガンギルドは大盤振る舞いしてくれているんだ」

三兄弟の長男がおずおずと作戦会議室に入ってきて、クルスに紙片をわたした。緊迫した空気が怖いのだろう逃げるように出てゆく。

クルスは紙片に目を落としてニンマリと不敵な笑いを浮かべた。

「紙だ。ネットワークに接続できればほぼ光速で伝わるものが、こうして紙でやってきた。ほら、ここが泥に汚れてる」

クルスが黒ずんだ隅を高く掲げて見せると、思いつめた厳しい顔つきをしていたパルチザンたちの表情が緩んだ。位置を探知されないためと、統治軍の妨害のためにネットワークに接続できなくなって三ヵ月近くなり、生きるためにはネットワークは必要がないということに気づきはじめていたのだ。

「ロレンゾからだ。最終的なカルテットの進路を知らせてきた」

パルチザンたちは無言だったが、作戦会議室に緊張を走らせた。この連絡をもって作戦が始まることを承知しているからだ。

クルスはライフルをタクトに握り替え、表情を険しくひきしめた。

「それでは作戦の概要を発表する。作戦目標は第一に、援軍としてやってくるカルテットのサイプランターも含めた完全破壊。次にシュラクス駐在のディザスター四機のうち、三機までの破壊。これはヨハネス・ランドラウドのディザスターがほとんど動かないことから、対象のうちに含めないということだ。出てきたのなら、もちろんひねりつぶしてくれ。

以上のふたつを完遂して、はじめて作戦成功と呼ぶ――騒がないでくれ。もちろん厳しすぎることは知っている。しかし考えてもみてくれ。われわれは全力をもって出撃する。作戦が失敗したのなら、追跡されることはほぼ間違いがない。敗走の混乱のなかで犬たちの輪のなかに整然と隠れることは不可能だ。つまりはこの黄金坑道の位置が統治軍に知られてしまうことになる。それは完全な敗北だ。だから勝利条件のハードルは高い。作戦が失敗したなら、だれひとりここには戻らない。ここに隠れたこどもたちを巻きこむな。各自が各自の判断で逃走してくれ。どこに？　とは訊《き》くな。誰かが統治軍に逮捕されれば、全員が一網打尽になる。しかし、まったく指針がないわけではない。わかってるな、諸君？」

パルチザンたちは不思議そうに顔を見あわせる。ジュジュのとなりに座ったキューズが、手を挙げて答える。

「犬に従え」

「そうだ。負けとわかったら、犬の姿を探せ。見つからなかったら、平原に逃れて見つけてもらうのを待て。

さて。負けたときのことはこれぐらいにして、実際の作戦に移ろう。ロレンゾの情報によれば、カルテットはもっとも容易な手段で容易な方向からやってくる」

クルスはタクトでライトボードの地図を示した。シュラクスの町の北にほぼ東西に大陸縦貫道路が走っている。

「カルテットはこの大陸道路を西からやってくる公算が高い。しかも専用の地上車キャリアでまとめてだ。これはいい傾向だ。つまりはわれわれの計画が統治軍にまったく漏れていないということだからだ。しかし敵も間抜けじゃない。すこしは用心するだろう。そのときは……」タクトは町の北東にある飛行場を指した。「航空輸送で飛行場に到着するというのがロレンゾの考えだ。だからわれわれは二手にわかれることになる。どちらにしろシュラクスから迎撃にでてくるディザスターを挟撃するために戦力はわける必要があるから好都合だ。キューズが指揮する西の分隊はユスに、おれが指揮する東の分隊はジュジュに守ってもらう。小隊の基本は対物ライフルごと、つまりは三人でひとつだ。それは大砲の砲手も変わらない。配属についてはのちほど名簿を配付する。戦力の配分は、西の大陸道路に一二〇ミリ砲と一〇小隊、東の飛行場に二門の一〇〇ミリ砲と一〇小隊。カルテットの現れたほうが火蓋《ひぶた》を切り、そうでない分隊のほうは町を北に迂回《うかい》して援護に駆けつける。町中は通るなよ、統治軍兵士が無茶をするかもしれん。さて、首尾よくカルテットを水際で破壊したなら、敵はシュラクスのディザスターとおっとり刀で駆けつけてくる統治軍兵士ということになる。治安警察は装備がお粗末だし、練度も低いから出撃してきたって脅威じゃない。司法警察は、出てこないことを祈ろう。彼らは基本的には同志だ。ここでの戦闘のポイントは混戦に持ちこむことだ。二〇〇名足らずとはいえ統治軍兵士はほんものの兵士だし、身につけているポリマーアーマーは生半可な銃撃など跳ね返す。絶対に連隊として機能させるな。縦横に動き、火線のうえに敵味方入り乱れさせて発砲をためらわせろ。そのなかでも目標はディザスターであることを忘れるな。ディザスターは距離をとりたがるだろうが、犬たちの輪がうまく機能すれば、距離を詰めざるを得ない。犬たちから目を放すなよ。小隊ごとの目標は小隊で決めてもらうわけだが、その際にもやはり犬を注視してくれ。混戦のなかにも秩序が見えるはずだ。諸君らには、まさにクランの一部のような行動を期待している。これまでのところで質問は？」

キューズが立ちあがる。

「あたしからも一言。入手したディザスターのスペックではほとんどなにもわからないんだけど、設計の主眼は、小ささと速さと厚さ――装甲ね――にあるのは間違いがないと思う。小型化に関してはかなり手を入れてる。つまりサイプラントによるオペレートシステムは小さくするのが難しいのだと推測できます。そこに、速さと厚さが加わるとなると……あまりいろんなものは搭載できないはずよ。いままでの行動を見ると、探知システムはサイプランターによる感知――これに頼りきっているような気がします。ほかになにもないと断言はできないけど。で、赤外線による探知ぐらいはあるかもしれないから、ディザスターがきたら平原に火をつけて欲しいんです。火と煙は統治軍への目くらましにもなるし。平原が火の海になるかもという心配はいらない。まあ、ちょっとぐらいは燃えるけど。すぐにも雪がくる。

ええと、もうひとつ。

ディザスターは攻撃兵器じゃありません。ええ、ええ、そりゃ恐ろしい敵だってことには変わりありませんが、ディザスターは制圧維持用のロボットです。武装はレーザーのみ。アタッチメントでのバリエーションは知るすべはないけど、外から見るかぎり、難しいと思います。恐ろしくて足が竦《すく》んだら、この事実を思い出してください。〝あれは精鋭ぞろいの海兵隊じゃない。ガードマンだ〟。

では質問をどうぞ」

ガードマンという表現で、緊迫した空気は和んだ。ひとりの男が手を挙げる。

「分隊間の連絡はどうなってるんです？」

クルスが答える。

「それも犬だ。統治軍のジャミングを突破する方法はみつからない。ユス、ジュジュに小隊を分割してもらって、交換してもらう。複雑なことが伝えられるわけじゃないが、単純なことなら犬の様子を見れば伝わる。必要な場合は手紙をくわえて走ってもらうことになる。ほかには？」

「ガンギルドたちは？」尋ねたのはコンラートだ。

クルスは苦笑いを漏らす。

「彼らは参加しない。そもそもガンギルドがわれわれに協力してくれたのは、アジトを統治軍に襲われて行き場に困っていたところを、われわれが当座の隠れ場所を用意してやったからだ。連中にとってはなにもかもビジネスなんだよ。われわれがいま手にしている武器だってただじゃあなかったんだ。いまごろはこの黄金坑道も引き払ってるだろう。参加してくれと頼んだら、どうしておれたちが？　という顔をされたよ。連中はとことん個人主義者なんだ」

パルチザンたちは諦めのため息をついただけだった。ガンギルドに協調を求めても仕方がない。たとえ正しいことがわかっていても、だれも選ばないからという理由で間違った道を嬉々として選ぶような連中なのだ。

クルスもどうしようもないと肩をすくめた。

「よし。各小隊にはそれぞれ命令書が用意してある。詳細はそれで詰めてくれ」

先生が立ちあがって、ひとりひとりに名簿と命令書を手渡しはじめた。

クルスはパルチザンたちをゆっくりと見渡した。

「これは決戦だ。言うまでもないことだろうが、最後にはっきりと言っておく。ここでわれわれがシュラクスを解放しないと、点数稼ぎの穴埋めにヨハネス・ランドラウドは虐殺をくりかえす。第一次攻撃艦隊がもう出発していることは幸いだが、地上の統治軍のディザスターだけでもかなりの脅威だ。だから解放したからといってそれは短時間のことになるかもしれない。各地パルチザンの勢力を集めることも手配中だがうまくいくかどうかはわからない。どちらにしろいいことなんてない。成功に至る道筋は細く、見えないほどで、不可能と言ったほうがわかりやすい。それでもわれわれは戦うことにした。カルテットの到着はわれわれを追いつめる。しかし事ここに至って、われわれは統治軍の内通者というこのうえないチャンスも得た。それをよく考えてほしい。家族を守りたい。友人を助けたい。正義感か、義務感か、はたまた権力となのるものへの天《あま》の邪鬼《じゃく》な反抗か。なんでもい い。意味をもういちど見つけてくれ。根性論はブチたくないが、その意味がここぞというときなにかを決するかもしれない。
カルテットの到着は早朝になる。夜は短いぞ。作戦開始、オペレーション・ドッグファイトだ」

サクラとサナエは寒そうに白い息を吐きながらも、フェルトのジャケットの襟口から出した顔をひっこめようとはしなかった。反応ランプの青白い光を魅《み》いられたように見つめている。

ユスはブライズヘッドの麓でひとりと二匹の寂しいキャンプをしていた。木が根こそぎ倒れてできた窪《くぼ》みで風を避けて、カルテットがあらわれるのを待っていた。
湿地が音もなく結氷していく。こんな寒い夜には犬たちの毛皮を毛布がわりに眠れば暖かく過ごすことができるが、クランはいまシュラクスの近郊に散り散りになって、鋭敏なガードマンの勤めを果たしている。

おまえは動くな。ユスはクルスにはっきりとそう言い渡されていた。安全なところに隠れてクランを操るだけでいい。絶対に流れ弾が飛んでくるようなところにいてはならない。それはジュジュも同じだ。

自分の目と耳で状況を確認しながらでないと、犬たちを的確には動かせない。ユスの抗弁も無駄だった。いいか、クルスは声を低くした。犬は戦闘に参加する必要はない。サイプランターの精神波を防ぐための動く防壁となるだけでいい。犬の任務はそれだけだ。攻撃は一切許可しない、と言う。

なぜか？　とユスは問うことができなかった。この作戦で真の要《かなめ》は犬たちであり、犬たちがディザスターをなかば盲目にするからこそ、ひょっとしたら勝つかもしれないという可能性が辛《かろ》うじて生まれている。犬を失うことはその可能性を減衰させること、犬飼いを失うことは勝利を手放すことと同義だ。そんなことは説明されなくてもわかっていた。

表情を曇らせてなにも言わなくなったユスにクルスは畳みかけた。おれたちは逃げることすら、犬に頼らなければできないんだ。おまえのありさまを見て、おれは犬飼いが犬を失うことがどれほど辛《つら》いかわかったように思う。おまえは特殊なケースらしいが、ジュジュを見れば、魂を削られる――これはジュジュの表現だ――苦しみだということもわかる。おれは思いやりで言ってるんじゃないぞ、思いやりならおれたちパルチザンのほうが必要としている。しかしな、作戦の途中で犬飼いにダウンされてはどうしようもない。だから犬は死なないように運営しろ。おれたちもそのように気づかう。

キューズもそれで納得してくれといったので、ユスはしぶしぶうなずいた。ただ安全なところに隠れるにしても、不慮のことに備えられるところにはいたいと条件をだした。犬の見ているものを同じように見ることができるが、カメラとして使うには犬の目は悪すぎる。そのかわりに鼻が敏感でも視覚を補完するものではない。緊急に臨機応変な対応をするには、人間の目がどうしても必要だ。

クルスは、ユスとジュジュを黄金坑道でこどもたちと一緒に待機させようと考えていたらしいが、それを聞いて考えを改めた。そこでユスをブライズヘッドで、ジュジュは隠者の庵と呼ばれる大きな一枚岩でクランの指揮をとらせることにしたのだった。

「そろそろ寝たらどうだい？」ユスは目をしょぼしょぼさせている二匹に言った。

仔犬は黄金坑道でアテネアに預かってもらうつもりだったのが、どうしてもユスと離れたがらなかった。いまはジャケットの下のユスの両脇で、アテネアに紐《ひも》と布で作ってもらったホルスターでユスの体温を感じてリラックスしている。機動力が必要になるかもしれないから、ベビーキャリアは外していた。

二匹は眠るどころか、眠気を追い払おうというのか互いに前肢で応酬を始めた。無理もない。ユスはそう思う。仔犬だってクランを支配している緊張を感じとっているのだ。スターバックはシュラクスの町にもっとも近いところで、気まぐれな統治軍のパトロールを監視している。パトロールはシュラクスの町を警備するもので、平原に踏みこんでくることは滅多にないにしても、装備している暗視装置に先手をとらなければならないのだから、常に注意力を保っておく必要がある。さらには大陸縦貫道路でカルテットを積載したキャリアの通過を監視している小隊をディザスターの精神波スキャンから守るのも仕事のうちなので、責任は重く一瞬たりとも気は抜けない。

フィッシャーキングは大陸縦貫道路を狙って設置された一二〇ミリ砲のそばで警戒ラインの最後尾を構築している。もしスターバックからパトロール隊が向かったとの報を受ければ、砲を安全なところまで後退させるのは彼の任務になるので、その大任に押しつぶされそうになっていた。

アデレイドがもっとも緊張していた。彼女の小隊が連絡隊としてふたつに分割されているのがその理由だ。そばに顔見知りのクルスがいることはひとつの安心材料と感じているが、そもそもクランと離れて過ごすことなどないのだから、癒されはしない。気丈な女傑だからこそ寂しさに打ち勝つことができている。

サクラとサナエも仲間たちの気持ちに呼応して、なんらかの役目を果たそうとしているのだ。それはどうやらユスを眠らせないようにするといったものらしい。広範囲にわたる警備を監督しなければならないユスに眠ることは許されない。

「気持ちはありがたいんだけどね……」ユスはぼやいた。仔犬たちの殴打は狙いが甘くて、二度に一度はユスの顎に入っていたのだ。

静かに夜が更《ふ》けていく。

いつのまにか仔犬はおとなしくなって、見ると自らに課した義務も忘れて眠りこけていた。夢のなかで居眠りをするユスを起こしてでもいるのか、前肢と瞼《まぶた》をピクピクと動かしている。

ユスは空を見上げた。曇天の空は塗りつぶしたように黒くて、なんだか息苦しい。先生の天気予報によると、夕暮れから空を覆いはじめた雲は雪を孕《はら》んでいて、降りだす可能性もあるということだ。

仔犬を懐の奥におしこんで、ユスは襟をかきあわせた。フェルトのごわごわした手触りは、台地を思い起こさせた。あそこではなんでもフェルトでできている。天幕も靴も寝具もだ。

微《かす》かな明かりとフェルトの手触りは否が応でも連想を呼ぶ。足りないのはイッセの体温と匂いだけで、そこは想像力で埋め合わせをつける。すると表情が緩んできて、ユスはだれに見られているわけでもないのに、浮かんだ笑みを急いで消した。

台地はもう雪で覆われているはずだ。イッセはどうしているだろう？

そう考えると、いきなり耳鳴りが始まった。ときおり訪れる発作だったものが、いまでは油断するとぶりかえす慢性のものにかわりつつある。

かなたからの呼び声が、ロレンゾの言うような邪悪なものだとはユスには思えなかった。外縁星に派遣されたジオ・アフタースケールが殺されたということについても、コピーであるサイプランターがあの様子ではその素行が窺《うかが》い知れる。きっと殺されて当然のことをしたに違いない。だから警戒はしていない。

しかし意味のわからない執拗《しつよう》な呟《つぶや》きはともかく、時と場所を選ばずに接触してくるということには非常に鬱陶《うっとう》しく思っていた。知覚の拡《ひろ》がりには一種の恍惚《こうこつ》があって、意識を一気にマクロに高めてくれるのは楽しくても、どうしても注意が散漫になるのだ。フィッシャーキングの訓練だって、この耳鳴りがなければこうも手こずることはなかっただろう。今だってクランとの接触を一瞬たりとも緩めるわけにはいかない。

ユスは舌打ちをして、耳鳴りを頭から締めだそうとした。ところがイッセの姿が見えたので、そこに意識を振り向けてしまう。

イッセの見ているものが見えた。天幕は明々と照明されていた。外は吹雪《ふぶ》いているようだが、内部は火鉢と人いきれで温められていて寒くはないようだ。盛装をした人々がびっしりとならんでいて、神妙な顔つきをしている。なかでも放蕩《ほうとう》者の酔っぱらいだったイッセの父までが、生真面目を装っているのを見て、ユスは吹き出しそうになる。

ああ、これは婚礼なのだ。ユスはイッセが羊の角《つの》を樹脂で固めたゴブレットを握っているのを見て気づいた。酒の満たされたゴブレットは、新婦と新郎の親族のあいだを回し飲みされて、あらたな家族の結びつきを象徴する。

ユスは見てはいけないものを見たような気がして、すぐにイッセのもとからひきあげた。おめでとうというメッセージを、いつか彼女が自分のことを思い出してくれたときに記憶に蘇《よみがえ》るように細工して残した。さぞ不思議に思うことだろうとユスはほくそ笑んだ。

そこから意識はキューズに飛んだ。一二〇ミリ砲の長い砲身に背中を預けて、暗闇の空を見つめている。遮蔽物がないのですこしのあかりも許されず、まったくの闇のなかでパルチザンたちの気配だけがあった。

キューズは砲の構造を頭に思い描いて、齟齬《そご》をきたしそうなところをリストアップしていた。一二〇ミリ砲は壊れやすいから移動には細心の注意をとガンギルドが言い残していったおかげで、気の休まる暇がない。彼女が分隊の指揮ともども砲に配置されたのはそれが理由だ。

さらに指揮官の重圧にも潰《つぶ》されそうになっている。どうしてあたしが？　と叫びたい気持ちのようだ。犬飼いとクランのことに詳しいからというのが理由だが、黄金坑道ではだれもがクランとともに暮らしている。理由はあてはまらない。先生はきみとユスとクルスは三角形を形成していてそのなかの一点が欠ければ三角とは言えないじゃないかと説いた。それもなんだか言いくるめられたような気がするらしい。

犬が喉を鳴らす声を聞いて、キューズは下に注意を向けた。

「どうしたの？」

喉を鳴らしたのはフィッシャーキングだ。ユスの存在を感じとっているらしい。

「なにかあったの？」

キューズの脳裏に様々な不吉なことがよぎっていく。そのなかのほとんどが自分のことなので、ユスは慌てて接触を絶った。キューズがこんなに心配性とは知らなかった。しかもこんなにも自分のことを気にかけているということも知らなかった。

「これじゃあ覗《のぞ》きだ」

ユスは声にだして反省した。耳鳴りに慣れてくるに従って、精度が増してゆく。このままでは、ドラマのシリウスのライバル、ミュータントのアンタレスのように人の心が見えすぎて友達もできない寂しい人間になってしまう。

ところが意識はすぐに戻らずに、クルスのなかにもぐりこんでしまう。

クルスは死の覚悟を改めて固めているところだった。この作戦での命の順列、というものを自分に言い聞かせている。すなわち、犬飼い、犬、最後に人間の順で命の価値は下がるのだ。犬飼いと犬には逃げることすら頼るのだから、人間が犬の楯《たて》になることすら当然と考えている。

クルスらしい英雄的自己犠牲願望にユスは苦笑いを漏らした。犬を守るために身を挺《てい》したりすれば混乱のもとになるだけだ。この戦いは、犬だけでも人間だけでも勝つことはできない。両者が同一となって、まさにクランのように機能してこそ勝機が見える。

ユスはクルスにもうすこし客観的に考えてもらうことにした。力わざでつきすすむ思考の襞《ひだ》に、自分で発見できるように、思い込みに反する疑いを忍ばせて、ユスは去った。

次にはウルリケに繋《つな》がった。すやすやと眠っているらしい。ロレンゾも眠っているが、いまのいままで痛飲していたようだ。ヨハネスの意識にも触れることができたが、すぐに退却する。いまなにを考えているか、作戦の首尾を占うためにもぜひ知りたいところでもサイプラントに気づかれては元も子もない。

ジェイムズ・カーメンとの接触は引かれるようにして起こった。

それはピジョンを圧する巨大な精神で、あたかも重力を放っているかのように、ずっとユスを引きつけようとしていたのだった。その牽引力についには逆らえなくなった。

それはやはり不快な体験だった。サイプランターのそれを表現するには、考えあぐねたあげく強《し》いて言うなら悪どい感じというのが正解だが、ジオ・アフタースケールは語彙《ごい》を探る必要はなかった。ただ単純に一語、邪悪だと言うことができる。人間がほんとうに、二元論の神話のような邪悪という属性をもつことができるかはさておき、ジェイムズへの本能的な拒否感は、人々が悪魔に対してもつ感情に酷似していた。

いったいジェイムズ・カーメンとは何者なのか？　逃げるべきだったが、ユスは好奇心を刺激されて留まった。コンピュータのなかでとはいえ、どのような進化の積み重ねがこのような人間を生みだしたのか？　なぜ生理的な嫌悪を呼びおこすほどに隔絶してしまっているのか？

いきなり全身に冷たいものが走って、ユスは体を硬直させた。

ジェイムズが凝視していた。サイプランターとは違う、そのことを忘れていた。背筋を走る恐怖に追いたてられるようにして、ユスは急いで逃げだした。幸いにもジェイムズは油断していて、そのおかげで自分を追って絡みつくものを振り払うことができた。

ユスは震えながら精神の旅から帰還した。サクラとサナエが寝起きのどんよりした瞳で不思議そうに眺めるのに、ぎこちない微笑みで応えると、エアロスクーターのカーゴから防寒用のショールをとりだすと体に巻きつけた。

冷気のせいで、顔の皮膚が切れるように痛かった。ヒートキューブの温度を低く設定して腹に抱えても、気温だけが原因ではない悪寒はおさまりそうもない。

どうやら耐えるしかなさそうだ。ユスは覚悟を決めて、体を小さくして冷気に触れる表面積を減らした。

そうしているあいだにまどろんでしまったらしい。

スターバックの鋭い警告に、ユスは閉じていた目を開けた。すかさず腕時計を見ると、午前五時が間近だ。カルテットの到着は予定よりも三〇分ほど早い。

スターバックの二度目の警告が飛んだ。こんどは低音から伸びやかに高音へと移る遠吠えだ。狩りの始まりを高らかに謳《うた》っている。

それに遅れることごくわずかで、重い砲声が届いてきた。ユスはその音にあわせて時計のボタンを押して、作戦時間を開始させる。

「さあ、オペレーション・ドッグファイトだ」

ユスは立ちあがって、軽く体を動かして凝った筋肉をほぐした。サクラとサナエがスターバックの雄々しい遠吠えに興奮してホルスターから逃れようと暴れるのを、押し戻す。いざというとき二匹の仔犬の姿を探さねばならないのでは話にならない。

さらに砲声があった。それから静かな時間が続く。

ユスはやきもきしながら待った。ブライズヘッドが邪魔になって、平原を見通すことができず結果がまったくわからないのだ。スターバックが燃えあがる炎を見ていても、距離があるのでそれだけでは肝心なことはわからない。

その辺のことがわかっているのだろう。キューズが満面の笑みを浮かべていることをフィッシャーキングが伝えてきた。

「よし！」

ユスは手を打ち鳴らした。ディザスターのキャリアを破壊できたのなら、これで作戦の第一目標、カルテットの完全破壊を達成できたのかもしれない。敵はシュラクスのディザスターと二〇〇名たらずの統治軍兵士となれば、勝利の確率は高まる。

砲声の合図を受けてゆっくりとクルスの分隊が移動しはじめた。ジュジュのクランがそれを大きくとりまいてやはり移動を開始し、アデレイドが気をひきしめてつき従う。

ところがしばらくするとキューズが表情を強《こわ》ばらせて、仲間となにか叫び交わしはじめた。ユスは犬が感じているものを感じるにすぎないので、犬が人語を解していないのなら言葉は単なる音としてしかわからない。名前やお手など簡単な言葉なら犬の反応で推測できるが、それ以上複雑なことだとお手上げだ。

「伝令を走らせろ！」ユスはそのために分けられたアデレイドの部下に命じて、キューズに呼びかけさせた。

腕をふりまわして指示を飛ばしていたキューズは催促されてようやく気づき、メモをとりだしてそこになにか書きつけた。ユスとクルスとジュジュにと計三枚を伝令の犬にくわえさせて走らせる。

メモをくわえたヴィーシィクーシィがやってくるまでに数分かかった。そのあいだユスは非常事態にそなえて、エアロスクーターのエンジンを温め、カーゴからゴーグルを探しだして身につけた。

ヴィーシィクーシィはわずかに明けそめた灰色の闇のなかからいきなり姿をあらわした。速度を緩めずに側《そば》を駆け抜けるのに、ユスは手をのばしてその口から紙片をもぎとるように取ると、黒い雌犬はそのまま姿を消した。

メモにはこう書かれていた。〝長距離からの暗視装置のみの視認。キャリアのなかにディザスターなし。ただちに小隊を派遣して確認する〟。

ユスは悪態をついて、犬たちの状況を確かめた。大陸縦貫道路でキャリアの接近を監視していた小隊が突出している。キャリアの中身を確かめようとしているのだ。彼らを守っている犬はギャロウェイだけで、小隊は犬たちの輪から外れようとしている。

再び口汚く罵《ののし》ると、スターバックにフォローを走らせるように命じた。シュラクスからのディザスター接近を感知するためにかなり小隊を広く展開しているスターバックの不満げな呟きが聞こえた。

あらためてすべてを把握しようと、頭のなかを整理する。ところがこんがらがるばかりだ。

「無理だ！　無理なんだよ！」ユスはクルスに向かって叫んだ。

見ないでクランを操縦するには、一頭一頭の担う仕事が多すぎ、散開しすぎ、状況が複雑すぎた。狩りのような単純なものなら、頭のなかに明確な図を描くことができるが、通信、斥候、監視、警備と仕事が多岐にわたっているいまは、情報が多すぎて処理しきれない。監視小隊が突出するのに気づかなかったのがいい例だ。各自の判断に任せようとも、犬は作戦活動そのものを理解できない。ユスの指示がどうしても必要なのだ。

どうやらギャロウェイにフォローが届くまでには時間がかかりそうだった。監視小隊を呼び戻さなければならないかもとユスは迷った。

監視小隊は燃え盛るキャリアの残骸に足早に接近しようとしていた。ところが道路に足をかけるかかけないかの瞬間に、三人が三人とももんどりうって倒れる。ギャロウェイは炎の後ろからのっそりと姿をあらわすディザスターを見た。シュラクスのディザスターとは塗装の色が違う。カルテットだ。

「逃げろ！」ユスは叫んだ。

体を低くしてディザスターに唸《うな》りを浴びせていたギャロウェイは、指示をうけてサッと体を翻した。

しかし近すぎた。ギャロウェイは肢《あし》を撃たれ、よろよろとよろめくうちに炎のなかに倒れこんでしまった。

ユスは全身を焼く熱さに絶叫した。熱が皮膚を破り、肉を焦がす感覚に痙攣《けいれん》する。エアロスクーターのハンドルをつかめなければ、倒れて双子を潰すところだった。

ギャロウェイは焼け死んだ。熱さと痛みはそれでも去らず、神経をちぎりかねない強さで刺激している。ザワザワと不気味な感じで恐怖の記憶が蘇ってくる。

屈するわけにはいかない。

ユスは行動することで恐怖を追いやることにした。クランに警告の叫びをあげるように命じると、自分はエアロスクーターに跨《また》がり、視界の広がるブライズヘッドの頂上へと登った。

夜が明けはじめている。

砲手席でスコープを覗いていたキューズは耳を聾《ろう》する雄叫《おたけ》びに驚いて首をすくめた。フィッシャーキングとその部下たちが、空に向けて咆哮《ほうこう》を放っていた。それが重なりあって共鳴するかのように耳を突く。平原のあちこちから同じような叫びがあがってきていた。

「な、なんだ?」パルチザンのひとりは様子を一変させた犬にたじろいだ。

キューズは吠えながらも目で必死になにかを訴えかけてくるフィッシャーキングと視線をからませた。ユスがなにかを伝えたがっているのだ、それを見極めようとする。

「散開!」理解したキューズは叫んだ。「みんな散って! 攻撃は各自の判断で、目標はディザスター!」

装塡手が驚いて尋ね返す。「砲は?」

「これは的よ! ライフルを取って!」

キューズはシートから飛びおりると、牽引のために接続していた三台のエアロスクーターが外せないかどうか確かめた。アームにビスで留めただけの簡単なものだから、一分とかからない。ただ、その一分が生死の境目になる。

戦場はここになる。足は必要ない。キューズは瞬間的に判断を下すと、まだとまどいがちのパルチザンたちに鋭く言った。

「スクーターは捨てて！　一気に距離が詰められるから、標的になるだけよ。さあ、散開してったら！」

キューズは自分の小隊に手でついてくるように合図して走りはじめた。ところが他の小隊は小走りになるだけで、スクーターにこだわっている。犬たちが追いたてるようにして協力してくれているが、その意味は通じていない。

「散開しなさい！　ディザスターがくるのよ！　不意打ちは失敗なの！　カルテットは生きてるの！」

ディザスターという言葉が功を奏した。小隊はライフルを抱えたひとりを中心として、弾《はじ》かれたように走りはじめる。

そこに閃光の斉射撃が襲ってきた。数台のエアロスクーターが射貫《いぬ》かれて融解してスクラップとなり、一二〇ミリ砲は灼熱の赤を帯びた。

「伏せてッ！」

キューズは叫ぶと、地面に体を投げだした。

金属が引きちぎれる恐ろしい音をたてて、一二〇ミリ砲は炸裂した。装填されていた徹甲弾に引火して、砲の後部が破裂したのだ。

キューズの目の前に、波形にうねった金属板が勢いよく突き刺さった。声をあげることもできずに、自分の命を奪うかもしれなかった銀色に輝く切断面をぼんやりと眺める。それからようやく我に返って体を起こすと、炸裂した砲とあちこちに倒れる赤い肉片が見えた。

スクーターを捨てろと言うべきではなかったかもしれない。肉片の数を数えながら、キューズは後悔の苦い味を噛《か》みしめた。そうでなければ砲の爆発までにもっと距離をとれたはずだ。位置が高くなってもっと犠牲者がでたかもしれないとも思うが、ベストの選択ではなかったと自分を責める。

四つまでで、キューズは死体を数えるのをやめた。まだ薄暗いのでよく判別できなかったし、無意味だということに気づいたのだ。

フィッシャーキングがトコトコと近づいてきて、キューズの手を舐《な》めた。ユスがフィッシャーキングは小隊長に向いていないのかなとぼやいていたのを思いだして、キューズは目尻を熱くした。分隊長なんて柄《がら》じゃない自分と姿が重なりあったのだ。

「キューズ、キューズ！　どうするんだ？　指示をくれ！」ライフルを握った装填手が枯れ草の藪《やぶ》のなかから顔をだした。

「そうね」キューズはフィシャーキングの頭を撫《な》でてやると、ふたたび姿勢を低くした。

「ピエッシュは？」と、もうひとりの装填手の安否を尋ねる。

「さあね、最後に見たときは弾を抱えてうろうろしてたぞ。愚図《ぐず》な奴だ」

死人を罵ることもないだろう、キューズはそう言いたいのを飲みこんだ。そして状況を見るために視線を巡らした。他の小隊の姿はなく、爆発を生き残ったものは散開したのだろう。枯れ草が引火してチロチロとした小さい炎をあげている。雪のおかげで大規模な野火にはならないはずだ。

ササササ、とレーザーが走った。放置されたエアロスクーターを破壊している。

キューズは装填手を従えて、急いでその場を離れた。枯れた草むらに、オイルをかけて火をつけていく。

遮蔽物が見つからない。キューズは大きく茂った藪のところで足をとめ、体を低くしてディザスターを探す。

「動けない。位置がさっぱりわからないの」

「もっと自信のありそうに言ったほうがいい」装填手はキューズを励ますように親指をたてて、藪のなかで膝をついてライフルを構え、スコープを覗いた。

フィッシャーキングの耳に口を寄せて、あたしたちを守ってねと呟いてから、キューズは膝を立てて姿勢を高くした。そして治安警察仕様の双眼鏡で、平原を見渡した。ライフルに付属しているスコープはそれよりもはるかに精度で劣るので、標的へ誘導してやらなければならない。

火線が縦横に走り、それが枯れ草に火をつけていくのが見える。赤外線暗視装置の心配は杞憂《きゆう》だったようだ。火であぶりだすつもりか。しかし夜露に濡《ぬ》れた平原では、燃えるにしても火は走らない。となれば向こうがしかけてくる戦術はひとつだ。

「ディザスターは高速で移動して、至近距離で視認して撃ち減らしていく気よ。無駄弾《だま》は撃たないで、引きつけてからピンポイントで関節部を狙撃して」

「了解」装填手は自信なげに言った。

藍色の時間が過ぎ、白々と夜が明け始めていた。

ところどころで銃声が響きはじめた。それに応戦するディザスターの大出力レーザーのきらめきも見え、キューズはその発射源をみつけてやろうと目を凝らすが、レーザーの光は刹那のことなので確認できない。

「まだ見つからないか」装填手は焦りを滲《にじ》ませていた。

「深呼吸でもしていて」キューズは双眼鏡をあちこちに振り向けて、必死にディザスターの姿を探した。

フィッシャーキングが鼻で腰をつついてくる。

「なに?」キューズは双眼鏡から目を離さずに尋ねた。さらに腰を突かれて、ようやく犬に視線を向けた。

フィッシャーキングは上目遣いでキューズを見ては視線を前に向けるということをくりかえしている。

「だからなに?」キューズが苛立《いらだ》つと、フィッシャーキングは申し訳なさそうに頭を下げたが、それでも視線の動きをやめようとしない。

そこでキューズは息を呑《の》んで、犬の鼻が向いているほうに双眼鏡を向けた。ディザスターの細長い胴体のシルエットが黒抜きになって見えた。レーザーを装備した左腕はまっすぐに延ばされ、連射しているようだ。

「さすが!　ありがと!」キューズは距離表示を確かめる。「発見!　一〇時の方向、距離八〇〇!」

装填手は銃口を教えられた方向に向けた。「ん、見える」

「ホールドしといて。あたしはほかのディザスターを探す」

キューズはかたわらのフィッシャーキングの肩をたたいて催促した。意思が通じているのかと思うと嬉《うれ》しくなるが、おそらくユスがディザスターを探せと指示してくれているのだろう。

フィッシャーキングは頭をもたげて、鼻をひくつかせた。そして低く唸《うな》っていきなり反転する。

キューズは急いで双眼鏡を振り向けた。シルエットとなった甲虫がこちらにむかって疾走してきていた。まっすぐ向かってくるわけではないが、危険なほど近くを通過することになる。

「四時、距離四〇〇！」

装填手は激しく舌打ちして体を背後へと向けた。

「十分にひきつけて二〇〇で狙撃して」

ところが装填手は、ディザスターの姿を認めると同時に発砲していた。力強い銃声が二度耳元で響いて、キューズは啞然《あぜん》とする。

衝撃音がしたところをみると命中はしたらしい。双眼鏡のなかのディザスターは疾走をやめて胴体を引き起こした。装甲に弾かれてダメージを与えることはできていない。

装填手は震えながらスコープを覗いている。

怒鳴りつけてやろうとキューズは口を開きかけたが、装填手の額を流れる汗に口をつぐんだ。だれだって突進してくるディザスターを見れば平常心は失うだろう。

しかし装填手はまたもや発砲した。パニックになっているのだ。

追い打ちの銃弾で完全に位置を見つけられたらしく、キューズはディザスターと視線が合うのを感じた。フィッシャーキングは慌てふためいてその場でくるくると回る。

「伏せて！」キューズは叫ぶと横に転がった。

いままでいたところが白く輝きを発した。短い照射の連続で、全体が高熱を帯びて球状に爆発する。

キューズは熱風に煽《あお》られてさらに転がった。土塊が体じゅうに降りかかってくる。地面を摑《つか》むようにして体をとめると、すぐさまディザスターの姿を探した。ヒュンと視界の隅を遠ざかっていくものがある。高速で動き深追いはしないという基本戦術を守っているのだ。

爆発のあとは地面が抉《えぐ》られ、水蒸気がたちこめて霧になっていた。

「フィッシャーキング?」キューズはおそるおそる尋ねた。死んでしまったのならユスに申し訳がたたない。

犬が水蒸気のなかから姿を見せると、キューズは胸をなでおろした。しかし頭を低くして悲しげに訴えているのに顔色を変えて、駆けよった。

爆発孔の向こう側で、上半身だけの装塡手が表情を苦悶に凍らせて絶命していた。フィッシャーキングは眠っているのを起こすかのように、鼻で装塡手の顎を押している。

「バカね」キューズは装塡手の手から対物ライフルをもぎとった。「焦りすぎなのよ」

フィッシャーキングは装塡手を蘇生させようという努力をやめようとしなかった。キューズはその動きを抱きしめてやめさせる。

「優しい子ね。でも、それどころじゃないの。こんどはあんたがディザスターをさがすのよ」

キューズは引き金に指をかけようとして、できない自分に苦笑いを漏らした。恐怖と緊張で指がカチカチに固まっている。

手をもみあわせて凝りをほぐす。そうしてあらためてライフルを抱えなおした。

フィッシャーキングが鼻をひくつかせる音が聞こえる。

「さあ、見つけて。見つけて教えて」

ところがいつまでたってもフィッシャーキングは合図してこなかった。スコープから視線を外して犬をみると、表情に困惑のようなものを浮かべている。

キューズはあたりが静かなことに気づいた。

銃声も、レーザーが地面をえぐる爆発音もなにもない。動きのあるものは枯れ草が燃える火と煙だけだ。パルチザンたちはそれぞれ息をひそめて隠れているのだろう。

ディザスターがいない。

キューズは自分の許しがたい過ちを悟った。カルテットはこちらがエアロスクーターを捨てたことを見て、こちらの足を破壊しただけで去ったのだ。こちらは速度を失った。シユラクスのディザスターに任せればいい。

カルテットの四機がすべて、クルスの分隊へと向かったのだ。

9　ドッグファイト

「ほんとうのことを教えて」

アグンは恐い顔をしている娘を見つめ、ため息をついた。

「……いいとも。

白鯨は飛行船に包囲された。まず、逃がさないために意思が固定される。キロスケールたちの集団の力で、意思を物質に置換するんだ。白鯨はほんものの血肉をそなえた空の怪物になった。

ジョンクトはチネに退避するように強く命じられたのに、その場に残っていた。幽霊相手では戦えないけれど、空でのたうつ怪物なら戦える。それで白鯨のまわりを添うように飛んで、機関砲を撃ち込んだ。

でも相手は八〇〇メートルの巨獣だ。それほど効いたとは思えないね。

キロスケールの戦いも苦戦していた。白鯨はあまりにも大きかった。史上最大のシャドウはキロスケールの手に負えるものじゃなかったんだ。しかも執拗《しつよう》に攻撃を続けるうちに反撃されるようになった。これははじめてのことだった。シャドウはいままでは人間の存在がわからないかのように振る舞っていたからだ。反撃を受けたキロスケールはろうそくの火が吹き消されるように死んでいった。飛行船は鰭《ひれ》と尾でばたばたと叩《たた》き落とされた。

ジョンクトはチネの苦痛と焦燥を感じとっていた。

仲間の死はチネにとってたいへんな痛みだった。そして人間を敵と認めた白鯨がこれからどんなに危険な存在になるか憂慮していた。逃がすわけにはいかないのに、なんの手だても見出《みいだ》せない自分に苛立《いらだ》っていた。

ジョンクトは飛行船のゴンドラの窓に、ひとりの髪の長い女性を見た。こちらを一心に見つめていたような気がした。

彼は決断をした。機関砲で飛行船を撃ちはじめたんだ。巨大な火球が空を焼き、白鯨を灼《や》いた。連鎖的におこる火の嵐がおさまったあとは、空には半分に減った飛行船しかなかった。白鯨は黒焦げになって落ちていた。

ジョンクトとチネもいなくなっていた」

ディディは泣かなかった。唇を噛《か》みしめて耐えている。

クルスの分隊は平原で待機していた。

北に飛行場の赤い警告灯が見える。滑走路の照明は落とされていて、輸送機がやってきて着陸しそうな気配はない。

そしてシュラクスを挟んだ西から、重々しい砲声が届いてきた。

クルスは武者震いした。戦意がピリピリとはりつめて、ハンドルを握る手に無意識のうちに力をこめていた。

「やっぱりあっちからでしたね」コンラートが近づいてきて言った。

「いい兆候だ。勝てるぞ」

クルスはうなずきながら、少年の視線を避けるために対物ライフルを担ぎなおした。その視線は相変わらず眩《まぶ》しい。クルスが生還したことで、よりいっそう強くなってきている。

そのままコンラートとは視線を合わせないようにしながら、分隊に指示を飛ばした。

「移動する！　慌てるなよ、砲を中心に囲みながら速度をあわせろ。犬はそのわれわれをさらに囲むように移動してくれる。犬を追い越すな！」

その指示を受けて、エアロスクーターの群れは犬にあわせた速度で動きはじめた。

薄明のなかで確認しようがないので、犬たちは計画どおりに動いてくれていると信じるしかない。すくなくとも、そばにいるジュジュのボス犬フラヴィウスや伝令のアデレイドは行動をあわせてくれている。

クルスはコンラートと、もうひとりの小隊員のフェイスに先導を任せて、速度を緩めて後退した。自走一〇〇ミリ砲が追いついてくるのを待って、並んだ。

「いよいよだな」中年の砲手がくわえ煙草《たばこ》で興奮した口調で言った。

クルスは改めて砲を眺めた。高さで二メートル、幅で三メートルはある。ディザスターと同じくらいだといえばそうだが、機動力がまるで違う。

「戦闘が始まったら、これは捨てて下さい」

砲手は不機嫌にクルスを睨《にら》む。

「こいつの威力は知ってるんだろ？　おまえはあたりどころが良ければなんて言ってたが、こいつの直撃をくらったらすくなくとも行動力は奪えるんだ」

「あたればの話でしょう。とにかくディザスターはまず砲を狙ってきます。そのときは距離をとって側面を狙うようにしてライフルで狙撃してください。一〇〇ミリには劣りますが、ライフル用の徹甲弾もそれなりの迫力がありますって」

「囮《おとり》に使えって？　おまえなにもわかっちゃいない……」

そこでアデレイドが注意を引くように小さく吠えた。ザザザと枯れ草を遠慮なくふみわける音がして、耳をぴったりと寝かしつけた伝令犬が矢のように視界をよこぎっていった。

チラチラ舞う紙片がなければ幻覚かと勘違いするほどの速さだった。

アデレイドが気をきかせて、空中にある紙片をくわえてクルスのもとへ運んだ。

クルスは礼を言って、紙片に目を落とした。そのまま凍りついたように動かなくなる。

「どうした？」砲手が尋ねた。

クルスは顔をあげると、大声で叫んだ。

「散開！　散開だ！　各自個々に町の北を抜け、西の平原に迎え！　犬の位置を見失うな！　砲もただちに放棄！」

砲手は驚きで目を丸くした。

「不意打ちは失敗した可能性が高い！　散開しろ！　砲を捨てろ！　いいですね！」

クルスは厳しい顔つきでなおも叫び続け、砲手にしっかりと念を押して自分の小隊のもとへと急いだ。

そこへ短く連続した遠吠えが聞こえてきて、クルスは背筋に寒いものを感じた。つき従うアデレイドの伝令犬の一隊を見ると、毛を逆立て体を低くして走っている。

「体を低くしろ！　攻撃されるぞ！」

エアロスクーターを捨てろといえないところがクルスの辛《つら》さだった。足がなければキューズのもとにはたどりつけない。

「何事ですか！」

クルスが追いつくと、コンラートが振り返りながら尋ねてきた。

いきなり南の地平線が爆発して炎をあげた。爆発は連続して一直線に結ばれる。

クルスはあたりを見回して被害がないことを確かめた。かなり離れたところからの、だいたいの位置を推測しての乱射のようだ。だからといって脅威にならないわけではない。

「慌てるな！　速度を守れ！　犬の位置を確かめろ！」

二度目の斉射で、背後で一〇〇ミリ砲のひとつが捕捉された。歯に響く金属の炸裂音が轟《とどろ》く。

それがパニックの引き金となった。いくつかの小隊が耐えきれずに突出した。犬の守りを失った彼らは、精神を捉えられて一瞬にしてディザスターの正確無比な狙撃の犠牲になった。

クルスはありったけの自制心でスロットルを握る手をおしとどめた。

ユスの言葉が思い出される。べつに犬の背後から一歩踏みだしたくらいで、犬の輪からでたりはしない。大事なのは位置と行動だ。パルチザンがディザスターから守られるのは、犬の群れ意識に守られるんだ。犬を前に立てていれば安全というものじゃない。だから大事なのは、群れのように行動しようとすること、全体を気にかけ自分だけの突飛《とっぴ》な行動をしないこと、なにより人間の側で群れの一部だと強く認識すること。たとえ犬にびっしり囲まれてその中心に居ようとも、犬に理解できない行動をしていれば群れとは見なされない。

「ディザスターの目的はわれわれを慌てさせることだ！　落ちつけ！　犬を見ろ！　犬の

ように振る舞え！」

クルスは散開した分隊に、なおも指示をとばした。

斉射は執拗に続けられ、クルスの分隊は忍苦を強《し》いられた。命中率はごくわずかだとわかっていても、火線にむきだしだというプレッシャーは相当なものだ。不運な仲間がレーザーで四散するのを目の当《ま》たりにしてはたかだか犬の走れる速度を超えないという行為に耐えることさえ、苦行僧なみのコントロールが要求される。

レーザーの火線が宙を裂いていく。狙いはだんだん正確になってきている。五メートルほど離れて右を走るコンラートはできるかぎり首をすくめていた。左のフェイスはガタガタと足を震わせ、いまにも逃げだしそうだ。

シュラクスは正面に見えていた。大陸縦貫道路に接続するメイヤー通りの並木も見える。目測でわずか二キロ。それが遠い。

フラヴィウスが注意を促すようにくぐもった声をたてながら、駆けよってきた。視線を正面にすえ、鼻面に皺《しわ》をよせて警告の表情を作っている。その瞳が訴えかけてくるものにクルスは言葉を失った。

「……正面にもいるというのか？」

フェイスのスクーターが直撃をうけて横転した。そのスクーターが勢いのついたまま地面を滑ってくるのを、クルスは避けることができなかった。衝突して、地面に投げだされる。

たしかに正面からの火線だった。

北からの乱射もまだ続いている。ディザスターは複数だ。いや、カルテットは四機だ。

クルスはすばやく立ちあがった。打ち身と擦《す》り傷が火のついたように痛んだが、その苦痛は人ごとのように感じられた。

「全員下車だ！　スクーターを……」

背中に衝撃を受けて、クルスは倒れた。頭を押さえるものがある。アデレイドの前肢だった。

「なんの真似だ！」頭に血がのぼったクルスはアデレイドの脇腹を殴ろうとした。

そのとき光の格子模様があたりに覆い被《かぶ》さってきた。コンラートがその網に捕らえられて、頭を失うのが見えた。

光の正体はレーザーだった。それがあたりを明るくするほどの密度で、四方から発射されていた。そこらじゅうで枯れ草に火がつき、煙をあげて炎をあげた。蒸発した水蒸気が包みこむような霧となる。

囲まれている。

アデレイドが体を伏せていた。クルスも両手で頭を庇《かば》うようにして、懸命に姿勢を低くする。火の粉が飛んできて、むきだしの首筋と手を焼く。

四方からの斉射はおよそ三〇秒ほども続いた。

クルスはゆっくりと立ちあがった。袖を舐《な》めている火を無造作に叩いて消す。

そこに火の海があった。平原が明々と燃えたっている。パチパチと爆《は》ぜる音をたて、霧となった水蒸気を渦巻かせている。

ゆっくりとあたりを見回し、クルスは静けさに戦慄《せんりつ》を覚えた。隠然と響いていたエンジン音がまったくなくなっていた。フラヴィウスもいない。囲まれるとは、ジュジュのクランはなにをしていたのだろう？

「全滅……？」

クルスは自分の唇をついて出てきた言葉が信じられなかった。自分が発音したということも信じられなかった。

コンラート。クルスはまだエンジンが唸《うな》っている転倒したエアロスクーターに駆け寄った。その重量の下で少年の体は押し潰《つぶ》されていた。頭はない。

「どこだ！」

クルスはコンラートの頭を探しはじめた。凝視を向けてくるアデレイドに、強い口調でいっしょに探すように命令する。ところが動こうとしない。黒い瞳で見あげてくるばかりだ。

クルスはその場にくずおれた。両手で顔を覆う。

「……嘘だろ? 嘘だって言ってくれよ……」

だれも嘘だとは言ってくれなかった。そのかわりにクルスは二の腕に鋭い痛みを感じた。咬《か》まれたのだ。

まじまじとアデレイドを見つめる。いま咬んだのは、ユスだろうか? それともアデレイド自身だろうか?

どちらでもいい。伝えたいことは明白だ。

クルスは自分のシルバー・スペリオルのところに戻って、対物ライフルを手にした。

まだ終わっていない。はじまったばかりだ。

アデレイドが急に一声吠えて、体を翻した。牙を剝《む》きだしにして怒りをあらわにしている。

首を巡らすと、炎のむこうにディザスターの姿が見えた。とどめを刺しに来たという訳だ。炎のおかげでこちらには気づいていない。

「行くぞ、アデレイド」

低く呟《つぶや》いて、ライフルを構えた。狙いはレーザーのついた左腕の関節。右手の人差し指に軽く力をこめる。

弾丸はわずかにそれて、ディザスターの腕を叩いた。

クルスは体を低くして走った。炎はいい遮蔽物になっている。しかもアデレイドが、注意を引くために駆け回ってくれている。

ディザスターは炎を踏み分けて突進し、旋回し、意表をついて胴体を回転させてクルスとアデレイドを追った。レーザーはふんだんに惜しみなく放たれる。

動き回って姿を隠しながら、クルスはチャンスを窺《うかが》った。乾燥していがらっぽい空気は喉に焼けつくようだ。

二度、徹甲弾を発射するチャンスがあった。首、肩と命中するが、ダメージは与えられない。すくなくとも同じところに当てなければ、装甲は破れないとキューズは言っていた。すぐにディザスターはアデレイドに翻弄される愚かさに気づいた。犬は脅威でも種類がちがう。これだけ至近にいれば、人間のほうが危険だ。

ディザスターは隠れるクルスに見当でレーザーを放ちはじめた。アデレイドは心得たもので、ディザスターが発射する寸前に声で警告を与えてくれた。それを信じて、瞬間瞬間に体をひねれば避けることができる。燃える藪《やぶ》に跳びこむ形になることもあったが、熱いとさえ感じなかった。憎しみと怒りのほうが高温を放っている。

さらに二度、弾丸を叩きこむことができた。腹に当たった弾丸は弾《はじ》かれたが、そのつぎで肩を引きちぎることができた。残念ながら、把握力があるだけの右肩だった。

しかし奮戦もそこまでだった。アデレイドが狂ったように騒ぎだし、クルスは予想もしなかった方向から射撃をうけて、バランスを崩して倒れた。その倒れたところが火の上だった。髪に火がつくに至って、気にしないではすまなくなった。頭を叩くようにして、懸命に消火した。

エンジン音が重なって聞こえていた。ディザスターの援軍だ。

これまで。

クルスは覚悟を決めて、仁王立ちに立ちあがった。そしてディザスターの背中に、連続して発砲した。

ディザスターは嘲笑するかのように、ゆっくりと振り向いて——

——爆発した。

クルスは爆風に吹っ飛ばされて、地面を転がった。墜《お》とした手ごたえなどなかった。

横たわるクルスの目の前を一頭の犬が走り抜けていった。一瞬のことだったが、ジュジュの犬であることは見てとれた。バターランのときのホルスターを身につけていたような気もする。

ギャウギャウとアデレイドが聞いたこともない声で吠えていた。

「なんだ?」クルスは立ちあがった。

さらに犬が駆けてゆく。たしかにホルスターを装着している。

アデレイドの騒ぎ方は尋常ではなかった。そばに走り寄ってきて、懇願で喉を鳴らし、次には怒りで鋭い声を放つ。

爆音が響いた。クルスが振り向くと、二〇メートルほどのところで爆炎が二本、立ちのぼるのが見えた。

「おい、まさか……」クルスは呆然《ぼうぜん》と呟いた。

ジュジュが犬でカミカゼをしている。

もっとはやくに気づくべきだった。自分を責めるユスが思いだしたのは、ガンギルドの支洞でなにやら話しこんでいるジュジュの姿だった。あのとき爆薬の商談をまとめていたに違いない。そしてクルスの分隊の守りをおざなりにして、順次犬を呼んで爆薬を装着したのだ。

ユスはブライズヘッドの頂上から平原を見下ろした。キューズの分隊は心配がない。シュラクスからディザスターはまだ出てきていない。

「いけるか」

ユスはサクラとサナエがホルスターにきちんと納まっているかどうかたしかめて、エアロスクーターを反転させた。そして丘を一気に駆け降りる。

ユスが離れるのを感じて、スターバックが指示を求めてきた。すぐにシュラクスからディザスターが出てくるだろうから、その警戒を怠るな。それだけを伝える。スターバックは熟練したリーダーだ。任せても間違いがない。

いのだ。フィッシャーキングは困惑して助けを求めてきている。なにをしたらいいのかわからないのだ。フィッシャーキングはとかく判断を嫌って尋ねてくる傾向があり、それは小隊長としては致命的な欠陥だ。おまえがキューズを守ってやれ、と励ましてやる。

エアロスクーターは地平線に樹海を見ながら、東へと急いだ。犬の速度に束縛されないフルスロットルは久しぶりで、流れさってゆく地面を見つめているとなんだか眩暈《めまい》がした。町の南の畑地へと入り、隠者の庵へと急ぐ。

クルスは激情に駆られているようだ。襲ってきたディザスターは二機きりだった。ということはカルテットののこりの二機は、分隊を全滅させた後キューズの分隊の始末に向かったということになる。シルバー・スペリオルを駆り、その二機を追跡しようとしている。冷静さは欠いているが、問題はその脇を走るアデレイドの方が大きい。彼女も復讐《ふくしゅう》の念に燃えていて、自分の部下を放ってしまっている。言い聞かせても聴かないので、燃え盛る平原にとりのこされた彼女の部下たちには西に走ってスターバックと合流するように命じた。悲しいことだけれど、もう連絡用の犬は必要ない。

五分ほど全速力で走ると、曙光に照らされて黄金に染まる隠者の庵が見えてきた。ジュジュはその巨大な一枚岩の人工洞にいる。セカンドとしてピジョンにやってきながらファーストの生活に人生の真理を見いだして、隠者としての生活を選んだ男が掘った洞窟だ。

「ジュジュ!」ユスは洞窟の入り口でスクーターを停めると、大声で少年の名を呼んだ。

返事はない。ジュジュも仔犬を抱えているはずなのに、その気配すらない。脇の下の二匹が血の匂いがすると騒ぎだして、ユスはなにごとかと足を早めて洞窟に入った。数歩入ったところに仔犬の体が転がっていた。後頭部から撃ち抜かれて、頭がグシャグシャに潰れている。さらに数歩ゆくと、今度は二頭が重なってやはり絶命している。

「嘘だろう、どういうことだ……？」

自分の見ているものが信じられず、ユスは目を擦った。悪いことを懸念するあまりに幻覚を見ているということはないだろうか？　しかし仔犬はぴくりとも動かず、流れだした血は黒く固まっていた。

さらに直角に曲がった洞窟を進んだ。そのさきからは反応ランプの青白い光が漏れている。

いきなり銃声がして、ユスは体を凍らせた。そろそろと足をすすめて、洞窟のいちばん奥まったところにジュジュが座っているのを見つけた。

「邪魔するな、ユス」ジュジュの声は震えていた。

ジュジュの目が異様な光を放っていた。小刻みに顎を揺らし、唇からはよだれが滴っている。銃を握る手も顎とリズムをあわせるかのように震えていた。

「仔犬たちはどういうことだ？」

ユスは冷静に尋ね、襟をしっかりとあわせた。サクラとサナエが犬の血の匂いに怯《おび》えて暴れていた。

ジュジュは涙を滲《にじ》ませたが、ギラギラと光る瞳には後悔の色はなかった。

「おれが殺した。耐えられそうになかったんで、苦痛のないように殺した」

ユスの視界が光を失って暗転するのを感じた。

「バカなことはやめろ」

少年は苦笑いを漏らした。

「バカなことでおれはクルスを助けたんだ。だったらバカなこと大歓迎じゃないか」

「おまえが傷つくんだぞ」

「だったらなんだよ？　血は流さなきゃならない。それがおれでなにが悪い。覚悟がなくちゃ、こんな素人考えの作戦が成功するわけがないんだ。ディザスターをふたつ……すごい戦果だろ？」

ユスはジュジュを見つめ、仔犬たちの死骸を見つめた。こんなことがあっていいわけがない。

「もういい。ジュジュ、クランを解放しろ。おまえのノイローゼにつきあわせるな」

「おれのクランなしでどうするつもりだい？」ジュジュは軽蔑に顔をしかめた。「あんたのクランだけじゃあ、戦場全体はカバーできない。行けよ、ユス！　あんたがこんなところにいちゃ、勝てるものも勝てない。もっともディザスターはおれだけで全部始末してやるけどね」

　ユスは奥歯を嚙みしめた。

「クランを解放しろ」

　ジュジュは銃をユスに向け、震える指を引き金にかけた。

「行けってば！　キューズにたまにはおれのことも思いだしてと伝えて。生き残った犬がいればその世話もよろしく」

「おまえのクランはいまからぼくが引き継ぐ」

「ハッ！　いったいどうやって！　いくらあんたがシリウスでもそんな芸当は……」

　ユスはそこで初めて意識して自分から耳鳴りを呼びこんだ。そうしてみるとそれは不快な耳鳴りではなく、無限に折り重なったざわめきだとわかる。すべての意識するもの、すべての命が発する音が重なった背景音だ。

　ジュジュの意識が見えたような気がした。それに腕をのばすようにして、摑《つか》み、引き寄せ、侵入した。自分が乱暴なことをしているかもしれないと後悔がよぎったが、ジュジュのためにもクランのためにもパルチザンたちのためにもグズグズしているわけにはいかなかった。

「やめろ！」ジュジュは猛烈に暴れはじめた。痙攣《けいれん》した指が引き金を引いて銃弾が発射される。

幸いにも銃弾は誰も傷つけず、耳に痛い音を残す跳弾となった。ユスはひるまずにますます強くジュジュの精神に押し入って、その核に迫った。そして眠れと強い暗示をかけた。悪い癖をどうしても直せないときに、犬に使う手だ。ただ、ジュジュは人間なのでその精神がはるかに複雑で、しかもデリケートだ。

精神的格闘をしばらく続けると、ジュジュはおとなしくなった。目を力一杯閉じた形にはなっているが、一応眠っているように見える。

ユスはかがんでジュジュの脈が止まりも乱れもしていないのと、呼吸を確かめて、死んでいないことに安心した。初めてのことに達成感があるどころか、他人の精神を力ずくで屈伏させたという嫌悪感だけが残っている。とてもデリケートな仕事とはいえず、後頭部を殴って気絶させたほうがまだ丁寧だったかもしれない。

休まずにつぎは意識をのばして、ジュジュのボス犬、フラヴィウスの精神を探した。フラヴィウスはいきなりジュジュとのつながりを切られて、混乱して助けを求めていたから、見つけるのは簡単なことだった。

しかしそこから先がうまくいかない。外見も作りも同じだけれども、家具の配置がまったくちがう家のようだった。鏡があそこにあるはずだと思っても見返してくるのは壁で、ベッドに横になったつもりが観葉植物の鉢の上に覆いかぶさってしまう。まったく勝手がわからないのだ。接触は途切れがちになり、追いかけて走るうちに目標を見誤り、見失ってはつかまえに急ぐといったようなことが続いた。

焦燥ばかりが募る追いかけっこのうちに、ユスは誤ってひとつの意識とつながった。

「ロレンゾ？」

今夜は飲まないでおこうと思っていたのに、酒が近くにあるとどうしても我慢できなかった。飲まないと不安で仕方がないということもある。

だからヨハネスの精神波に痛烈に引っぱたかれて目覚めたとき、ロレンゾはパルチザンのことなどすっかり忘れていた。花屋の馬鹿力のせいで残る痛みに呻《うめ》きを漏らしながら制服に袖を通し、元市長室である指令所に向かう廊下の途中で、騒乱のなかから襲撃という単語を耳にしてようやく思いだした。

歩調を緩めて、慌てて こころのガードを固める。ちかごろこの技術はめきめき上達していて、ヨハネスにさえ滅多なことでは情動を窺わせない。裏切りという秘密を抱え背に腹は代えられない事情をさしひいても、自分に才能がなかったわけではなかったのだと嬉《うれ》しく思っていた。

両開きの大仰なドアをノックするころには、完全に感情を覆い隠すことに成功していた。いよいよヨハネスの最期だと思うと、ノックが強くなった。

短く息せき切った声に、入れと促されてロレンゾは入室した。なにもない気取った指令所はいま本来の姿をみせていて、情報端末の巣窟のようなありさまになっている。ディスプレイから漏れる光が広い室内を虹色に染めあげていた。

ヨハネスは慌てふためいていて、いつもの不遜にとり澄ました様子とのギャップにロレンゾは積年の溜飲《りゅういん》を下げた。一分《いちぶ》の隙もなく制服に身をかためたウルリケが休めの姿勢で無表情に立っている。

「なにごとですか？」ロレンゾはわざとらしく平板な声で尋ねた。

ヨハネスはキッと顔をあげ、つかつかと部屋をよこぎってくるとロレンゾを平手で打った。

「また酔っているな、貴様！　おまえはもうお払い箱だぞ！」

「部下の監督不行届を問われますが、よろしいので？　諮問にはハンドラー、ウルリケ・ルッツにあなたがしていることについて報告しなければなりませんが？」

ヨハネスは返す手でさらにロレンゾを打つ。

「賢《さか》しらなことを！　お払い箱とはいろんなかたちがあるんだ！　落ちついたらわたしが自らおまえを矯正してやる！」

ロレンゾは胸を張った。

「楽しみです。それよりなにがあったので？」

ヨハネスはしばらくロレンゾを忌《い》ま忌《い》ましげに睨んでいた。

「……カルテットのキャリアが砲撃された。ドライバーとは連絡がとれない」

大成功じゃないか。ロレンゾは内心パルチザンたちに拍手を送った。

「それでカルテットは？」

「未確認だ！」ヨハネスは悲鳴のように言って、執務机が表示している情報に注意を戻し、ネットワークに接続されたマイクにむかって叫んだ。「残っているドローンを全部飛ばせ！」

ヨハネスはすこしずつ集まってくる情報のひとつひとつに悪態をつきながら、顔色を青ざめさせていった。ロレンゾがほくそ笑んでいるのにも気づかずに、ときおり救いを求めるような視線をむけてくる。

やがてコンチネンタル通りとプラザ大通りの交差点の詰め所からの報告が届いて、ヨハネスは顔色を明るくした。

「ディザスターが動いている？　交戦中？　いまはしていないんだな？」

こんどはロレンゾが青くなる番だった。カルテットが生き長らえていたのだ。それはヨハネスも生き長らえるという意味でもある。さらには町の東をディザスターが炎上させているという情報が伝わってきて、あやうく冷静さを失うところだった。

ひとまずは、というふうにヨハネスは椅子にもたれかけた。

「すぐに指揮車を用意させる。おまえらも出撃の準備をしろ。この際だ、やつらを徹底的に痛めつけてやれ。皆殺しにはするなよ。すこしは逃がしてアジトもつきとめないとな」

通信があったことを伝える、軽やかな音が流れた。執務机の上に大きなウィンドウが現れて、そこにヘッドセットをした男が大写しになる。

「スタンレー！」ヨハネスは破顔して、媚《こ》びるような声で言った。

なるほどこいつがカルテットか。ロレンゾはハンドルの天才と呼ばれる男を遠慮ない視線で観察した。ヘッドセットのせいで顔はわからないが、ボテッとした二重顎は隠しようもない。このデブが、四機ものディザスターをハンドルしているのだ。

「久しぶりだな、ヨハネス。田舎暮らしで勘が鈍っているらしいな」

ヨハネスは、アハハとロレンゾが聞いたこともない軽い笑い声をたてた。

「そう言うな。それよりどうして無事でいるんだ？　キャリアは完全に破壊されたと聞いてるぞ」

カルテットの口調は冷たい。

「敵地へ行くのにのんべんだらりと運ばれてゆく趣味はない。シュラクスの五〇キロ手前でディザスターはキャリアから搬出させた。もとより第二種警戒態勢だから、わたしは戦闘指揮車に搭乗している」

ヨハネスはいささか憮然《ぶぜん》とした。

「敵地じゃない。統治軍の駐留する治安都市だ」

「こんなことになってもか？」

ヨハネスは不機嫌な表情をすぐに消して、取り入るような表情に変えた。

ロレンゾにもこのふたりの人間関係が読めてきた。友人という話だったが、どうやらヨハネスはカルテットに強烈なコンプレックスを感じているらしい。

「相変わらずきついなあ、スタンレー。早くここにこいよ、拾いものの茶葉があるんだ。おまえならパルチザン狩りなぞ紅茶を飲みながらでもできるだろ？　タイラン将軍が喜びそうな古銃も見つけた」

カルテットは鼻を鳴らして一蹴した。

「それは後だ。わたしが用心深いのは別にして、司令官閣下から直々に忠告を頂いたこともある。このピジョンにもゼロスケールの可能性を認めなければならないようだ、と」

ヨハネスは鋭い音をたてて息をのんだ。

「ゼロスケールだと？　ここは憑《つ》きもの星じゃないぞ。だいたいそんな気配はまったく……」

「あの〝はるか〟だって最初は感じさせなかったさ。徐々に目覚めるんだ。その結果、最高のジオ・アフタースケールが惨殺された。ヨハネス、恥を忍んで正直に言おう。じつはすでにわたしのディザスターは二機破壊されている。いや、ゼロスケールの力は感じなかった。犬が爆弾を抱えて突撃してきた。突然のこととはいえ、油断をつかれて二機も失ってしまった。だから呑気《のんき》に構えている暇はない」

犬が爆弾で自爆したというのか？　ロレンゾは耳を疑った。ユスがそんなことをするわけがない。もうひとりの犬飼いかクルスのアイデアだったとしても、許可するはずもない。

ヨハネスは頭を振って、とりあえずは自分の疑問を捨て去った。

「わかった。戦況はどうなっている」

「東側のやつらは全滅させた。しかし生き残りがひとりいる。犬を使うしつこいやつで一機の肩をやられ、それに気をとられているうちに爆弾を抱えた犬に接近を許してしまった。西に二機振り向けたんだが、それを引き返させてそいつを始末したいと思っている。だから西側をまかせていいな？　エアロスクーターをあらかた破壊しておいたから、ちょこまか動くことはないはずだ」

「任してくれ。西側だな。すばらしいじゃないか。さすがだな」

「それほどでもない」カルテットは鼻白《はなじろ》んでいるようだ。「おまえにだってできるはずだ。適性はそれほど高い」

「とんでもない。ハンドルでおまえと争うつもりはないさ」

「出世と保身で精一杯か？　それともディザスター以外のものをハンドルしているのか？　いい加減に悪い癖を直せ」カルテットはウルリケを見て、諦めたように首を振った。「そうしたら統治軍の旧弊なやつらにもウケがよくなる」

ヨハネスは咳払《せきばら》いで会話の流れを寸断した。そのわざとらしい仕種に、ロレンゾは怒りが新たに募ってくるのを感じ、それを必死に押し隠した。

ヨハネスが行けという風に手をひらひらさせたので、ロレンゾとウルリケは敬礼をして回れ右をした。

そこにカルテットの制止の声がかかる。

「待て。どうしてわたしの到着の情報が漏れた？」

ロレンゾは感情が波打つのを抑えられなかった。しかし秘密が露呈するレベルではないはずだ。

「その調査はいずれする。いまはパルチザンの始末が先だ」ヨハネスが言った。

「おまえ、ほんとうに錆《さ》びたな。そんなにその人形の具合がいいのか？」カルテットはウルリケに乾いた嘲笑を浴びせかけた。

人形。ロレンゾは拳《こぶし》を握りしめた。覚えた殺意は鋭く、苦かった。ウルリケは人形じゃない。

気づくとヨハネスがこちらを刺すように見ていた。

ロレンゾは不意に体がバランスを失うのを感じて、左足を突っ張った。ところがなんの支えにもならず、無様に床に倒れてしまう。信じられない面持ちで見ると、左足の腿が炭化して、骨が顔をだしていた。とたんに意識を失うほどの痛みが襲ってきて、床の上を転げまわった。

「苦痛はすべてをあらわにする」グリップレーザーを握ったヨハネスが言った。

「無茶をする」カルテットは呆《あき》れる。

「どうせこいつは始末するつもりでいた。近頃反抗的だからな。ハンドラーごとき始末書ですむさ」

ロレンゾは悲鳴を倍にした。ヨハネスの精神波が、こころを遠慮なく陵辱していた。

「なんとまあ、罪悪感だらけじゃないか。おまえが情報を漏らしたんだな？」

ロレンゾはヨハネスを締めだそうとしたが、無理な相談だった。苦痛で意思をまとめることができないで、剝きだしの感情をあらわにしてしまう。

ヨハネスはロレンゾの後ろめたさに食いついて、その正体をみつけだし確信にうなずいた。

「なんてことだ、ロレンゾ・エルモロ。反逆の代価を知らないのか？」

ウルリケが腰のレーザーを抜いた。いささか動きがぎこちないのは、ヨハネスにハンドルされているのだ。

「他人のおもちゃがそんなに欲しいのか？　悪い子だな、ロレンゾ。せめてもの情けだ。最愛のひとに殺してもらえ」

ロレンゾは体を起こしてウルリケの視線をとらえた。空に似た青の瞳がいまは曇ってどんよりしている。

「撃て」ヨハネスが命じた。

「ウルリケ！」

ロレンゾは叫んだ。その大声に驚いたかのように、ウルリケは指の動きを止めた。

「撃つんだ！」

表情は変わらないが、ロレンゾはウルリケが激しい葛藤と戦っているのがわかった。嬉しくても、哀れだった。自分が苦しめていると思うと、悲しかった。そして優しく微笑《ほほえ》みかける。

「撃つんだ、ウルリケ。気に病まなくていいぞ」

「撃てと言っている！」ヨハネスが強い思念を放った。

ロレンゾはレーザーが胸を貫くのをはっきりと感じた。痛くも熱くもなかった。即死したのかもしれないな、と呑気に考えたが、倒れて後頭部をぶつけたときの衝撃はやけにはっきりと感じることができた。

「ロレンゾ？」

頭のなかで声がした。訝《いぶか》しげだが、真摯《しんし》な懸念がこもっている。

「どうした？　なにがあった？」

ユスだ。ロレンゾはおかしくなって哄笑を放った。溢《あふ》れた血がゴボゴボと喉で泡立ち、口からあふれた。視界の隅でヨハネスが怯《ひる》んで後じさるのが見える。

ロレンゾは頭のなかで歓喜とともに叫ぶ。

「ああ、ユス、ユス、ユス！　おまえだったのか！　おまえがゼロスケールなのか！」

「おまえ怪我してるのか？　いや、死にかけてるぞ！」

「ああ、そうだ。ウルリケに撃たれたよ。死に方としては悪くない。聞けよ、ひとつコツを教えてやろう。探すんじゃない。受け入れるんだ。腕をのばして摑むんじゃない。心を開いて待ち受けるんだ。おまえならできるぞ、きっと」

ゼロスケールだ！　とヨハネスとカルテットが色めきたった。ロレンゾはレーザーがさらに体に撃ちこまれるのをおぼろに感じた。

「ロレンゾ！　おい、ロレンゾ！」

「ウルリケを頼む」

ロレンゾの命は砂でできていた。ユスはそれを抱いてなんとかこぼれないように腕でしっかりと抱えようとしたが、ポロポロと崩れては流れてゆく。それをなんとかしようと抱えなおすたびに砂は大きく流失する。

砂の一粒一粒はロレンゾの記憶だった。軽やかな手触りで指の間からこぼれていくうちに、ユスはロレンゾと深く精神を結び、その人生を追体験した。サイプラントに記憶を奪われたロレンゾにとってもそれは失われた人生だった。

誕生は蒸し暑い、空気が粘性に感じられる午後だった。ジブラルタルをこえてアフリカから吹きつけてくる風を背中に、マグロ漁師の息子は大きくなる。八歳のときに父親は、第二子の権利を得られる特典に惹《ひ》かれて対岸のモロッコへと渡り、グリーンサハラの労働者となった。ビーグル犬のサンチョとの辛い別れ。ところが新大憲章を批准しない、反統合府勢力のバックアップを得たトゥアレグ族のゲリラ活動で、ロレンゾは父親と母親と弟を同時に失い、身代金目的でトゥアレグに誘拐されてしまった。新大憲章はその市民にたいして生存権を謳《うた》っているので、当時はそんな統合府に対する身代金ビジネスも成立したのだ。ところがそのころ統合府は非批准国に対して厳しい態度をとる〝大統合令〟を採択し、無届けで非批准国に出国した市民はすべて死亡扱いとされることになった。それで統合府の市民権を失ったロレンゾは、金にならないとゲリラから放りだされた。モロッコからモーリタニア、ブルキナファソと西アフリカ連合の非批准国を放浪しつつ、その日その日を懸命に生きた。最貧国をこどもひとりで生き抜くことは楽ではない。唯一の希望は批准国であるガーナへ入ることだったが、産児制限を敷かない非批准国から人口統制を受けた批准国にはいるのはアリの穴を通るよりも難しいことだった。一四歳のときに、ロレンゾはひとつの決心をした。最貧国へボランティアとして入ってくる白人の女性に狙いをつけ、哀れな身の上話で同情をひき、拉致《らち》しレイプしたのだ。すぐさま統治軍海兵隊がブルキナファソへ侵入し、女性は救出された。同時にロレンゾも収監された。死刑は免れないところだったが、裁判の過程でロレンゾがかつて市民だったことが判明して、精神矯正を受けるだけですんだ。そのときにサイプラントへの適性が見いだされ、西アフリカ連合の浮浪児は一夜にして統治軍の有望な士官へと出世した。収入とあるていどの自由を得たロレンゾは、名前も知らない白人の女性に償いをすることを人生の目標にすえた。拉致だけで犯人引き渡し条項が発動するならレイプまではしたくなかったのだ。統治軍のコネを使って見つけだした女性は、彼女の宗教がいかなる理由でも妊娠中絶を禁じていたため、ロレンゾの子を出産していた。生まれた女の子は里子にだされ、女性は幸せな結婚をしていた。ロレンゾは償いをしたいと申し出たが、女性は波風をたてないでくれと嫌悪もあらわに拒絶した。そこでロレンゾの償いの目標はその女の子に移った。ところが娘を見つけることは至難のわざで、里子を仲介したのが、統合府ではなく母親の所属していた宗教組織だったために情報を得られなかった。それでも統治軍の権威をふりまわし、ときには賄賂《わいろ》まで使って娘の行方をさがしたが、手がかりの糸はたぐった先で途切れるのだった。そうこうしているうちに、適化訓練が忙しくなり、サイプラントが実際に移植されると馴化《じゅんか》の過程で記憶があいまいになり、娘のことも忘れがちになった。そしてサイプラントに最適として訓練を次々にとびこえてきたウルリケと出会ったのだった。ロレンゾは一目見て、彼女が娘だとわかった。レイプした女性にも似ていたけれど、なにより彼の母親によく似ていたのだ。ウルリケの戸籍からは彼女が貰い子だということしかわからなかったが、それだけでロレンゾは確信した。父親の名のりなんかとてもできないけれど、ひそかに娘を見守ろうと、それが償いだと心に決めたのだった。

　この記憶のすべてをロレンゾは失っていたのだった。サイプラントが不適な記憶として、隠蔽していたのだ。

　ユスとの接触で暴かれた深層心理の記憶に、ロレンゾは熱い涙を流した。ユスもその涙の熱さを感じながら、失われゆくロレンゾを見送った。

「ウルリケを頼む」ロレンゾは最期にもう一度言った。

「ひきうけた」ユスは力強く答えた。

　ロレンゾとの接触が薄くなってゆき、ついには途切れた。

　しばらくユスは自失していた。

　逝くロレンゾの人生の重みに、押しひしがれていた。全力疾走のあとのような暖かい疲労感と、疲弊からくる寒気を同時に感じ、トロンと粘質に流れる時間をぼんやりと見つめていた。人の生はとてつもなく重かった。

　ユスは我に返った。

　自分の両の掌《てのひら》を見つめ、いままで抱えていた命の痕跡を探した。目に見えるものはない。しかしたしかにロレンゾが存在していたことが、深く刻まれている。

ユスは眠るジュジュに一瞥《いちべつ》をくれて、唇を噛みしめて洞窟を後にした。もううんざりだ。叫んで無意味に暴れたい気分だった。三つの仔犬の死体も陰鬱《いんうつ》な気分に拍車をかける。なにがなんでも終わりにしてやる。

雪が雨に変わっていた。ぼんやりしてどれほど時間を無駄にしたか、それが気がかりだった。

ユスはエアロスクーターに跨《また》がってエンジンを始動した。ロレンゾの忠告どおりに無理に意識を延ばさずに、自分を広げる形でまわりにジワジワと浸潤させてゆく。

難しいことではなかった。フラヴィウスは、助けをもとめてユスを探していた。その声に耳を澄ませばいいことだったのだ。

フルスロットルで隠者の庵を後にした。フラヴィウスに、二度と自爆は行わないから安心しろ、ジュジュも無事で病気も必ず治るから心配するな、と伝える。

他の犬たちとも接触する。彼らはホルスターに爆薬を入れられ、そこから伸びたスイッチを口の端に固定されていた。強く咬み潰すと爆発する仕掛けだ。彼らは一刻もはやくこの物騒なものを取ってほしがっていた。スイッチを入れない限り爆発はしないと説明して、しばらく我慢してほしいと頼んだ。

ジュジュのクランを西へと走らせる。

キューーズはウルリケのディザスターに襲われていた。スターバックの報告によると、その後ろからは統治軍兵士が迫っている。キューズにその情報を伝えるにはどうしたらいいのだろう？　頭を悩ませていると、突然にそんな必要はないことに気づく。

「キューズ」ユスは驚かさないようにそっと呼びかけた。

キューズは引き金にかけた指の力を抜いた。

「あたしもついに犬扱いというわけ？」

「むくれるな。兵士がくるぞ。二分ほどで到着する」

「クルスは？」

「無事だ。しかし分隊は全滅だ」

穏やかな絶望がユスにも伝わってくる。

「こっちは一機も墜とせてないのよ」

「持ちこたえるだけでいい……キューズ！」

そのときフィッシャーキングが勢いよく体をぶつけてきた。泥濘《でいねい》のなかに転がったキューズは、すぐ近くで、水分が一気に蒸発する音と土が抉《えぐ》られてたてる爆発音が連続するのを聞いた。

「キューズ、無事か？」

キューズは横たわるフィッシャーキングを呆然と眺めていた。優しい垂れ耳の犬は背中を丸めて、動くことなく雨に打たれていた。後肢のひとつが削られたように失われている。

「無事よ。これで無事と言えるなら……ユス、ごめん」

「足は？」

「失くなっちゃった、フィッシャーキングの……」

「違う！　おまえの足だ！」

言われてはじめてキューズは自分の右足の膝が炭化していることに気づいた。膝から下はフィッシャーキングに添うように転がっている。

「止血の必要はないみたい」急に全身の力が抜けて、キューズは仰向《あおむ》けになって灰色の空を見つめた。「一生義足かな？」

キューズとの接触が切れた。気絶したのだ。

「チクショウ！」ユスはエアロスクーターの計器盤を力一杯に殴った。「こんなことではだめだ、こんなことでは！」


アデレイドがニヤリと笑ったように見えた。

クルスは眉をひそめ、確かめるためにその表情を深く覗《のぞ》きこむ。大きく見開いた目でこちらを見つめながら、激しく尾を振っている。走りながら尾を振るなんて器用なやつだ、と思っていると意味に気づいた。そういえばライディーンも同じことをしていた。

「見つけたんだな！」

アデレイドはもう先に立って走っている。

向かう方向はいまの進路よりも微北、メイヤー通りの一点。

そうだ！　やつは大陸縦貫道路からやってきたはずなんだ。ならば一般道と大陸縦貫道路とが接続する、そのあたりにいるはずなんだ！

しかも戦況を見通すことができるほど近くに。

行く手を見ると、なにか風船状のものが浮かんでいた。それが見つけられたことを悟ったかのように、するすると下がってゆく。

バルーンアイ。治安警察の装甲ヴィークルにも装備されている、風船にカメラをつけただけの簡単な周辺監視装置。

「見つけたぞ！」

クルスが叫ぶと、アデレイドはわかったという印なのか高く跳ねた。

「ブチ殺してやるぞ！」

当然、というふうに、女傑は鼻面に皺を寄せた。しかし次の瞬間には、警告の叫びを放っていた。

クルスは慌ててハンドルをひねって進路を左へと変えた。

そこをレーザーが爆音とともに地面を灼《や》いた。

振り向くとディザスターが点となって見えた。点はふたつある。

レーザーの槍《やり》がつぎつぎに襲いかかってきて、クルスはそれを蛇行することで回避した。もういちど背後を確認すると、点は大きくなって立ちあがった胴体が見分けられた。

「クソッ!」

アデレイドと視線が合った。なにかを伝えようとしている。

「わかった!」

クルスはスロットルを全開にした。これはシルバー・スペリオル、平地ならその加速は他を寄せつけない。ディザスターだって。

アデレイドを置き去りにして、シルバー・スペリオルは急加速した。叩くようだった顔にあたる雨粒が、ちょっとした石つぶてほどの衝撃に変わる。

レーザーが降り注いできたが、クルスはもう回避行動はとらなかった。振り向きもせず、正面だけに視線を据えてひた走る。速度だけが勝負の要《かなめ》だった。

正面に木立が見えてくる。ジュジュの隠れている人工洞に住んでいた隠者が、種を植えたリンゴの木立だ。そこに枝葉でカモフラージュされた戦闘指揮車がある。

「カルテット!」

クルスの挑戦の叫びは、切り裂くようなエンジン音やレーザーの爆発音を圧して、平原に響き渡った。

おもむろに指揮車の扉が開いた。兵士が姿をあらわす。

これほど速度がついていては避けようがなかった。クルスは右肩に重い衝撃を感じた。ひっくり返りはしなかったが、スロットルを握ることができなくなったので、速度が暫時落ちてくる。そして兵士から五メートルほどのところで機体を扱いきれなくなり、倒れた。左手で腰にさした拳銃を抜こうともがいていると、射抜《いぬ》かれた右肩を踏みつけられて、クルスは苦痛のうめきをあげた。

「間抜けなやつめ。まっすぐ突っこんでくるとは、無謀も甚だしい」

兵士はグリップレーザーを突きつけながら、傷口を踏みにじった。クルスは身をよじって逃れようとする。

「右肩だ。え？　これでおあいこというわけだ」

クルスは睨みつけようと兵士の顔を見あげた。しかしヘッドセットが頭部の全体を覆っていて、目を見つけることができない。

「もちろん犬がいることも忘れちゃいない」

草むらをかきわけて、アデレイドが跳びだしてきた。男は慌てず騒がず、慎重に狙いをさだめるとレーザーを放った。

アデレイドはギリギリのところでレーザーをかわした。草むらのなかに戻って距離をとり、背後から襲おうとする。しかし男は余裕をもって、ただ近づかせないためだけに弾幕を作るので、距離を詰められない。

「一匹しかいないことも知っている」

クルスは男の足首を摑もうとした。

「おっと」

男は跳びずさった。銃口をクルスに向ける。

その隙を見て、アデレイドが突撃をかけてきた。男は乾いた笑いをあげ、レーザーで牽《けん》制《せい》する。アデレイドはふたたび間合いを空けるしかなかった。

クルスは拳銃を抜いた。引き金に指をかける暇もなく、蹴り飛ばされる。

「どうする？ その肩にかけたライフルで勝負するか？ そのデカイ代《しろ》物《もの》を構えるまで、こっちは五発は撃てるがな。さあ、どうする？ 答えないのなら、まず犬から始末する」

殺意の矢のように、アデレイドは男に向かって突き進んでいた。レーザーはその勢いを殺すように、面前へと打ち込まれる。ところがアデレイドはもう速度を緩めようとはしなかった。

「ケダモノめ！」

兵士は狼《ろう》狽《ばい》の滲《にじ》んだ悪態をつくと、レーザーを連射した。

ジッ、と収《しゅう》斂《れん》光の一撃がアデレイドの耳から肩を灼いた。次には腰をまともに射られて、グラリと姿勢を崩した。

クルスは立ちあがろうとして、兵士にふたたび右肩を撃たれた。激しい痛みで気を失いそうになって膝をつく。

　しかしアデレイドはよろめいても倒れなかった。漲《みなぎ》る殺意を疾走の力に代え、浴びせられるレーザーに微塵《みじん》の恐怖も匂わせずに、力強く大地を蹴りつづけている。

「死ね！　死ね！」迫りくる怒りに恐怖を覚えたのか、兵士の声は甲高かった。

　脇腹を捉えたレーザーは致命傷に見えた。熱で膨張した腹は破裂して、平原に内容物を撒《ま》き散らす。しかしアデレイドは止まらなかった。

　ついに兵士の喉もとに喰《く》らいつく。

　兵士と犬が折り重なって倒れ、揉《も》みあった。

　クルスは体を起こして、肩にかけたライフルを構えた。

「アデレイド！」

　その合図で、女傑は男から体を離す。

　クルスは銃口をあげ、兵士に嘲笑を浴びせかけた。引き金を引く。

　徹甲弾が兵士がまるで紙でできていたかのように切れ切れにした。

　クルスは地面に手をつき、大きく息をした。顔をあげると叫ぶ。

「アデレイド！　アデレイド！」

　勇猛な女傑は黒焦げだった。誇り高く尾を撥《は》ねあげ、スックと大地を踏みしめているが、片耳は焼け落ち、目からは濁った色の血を流し、肩は焼け爛《ただ》れ、腹からは内臓を垂らしている。

「アデレイド！　アデレイド！」

クルスの賞賛に、アデレイドは鼻をならして肩をそびやかした。

そのとき銃声がした。

毅然と立ちつくしていた体が倒れていく。背中からは激しく血が噴きだしていた。

クルスはアデレイドの血の飛沫《しぶき》が放物線を描くところを、呆然としながら目撃していた。

傷つきながらも力強くもたげられていた頭が疲れたように下げられ、地平線を見据える目にまぶたが覆い被さるところもつぶさに見ることができた。

女傑の体が地面に倒れたときの、ドサリという軽い音は耳の中で反響をくりかえした。

クルスはゆっくりと、ゆっくりと視線を上げた。

リンゴの木の上に、肥満の男がいた。手には銃口から硝煙を吐く無骨な拳銃が握られている。

「犬畜生にタイラン閣下から頂いたデザートイーグルはもったいないな」男は呟くように言う。

スカイブルーの軍服。

今度はゆっくりと視線を下げた。地面に横たわる兵士――アースカラーの軍服。木の上の巨漢は鮮やかなスカイブルー。なんという初歩的な誤認。

クルスは対物ライフルをもちあげた。

キュウンキュンと音がして、左右にディザスターが出現し、クルスに左腕を突きつけた。

肥満漢は気どった仕種で肩を竦《すく》めた。顎の肉が盛りあがり、震える。

「わかっていると思うが、わたしがカルテットこと、スタンレー・モントレーだ。おまえが殺したのは指揮車のドライバーに過ぎない」

クルスは脱力してのろのろと、ライフルを杖に立ちあがった。

「つまらないことを言わせるな。ライフルを捨てろ。手間をかけさせやがって。嬲《なぶ》り殺してやるからな」

左手で握ったライフルを静かに降ろした。手放す直前に、引き金を引く。

徹甲弾は幹を切り裂いた。カルテットを乗せたリンゴの木は、轟音《ごうおん》をたてて倒れてゆく。

瞬間にクルスは跳びだしていた。騒然と枝と葉が入り乱れるのをかいくぐり、横たわるトドのような肥満体に駆け寄って、銃口を胸に突き立てた。

それと同時に、クルスは顎を持ちあげられた。ディザスターの左腕が喉に触れていた。

「ディザスターの反応速度はシナプスのそれと同じだぞ。おまえは引き金を引くのに何ミリセカンドかかる？」

「知ったことか！」相討ちでもかまわない。クルスは覚悟を決めていた。

そこでカルテットが悲鳴をあげた。

アデレイドがカルテットの柔らかい頬に牙を立てていた。その瞳は死の色に濁っていたが、闘志で爛々《らんらん》と輝いている。

ディザスターがグラリとゆれて、左腕は空を向いた。

クルスは発砲した。弾丸はカルテットの胸に大きな穴を空ける。

「親父《おやじ》の名前はルクスルク・ファンド！　これは親父からだ！」

頭が吹き飛ぶ。クルスは母の名を叫んで、またも発砲した。兄の名を呼び、両手を吹き飛ばすと、そこで弾丸が尽きた。

そこでカルテットが落とした拳銃を拾ってきて、腹に向けた。

「コンラートの仇《かたき》だ！」

弾丸は湿った音をたてて肉のなかに埋もれる。クルスは拳銃を撃ち尽くすまで、失った仲間の名前を口にしながら、引き金を引き続けた。

拳銃がカチカチと作動音がするだけになっても、まだ言うべき仲間の名前は残っていた。それらの名を連呼しながら、クルスは狂ったようにカルテットの死体を蹴り続けた。

雨の冷たさがクルスを現実に引き戻した。

あたりを見回す。リンゴの木立と平原が雨に打たれていた。静けさがどういうわけか痛く感じる。

「アデレイド？」

クルスは今日だけでなんども命を救ってもらった、女傑の名を呼んだ。

「アデレイド？　アデレイド！」

反応がない。その姿もない。血だまりが雨に流されて消えていく。

「アデレイド！　アデレイド！　アデレイド！」

悲痛な声が地平線のむこうに吸いこまれていく。

消えた。

あれほどにクランのなかで重要な位置を占めていたアデレイドが、ぽっかりと黒い穴を残して消えてしまった。

ユスはスクーターを停め、腕が震えるのに耐えながら深呼吸した。

アデレイドは自分の意思でクランを去った。

ユスに死の苦痛をあたえるのを避けたのか、死に様を見られるのが嫌だったのか。どちらも彼女らしい。どちらも真実だろう。

冷たい雨に濡《ぬ》れ、大きく胸をあえがせながら、アデレイドは死のうとしている。いや、わからない。もう死んでいるのかもしれない。逆にはじめての孤独を楽しんでいるのかもしれない。

アデレイドのことは、もうユスにはわからなかった。

クルスは狂乱していた。意味のない叫びを発しながら、木立のなかを走り、藪を覗きこんで命の恩人の姿を探していた。

「クルス」ユスは静かに話しかけた。

クルスは頭のなかで親友の声がしても驚かなかった。そんな余裕がないのだ。

「ユス！　いいところに来た！　アデレイドがどこか教えろ。大怪我をしてるんだ、すぐにでもみつけないと！」

「クルス。頼みがある」

「いいからさっさと教えろ！」クルスは半狂乱で頭を振り乱す。

「探さないでやってくれないか」

しばしの沈黙。

「ふざけるな！　このクソ犬飼いめ！　アデレイドはおまえの家族だろう……」

「アデレイドは消えた。それが彼女の望みだ。お願いだから、探さないでくれ」

クルスは地面にへたりこんだ。動かせる左手で、力なく泥濘を殴りつける。

「クルス、もうしばらくだけアデレイドのことは忘れろ。まだ終わっちゃいない。キューズの分隊は戦っているぞ」キューズが足を失って気絶していることは伏せておいた。

「……わかってるよ……」

「すぐに西に向かえ」

「わかってるといっただろ!」

しばらくひとりにしておくしかない。ユスは接触を絶った。

耐えきれないのはおまえひとりじゃない。

ユスはこころのなかで呟くと、腹の底から絶叫を放った。息を継ぎ、くりかえしくりかえし空にむかって悲鳴をあげた。脇の下の双子も、悲哀にみちた低い声で悼みを歌う。

もう嫌だ。もう誰にも死んでほしくない。いや、もうだれも失われるべきじゃない。犠牲が多すぎる。

どうすればいい?

なにか方法はないのか、ユスは模索した。

みつからない。ひとおもいに自分が死ねば、楽になる。投降して、命乞いすればいいかもしれない。そんなことまで考えた。

しかしそれではアデレイドに顔向けができない。

そしてロレンゾの忠告をもう一度思いだした。追っては逃げるだけなのだ。心穏やかに、待つこと耳を澄ますこと。

雑多な音が聞こえる。外縁星からの呼びかけにも似ているが、もっと親近感がある。人々のこころだ。パルチザンの、シュラクスの、イディマスの、ルーオンデルタの。ピジョンの音。

そこに不協和音がある。

ジェイムズ・カーメンのものがもっとも巨大で、そしてもっとも不快だ。その背後で微《かす》かになにか見てとれる。

注意を凝らすと、微かなつながりが浮かびあがってきた。集中すれば見極められる。それはサイプランターとディザスターとを結ぶ糸だ。

魚を釣るときにタイミングを計ってあわせるように、その糸を掴むと、たぐりよせた。釣れたのはヨハネスだ。ユスは力まかせに殴りつけた。

ヨハネスは優雅な手つきで、情報を表示していたウィンドウをひとつひとつ閉じていった。指が走るたびに市長室は、もとのなにもない状態に戻ってゆく。

一二機のドローンと平原に浸透しつつある統治軍の分隊からの情報で、戦況はほぼ完璧に掴めた。カルテットとウルリケも指揮車に搭乗して、戦場を視認できる位置へ向かい、戦端を開いた。あとは身の程しらずのパルチザンを潰すだけだ。

もう指示することはない。カルテットに対するポーズだけでも、ディザスターを機動させて戦闘に参加しなければ。援軍を頼んでおいて、嫌いだからという理由で楽をしていては面子《メンツ》がたたない。

ディザスターと接触して、エンジンを起動させる。

ヨハネスは部屋を見渡し、満足げにうなずいた。床に大の字になって倒れているロレンゾの死体を除けば、床と天井と屋根、窓に映る風景だけできれいになにもない。こうでなければと微笑みを浮かべる。突然の襲撃に戸惑ったことなどなかったのだ。

ところが電子音がして、強制的にウィンドウが開かれた。真っ赤な画面には、カルテットのバイオモニターがすべてゼロになった状態が示されていた。

スタンレーが墜ちた？

簡単には信じられなかったが、どうでもいいことだ。あの高慢ちきはこちらが片田舎の鎮圧任務に飛ばされたと知って、爆笑したのだ。当然の報いだ。それにカルテットが敵《かな》わなかったパルチザンを壊滅させれば、中央への道もまた開く。

そのときヨハネスはバランスを崩して、両膝をついた。震える手で頭を摑んで低い唸り声をたてる。

「ゼロ……スケール……？」

ウルリケは憤怒に駆られていた。

なにもかもが腹立たしかった。犬たちはちょこまか動き、人間どもは物騒なライフルで狙ってくる。ディザスターをとにかく高速で移動させ、狙いをつけずにとにかく撃つ。その作業の煩雑さにも、腹がたった。

どうしてロレンゾは応援にこないのか。それも不機嫌の種だ。

来るわけがない。あたしが殺してやった。

ウルリケは冷笑を浮かべた。

あたしを嫌らしい目でみつめる、バカでかい低脳。こともあろうにコマンダーを裏切った、知恵のかけらもない間抜け。

もっとはやく殺してやるんだった。

ふいにこころが軽くなった。巨大なコマンダーの姿が遠のいてゆく。

次には悲鳴をあげた。ディザスターとのつながりが力任せにちぎられてゆく。むきになって全力を尽くしてもすべてが無にされるので、ウルリケはさめざめと泣いた。


クルスはようやく立ちあがった。

雨で体が芯から冷えていた。逆に二度も射抜かれた肩は熱い。

まだ終わっていない。ユスに説教されてしまった。それがなんだかおかしくて、クックツと低い笑いを漏らす。

横転したシルバー・スペリオルを片腕だけでなんとか起こした。コントロールパネルを開いて、スロットルの設定を左のグリップに変更した。速度は落ちるが、途中で気絶しないとも限らないので、オートバランサーも起動させる。

シートに跨がって、首を巡らせた。主を失ったディザスターはしょんぼりと肩を落として見える。リンゴの木立。白くまっすぐ走るメイヤー通り。この場所を記憶した。

「アデレイド、ここにまた戻ってくるからな。でっかい墓を建てに、必ずここへ」

クルスは走りはじめた。

シュラクスへ。


コンチネンタル通りの東には、環境調整のために植林された林が広がっていた。その林のなかで、一台の戦闘指揮車が篠《しの》つく雨に濡れて停車していた。

ユスはセコイアの根元にエアロスクーターを停めると、濡れた下生えのなかに足を踏み入れ、舌打ちした。巨樹に隠れている指揮車のドライバーの殺意が見えた。

殺意を搦《から》めとって、ばらばらに砕いてしまう。

絶叫があがった。苔《こけ》むした幹の陰から、統治軍兵士が息をつく暇もない悲鳴をあげつづけながら、振りかえりもせずに林の奥に逃げていった。

ユスは指揮車のドアをそっと開く。

「ウルリケ?」

ウルリケは大人用のシートの上で小さな体をより小さく丸めていた。ユスの精神力に抑えこまれてよほど怖いのだろう、体を震わせている。

いまのウルリケにはそれほど不快な感じがないことにユスは気づいた。サイプラントに固有の厭《いと》わしさはあったけれども、以前のようなすべてを拒絶する苛烈さはない。それはヨハネスのせいだったと遅ればせながら気づく。ヨハネスがディザスターをハンドルしないのは、ウルリケをハンドルしていたからなのだ。ユスは唇を噛んで、ヨハネスへの貸しにまたひとつつけくわえた。

「ウルリケ?」ユスはもう一度名前を呼んだ。

「……どうするの?」ウルリケは顔をあげてユスを見た。それだけのことでもかなりの勇気を振り絞っている。

「どうもしない」

ウルリケは自虐に唇を歪《ゆが》める。

「どうにかしたほうがいいわよ。あたしはサイプランターなのよ」

「きみにはどうしようもない」

「たしかにあたしはあんたの前では無力よ。でもピジョンには二〇〇機のディザスターと一五〇人のサイプランターが配備されてるのよ」

「きみは二度とハンドルはしない。ぼくはそれがわかる」

ウルリケは乾いた笑い声をたてた。

「たしかにあなたにはそれができるでしょうね、犬の王様。じゃあ、そうしなさい。あたしの心を弄《いじ》ればいいじゃない！」

「そんなことはしない」

「じゃあどうしたいのよ！　コマンダーに命じられれば逆らえないわ！　あたしはロレンゾだって殺したのよ！　そのときはなにも感じなかった！」

ユスが見つめると、ウルリケは顔を背けた。

「ロレンゾは恨んじゃいない。きみに殺されるのは悪くない気分だといってたよ。贖罪《しょくざい》の輪が閉じたんだ」

「知ったふうなことを！」

「知ってるんだ。ロレンゾはぼくに言い残した。きみを頼むとね。ぼくはわかったと答えた」

「なにもできないくせに」

「できる。ヨハネス・ランドラウドがきみに干渉することはない。二度とさせない。きみはサイプランターで虐殺の共犯だけれども、元凶はヨハネスだ」

「殺すの？」

「いまのところ、きみを守るにはそれしか方法はみつからない」

ウルリケは疲れたため息をついた。

「……殺さないでって言いたくなる。でも言いたくない。わからない……もうどうでもいい」

「ひとつ教えてあげよう。ロレンゾはきみの父だった」

ウルリケは疑わしげな眼差《まなざ》しを投げかけてきた。

「ほんとうだと思うよ。DNAを調べたらいい。きみが殺した父であるロレンゾはきみに生きていてほしいと思った。ヨハネスから守りたいと思った。だからパルチザンに協力して、統治軍を裏切った。サイプランターがサイコブロックを超えてそんな真似をすることがどれほど苦しいことかはわかるだろ？　ロレンゾはきみのためにその苦しみに耐えた。だから、どうでもいいなんて言うな」

「ロレンゾが……あたしの……？」

「そうだ。それがサイプラントに奪われていた。しかし消えはしなかった。意識のどこかに残って、きみを案じていた。記憶にはなくても、きみは深く愛されていた。それに報いるためにもきみは努力しなければならない」

「統治軍しかあたしの居場所はないのよ。ピジョンで生きろっていうの？　リンチされて殺されるわよ」

「たしかにそれは問題だ。町の人々の感情はよくない。だったら平原で生きればいい。ピジョンは広い。きみのための土地はたっぷりとある」

ウルリケはおもむろに手を伸ばし、ユスの頬を打った。

「ほら憎いでしょ？　腹がたったでしょ？　あたしはもっとひどいことをシュラクスでしたの。たくさん殺した……笑いながら。いまでも罪悪感はないの。もういちどやれと命じられればできるのよ？　笑いながら」

ユスは頬をさすった。

「どうもきみは甘えているらしいな。ぼくはみんながきみを許してくれるなんて一言も言っていない。それどころか憎まれ、さげすまれ、行く先々で悪意に遭うだろう。それでもきみは生きていこうとするだろう。いつかは融和の時がくると信じているかもしれないし、罪を生涯背負うとこころに決めるかもしれない。ただ、平原はすべてを受けいれる。きみが何者であろうとも、罪があろうとなかろうと、罪悪感に悩まされていようと」

ウルリケは目を細め、プイと横を向いた。

「できるとは思えない」

「たしかに楽じゃないだろう。きみは病気だ。サイプラントそのものにも問題があるだろう。治ると断言はできないが、なんとかやってみようじゃないか。きみとおなじように心に傷を抱えた少年がいる。ジュジュという名前の犬飼いだ。彼とともに病気を克服しよう」

「寝言にしか聞こえない。もう放っておいて！」

ユスは微笑むと、ジャケットの襟から手を入れてサナエを出してきた。

「きみにプレゼントがある」

ウルリケは仔犬を見て、うんざりしたように目を伏せた。

「……やめてよ、仔犬なんて。ぬいぐるみ感覚で抱いて気持ちを慰めろとでも言うの？」

「きみは頭がいい。意味はわかってるはずだ」ユスはサナエを差しだした。

ウルリケは嫌がるように頭を振ったが、それでもサナエを受けとった。

「犬飼いになれと……？」

「そういうことだ。名前はサナエ、きみのクランの礎となる。目を見てみてくれ」

ウルリケは言われたとおりにサナエの黒い瞳をのぞきこんだ。サナエも濡れ光った瞳に好奇心を浮かべて見つめ返す。

「そこにあるのは信頼だ。無条件の、心の底からの信頼だ。それに応えるために、きみは強くならなければならない。いま、きみは途方もない責任を背負いこんだ。逃げることはできない」

ウルリケは探るような視線をユスに投げて、サナエを握る指に力を加えた。肩を締めつけられ、喉を親指で圧迫されて、サナエは苦しさにもがく。

「それがきみの答えなのか？」動じずにユスは冷静に言った。

「……違う」ウルリケは肩を落とすと、サナエを胸に優しく抱いた。そして体を震わせ、全身を使って悪いものを吐きだすかのように激しく泣きはじめた。

「なんとか力をあわせてやってみよう。いいね？」ユスは優しく言った。

「ぼくは行くけど、すぐに迎えにくるから。このドア、外からは開けられないようにしてくれ。シュラクスの市民にみつかると怖いからね」

逃げなければ。

ヨハネスの頭にはそれだけしかなかった。ユスの精神はヨハネスにまとわりつき、隙あらば侵入してやろうと手ぐすねひいて待ち構えていた。ウルリケを摑んでいた手も離し、必死に防衛しなければ内部から破壊されかねない。

ヨハネスは震える声で、フライトヴィークルの準備を命じた。ところが市庁舎の屋上にあるフライトポートはちょうどいま到着した機で塞《ふさ》がれているという。車輛《しゃりょう》部の士官をさんざん怒鳴りつけて、一五分で飛びたてるようにと強く命じた。

ゼロスケールでは相手が悪すぎる。

ヨハネスはそう自分に言い聞かせた。カーメン司令官閣下だって、ゼロスケールを前にしての撤退は許してくれるに違いない。なにより大事なことは、司令官閣下のもとで対抗手段を模索することだ。その時には、自分の持っているユス・ネイロに関する情報が必要になる。

なにをするべきか、ヨハネスは市長室を落ちつきなく歩き回って考えた。まず指揮権の権を付与した。

委譲だ。それをせずに逃げだしたりしたら笑いものになるどころか、責任を問われる。コンピュータに委譲の手続きをしている途中で、うっかり後任にロレンゾを指名していることに気づいた。結局、その権限があるのかあやふやな統治軍の海兵隊の大尉に勝手に指権を付与した。

そこでようやくシュラクスがパルチザンの手に落ちることを思いだして、コンピュータのなかの情報を洗い流す手続きをする。ディザスターも与えるわけにはいかないので自爆信号を送る。そのためにわずかに精神を開くと、たちまちユスがそこへ襲いかかってきた。なんとか自爆信号は受理させて機能を破壊したが、そのかわりにユスに悲鳴をあげたくなるほどの恐怖を植えつけられた。

やらなければならないことは芋づる式につぎつぎと思い浮かんできて、とても一五分じゃ対応しきれないと、ヨハネスは早々に諦めた。貴重な時間は、統治軍のことよりも自分のことに使うべきだ。

深呼吸をして焦りを静めたヨハネスは壁に目をやった。陳列されている古銃は、歴史を感じさせながらも力強い光沢を放っている。

これはどうしても必要だ。ヨハネスは考えた。今回の失点は大きすぎる。運が悪ければ敵前逃亡の罪にも問われるかもしれない。それを避けるには、上と話をつけてしまうことが重要だ。タイラン将軍にワルサーＰＰＫを進呈しよう。コレクションのなかにあったような記憶はあるが、これほどの保存状態ではなかったはずだ。足りなければ、ベレッタもルガーもつける。とにかくタイラン将軍に、なにもかもうやむやになってしまうほどのインパクトを与えるのだ。

ヨハネスはドアを開けると、警備についていた兵士に鞄《かばん》を持ってこいと叫んだ。二、三分ほどして困惑ぎみの兵士は、口の大きな黒い手提げ鞄を持ってきたのでそれをひったくるようにしてドアを閉めた。

そして古銃を懸架から外し、鞄に乱暴に詰めこみはじめた。カラシニコフがどうしても銃身をはみださせてしまうので、諦めようかと迷っていると、ドアが開く気配がしたのでヨハネスは怒鳴ろうとした。

しかしそこに立っていた機械と人間の混淆物《こんこうぶつ》に、ヨハネスは言葉を失った。

「逃げる準備か？　ランドラウド」それは奇妙に甲高い機械の声で言った。

「閣下……」

それがジェイムズ・カーメンだった。手足が萎縮して、運動はメタリックシルバーのロボットハーネスによって補われ、か細い胴は接続された人工臓器でみごとな太鼓腹になっている。視覚嗅覚聴覚もまともに働かないので脳に直結した感覚補助器に頼っていた。

「おまえらしいといえばおまえらしいがな。ついてこい」ジェイムズはモーター音を響かせて踵《きびす》を返した。

「……閣下、どちらへ」ヨハネスは鞄を手にジェイムズの後を追った。「いえ、どうしてここへ？」

ジェイムズは足早に廊下を進んだ。

「今朝早くにゼロスケールと思われるものの接触を受けた。だれかはわからなかったが、犬飼いでもっとも優秀なものを探したら、ここに至ったというわけだ」

「閣下、危険です！　ここはルーオンデルタでサイプランターを編成して出直すべきです！」

「これでもか？」

ヨハネスは暗闇に叩き落とされるのを感じた。質感のある闇だ。粘つくようでもある。手探りをしようと腕をのばすと、肘から先が闇に食われた。それを合図に、全身からなにかが侵入してくる。酸の海にいるように、精神がじわじわと蝕《むしば》まれてゆく。

自分が消え去る瞬間、ヨハネスは魂消《たまぎ》えるような悲鳴をあげていた。

「うるさい」

集音機を機械の指で押さえたジェイムズが目の前にいた。

「閣下……」

ヨハネスは荒い息のなかからなんとかそれだけ言う。ジェイムズの精神の重みは消えてはいない。

「ゼロスケールといえども、やつはまだ生まれたての赤ん坊だ。文字通り、赤子の手をひねるように、さ」

ウルリケは突然に泣き腫《は》れた顔をあげた。たちまち顔色が青ざめてくる。

ユスもそれを感じていた。圧倒的な精神だった。強力で威圧的で、忍びよるように密《ひそ》やかでありながら叩きつけるように激しい。そしてなにより不快極まりなかった。

「ジェイムズ・カーメン……」ウルリケが惚《ほう》けたように呟いた。「呼んでる」

ユスはウルリケを召喚するジオ・アフタースケールの手を強く払いのけた。接触した部分が焼けたように痛む。

「あいつか」ユスはウルリケよりも自分を励ます意味で微笑んだ。「いいかい、サナエの目を見てるんだ。そこにあるものに縋《すが》ればいい。助けを求めることを怖がっちゃいけない。そしてサナエもきっと助けてくれる。耐えろ、強くなれ」

ウルリケはユスの言葉を聞こえた素振りは見せなかった。それでも、ただちに応じるべしと命じるサイプラントに抗《あらが》って、サナエに助けをもとめて瞳の奥に目を凝らしている。

ユスは最後にがんばれ、と声をかけるとドアを閉めた。

ジェイムズの精神はユスをなぶるように微妙な接触をしてきており、探りを入れられるたびに不気味さで胃が収縮した。ウルリケのまえでは気を張っていたが、その視線が外れたときにとうとう胃液が逆流してきた。

ユスは車体に手をかけて胃のなかのものを吐き戻した。

「あの野郎……」

胸焼けに唸りつつ、ふらつく足取りでエアロスクーターまでたどりつくと、エンジンを始動させた。

10 ゼロスケール

船内にうわさが広まっていることは知っていた。

ピジョンは移民を受け入れるはずがないといううわさだ。

なんでも今回の移民はとてつもない規模で行われるという。その数は二億から四億と幅はあるが、その小さいほうの数字でさえ異常なことを、植民史を学んだアグンは知っていた。それを口にして不安を煽《あお》るようなことはしなかったが、相談もできないので自分の不安は癒されなかった。

考えてみれば最初からおかしかった。

移民公社の抽選は通常九月に行われるのに、一月に当選通知がきた。ランダムであるはずなのに、隣近所で移民に応募していたものはすべて当選した。壊滅的な東南アジア地域の環境への負荷を軽減するためという理由はもっともでも、通知は一月、出発は三月と急ぎすぎていた。大規模な加速廊を形成するのでそれを利用するため、という説明は不十分だ。なぜ大規模な加速廊を作るのかがわからない。戦争、と呟《つぶや》く者もいる。

この船に乗りこんだ三〇〇〇万人でもピジョンは思い切った決断をしたものだとアグンは感心していた。それだけの食料と住居を用意するだけでもたいへんなはずだ。雇用を確保することはさらに難しい。ピジョンのテラフォームはそれほど磐《ばん》石《じゃく》なのだろうか？　そんなはずはない。ピジョンは豊かでも、環境は薄氷の上に乗っている。異星とはそういうものだ。

そしてついにディディがトイレでうわさを聞きつけてしまった。

「あたしたち捨てられるの？」

もうすでに泣いたのだろう、頬が真っ赤に染まっている。どこかの愚か者がどこにも受け入れてもらえなかった移民船エチオピア号の話でもしたのかもしれない。

移民の規模がうわさどおりに大規模なものならば、捨てざるを得まい。もはや地球には帰れない。地球の居住権を捨てることで、統合府は移民船の切符を格安で――とは言っても年収の何年分にも及ぶが――提供しているのだ。

「そんなはずないよ。どうしてそんなこと言うんだい？」

「お父さん、いま嘘をついた」

ディディはちかごろめきめき目敏《めざと》くなった。逆に娘の嘘を見破ることができなくなっている。

アグンは寂しげな微笑を浮かべた。

「ディディ、嘘をついたわけじゃない。お父さんは信じていることを言ったんだ。嘘とはまったく違う。お父さんはピジョンで農夫をする。土とともに生きていく。そう信じてる」

「大学にはいかないの？」

「勉強は続けるよ。でもそれはカボチャとニンジンを作りながらね」

「みんなあたしたちは捨てられるって言ってるよ」

アグンはディディを強く抱きしめた。

「犬飼いは生きるために闘った。セカンドは不十分なテラフォームで、血と汗で世界を作りあげた。サードだって漫然と移民したんじゃない。セカンドに権力を握られた世界で、一から自分たちの住処《すみか》を築いたんだ。

ピジョンは生きるための舞台だ。墓場じゃない。

闘うことを諦めてはいけないよ、ディディ。たとえ祈ることしかできなくても絶望するな。祈ることで闘うんだ」

「手を貸してくれ」クルスは言った。

人々は町の西から流れてくる戦闘の音に兢々《きょうきょう》としていた。ディザスターあいてでは隠れることもできない。逃げるところもない。なにをしたらいいかわからなくて頭を掻き毟《かむし》り、冷たい雨に濡《ぬ》れるにもかかわらず、たまらずに街路へととびだす。

そんなひとびとでコロニー通りは溢《あふ》れていた。

「手を貸してくれ」クルスはもういちど言った。

口を開けば悲鳴がでる。耳を澄ませば不気味なうわさが届いてくる。だからむっつりと不機嫌に黙りこみ、互いに互いを睨《にら》むようにしていたひとびとの幾人かの視線が、植民記念碑に向けられる。

そして顔面蒼白で、肩から血を流し、手首に生々しい火傷《やけど》痕のある、おかしなカットをした頭髪——近くで見たなら焼けているのだとわかる——の青年をみつける。惨めなありさまの青年は、台座に登ってなにかを訴えていた。

「たすけてくれ」クルスはさらに言った。

「おれたちのほうがたすけてほしいよ！」

その野次は大勢の注意をひきつけた。亡者の行進のようにのそのそ歩いていた人々の動きが止まる。

「たすけがほしいんだ！」クルスは叫ぶ。

「くどい！　静かにしろ！」

野次には険がこもっていた。声にしなくても、だれもがたすけを必要としている。虐殺の恐怖とディザスターの視線から、たとえ一瞬でも逃れたい。懇願でそれが手に入るのなら、額が磨《す》り減るほどに土下座してもかまわない。みんなそう思っている。あたりまえのことを言うな、ということだ。

人々の一角がざわめいた。

クルスの顔を知っている者がいたようだ。ファンド、パルチザン、虐殺ということばがささやきになって流れる。

「おまえのせいで大勢殺されたんだぞ！」

ついに怒声が飛ぶと、人々は騒然となった。クルスに掴《つか》みかかろうとする流れを、いくらかパルチザンに共感をもつ人々が押し留《とど》める。

「そうだ、おれはクルス・ファンド。パルチザンの首領だ」

思いつめた表情を浮かべた男がすばやく台座に近寄ってきた。だれか親しいものを虐殺で失ったのか、クルスの足首を乱暴に掴むと引きずりおろそうとする。

クルスはここでリンチで果てるのならそれもしかたがないと思っていた。人々に告げたいことはたくさんあったが、そのどれもがうまくことばにならず、たすけてくれだけしかでてこない。虚飾を排した魂のことばだ。それで伝わらないのなら、千語を費やしても理解は得られまいと。

しかしクルスは倒されもしなかった。いつのまにか男は地面で伸びている。

デズモンドが前に立ちはだかっていた。

「まったく、あの青白っいヨハネスの言うことを真に受けるなんて、てめえらおかしいんじゃないのか！」

巨漢の花屋が啖呵《たんか》をきると、興奮した人々はたちまち静かになった。

クルスは折れた歯を地面に撒《ま》き散らしている男を心配そうに眺め、そっと尋《たず》ねた。

「渾身《こんしん》で殴ったんじゃないでしょうね？」

「あんないいパンチはそうそうないだろうな」デズモンドは自慢げだ。

クルスは天を仰いだ。

「この人を介抱してやってくれませんか？　だれか？」

夜勤の途中だった看護婦が数人の手を借りて失神した男を病院へと運んでいった。

「話せ。ことばを尽くせ。できるなら胸を開いてでも、誠意を示せ！」

デズモンドに促されて、クルスは何百人という視線が自分に集まっていることに気づいた。不思議と気分は高揚してくる。そういう性質だ。

「虐殺のことは知らなかった。知っていたなら自殺行為だとわかっていても、阻止しようとした。ヨハネス・ランドラウドがなにを言ったのかは知らないが、おれは無実だ。信じてくれ」

「そうじゃない！」デズモンドは苛立《いらだ》たしげに体を揺らした。

クルスは口ごもり、困惑に眉間を寄せた。そして自信なげに話し始める。

「パルチザンは……こどもっぽい考えだったかもしれない。しかし後悔はしていない――今、彼らは戦っている。最後のチャンスを掴むために……われわれはサイプランターの内通者を得たんだ……」

クルスはふたたび口ごもった。言うべきことはそんなことではない。

「たすけてくれ！」

叫び声は硬いこころに跳ねかえるのみで虚《むな》しく消えていく。

「ほんとうにこのままでいいのか？　ディザスターに抑えつけられ、統治軍の専横に身を任せ、統合府に邪魔者扱いされる、その人生が？　ほんとうにこのままで？」

非難は反感を呼ぶ。

「反旗を翻してどうなるっていうのよ！　やっぱり死ぬだけじゃない！」

クルスは顔を朱に染めて金切り声をだす老婦人に微笑《ほほえ》みかけた。

「あなたにアデレイドの最期を見て欲しかった……彼女はやっぱり死んだが、あとに大きな贈りものを残していってくれた」

「なに言ってるの？」

「ひとりごとですよ――そうです。死ぬだけです。まったく正しい。嘘はいいません。この戦いには勝てない。ピジョンはこれからも統治軍に蹂躙《じゅうりん》され続ける。よしんばシュラクスの解放に成功しても、あすには何百台とディザスターが殺到してきて皆殺しにされるでしょう。それを承知で頼みたい。たすけてほしい」

「ファンドの末息子は気が狂ったようね！　もともとあの一族は正気じゃなかったけれど！」

　老婦人の罵倒にもクルスは笑みで応えた。

「そのひと、アデレイド？　どんな贈りものを残してくれたんですか？」

ひたむきな瞳の少年がおずおずと尋ねてくる。コンラートを連想して、クルスは胸に痛みを感じた。

「アデレイドは人間じゃない。犬だ。犬飼いの犬だよ。贈りものは——大きすぎて形もわからない。そこには命や信頼や勇気や共感が詰まってる」

「重いものですか？」

「ひとりでは抱えきれないぐらいにね。いや、ひとりじめにはできないものなんだ。だからとてつもなく大きくて、重い。みんなの分があるわけだからね」

　クルスは顔をあげて人々と対面した。

「そう、あなたがたの分もある。アデレイドだけじゃない、死んでいった犬たち、無念に散ったパルチザンのなかまたち、最初の侵攻で亡くなった人々、虐殺の被害者、みんなが残していってくれた贈りものだから。

その名前を未来といいます。

ありがとう、おれのはなしは終わりです」

「では、わたしとはなしをしましょうか、坊ちゃん！」スピーカーからの割れた声が響いた。

人々は武装した三〇人ほどの治安警官に囲まれていた。それがナイフのように人々を裂きながら、突入してくる。

「全員動かないように！　第二種警戒態勢ではこのような集会は許されていないことを知らないのですか？　いや、いまは戦闘中だからさらに進んで戒厳令下にあるわけで……銃殺ものですよ」

人々は恐怖で凍りついたように動かない。

低く笑う声には覚えがあった。マイクを手にしたその治安警官が、制服の威力だけで人々を押しのけて歩いてくるのを、クルスは待った。

あの治安警官だった。ブナの林でのサーチライトがクルスの脳裏をよぎる。脇腹の痛み。

「出世したようだな」クルスは警官の襟に星がひとつ増えていることに気づいた。

「こんどはふたつ増えるかもしれませんな。ファンド家はわたしの幸運の女神だ」

「死に神さ」

「口の減らないことで」

「おれは嘘は言わない」

「なら狂ったんでしょうな」

そこで治安警官は眉をひそめて、自分をとりかこむ人々を見まわした。敵意は感じられず、ディザスターに気力を殺された能面のような無表情が並んでいる。静かなものだ。脅威はない。

「では、坊ちゃん、一緒にきてもらいましょうか」

クルスは肩に触れようとした治安警官の手を力いっぱいにはねのけた。

「往生際の悪い。ファンドの名が泣きますよ」治安警官は威圧的な口調で、クルスの拘束を命じた。

静かなままだ。

そこで治安警官は顔色を失った。静かすぎる。とっくにクルスはレーザーを突きつけられ、跪《ひざまず》かされ、拘束リングを掛けられているはずだ。

展開しているはずの部隊の足音さえ聞こえない。治安警官の部隊は群衆に呑《の》みこまれたように消えていた。

デズモンドがクルスにグリップレーザーを手渡した。

「なんだそれは！」

「いつも腰に携《さ》げてるじゃないか。あれしきの人数でここを抑えられると思ったのが間違いだったな。無能な指揮官をもつと部下は災難だ」

「こ……こんなことをしてどうなるかわかってるのか！」

「銃殺だろ。それはもう聞いた」

クルスは腕をのばして治安警官のレーザーを奪った。治安警官はみっともないほどに震えだす。

「心配するな。おまえは殺さない。ひとつ聞くがなにか手に職を持っているか？　ないならネットワークでなにか職業訓練の講座を受けろ。こんな失態は懲戒免職ものだろ？　おまえへの賄賂《わいろ》は全額返却してもらう。それがファンドのやりかただ。これは別勘定」

クルスは治安警官を蹴り倒した。

「行こうか、みんな」

人々は粛然と、しかし確かな足どりで歩きだす。

ジェイムズが近づいてくることを、ユスは波のように寄せてくる嘔吐《おうと》感によって知ることができた。

なら待とうじゃないか。ユスはエアロスクーターを停めて、力なく平原に座りこんだ。

頭がクラクラして体で覚えているはずのエアロスクーターの運転さえ、どうも怪しくなってきていたのだった。

首を巡らすと、北には大陸縦貫道路がうっすらと見える。南にはブライズヘッド、北西にはセコイアの林の黒い梢《こずえ》。平原の風景としては、飾りものが多すぎて美しくはない。死ぬのなら美しくはなくとも平原で死ねることは嬉《うれ》しい。

倦怠感《けんたいかん》が激しかった。ジェイムズは恐怖やら憎悪やらを休む間もなくぶつけてきて、ユスの気力を少しずつ削っていく。ジオ・アフタースケールはサイプランターとはまったく別物だということを、認めざるをえないようだ。

首筋を流れる雨の冷たさがありがたかった。その刺激のおかげでかろうじて集中力を保つことができた。

犬たちは分隊とともに統治軍の兵士と戦っていた。パルチザンたちは、活動をやめたウルリケのディザスターを破壊して意気軒昂《いきけんこう》になっている。しかしほんものの兵士と対するのは荷が重いようで押されぎみだ。ジュジュのクランの生き残りが合流してきたので、スターバックはユスのもとに駆けつけたいと申し出てきたが、強くその場に留まるように命じた。

やがて東から黒い点があらわれた。その点はみるみる大きくなり、装甲ヴィークルだと見分けられるようになると、ユスのそばまでくるのに時間はかからなかった。

停車した装甲ヴィークルから、ヨハネスが姿を見せた。その表情からは傲慢《ごうまん》が消えて、不安が色濃く刻まれている。心のよりどころのように手提げ鞄《かばん》を大事そうに抱えていた。続いて姿を見せたのが、ジェイムズ・カーメンだった。

ユスは我が目を疑った。滑らかな光沢をはなつシルバーの素材でできたロボットかと思ったのだ。よく見れば、胴体のところに人体のカリカチュアが貼りついている。巨大な精神と不完全な肉体。

ジェイムズはユスの皮肉を捉えたようだ。脈動する不快感が高まる。

「わたしがお気に召さないようだな」

合成音は冷ややかさまで再現していた。金属の足が自然な動きでぬかるみを踏みしめ、近づいてきた。

立ちあがる気力すらわかない。ジェイムズの精神の大きさは想像を絶していた。厭《いと》わしく不快な敵意が、こころの動きを麻痺《まひ》させる。

ユスは力なく首をもたげて、生まれたばかりの雛《ひな》に似たジェイムズを見あげた。

「雨に濡れると錆《さ》びるんじゃないのか？」

「そんな安物の材質ではない。おまえも……ゼロスケールにしては惨めだな。わざわざ見に来たのに失望だ。濡れそぼつのがよく似合っている」

ミスティアイが矢継ぎ早にそちらに行ってもいいかと尋ねてきた。ユスが心配でたまらないのだ。ドリブルはすぐにでも駆けつけてやろうと、スターバックの隙を窺《うかが》っている。

ほかの犬たちも同様だ。ユスのことが気がかりで、浮き足立っている。

パルチザンたちを見捨てるわけにはいかない。もはやディザスターの脅威はないといっても、クランの守りがなくなればここにいるジェイムズの圧倒的な精神がパルチザンを襲うだろう。ユスにはそれを防ぐ力はない。

スターバックに綱紀をひきしめるように厳命する。ボス犬はそれをいままでもっとも残酷な指示だと受けとったが、責任を放棄はしなかった。

ここはひとりでなんとかしなければならない。

ユスはポケットにいれておいたグリップレーザーをジェイムズに向けようとした。そこに金属の足がのびてきて、レーザーを蹴り飛ばした。鈍重そうな外見にもかかわらず、かなり素早い。

「物騒なやつだな。わたしは話がしたいだけなのに。ヨハネス・ランドラウド！」

ヨハネスは虚《うつ》ろな表情にわずかに生気を取り戻した。

「は？　お呼びでありますか？」

「こんどこいつが動いたら撃て」

ヨハネスは腰に手をやって青ざめる。

「携銃しておりません」

「抱えているのはなんだ？」ジェイムズは声に苛立ちを含ませていた。

あッ！　とヨハネスは間の抜けた声をあげて、鞄のいちばん上にあったベレッタを握り、ユスに向けた。

ジェイムズは機械の腕で器用に肩を竦《すく》め、注意をユスに戻した。

「いくつか質問に答えてもらう。シャドウと接触したことは？」

ユスは睨むだけで答えなかった。ジェイムズが精神波で圧迫を加えてきて、ユスは苦痛に喘《あえ》いだ。

ジェイムズは同じ質問をくりかえした。ユスは黙ったままで、攻撃が繰りだされるその直前を狙って鋭い突きを放つ。

音がしたとすればそれは凄《すさ》まじい衝撃音になったはずだが、全力でぶつかりあったふたつの精神は音もなく、敵意を火花のように散らして絡みあうだけだった。

ヨハネスがその凄まじさに、顔色を青ざめさせてのけぞらせた。

くぐもった声をあげて、ジェイムズは大きく息をついた。

ユスは嘔吐の発作に襲われて、地面に手をついて空っぽの胃の中身を吐こうと背中を揺らした。

戦いは概《おおむ》ねジェイムズの勝利に終わった。ユスはジェイムズと比べると、害意に欠け鋭さに欠け経験を欠いていた。広げた精神をねじ折られるような形になり、攻撃の矛をおさめるしかなかった。しかしジェイムズも楽をして勝ったわけではない。

「質問を変える。では、ゼロスケールと接触したことは?」ジェイムズの口調は焦りからか、すこし早くなっていた。

「あるかもな」ユスは不敵な笑みを浮かべた。

精神に重い打撃を加えられて、ユスはうめきを漏らした。さきほどの攻撃は全力だった。ガードする力も残っていないというのに、ジェイムズは平気な顔で意思を束ね、武器としている。

「犬どもを呼んだほうがいいんじゃないのか? 悲鳴をあげろ。犬たちに助けてと叫べ」

ユスはボールであるかのように、精神を弄《もてあそ》ばれた。ジェイムズの思惑は明白だ。クランをパルチザンから外して、一気に抵抗を治めるつもりだ。そうはさせじと、ユスは必死に防御を固める。

そこでクルスが戦場に到着した。背後にシュラクスの市民を従えている。手にグリップレーザーを握った彼らは、陣を固めていた統治軍兵士の背後を衝《つ》いた。ヴィーシィクーシィが、デズモンドがおどけた様子で、制帽を斜めに被《かぶ》っているのを見ていた。治安警察の帽子だ。どうやら治安警察を襲って、武装を奪ったらしい。

ジェイムズもそれを感知した。焦りを募らせて、ユスに加える圧力を強めた。

「言え! どうやってゼロスケールと接触した!」

ユスは力で襲いかかってくる死の脅迫に耐えながら、脇腹に手をやった。ジャケットの下でサクラが異常なほどに震えはじめていた。激しい動悸《どうき》が皮膚を伝わってくる。

もうダメだ。ユスは観念した。なんとかできると思ったのが間違いだった。ロレンゾにできもしない約束をしたことが悔やまれる。ウルリケに偉そうなことを言った自分が恥ずかしい。

弱気はすぐさまクランに伝わった。さざなみのように広がる諦念に、犬たちはつぎつぎに否定の声をあげる。

スターバックがボスになってからはじめて命令に逆らった。勝ちの見えた戦場をあとにして、主人のもとに馳《は》せ参じようと駆けはじめた。それを見たドリブルも解き放たれたように走りはじめた。ミスティアイも、気がかりそうに振り向きながら、それでもやはりユスの危機を救おうとボスのあとを追った。

クラン全体が戦場から離れてゆく。

だめだ！　だめだ！

ユスはあらんかぎりの力でクランを戻させようとしたが、だれも聞き入れなかった。かわりに、待ってろ、今助けに行くとうるさいほどに励まされる。そこでフラヴィウスの意識をつかまえてパルチザンをカバーするように試みたが、ジュジュのクランをうまく扱うことができなかった。

カカカ、とジェイムズが乾いた笑いをたてた。

数人のパルチザンがこころを刺されて、苦悶《くもん》に顔を歪《ゆが》めながら倒れるのを感じた。デズモンドも驚いた表情で胸を押さえている。

「やめろ！」

ユスは意思を刃物にして、ジェイムズに突き入れた。しかしその白刃はかすり傷も与えることなく、雪のようにキラキラ輝きながら散っていく。さらに攻撃で開いたガードを狙って、鋭い突きを放たれてユスは悶絶した。

なんとかしなければ。ぼくがなんとかしなければ！

そこでサクラが思ってもみなかった行動にでた。恐怖で全身を強張《こわば》らせながらも、ユスの襟から跳びだすと、ジェイムズの萎《しお》れた足の指に嚙《か》みついたのだ。

ジェイムズは口でぶらさがるサクラを冷ややかに見つめ、腕をのばして摑んだ。

「残念だが。そこは神経が通っていない」

サクラは摑まれても咬《か》みついた足の指を放そうとはしなかった。それでもジェイムズがひっぱるので、ついにはブチリと音をたてて指のほうがちぎれた。

ジェイムズはサクラを持ちあげて顔の前に持ってきた。

「勇敢な仔犬だ。だがか弱い。簡単に握りつぶせる」

「よせ！　質問に答えてやる！」ユスは悲鳴に近い声で叫んだ。

「もういい。おまえに時間をやることは危険だ」

金属の指に締めつけられて、サクラは肢《あし》をばたつかせた。

もうぼくにはどうしようもない。

絶望は視力を奪うようだった。視界が暗くなり、ジェイムズの姿が遠くなった。ロレンゾの逝ったところが見える。

しかしなにかが気になった。ウルリケの顔が浮かぶ。

たしかにぼくには、もうどうしようもない。ジェイムズにかかっては、犬飼いなどちょっとした齟齬《そご》に過ぎなかった。退屈な日常を彩るちょっとしたエピソード。そのなかでは、クルスもキューズもみんなも死ぬ。

ウルリケになんと言ったのか、そのことを思いだしたかった。

なぜそのことが気になるのかはわからなかった。己の無力を呪うかわりに、どうしてそんなことが重要なのか自分のことなのに理解できないでいた。

かすかにバラの香りがする。ベリーローズ、台地に咲く氷のようなバラ。

ようやくユスは、微弱ながらウルリケが自分を支えてくれていることを知った。言われたとおりにサナエの目を見つめ、ジオ・アフタースケールの召喚に震えて耐えながら、それでもユスに手を貸してくれている。

思いだした。助けを求めるのを怖がるな。そう言ったのだ。

それを改めて自分に言い聞かせよう。平原ではしょせんひとりだなんて強がらなくても、自分ではどうしようもないときは助けを求めることは英知のひとつだ。

ユスは星空に目をやった。ピジョンの星空ではない。もっと奥深く、もっと寂しいところだ。しかし恒星の数は少なくとも、そこには満ち満ちるものがあった。統治軍が敵と認識し、懲罰の腕をふりあげたものが。

助けを求める叫びは星々にこだました。ユスの開いた心は星々の空隙に広がってゆき、そこに多くの、しかも強大な精神が宿っていることを発見した。こだまは反射をくりかえしながら、しかし減衰することなしに響き続ける。

そこにさらに応答の返事がこだました。精神たちの叫びは和して共鳴し、理解と共感のメロディーを構成した。

「やめろ!」

ジェイムズがサクラを放り投げてユスにつかみかかろうとし、つまずいて倒れた。

その瞬間に、ピジョンへの道が開けた。

膨大な量と質の精神が流れこんでくる。ユスの目にはそれが冬の雨空を貫いて降ってくる星の雨のように見えた。黄金色に輝きながら、たゆたうように軽やかにおしよせ、そのくせにひとつひとつはやはり星なみの大きさを持っている。自分の想像力が紡ぎだしたものに過ぎないということはわかっていても、ユスはその光景が美しいと思った。空疎だったピジョンが精神に満たされていく感覚も好ましい。

気がつくと目のまえにひとりのアジア人種の青年が立っていた。安心させるような微笑みを浮かべている。

「だれだ？」ユスは尋ねた。

「呼んでおいてそれはご挨拶《あいさつ》だね。でも、呼んでくれてありがとう。できればもっと早ければよかったんだけど」

声を聞いて初めてわかった。それは黄金坑道でユスが消えようとしていたのを邪魔し、それからもしつこくつきまとっていた耳鳴りと同じ質のものだった。

「ヤズナ・イダキソだ」青年は名のって、屈みながらユスの手を握った。

たしかな触感があったので、ユスは驚いて体を痙攣《けいれん》させた。

「ここに……いるのか？」

「まさか」ヤズナは驚いて笑った。「物質を移送するのは危険なアクロバットだよ。あるのは意思だけさ。いまのはきみの体がきみをだましたんだよ。まるで手と手で握手したように。物質はなくても存在していることは確かだからね。きみのだまされやすさはともかくとして、なかなかいいリードをありがとう。うまくできるか心配だったけど、きみのおかげでなんとかできたみたいだ。こんなに広大な空間を跳んだのは初めてだよ。ちょっとこわかったな。星のあいだで迷子になったら、そりゃもう悲惨なんだ。ああ、いいよ。ほかのなかまはぼくがリードして続々とやってきてるよ」

訳のわからないことをしゃべっている。ユスは理解しようと精神をのばしてヤズナを探った。抵抗はないが、眩《まぶ》しすぎてなにも感じとれない。

「あんたは……なんだ？」

ヤズナはチッチッと舌を鳴らした。

「それはマナー違反だよ。そんなことをしちゃいけない。知りたいことがあれば丁寧に尋ねればいい。無理もないけどね。そう……ぼくはシャドウの子だよ。ゼロスケールということになる。シャドウとの会話で精神感応力を手にした、地球のほうのある人々のあいだでは悪魔の代名詞でもある、ゼロスケール」

「シャドウ……？」

「異星人の幽霊では絶対にないね。幽霊は死んだあとに生まれるものだろ？　シャドウはその正反対だ。その正体は命を生みだす意思なんだ」

「意思？　だれの？」

「よくはわからない。ずっと遠く、ずっとかけ離れたところにいる。そこにたどりつくにはもっともっと精神に磨きをかけなければならない。彼らの座右の銘は、〝空虚ハ存在セズ〟だ。宇宙を精神で満たすことが彼らの目標だ。シャドウはその手段なんだ」

ユスは両手を上げた。

「話についていけない」

「きみがぼくと魂を結ぶことができれば瞬時に理解できるんだけどね。その準備はまだみたいだ。生活様式のせいかな？　でも説明を飛ばしたりはしてないよ。シャドウの正体はまさにそれ、命を産みだそうとする意思だ。簡単に言うなら、テラフォーミングみたいなものだ。生きるための素地をつくるテクノロジーと、生命が産まれてくる素地を作るシャドウ。彼らはその意思を播種《はしゅ》船のように送りだしたんだ。彼らは種々雑多な種族で構成されてる――姿形はさまざまなんだろうと思う。でもみんな同じような精神を持っている。すくなくとも違いすぎてわからないことなどない。みんなシャドウの子なんだ」

「待ってくれ」

ヤズナはユスの困惑に頓着しなかった。

「〝サンクチュアリ〟がオーシャンで走らせているシミュレーションで人類は未来には精神感応力を手に入れることがわかった。未来がぼくらとシャドウが接触する正確なタイミングだったんだと思う。しかしコンピュータが先走り、テクノロジーはそれに拍車をかけて、シャドウが活動してる世界にぼくらは進出してしまった。エコーの譬《たと》えを出すまでもなく悲劇はたくさんおこったけれど、ぼくたちのように理解したものもいる。だからどうなるということはないんだ。そうだったというだけのことだ。それに意味をつけくわえたのは、統合府のひとたちだよ」

ヤズナは突っ伏してピクリとも動かないジェイムズに視線を落とした。

「彼はほんとうに哀れな人間だ。ジオ……人格が分裂して使いものにならなくなったAIに統合府がしたことは、〝憎しみ〟を与えることなんだ。さまざまなひとびとをまとめるのに古典的な方法だよ。共通の憎しみが偽りの連帯感を与える。しかしその憎しみを背景に走らせたシミュレーションは起点から客観性を失っていた。敵を求めつづける統合府にとってはそれが真実かも知れないけど。ジオの未来では憎悪と背信が生き残る唯一の手段なんだ。だからこんなあわれな人類が誕生した。統合府のことなのに、どうしてそんなに詳しいのかと疑ってるね？　答えは簡単だ。ぼくははるかという惑星からきた。知らない？　有名だと思ったんだけどな。はるかは最初にジオ・アフタースケールが派遣され、その暴力に見舞われた星だ。そしてその暴君を倒したのが、ぼくの祖父母なんだよ。だからほんとうなら、ぼくの家族とジオ・アフタースケールのただの喧嘩《けんか》なんだよね。他の星の人々をまきこむことなんてないのに……ちょっと、このひと死んでるんじゃないのか？」

ユスはうつ伏せに倒れているロボットハーネスをひっくり返そうとしたが重すぎてできなかった。腰のパネルを開くと操作盤があったので、姿勢リセットと書かれたボタンを押してみる。

ハーネスは勢いよく立ち上がった。ジェイムズの歪《ゆが》んだ体はもとより生の兆候を見せてはいなかったが、いまは皮膚が土気色になり枯れ枝のような手足が硬直していて、死の兆候だけはふんだんにある。

ユスは首筋に手をやって脈を確かめた。

「たしかに死んでる」

「ショック死……かな?」ヤズナは悲しそうに言った。「あるんだよね。ジオ・アフタースケールは受け入れられないことがおこると、そのストレスで小鳥のように死んでしまうことが」

たいして悲しくはないので、ユスはあっさりと肩をすくめた。

ヤズナはやりきれないというふうに、目を伏せてジェイムズを眺めている。

「こんなことは言いたくはないんだけど……祖父が倒したジオ・アフタースケールは……その普通の姿をしてたよ。それどころかサイボーグなみに頑健だった。ところが彼は……いかにも粗製濫造《らんぞう》だなぁ」

ユスはあらためてジェイムズを眺めた。人間には見えない。それが障害なのか、それとも未来人類の姿なのかはわからない。ハーネスに四肢を支えられた姿は、磔刑《たっけい》された鶏ガラのように見える。

ヤズナが平原の一点を見つめていた。

「ああ、紹介しよう。ぼくのクラン――家族だ」

スターバックが藪《やぶ》から跳びだしてきて、急停止した。ヤズナをまじまじと見つめる。姿があるのに、匂いがないことに戸惑っているのだ。人間にしてみれば、見えないのに声がするようなものだから、その驚きは理解できる。

しかし犬たちにとって、いまは匂いのしない奇怪な人間のことよりも大事なことがあった。最初の驚きをのりこえると、無視することに決め、主人にじゃれかかっていった。

ユスは無事を喜んでくれる犬に囲まれて、身動きできなくなった。手を争うように舐《な》めるので、すぐによだれでべとべとになり、ドリブルが全体重で跳びかかってきてたまらず倒れると、顔までが唾液まみれになった。

「しかし犬とこうも深く精神を結ぶなんてね。こんなにシャドウの影響の少ない星で……まあ、よく精神感応力を発達させたもんだと思うよ。ぼくにもやっぱり犬は見えないなあ。感応というより、共感なんだな。面白い。あとでゆっくり話をしようじゃないか」

ユスは微笑をうかべているヤズナを見あげた。

「あとで？」

「うん。まずはピジョンの解放が先だろ。見なよ……」

ユスの脳裏に光景が浮かびあがった。

ごてごてして不恰好《ぶかっこう》なサイレンス・オブ・アースの石像が見えた。ルーオンデルタ、総督省の前の公園だ。空に向かって伸びあがった銀色の高層ビルは総督省、統合府に派遣された総督が最上階でピジョンを睥睨《へいげい》し、ついさっきまではジェイムズ・カーメンがいたところだ。その入り口の前の石敷きの広いスペース、朝夕総督省の役人が急ぎ足で登る緩やかな階段で、スカイブルーの制服が折り重なって倒れている。サイプランターたちだ。

「心配しなくていい。死んじゃいない」ヤズナが気をまわして言った。

駐機された何十台ものディザスターには市民がとりついて、手にしたもので殴りつけている。バールやハンマーでは破壊するまでにずいぶんと時間がかかるだろうが、いずれスクラップになるのは確実だ。市民たちは続々と集まってきている。

そしてサイレンス・オブ・アースを不思議な表情で見つめる青年が感じられた。ジェイムズなみの精神の地平をもっているが、不快ではなかった。ただヤズナとは違って、柔らかさがなくとりつく島がない。

「ちょっと荒っぽくて無愛想だけど、彼はぼくの友人でね。エコーから来てくれた」

「エコーだって？」

「そうだよ。あそこの強いシャドウは悲劇を生みもしたけど、強いゼロスケールも生んだ。ゼロスケールってなんだか嫌な言葉だね。なにかほかに言いようはないものかな？」

シーンが変わった。

古びた時計塔。イディマス。

中央広場で騒乱が起こっていた。市民と治安警察の乱闘だ。レーザーと拳《こぶし》の戦いは市民の側に犠牲を強《し》いているが、治安警察は数に押されている。

頭を垂れて動かないディザスターのそばで、ヤズナに似た女の子が乱闘を眺めておろおろしていた。

「なにやってんだ！」ヤズナが声を荒らげた。「さっさと治安警官たちに投降を呼びかけたらいいだろ！」

女の子は大きくうなずくと、精神波を放った。すると警官、市民問わず全員がバタリと倒れた。中央広場は水を打ったように静かになる。

「へたくそ……あれはぼくの妹で、不器用だけがとりえなんだ」

「きみが来てそんなに時間は経《た》っていないのに」

「感じることができる人には伝わるよ。ぼくらは放送局のまねごともできる。そのひとが受信機を持っていれば、声は伝わる」

さらにシーンが変わった。

金属の通路。人間も物もプカプカ浮いている。宇宙。統治軍軌道母艦。

アースカラーの制服の兵士たちが艦を傷つけるにもかかわらず、レーザーを発砲していた。その標的の初老の男は、哄笑しながら早足で突き進んでいた。レーザーは体を通過するのみだ。

初老の男が腕をなぎ払うと、兵士たちはバタバタ倒れた。サイプランターは姿を見せたとたんに卒中に襲われたかのように昏倒する。

男は頑丈そうなハッチをすり抜けた。そこは電子機器とディスプレイに埋め尽くされた、広い部屋になっていた。男はレーザーのシャワーを浴びる。

「抵抗は無意味だ、投降しなさい！」

男が大きく両腕を広げると、ブリッジの士官は全員が気絶した。

「……この芝居っけたっぷりなのが、ぼくの導師。教師としては優秀なんだけどね」

ユスの視界に平原が戻ってきた。

「ね？　ピジョンは解放される。ディザスターはもう作動しない。サイプランターも恐れることはない。軌道母艦も抑えた。それを伝えて歩かなきゃ。じゃあ、行くよ、あとでまた会おう」

「おい……」ユスはひきとめようとした。

「きみたちをぼくたちの喧嘩にまきこんでほんとうに申し訳ないと思ってる。統合府は必ず誰かを喧嘩にまきこむだろうと、呼びかけつづけて良かった。お詫《わ》びといったらなんだけど、できることはさせてもらうよ。……ああ、これはきみの父親じゃないのかな？」

ヤズナは瞬時にして消えた。

ユスは呆然とあたりを見回した。犬たちも同じように不思議そうな視線を返してくる。

夢を見たような気がしていたが、ハーネスに支えられて立ちつくすジェイムズはたしかに死んでいる。

熱いコーヒーが欲しい。ユスは疲れを感じていた。雨の冷たさに肩を抱くようにして、生クリームをたっぷりと浮かべた甘ったるいコーヒーに思いを馳《は》せた。

平原はなにごともなかったかのように、しとしと降る雨を受けている。セコイアの林、大陸縦貫道路、ブライズヘッド。いつも通り。

そこでジェイムズが乗ってきた装甲ヴィークルがないことにやっと気づいた。ヨハネスの姿もない。

「クソッ！」ユスは首を巡らせて装甲ヴィークルを探したが影も形もない。浮遊タイプだったから轍《わだち》の跡もない。

ドリブルが微かな金属の匂いを追って走りはじめた。しかし雨で洗い流されているので臭跡はすぐに消えてしまっていた。

ヤズナの出現でどれぐらい呆然としたのだろう？　多めに見積もっても五分というところか。ユスは距離を計算した。それだけあれば、全速力なら大陸縦貫道路まで行ける。たどりついたなら西へ東へと逃亡範囲はとてつもなく広くなる。

ユスは平原を見渡して、サイプランターの姿を探した。逃がしたという焦燥と、こだわる必要はないという意見が、心中でせめぎあう。

立場は逆転して、いまはヨハネスが怯《おび》える番なのだ。いまだって必死に息を殺して、気配を絶ち、逃げながらも生きたここちがしないにちがいない。しかしほんとうにそれでいいのかとためらう気持ちもある。なによりウルリケの未来のためにもヨハネスは、完全に無害化しておく必要がある。

気持ちを決められなかった。

精神を解き放って、拡大した知覚のなかにヨハネスの姿を探した。しかしやはりみつからない。もともとが優秀なサイプランターなのだ、自分の意識に蓋《ふた》をすることぐらいは簡単なのだろう。

ミスティアイが近よってきて、サクラがいないと訴えた。

「サクラ?」ユスは素《す》っ頓狂《とんきょう》な声をあげて、仔犬の意識を探した。

見つけだしたサクラはどこか暗いところで揺られていた。やけに勇ましい感情に昂《たかぶ》っていて、その感情をうまくつかめない。しばらくしてわかったことは、サクラがヨハネスが大事そうに抱えていた鞄に忍びこんだということだった。

「バカ!　さっさと逃げろ!」

ユスが感情に任せて叫ぶと、サクラはかたくなになって拒否した。ひとりでも復讐《ふくしゅう》を果たすのだと意気ごんでいる。

ところがクランはサクラのことをみあげたものだと好意的に受け取っているのだった。狩りは終わっていない。そう訴えている。

犬たちに期待をこめた視線を向けられて、ユスは大きくため息をついた。

「散れ!　サクラを探せ!」

しかたなくユスが命じると、犬たちは弾《はじ》かれたように走りだしていった。

ユスはクルスと意識を結んだ。

「クルス」

「おお！　ユス！　無事か。勝ったぞ！」クルスの声は弾んでいる。

市民の有志による奇襲は大成功だった。いまは投降してきた統治軍を武装解除している。

「なんだよ嬉しくないのか？」クルスはユスが同じように喜ばないので、不満の声をあげた。

「いや、嬉しいよ。しかしまだ終わっていない。よく聞けよ、ピジョン全土においてもはやディザスターも機能しない。サイプランターも恐れなくていい。司令官ジェイムズ・カーメンは死んだ。軌道母艦もこちらの手にある。解放は全惑星に広がりつつある。ネットワークを回復して、連絡体制を作ってくれ。それから、大勢の治安警察官、統治軍の兵士を収容する準備が必要だ。統治軍の軍備をこちらのものにして統合府から惑星を守らなければならない」

「…………それを全部おまえひとりでやったのか？」クルスの口調は悔しそうに聞こえた。

「まさか。かなたより援軍が到着したんだ。説明するのは長い、そもそもできるとは思えない。だから後だ。任せていいな？」

「ああ、できると思う。どうしてそんなに急いでる？」

「それから、南でキューズが足を失って気絶してる。ほかにも生存者はいるから、救援隊を組織してくれ。フラヴィウスに案内させる」

「キューズが！　……あいつを助けるのはおまえが行ったほうがいいんじゃないか？」

「余計な気を回すな。行けるものなら駆けつけたい。しかし、ヨハネスが逃げた。追跡する。ああっとそれから、コンチネンタルストリート沿いのセコイアの林に戦闘指揮車が停まってる。これには絶対に手をだすな。危険はない。徹底してくれ」

「メモが欲しいな。他には？」

「ないと思う。随時連絡するさ」

「ヨハネスを殺《や》るときはぜひライブでつないでくれよ」

「ぼくはなにもしない。犬たちに任せる」

行こうとしたユスは、クルスに引き止められた。

「これでアデレイドに胸を張れる」クルスがぽつりと言う。

ユスはゆっくりうなずくと、接触を絶った。

サクラが揺られている感じでは、道路を走っているわけではないようだ。ユスは犬たちに臭いを追うことはやめさせ、なにか高速で通過したものの形跡を探せと命じた。

西の方向へと走ったヴィーシィクーシィが、段差のあるところで真新しい擦過痕《さっかこん》を発見した。匂いを確かめると、装甲ヴィークルに使われている合金の匂いがする。

「よし」ユスはエアロスクーターを発進させた。放射状に広がっていたクランを、全体的に西へと動かす。

それからてがかりは発見できなかった。平原を尋ねるように見つめても、茫漠《ぼうばく》とした風景の中にあるのは無関心のみだ。

それに徹夜明けで冷たい雨にうたれ、しかも長時間の緊張の時間を送ってきたあとでは体力の消耗も激しくて、集中力を保つことも難しくなってきていた。さんざん走り回っている犬たちはユスにも増して疲労を感じていた。

オエリンの農村が近づいて、遠ざかってゆく。ドリブルはその小さな集落を駆け抜けたが、オエリンの人々は珍しいクランの犬に好奇の目を向けるだけで不自然な反応は見せなかった。ヨハネスに脅されて匿《かくま》っているのなら、もうすこし緊張するだろう。

そこでユスは悪態をついてブレーキをかけた。サクラの耳には肝心のエンジン音が聞こえていない。それにもう揺れてはいない。

こんな単純な手に騙《だま》される自分が信じられずに、ユスは腿を拳で殴った。疲れているからなんて理由にならない。ヴィークルは囮として自動操縦で走らされているだけなのだ。

「サクラ！　そこはどこだ！」

サクラは暗闇のなかでもがいた。しかし鞄のジッパーはしっかりと閉じられていて、身動きするのが精一杯らしい。

土臭い隙間のなかでヨハネスは体を小さくしていた。

ゼロスケールの到来とともに、なにも考えずに装甲ヴィークルにとびのったが、こんなめだつものに乗っていては墓穴を掘るようなものだとすぐに気づいた。そこでヴィークルはコンピュータの操縦に任せて、畑地のまんなかにポツンと一軒だけ立っている小屋に逃げこんだ。鍵もかけられていない粗末な小屋は農機具の物置で、ヨハネスはトラクターの間でほとぼりが冷めるまで隠れることにした。

もはや安全なところなどない。ルーオンデルタの司令部はもちろん、軌道母艦だって危ないとヨハネスは踏んでいた。地上軍はディザスターが頼りで兵員の数そのものが少なく、軌道母艦だって、ゼロスケールがテレポートしてきたことを考えると距離と真空に守られているとは言えない。ピジョン駐留統治軍にサイキック戦の能力はまったくないのだ。必要ないと判断されていたし、ヨハネスもついさっきまでは疑いすら抱いていなかった。貴重なサイキック戦力――ジオ・アフタースケール――は数が少ないのですべてが前線に送られている。犬飼いのことがなければ、ジェイムズ・カーメンだってこんな後方任務ではなく、前線で強大な精神を奮っていた。

そのジェイムズだってあっさりと死んだ。ヨハネスは巌《いわお》のように感じていた精神が、もろくも内部から崩壊してあっさりと死に行き着くさまをありありと覚えていた。

これからどうするか、それを考えようとするとジェイムズの絶望の断末魔が思いおこされて、気力を萎《な》えさせる。あのユス・ネイロにだってもはや近寄ることもできない。暗澹《あんたん》たる思いでヨハネスは膝を抱えてすすり泣いた。

統合府からピジョン奪還の艦隊が到着するのはいつになるだろう？　ヨハネスは加速廊に乗っている艦隊を記憶から拾いだした。第一次攻撃艦隊に引き返してもらうのがいちばん早いけれども、加速廊に乗った艦船に途中で追いつくものはなにもない。目的地にたどりついて加速をやめるまで事実上の音信不通状態だ。とすれば地球から綿々と続いている艦隊に期待するしかない。ところがこれからやってくるのは、移民と後方確保のための貧弱な艦隊だけだ。第二次攻撃艦隊など編成されているかどうかもわからない。統合府は持てるかぎりのサイキックを、最大のダメージを一撃で与えるという戦略のもとに、第一次艦隊で送りだしていた。

ダメだな。ヨハネスは絶望した。サイプランターごときがいくら結集しようとも、ひとりのゼロスケールに対することもできない。

逃げることしかできない。ルーオンデルタに侵入してシャトルを奪い、軌道母艦で波形駆動を搭載した連絡艦を盗み、地球に帰還する。自分の得た情報はありがたがられるはずだし、タイラン将軍に直接連絡をとれれば古銃がものを言う。コマンダーの地位の維持どころか、報復艦隊の副司令官ぐらいにはなれるかもしれない。その行動のひとつひとつを吟味すると、あきらかに不可能なことだったが、できるはずだと自分に信じこませた。静けさが小屋を支配していた。屋根を打つ雨音の単調さが静寂を際立たせていた。

そのなかで物音を聞いたような気がして、ヨハネスは体を強張らせた。おそるおそる顔をあげて、黒革の手提げ鞄を凝視する。ここから聞こえたような気がしていた。すると、革がもぞもぞと動く。

ヨハネスは跳びずさって、トラクターに背中をしたたかにぶつけた。痛さを堪《こら》えて鞄を見つめていたが、もう動こうとはしない。

そこでいつでも逃げられるように腰を引きながら、ジッパーを摘《つま》むと一気に開いた。とたんになにかがとびだして、指に咬みついてくる。

ヨハネスは悲鳴をあげながら腕を振り回して振り払った。茶色いものが壁にぶつかり、土の床に転がった。そしてすぐに立ちあがると、毛を逆立てて唸《うな》り声をたてた。

「犬だと？」

ヨハネスは、憎しみもあらわに牙を剝く仔犬を信じられない面持ちで見つめた。次いで咬まれた指先を見ると、振り回したことが悪かったのだろう大きく裂けて血が溢れだしている。

「クソッ、いつの間に！」

捕まえてやろうと一歩踏みだすと仔犬はトラクターの下に姿を消した。次の瞬間には脛《すね》に痛みを覚え、そこに咬みついた仔犬を発見した。捕まえようとして手をのばしかけると、すばやく逃れてゆく。

小人国に迷いこんだガリバーの気分で、ヨハネスは仔犬を捕まえてやろうと悪戦苦闘した。小屋のなかはトラクターのほか、種まき用の超小型飛行機、肥料のタンクや微生物の培養機などで雑然としていて仔犬の隠れ場所がふんだんにあるので、なかなかつかまえられない。

しばらくしてヨハネスは追うのをやめた。なにもこんなことをする必要はない。扉は仔犬の力で開くほどではないから逃げられる心配もない。冷静になって息を整えると、ヨハネスはトラクターのシートに登った。これで地を這《は》う攻撃はできなくなる。

仔犬はヨハネスの意図に気づいて、見えるところにでてくると誘うように唸った。挑発に応じる様子がないので、声を苛だちに変えるが、ヨハネスはもちろん動くつもりなどなかった。

やがて仔犬は痺《しび》れを切らして突進してきた。ヨハネスは待っていたタイミングを掴んで、仔犬をすくいあげる。

策にはまった仔犬は、掴んだ腕に爪を立て、後肢を猛烈にふりまわしながら暴れ、ヨハネスの腕はたちまち引っかき傷だらけになった。それでも自分を掴む拘束が解けないのを知ると、仔犬は動きをとめて不思議な色合いの瞳でヨハネスをじっと見つめた。

「なんだ、おい、もう終わりか？」ヨハネスは親指に力を入れて、仔犬の気管を強く圧迫した。「それとも観念したということか？」

仔犬は苦しそうにケンケンと乾いた咳《せき》をたてた。しかし視線をヨハネスから外そうとはしない。

「生意気な仔犬だ」ヨハネスはさらに力をこめた。窒息死するどころか、この細い首など簡単に折れるはずだ。

腕を伝う熱いものがあった。

不思議に思って見ると、袖口は濡れて湯気を放っていた。手首は仔犬の股に触れている。小便だ。

「わあッ！」

ヨハネスは悲鳴をあげて、仔犬を地面に叩《たた》きつけた。

「やりやがったな！」

仔犬は元気に立ちあがった。またもや逃げるのだろうと見ていると、そうはしないでじっとヨハネスを見上げてくる。

その生意気さにヨハネスはカッとなった。シートから飛びおりて、威嚇《いかく》するように腕をのばすとようやく仔犬は体を翻して逃げた。しかし距離をおくと、またもやふりかえってヨハネスを睨む。

「バカにしやがって！」ヨハネスは鞄のなかから古銃を摑み、構えた。

仔犬は銃口を向けられても動揺すら見せなかった。それどころか肢《あし》を開き、耳をピンと立てて、傲然と胸をそびやかして喉をのけぞらせた。

オオオーン、と遠吠えが仔犬の喉から溢れでた。甲高いだけの、未熟で迫力にかける、微笑みを誘うような声だったが、それでも誇らしげで決然とした見事な遠吠えだった。

発されてから高音へと駆けのぼる単純な旋律に、ヨハネスは魂を奪われたように聞き惚《ほ》れていた。楽器で奏でられたような繊細な美しさはなくとも、その喚起するイメージの豊富さで優秀なオーケストラを凌駕《りょうが》するほどの音の魔術だった。

しばらくしてヨハネスは我に返った。

「やめろ！」銃で狙いながら近づくが、仔犬は逃げようとしない。ますます遠吠えの声を大きくして、胸を突きだし、喉を誇らしげに反らして空にむかって野性の叫びを放っていた。

これでは犬飼いに勘づかれてしまう。ヨハネスは引き金を引いた。

銃声に代わって響いたのは、湿った感じの爆発音だった。

ヨハネスは自分の右手が黒焦げになっているのを、呆然とみつめた。握っていたはずの銃はなく、引き金にかけていた人指し指もなかった。古い弾丸が暴発したのだ。

「ヒイッ」ヨハネスは激痛に鋭く息を吸いこんだ。

そのとき仔犬の遠吠えに応えて、遠くから群れなす声が返ってきた。

ユスが小屋に到着したとき、すでに数頭の犬が小屋に向かって吠えたてていた。サクラの遠吠えはまだ続いている。

ユスはエアロスクーターから降りると、大股に小屋に歩みよって、無造作に戸を開け放った。サクラの視線から、ヨハネスに危険がないことはわかっていた。

小屋に入ってくるユスの姿を見て、サクラは遠吠えをピタリとやめた。褒められることを期待して尾を振っている。

「よくやった」無謀なスタンドプレイだとユスは苦々しく思っていたが、とりあえずは褒め言葉をかけてやった。サクラがまだ生きているのは僥倖《ぎょうこう》と偶然のおかげだ。サクラとヨハネスの命の交換などどう考えても釣り合わない。

ヨハネスは小屋の隅で、陰に体を隠そうともがいていた。破れた天井から曇天の鈍い光が降ってきていて、醜いやけどの痕をくっきりと照らしだしていた。額には苦痛からくる脂汗が浮かんでいる。

「虐殺の首謀者は、自分の手では仔犬一匹殺せないか」ユスは冷ややかに言い放った。

ヨハネスは答えずに、探るようにユスを見つめていた。そうしてしばらく視線を絡みあわせてから、ゆっくりと口を開く。

「……軌道母艦のコマンドコードを知りたくないか？」

「教えてくれるのか？」ユスは表情を変えずに尋ねかえした。

ヨハネスはぎこちない笑みを浮かべる。

「ああ、もちろんだとも。条件は――連絡艇でいい。コマンドコードがあれば、軌道母艦は一瞬で無力化することができるぞ」

「命は惜しくないのか？　それよりも連絡艇が欲しいと？」

ヨハネスの表情が憎しみに凍りつく。

「それは前提条件だ」

「犬たちに頼むんだな。犬はもともと執念深い生き物じゃない」

ヨハネスが研ぎ澄ました悪意を放った。ユスはそれを風に撫《な》でられたほどにも感じず、簡単に受け流した。

「執念深くはないけど、クランはふつうの犬とは別物だ。クランは普通の犬と比べて、はるかに人間から影響を受けている。だから、犬たちがおまえに持っている激しい憎しみもぼくのものかもしれない。ぼくはおまえのことなどどうでもいいと思っているが、犬たちの様子を見ていると、ほんとうは血の復讐を望んでいるのかもしれない」

ユスはヨハネスの制服の襟を摑むと、強く引っぱってひきずった。ヨハネスは手足をばたつかせて子供のように抵抗し、その辺にあるものを摑もうとしたが、右腕を庇《かば》いつつなのでふんばりがきかない。

「わたしを殺したからといってなにも変わらんぞ！　ゼロスケールをあてにしているようだが、異星人に汚染されたものなど、ジオ・アフタースケールの精鋭には敵《かな》わんのだ！　ジェイムズ・カーメンは失敗作なんだぞ！　だからこそピジョンに残された！」

喚《わめ》き散らすヨハネスは、小屋の外にはクランが輪になって集結しているのを見て静かになった。一歩前にでて腰を落とし、餌を与えられるのを待っているかのようなスターバックと視線があうと、ゴクリと喉を鳴らす。

ユスは犬の輪のまんなかまでヨハネスをひきずってゆき、そこで放した。ヨハネスは立ちあがって逃げだそうとし、泥に足をとられて無様に転んだ。

ユスは数歩下がって、泥だらけになったヨハネスの背中に言った。

「犬たちにはわかっていることがある。それは報いだ。自分がさぼればだれかがその穴を埋めなくちゃならない。報いとして信用を失う。自分が勝手な行動をすれば、狩りは失敗する。報いは群れからの激しい怒りだ。行為には結果がある。犬たちは責任について、人間よりもはるかに知っている」

ヨハネスは力なく嘲笑した。

「わたしを殺すのがそんなに後ろめたいのか？」

「ぼくは裁判官じゃない。断罪なんてしたくない。しかし責任の所在は明確だ。おまえは自分の行為の報いを受けなければならない。ぼくが正義を代表するなんて、気が重くてやりきれないけど、だからって判断をためらわない。そしてぼくにも責任はある。狩りが始まったのなら終わらせなければならない」

ユスがポンと手を打ち鳴らすと、犬たちはヨハネスを引き裂いた。

結　英雄の食卓

　クルスがパーティを黄金坑道ですると言いはじめたとき、当然のことながら不満の声があがった。遠いし、狭いし、なにより不便だ。しかしホストでありスポンサーでもあるクルスがそうするといえば、なかなか抗弁しにくかった。この食料事情のなかで、みんなを満足させる食材を集めるのにとてつもない散財をしていることを知っていればなおさらだ。ユスは早く来すぎたかなと思いながら、坑道を歩いていた。犬たちははやくもごちそうの匂いを嗅ぎつけて落ちつかない様子で歩調を合わせている。

　クランは変わった。犬たちの背中を見つめながら、そう思う。

　新しい小隊長はふたり。若すぎるミスティアイとドリブルだ。そしてその若さがクランに新機軸を持ちこんでいた。

　ミスティアイは鉄壁の縦の指揮系統を作らない。全員が小隊というひとつの生き物の構成要素だ。一方、ドリブルはすべてをゲームにしている。小隊員は全員がプレイヤー、虎《こ》視眈々《したんたん》と仲間を出し抜く隙を窺《うかが》っている。ドリブルが常勝というわけはないのに、秩序は乱れない。嬉々としてゲームに興じている。

スターバックは引退を訴えていた。新小隊長のやりかたに困惑を覚えていることもあるが、なにより気力の減退が著しい。サイプランターと統治軍を相手取ってのグレートハンティングで燃え尽きてしまったようだ。ひそかに憧れていたヨルダシュの跡目を襲うのに、いまがいちばんのチャンスとも考えていることがわかる。ユスは考えておくとだけ答えた。時間稼ぎではなく、ほんとうに考えるという意味だ。スターバックにはなんらかの形で報いねばならない。

そして自分も変わった。

精神の地平を広げることはもうあまりしないが、その経験はありありと刻まれている。知りすぎたこともたくさんあるし、未知が無限に存在していることも悟った。ただの犬飼いには戻れない。クルスなどは臆面もなく、英雄と呼びかけてくる。

岩壁から水が絶え間なく流れているところで出迎えが待っていた。クランの接近を察知して、居ても立ってもいられなくなったのだろう。

それは三本肢の垂れ耳――フィッシャーキングだ。後肢を失って気絶していた気のやさしい犬は、キューズと同時に救出された。いまでは足を失った者同士の友情ということなのか、キューズのもとで暮らしている。クランがそばにいなくてはさぞ寂しいだろうとユスは思うが、本人はけろりとしたものだ。よほど小隊長職が嫌だったのだろう、キャリアに乗ればクランとともに平原を行けるというのに、さっさと引退を決めこんでしまった。

逆にユスのほうが寂しくて、しばしばキューズの家を訪ねる。ファンドの長兄の家だった新しい住まいは、三兄弟と一頭の犬とが加わってもまだ広く、クランが十分に遊べる庭もある。キューズとクルスの自分を町に定着させようという陰謀めいたものを感じとって警戒はしているが、ついついフィッシャーキングに会いたくて足を向けてしまう。

フィッシャーキングは興奮で背中の毛を逆立てて、姿をあらわしたクランに襲いかかるように乱入してきた。まったく寂しくないというわけでもないらしい。

クランは騒然とし、久しぶりの仲間の匂いを確かめるために入り乱れた。ユスも温かい舌と冷たい鼻でのあいさつを受ける。

再会の興奮が冷めると、フィッシャーキングは案内に先に立って歩きはじめた。三本肢でも、ヒョコヒョコと跳ぶように器用に歩く。

工房だったところは明々と照明されていた。銀色のすらりと高いテーブルが並べられていて、食前酒やコーヒー、その他の飲み物が用意されていた。ここで食事の用意と、客のすべてが揃《そろ》うまで談笑を楽しめということだ。食事のテーブルは犬の鼻によれば、作戦会議室に用意されている。

早すぎはしなかったようだ。工房にはパルチザンたちがすでにいた。拍手で迎えられてユスは照れくさくて頭を掻《か》いた。犬たちはそれぞれの顔見知りをみつけて、嬉《うれ》しそうに駆けだしていった。

ユスは口々にかけられる挨拶《あいさつ》に返事しながら、テーブルで紅茶を用意した。それを口に含むと、眼の前に青いイブニングドレスを着た女性が笑みを浮かべて立っているのに気づいた。

「どう？」キューズがくるりと回ってみせた。

似合っていない。しかしユスは正直な感想は口にしなかった。

「きれいだね」

「でしょ？」キューズはほんとうに嬉しそうに言うと、いきなり裾を捲《ま》くった。「これも見てよ」

ついこのあいだまでは間に合わせの不恰好な義足をつけていたキューズの左足が、真新しいピンクのほんものの足に変わっていた。

ユスは目のやり場に困って視線を泳がせた。

「ああ、軌道母艦までいったんだな。わかったから隠せよ、レディがだいなしだ」

「レディだって」

キューズはなにが楽しいのか弾んだ声でそういうと、サクラをみつけて走っていった。

苦笑いを浮かべているアテネアと会釈をかわすと、ドンと強く肩を叩《たた》かれた。振りかえってそこに壁のような巨漢をみつける。

「よう！　元気そうだな！」デズモンドは握手を求めて手を突きだした。

ユスはごつい手を握り返した。

「御無沙汰です。町の様子はどうですか？」

「広くなった。まあこれからやってくる移民たちには足りないが」

「じゃあ……」

「ああ、政府は移民の受け入れを決定した。その用意で忙しくなる」

デズモンドが言っているのは、すでに加速廊に乗っている四億の移民のことだった。これほど大規模の移民を受け入れることはピジョンにとって致命的になりかねないことだったが、人道的見地から受け入れるべきではないかと議論されていたのだ。そしてとうとう新政府は地球に帰ることすらできない難民を見殺しにしないと決めた。

「先生たちががんばったんですね」

「そういうことだ。我らが市長はともに耐え忍ぶことを納得させたんだよ」

シュラクス市長と新政府議会の議員という二足の草鞋《わらじ》で多忙を極めている先生は、ガンギルドたちが使っていた支洞でヤズナとなにやら話しこんでいた。ピジョンの解放が奇跡的に成功したことは、先生を心底驚愕《きょうがく》させたらしい。その明るい表情は、いまでも驚いているように見える。

奇跡の正体――ヤズナはにこやかに身振りを交えて話していた。背も高くないし、顔だちも地味なので見過ごしてしまいそうだが、その精神はピジョンを圧するほどに巨大だ。そばにいると波動の強さに息が詰まることがあるほどだ。しかもいまは肉体を持っている。物質化したのだ。それも五〇〇グラムの脂の滴るピジョン牛のステーキを食べたいがために、意思に肉体を纏《まと》った。

ヤズナと先生はユスの視線に気づいたのだろう、近づいてきた。

「やあ、ユス・ネイロ」先生はワイングラスを手にしていて、ちょっと上機嫌だった。

「いいことでもあったんですか？」

先生は謎めいた笑みを見せた。

「デズモンド、話がある。ちょっと来てくれ」

花屋は先生に連れられて工房の隅へと向かった。ユスはヤズナに説明を求めるように、片眉を上げてみせる。

ヤズナは肩を竦《すく》めて見せた。

「シュラクスに新市長が誕生したんだよ」

そのとき工房の隅でデズモンドが大声をあげた。

ヤズナはデズモンドをちらりと見て気の毒そうに眉をひそめた。

「じつはネットワークで選挙があってね、シュラクスに新市長が誕生した。先生は議員の仕事に専念できるので喜んでるんだ」

ユスは花屋をまじまじと見つめた。巨漢は顔を朱に染めて、花に水は誰がやるんだ、と怒鳴っている。

「デズモンドが？　デズモンドが市長？」

「どうもそうらしいね」

先生とデズモンドの口論は白熱してきた。そして先生の、シュラクスを花壇だと思え！の言葉が効いたのか、沈静化してゆく。

ユスはヤズナと顔を見あわせて笑った。

「ちかごろどうだい？」ヤズナが尋ねてくる。

「訓練、訓練、訓練だね。このパーティは犬たちにいい息抜きだ」

「ウルリケは？」

「彼女の面倒はおもに親父《おやじ》がみてる。ぼくにはまだクランを立ちあげさせる力量はないよ」

ユスの父ゴッドフリはピジョンが解放されてからしばらくして帰ってきた。ヤズナが気をまわして、ユスが犬を大量に失ったとか大袈裟《おおげさ》なことを言ったらしい。ヤズナはユスがあの暖かいところで消えようとしていたところをつぶさに知っているので、無理はないとは思うが余計なことだ。

しかし息子を見てもフンと鼻を鳴らすだけで、ウルリケとジュジュの首根っこを摑《つか》むようにして平原へと出かけていった。〝フン〟だけで、おまえが無事でよかった、成長したな、と言ったのだからたいしたものだ。

「おもしろい人だったな。また話したいよ──今日は来るの？」

「招待はしたはずだよ。でもまあ、こんなに人間の多いところに来るわけがない。ジュジュとウルリケは来る」

「じっくり話さなきゃならないんだよ。ウルリケをみるみるうちに犬飼いに変えたその方法を……」

ヤズナとその友人たちは、サイプランターの扱いに苦慮していた。地球に送り返すのがいちばんなのだが、波形駆動搭載の艦船はすべてピジョンの防衛のために必要だ。ピジョンの市民になれと説得しても、サイプラントに刷り込まれた忠誠は簡単には消えない。ウルリケは奇跡なのだ。ヨハネスの洗脳がいい方向に転がったということかもしれない。

ヤズナがにわかに疲れを見せてうなだれたので、ユスは優しく言った。

「言い聞かせておくよ」

ゴッドフリはいきなりやってきて話しかけたヤズナを嫌って、二度と身辺によせつけないのだ。ヤズナのことを口にするときは、とんでもなく無礼な小僧と罵《ののし》っている。

「オエリンの農場はどうだい？」ユスは話題を変えた。

「目処《めど》はたったよ」

「そりゃすごい」

ゼロスケールの全面的な協力が政府に莫大な数の移民を受け入れさせた最大の要因だった。彼らは環境を操ることができる。ヤズナはシャドウの猿まねだよ、と謙遜するが、枯れ果てたベリーローズを蘇《よみがえ》らせて再び花を開かせたのをみせられたとき、ユスは腰が抜けそうなほどに驚いた。

「きみにもできるよ」ヤズナはユスの感情を読みとって、意味ありげに言った。

ユスは困って顔をしかめた。ヤズナからともに星の世界を周遊しないかとしつこく誘われるのは辟易《へきえき》だ。星よりも平原がいいと断ると、悲しそうに微笑《ほほえ》むのにも困る。

ぞくぞくとパルチザンの生き残りが集まってきていた。ひとりひとりが到着するたびに歓声と拍手があがる。しかし、工房が人でいっぱいになることはなかった。パルチザンの生き残りはそれほど多くない。

約束の時間にぎりぎりのところで、犬たちが工房に騒々しく乱入してきた。それがユスのクランと、相手の尻を追う犬式のあいさつの儀式をはじめた。三兄弟もいっしょになってはしゃぐので、坑道は歓声の反響でうるさいほどになった。

ユスはあしもとに駆け寄ってきたサナエを抱きあげた。彼女はもう立派な若雌になっていて、抱えるのは楽ではない。サナエの濡《ぬ》れて温かい舌に顔を舐《な》め回されて、ユスはくすぐったくて声をあげた。

犬たちに続いて、ジュジュと色白の金髪の少女が姿を現すのに、パルチザンたちに緊張と沈黙が走る。

しかたがないか。ユスは重いため息をついた。サイプランターを友人のように扱うには時間がかかるだろう。ユスたちの説得でなんとか存在を我慢しているという程度なのだ。パルチザンたちが怒りをあらわにして跳びかからないその自制を褒めてやるべきだと思う。ジュジュはあちこちから好意のこもった声をかけられるが、ウルリケは完全に無視されてまっすぐユスのところに歩いてくる。

「こんにちは、ユス」ウルリケの声は冷ややかだったが、危険な兆候ではなくそれが地声なのだ。

「やあ、ウルリケ。サナエはどうだい？」ユスはサナエを地面に下ろした。サクラが飛ぶようにやってきて、久しぶりの妹との再会を喜んでいる。

「ちょっとわがままね。親クランの犬飼いに甘やかされたから」

非難されてユスが傷ついた表情を浮かべると、ウルリケは冗談よ、と首を傾《かし》げてみせた。

「ゴッドフリさんは？」ヤズナが期待をこめて尋ねる。

「オムツもとれないようなガキの世話は飽きたって、どこかに出かけて行っちゃった。失礼しちゃう」

むくれるウルリケにユスは笑って言った。

「それが親父の免許皆伝だよ。そうか、おめでとう。しかしさすがに早い」

「優秀なサイプランターですから」

ユスとヤズナは苦い顔をすると、ウルリケはしかつめらしく顔を澄ました。

「ウルリケ！　なにを飲む？　なあ、ウルリケ！」

ジュジュがテーブルのところで叫んでいた。犬飼いの少年は、ウルリケとともに過ごしはじめて表情から偏執じみた暗い影を消した。恋をしているのだろう。ウルリケに対する態度がどんどんロレンゾのそれに似てくることでそれが窺える。

嬌声とともにキューズがひとをかきわけるようにして近づいてきた。そしてカワイイと叫びながらウルリケの頬に音をたててキスをした。

ウルリケは一瞬浮かべた迷惑そうな表情をすぐに消して、とろけるような美少女の笑みを浮かべてみせた。するとキューズはまたカワイイを連呼して、キスの雨をふらせる。

ユスはウルリケの社会的な成長を喜ばしく感じながら、すぐにその場を離れた。キューズがワイングラスを手にしているのを見逃さなかったのだ。犬洞でのパーティのキューズの醜態はいまだに記憶に新しい。

キューズに近寄らないように工房を渡り歩いていると、いかにもという感じの上品な老人がやってきて食事の用意ができましたと告げた。ユスはいったいどこでこんな人を見つけてきたんだろうと首を捻《ひね》りながら、案内されるままに坑道を歩いてゆく。

パルチザンと犬たちは期待感を抑えられなくて、がやがやと騒ぎながら食卓へと向かっていた。ファンド家のパーティの料理は常に語《かた》り種《ぐさ》だからということもあるが、このところの食料事情が悪すぎるせいもある。第一次攻撃艦隊に食料をほとんど奪われて、みんなろくなものを食べていないのだ。それにこれから移民を受けいれるとなると、窮乏の日々を送ることもわかっている。今日はいままでの憂さ晴らしでもあり、これからの英気を養う儀式でもあるのだ。

作戦会議室でごちそうが待っていた。白いテーブルクロスをかけられたテーブルが並び、そこには湯気をたてる料理が揃えられている。

暗色のスーツに身を固めたクルスが、ホスト然と両手を広げて客を迎え入れていた。右肩がサポーターで膨れている。二度も射抜かれた肩はキューズの怪我よりも複雑で、回復に時間がかかる。しかも軌道母艦の医者に、腕の機能は取り戻したいが、傷跡は残せと言って困らせているらしい。

その傍らには忠実なるライディーン。やはりユスとクランには目もくれない。いまだにそれが寂しくて、姿を見るたびに仔犬のころの思い出が蘇って胸が疼《うず》く。

クルスの襟に光るハトを模した徽章《きしょう》は発足して間もないピジョン防衛軍のものだ。しかもふたりしかいない将官の地位をあらわすものでもある。クルスとしてはあくまでも文官として政治の頂点を目指したかったらしいが、その若すぎる年齢から、パルチザン活動に見あうポストは新設される軍のなかでしかみつけられなかったのだ。

「ようこそ」クルスは客が思い思いの席につくと歓迎の言葉を口にした。「野暮《やぼ》な挨拶はしない。移民、食料危機、地球からの艦隊、引き返してくる第一次攻撃艦隊と問題は山積だが、しばらくは心配ない。距離そのものがおれたちに準備の時間を与えてくれている。だから今日のところは心配を忘れて、みんな楽しんでくれ。英雄たちの宴だ、気取ることはない。もちろん真の英雄、犬たちにも料理は用意している」

ドリブルが辛抱できないというふうに喉を鳴らした。三兄弟はフォークで皿を叩いて音をたてる。

クルスは鷹揚《おうよう》な身振りで、犬とこどもを静かにさせた。

「落ちつけ。食いきれないほどあるんだから。まず乾杯だ。本来ならここにいるはずの失われた仲間たちに」

ユスはグラスを手にたちあがった。パルチザンたちも同じように、思いを馳せるように目を伏せてたちあがる。

「失われた仲間たちに」

一同が和すると、犬たちも弔いの長い遠吠えを発した。

サクラのこと（あとがきに代えて）

この物語が生まれるインスピレーションを与えてくれたのがサクラでした。

運動しなきゃ、と散歩を始めた父が、地域コミュニティ紙の「差し上げます」コーナーで見つけて貰《もら》ってきたのでした。

なんでも、夜、散歩していると、女性と同じ方向に追うように歩いてしまうことがある。そうすると手ぶらだとすごく警戒されるねん、不安げになんども振りかえるし心が痛いねん、だから安心してもらうためにも犬の散歩の体《てい》がいるねん、という理由でやってきました。

ミックス犬で、姿形はほぼ柴、背中から尾にかけて黒い毛が走っており、シェパードを連想させせました。体重は成犬になって一八キロと、大型犬というには小さく、中型犬というには大きいサイズでした。

で、仔犬から成犬期にかかる頃のこと、こちらが出かけようとすると火がついたようにきゅんきゅん泣き出すことが毎回のようにあり、孤独になることが怖い分離不安症らしい、あまりに泣くので近所の人が何事かととびだしてくるレベルなので、大変困っていました。いや、すぐ帰ってくるし。ということを伝えられたらなぁ、心を繋《つな》げて理解してもらえたらなぁ、というのが『ドッグファイト』の原点です。

物語の中のサクラほど勇敢ではなく、好奇心旺盛でもなく、臆病でしたが、小さい頃に近所の女の子に毎日遊んでもらっていたおかげか、とても人なつっこくて、知らない人にも太い尾をブンブン振りながら近づいていく犬でした。

ふかふかなものは全部自分の寝床だと思っていて、ベッドやソファで寝る癖は、生涯直りませんでした。仏壇にお経をあげにくるお坊さん用の特別にふかふかな座布団を出していたところ、目を離したすきにちゃっかりその真ん中に体を丸めて収まっていた、ということもありました。

一四年と七ヶ月、生きました。

人間と生の時計の進み方が違うのは、本当に残酷な現実です。徐々に衰えていたのでしょうが、毎日のつきあいなのでそれを感じさせず、わたしはいずれ来るタイムリミットを予感しつつも、こいつ長生きしそうやなぁ、と暢気《のんき》に考えていました。

脳腫瘍でした。

いままではしなかったゴミ箱をあさることをし始め、気分の上下が激しくなり、変だなと医者に診せたらそう診断されました。

そこからはもうつるべ落としで、徘徊《はいかい》を始め、半身不随になり、ついには亡くなりました。

ペット火葬場で荼毘《だび》に付し、時間がかかるので、その間に食事を摂りました。なんとまあ、こんなに悲しくてもきちんと腹は空くのです。

帰ってきて、骨壺を置き、気づきました。脳腫瘍が進行していた間、目眩《めまい》や頭痛がしていたはずです。それに不安を感じて恐れていたはずです。それをわたしはまったく気づかなかった。

犬と気持ちを通わせる小説を書いたのになぁ。

わたしはそっと二階に上がって自室に閉じこもり、人生のなかでいちばん泣きました。涙涸《か》れるまで。と、書きたいところですが、これを書いている今現在も涙があふれて困っています。涸れずに一時的に止まることがあるだけだと思います。ああ、モニターが見にくくて仕方ない。

ありきたりな表現で申し訳ない。けれども、死の悲しみよりも、与えてくれた喜びのほうが圧倒的に大きい。たくさんいっしょに歩きました、遊びました。わたしのベッドを抜け毛まみれにしながら、気持ちよさそうに眠る彼女を見るのは喜びでした。触れて感じるぬくもりは安らぎでした。

そして彼女が、わたしを小説家としてデビューさせてくれた。

ああもう、モニターが見にくくて仕方がない。

二〇二一年四月

解説――練りあげられたＳＦ設定と個性豊かな犬たち

牧　眞司
（ＳＦ研究家）

『ドッグファイト』は、第二回日本ＳＦ新人賞を受賞した谷口裕貴のデビュー作である。「絶大な武力を備えた圧制者に叛旗を翻すパルチザン」という骨太なプロット、植民惑星ピジョンの景観と習俗、犬飼いと犬たちとの深いつながり、敵味方ともにユニークな登場人物たち、物語のバックグラウンドに見え隠れする独特の宇宙人類史……読みどころの多いエンターテインメントＳＦだ。

日本ＳＦ新人賞は日本ＳＦ作家クラブが主催し、徳間書店から後援を得た。第二回の公募にあたり、日本ＳＦ作家クラブが掲げたステートメントから引用しよう。「一九六〇年代、七〇年代におけるＳＦ小説の飛躍が、日本におけるＳＦの繁栄をもたらしました。しかし今日、ＳＦ映画やＳＦアニメ、ＳＦコミックの大成功の反面、ＳＦ小説の影響力が相対的に低下した事実は否定できません。いまこそ時代は、斬新で独創性にあふれる、読書の楽しみを具現するようなＳＦ小説を求めています」。応募締切は二〇〇〇年七月三十一日。選考員は第一回に引きつづき、小松左京（委員長）、大原まり子、笠井潔、神林長平、小谷真理、山田正紀の各氏である。

賞の結果は〈SF Japan〉二〇〇一年春季号で発表された。受賞に至ったのは、『ドッグファイト』と吉川良太郎『ペロー・ザ・キャット全仕事』の二作。どちらの作品もレベルが高く、選考会でも評価が拮抗した。最終選考に残った六作品のうち、『ドッグファイト』を一番に推したのは小松委員長と小谷委員。三人の委員は『ペロー・ザ・キャット全仕事』を一位にしたものの、二番評価を見ると『ドッグファイト』が二票、『ペロー・ザ・キャット全仕事』が一票であり、ほとんど横一線である。もちろん、賞の行方は票数だけで割りきれるものではなく、討議と熟慮が重ねられた結果、二作同時受賞となった。選考委員の総意は、小松委員長の言葉「今回の二作品に関しては、ほとんど評価は同格なんですな。既存のSFをバックグラウンドとした次の世代が出てきたという感じだな」に集約されている。

裏話というわけではないが、筆者（牧）は第二回日本SF新人賞では二次選考を担当していた（ほかの担当委員は井上雅彦、久美沙織、野阿梓、星敬の各氏）。審査は一次、二次、最終と段階を踏んでいくので、最終の前のステップである。応募作のうち二次に残っていたのは十八作であり、そこから六作に絞った。二十年以上も前のことなので記憶はもうあやふやだが、この解説を書くにあたって当時のファイルを掘りだしてみたところ、筆者が最高点をつけたのが『ドッグファイト』、次が『ペロー・ザ・キャット全仕事』だった。賞の事務局へ送ったメモには、作品個々の講評とは別に「この二作が群を抜いているかんじです」と書きそえてある。

それにしても『ドッグファイト』と『ペロー・ザ・キャット全仕事』とは、好対照な作品が同時受賞になったものだ。まず、題材が「犬」と「猫」。作品のスタイルはといえば、『ドッグファイト』が異星を舞台としたアクション、『ペロー・ザ・キャット全仕事』が現代文学的なノワール。かたや「誰もが認めるオーソドックス」、かたや「ソフィスティケートの極み」といったところである。

筆者は『ドッグファイト』を応募原稿の段階で読み、受賞後の単行本化（二〇〇一年五月刊）で読み、こんかいの文庫化に際しての加筆版をゲラで読んでいるわけだが、その都度、感服するのは、ストーリーテリングと練りあげられた設定である。とくに人類が宇宙へ版図を広げる過程でいくつもの対立や軋轢《あつれき》が発生していくさまが、立場による価値観の違いも含めて、しっかりと考えられている。しかも、背景にちらちらと垣間見られるだけだった歴史や状勢が、物語の進行にしたがって主人公たちの運命と抜き差しならぬかたちでかかわってくるところが、じつに上手い。

とくにSFやファンタジイにおいて設定はないがしろにできない。齟齬《そご》をきたさぬよう整合性を持たせることは当然だが、設定した内容を小説としてどう表現するかにまた別な難しさがある。架空の世界や道具立てを用いるため、文章がある程度、説明的にならざるを得ない。そこをどうやって自然に見せるかが、作者の腕の見せどころだ。古いタイプのハードSFのように説明的であることに無自覚な作家もいれば、逆に説明的な文章すら効果なのだと割りきって突進する作家もいるが、それらはまあ例外だろう。『ドッグファイト』が新人ばなれしているのは、「深く構築された設定」と「小説として自然な表現」とのバランスだ。

もっとも、バランスの基準は読者によっても異なる。リテラシーと言うと身も蓋《ふた》もないが、読書経験や知識の範囲によってかなり変わるはずだ。たとえば、WEBにあがっている『ドッグファイト』の感想を眺めていたら、読書管理サイトのログのひとつで「クランというのがわからない」と言っているのがあって、うーんと考えてしまった。それは造語でも特殊な用法でもなく、普通の単語なのだけど。クラン（clan）は「一族」「一門」という意味。この物語では、共感的に通じあう犬の群れをさしている。クランは犬飼いに導かれ高度な狩猟システムを構成する。

辞書を引けばわかる単語は別にしても、『ドッグファイト』の場合、登場人物たちにとってはあたりまえの言葉なので、説明抜きに用いられるケースが多々ある。ただし、ウィリアム・ギブスン『ニューロマンサー』のような眩惑的修辞を狙っているのではなく、物語が進むなかでかならず意味がわかってくる仕組みだ。その視界が大きく開けていく感覚もＳＦを読む醍醐味《だいごみ》のひとつである。そのあたりの呼吸は、ＳＦを読みなれたみなさんには釈迦に説法だろう。

とは言え、筆者自身、初読のときは「あれ、どうだったっけ？」とページをめくり戻したり先送りしたので、あらかじめいくつかの語句について注釈しておこう。興をそがないように情報は最小限にとどめるが、まっさらで読みたいというかたは、４７１ページの「＊　＊　＊」まで飛ばしてください。

物語の冒頭、主人公のユスが、友人のキューズ、クルスと互いの身の上について「ファースト」「セカンド」と語っている。これは個人が生まれた世代ではなく、家系・社会階層を示すものだ。序数であらわされるのは惑星ピジョンに入植した順によるもので、入植に至った経緯も入植時の環境も異なるため、ファーストの家系、セカンドの家系、サードの家系で文化・習慣・職能が分かれている。相互の反目や差別もある。しかし、ユスたちはそれを超えて友情を育んでいる。

ピジョンを占拠する地球統合府統治軍の編成について。従来とは異なる新指揮系統であり、その頂点に立つジェイムズ・カーメン統治軍方面司令官は、アフタースケールと呼ばれるサイキック（精神感応力者）だった。アフタースケールには入り組んだ事情があり、それが本書のＳＦ設定の独自性でもあるのだが、ストーリーを追ううえではとりあえず圧倒的な能力で君臨する存在と理解していればよい。カーメンの直下に位置するのが数人のサイプランターだ。アフタースケールが生来のサイキックなのに対し、サイプランターはもともと通常人であり、デバイスを埋めこんで能力を得ている。ただし、その手術時に過去の記憶が曖昧化し、ほとんど別人格となっている。サイプランターはディザスターという機体を思念によって操り、ピジョンの反対勢力を蹂躙《じゅうりん》していく。

　統治軍の到来はピジョンにとっては天地を揺るがす惨事だが、統治軍が目ざしているのはあくまで外縁星と呼ばれる遥かな宙域であり、ピジョンはその足がかりにすぎない。外縁星で起こっている異常な事態――その異常さゆえ憑《つ》きもの星とも呼ばれる――には、シャドウという超自然の存在がかかわっているらしいが、確度の高い情報は得られておらず、すべては推測の域を出ない。

　外縁星の状況と並んで、『ドッグファイト』の背景として重要なのは、人類進化の問題だ。これにはふたとおりのアプローチがあり、どちらも高度ＡＩがかかわっている。先行しているのは〝サンクチュアリ〟――人類史の裏面に潜む機関のようだが詳細は不明――のＡＩ、オーシャンで、人類の遺伝子のランダムな進化シミュレーションをおこなっている。いっぽう、地球統合府が所有するＡＩ、ジオはプロジェクトこそ後発だが、ランダムではなくあらかじめ目的を持たせて進化を走らせている。先述したアフタースケールは、ジオのプロジェクトによって生みだされた能力者である。

＊　＊　＊

さて、『ドッグファイト』というタイトルにふさわしく、この物語は犬たちが大活躍する。日本SF新人賞の選考では、「本来私は、犬より猫が好きなんだけれども、これを読んだらね、犬と主人公の関係が非常にうまく描かれているものだから、いつの間にか犬に情が移ってる自分に気付かされていたんだ（笑）」（小松左京）、「犬の描写にも非常にリアリティがある。この作者はよっぽど犬が好きなのか、それとも文献をよっぽど調べたのか、どちらかですね」（山田正紀）、「この作品で問題となるのは、犬から人間へ、人間からシャドウへという単線的な進化ではなくて、人間はいったん犬を媒介しないとシャドウにいけない。ここが新しい発想ですね」（笠井潔）と、コメントされていた。

最後の発言に出てくる「シャドウ」は、先にもふれたように外縁星の謎にかかわるものだ。それにしても、小松委員長が「感情」、山田委員が「リアリティ」、笠井委員が「テーマ」と、作品を構成する各側面に着目しているのが興味深い。

犬は人間にとって身近な動物であり、これを題材としたSFがいくつもある。なかでも有名なのは、天才犬を主人公にしたオラフ・ステープルドン『シリウス』、核戦争後の荒廃した世界を舞台に主人公と犬の友情を描くハーラン・エリスン「少年と犬」、記憶に潜む愛犬のイメージを追う門田充宏「風牙」、衰退した人類に替わって犬が世界を引きつぐクリフォード・D・シマック『都市』など。『シリウス』「少年と犬」「風牙」は特定の犬についての物語であり、『都市』は種族としての犬が扱われている。それに対し、『ドッグファイト』に登場するのは群れとしての犬だ。共感能力によって連携し、チームとして驚くべきパフォーマンスを発揮する。

群れとしての犬が活躍するSFには、ヴァーナー・ヴィンジの壮大な宇宙SF『遠き神々の炎』や筒井康隆のマジックリアリズム『愛のひだりがわ』があるが、これらと比べ『ドッグファイト』が際立っているのは、群れを構成する一匹一匹の性格がしっかり描きわけられていることだ。犬を飼っているひとはよくおわかりだろうが、犬は驚くほど個体差が大きい。飼い主との相性もあるし、犬と犬とのあいだの関係もそれぞれだ。そこが人間とおなじで味わい深い。また、犬は成長が早いので、物語序盤に幼犬として登場したキャラクターが、後半に青年犬としてたくましい姿を見せたりする楽しみもある。

誇り高き古老ヨルダシュ、思慮深い母犬ミスティアイ、冷静なベスピエ、好奇心旺盛でお調子者のドリブル、苦労しながら群れをまとめているリーダーのスターバック、精悍《せいかん》な女傑アデレイド、豪胆で素早いワグナー、図体が大きいわりには物怖《ものお》じするフィッシャーキング、仔犬ながら勇敢なサクラ、飼い主に忠実なライディーン（この犬はクランの一員ではなくクルスのペットだ）……。犬好きならずとも、この作品のなかでご贔屓《ひいき》の一匹がきっと見つかるはずだ。

さて、本作で新人ばなれした膂力《りょりょく》を見せつけた谷口裕貴が、受賞後第一作として発表したのが中篇「獣のヴィーナス」〈SF Japan〉二〇〇一年春季号に掲載）である。ピグマリオン・テーマをSFアイデアで展開、ドラマ構成は『罪と罰』を素材にした超弩級のサイキックSFであり、続篇「魔女のピエタ」〈SF Japan〉二〇〇三年春季号に掲載）も書かれた。嬉しいことに、この二篇に書き下ろし新作（！）を加えた一冊が、近々、徳間書店から刊行される。タイトルは『アナベル・アナロジー』。ご期待ください。

二〇二一年四月

この作品は2001年5月徳間書店より刊行されました。
なお、本作品はフィクションであり実在の個人・団体などとは一切関係がありません。

徳間文庫

ドッグファイト

2021年6月15日 初刷

著者 谷《たに》口《ぐち》裕《ひろ》貴《き》

発行者 小宮英行

発行所 株式会社徳間書店

東京都品川区上大崎三―一―一 〒141―8202
目黒セントラルスクエア

電話 編集〇三(五四〇三)四三四九
販売〇四九(二九三)五五二一

振替 〇〇一四〇―〇―四四三九二

印刷
製本 大日本印刷株式会社

ISBN978-4-19-894652-4 (乱丁、落丁本はお取りかえいたします)